诗学

2016 第八辑

吕进 熊辉◎主编

巴蜀书社

目　录

卷首语

积淀并坚守一种诗学传统

吕 进 熊 辉

对中国新诗而言，2016 年是值得纪念的一年，因为各种以“百年新诗”为名号的诗歌活动或学术探讨精彩纷呈；对偏居西南的中国新诗研究所而言，2016 年更是值得特别书写的一年，因为这个新文学历史上第一家独立建制的新诗研究机构迎来了 30 周岁的生日。

新诗百年的发展历程，固有其不可更改的历史合法性，但也有诸多需要质疑和修正的缺陷。正是基于这样的学术立场，西南大学中国新诗研究所在 1986 年端午节成立，尔后中国先后成立了多家新诗研究机构，它们在新诗成长的道路上发挥了积极的引导作用。

在学术资源和话语权力日渐聚集到少数中心城市的当下，“外省”大学或学者无疑陷入了整体的“失声”状态。如何争取广泛的认同或发出自己的声音，成为中心以外的学者不得不面对的现实难题。当然，我们也大可不必如此慌张，毕竟我们也可以形成自身的话语方式和学术传统，何必非得尾随他人的审美和价值观念？

三十年来，西南大学中国新诗研究所遵循“上园派”的诗学发展理路，拒绝纵向的传统固守和横向的西方移植，采取立足时代的审美态势，让西方和传统诗学资源鲜活地融入到当代新诗肌理中。正是这种合理科学的诗学发展观，使得该研究所在中国新诗研究领域形成了别具一格的特色，逐渐积淀起自身的诗学传统。

从某种程度上讲，西南大学中国新诗研究所的诗学传统是一种治学方法和学术思维，而不仅仅是一种诗学内容。新诗文体研究，新诗形式、精神和传统方式的重建，新诗的“变”与“常”等问题的提出，实际上都是在“转换”思维的指导下，对新诗具体问题的聚焦。我们同样也可以在这种诗学传统的指导下，结合不同时代语境的精神和思想诉求，开掘出更为广阔的新诗研究空间。

艾略特在西方传统人文精神遭遇质疑的年代，提出个人只有“归附”传统才能有所创新。对中国新诗研究所同人而言，我们只有沿着三十年来业已积淀的诗学传统，立足目前的诗歌现实，秉承传统诗学的现代转换和西方诗学的本土转换之思路，才能在自己的诗歌研究园地里长出别致且丰收的果实。

布鲁姆面对“前辈诗人”的压力，提出了对传统的“修正比”，认为“后辈诗人”只有打败“前辈诗人”方可获得文学史地位。其实布鲁姆并非传统虚无论者，他实质上仍然是一个十足的传统论者，他对传统的否定缘于个人创新的诉求。因此，他否定传统只是一种策略而非目的。我们对中国新诗研究所诗学传统的“归附”或“修正”，本质上都是对“上园派”诗学理路的认同，也只有在保持自身特色的基础上，我们才能成为真正的强者。倘若放弃自身传统和特色，尾随或唱和他者的学术思想，其结果当然是淹没了自我，更何谈立足并发出自己的声音？

正是出于对中国新诗研究所诗学传统的认同和承继，我们在新诗研究的沃土中耕耘了三十载，同人们在各自的诗歌领域中取得了可喜的成绩。站在民族文学和诗歌艺术的高度上，我们今天应该如何评判新诗的百年沉浮，这不仅关涉新诗未来的发展，也与民族文学的复兴戚戚相关。

经过几代学人的辛勤耕耘，中国新诗研究所已形成自身的诗学发展路向和研究特色，在海内外华文诗学界产生了持续而深远的影响。时值中国新诗诞生 100 周年之际，恰逢中国新诗研究所建所 30 周年，我们专门组织撰写了一套“中国现代诗学丛书”，也是本辑《诗学》首推的栏目。丛书从各个不同的角度出发，内容涵盖中国现代诗学、中国新诗发展思潮、中外诗学比较、诗歌翻译思想、诗歌传播学、现代诗歌社团研究、新诗文化批评、诗歌与音乐关系研究、当代新诗思想研究、女性诗歌研究以及现代诗学思想研究等。这些研究均属中国现代诗学的范畴，内容丰富而深刻，是本学科研究中的力作。编撰目的，就是希望打捞和整理出百年新诗的艺术经验，丰富我们对新诗的认识，引发我们对未来新诗创作艺术的新思考。

不管新诗发展的历史有多长，也不管我们的新诗研究所建立有多久，在中国现代诗学研究的历史纵轴线上，西南大学中国新诗研究所依靠“第一家”、“独立建制”以及“转换”的诗学发展思路等沉甸甸的字眼，已经切入到中国新诗的历史中。未来岁月，希望中国新诗多出经典，希望西南大学中国新诗研究所积淀并坚守自身的诗学传统，继续闪耀在新诗研究的天际。

主持人语（向天渊）：

2016年5月14日，中国新诗研究所建所30周年庆典隆重举行，作为庆典的重要组成部分，当天还举办了“中国现代诗学丛书”及《中国新诗研究所30年》的新书发布会。“中国现代诗学丛书”共计12册，由人民出版社2016年4月出版发行。丛书编委会由新诗所教师及校友中的15位博士生导师组成，其中吕进先生担任主编，熊辉所长任副主编，还聘请西南大学党政领导黄蓉生书记、张卫国校长、崔延强副校长、靳玉乐副校长等做顾问。12册著作的研究范围涵盖中国现代诗学、中国新诗发展思潮、中外诗歌比较、现代诗歌翻译思想、新诗传播学、新诗社团研究、新诗文化批评、诗歌与音乐之关系研究、当代新诗思想研究、少数民族女性诗歌研究以及吕进诗学思想研究等现象及理论问题。为了集中展示本丛书所取得的学术成就，我们请作者本人从其著作中选出一部分，以“‘中国现代诗学丛书’选萃”的形式刊发出来，以达到窥斑知豹的目的。

论诗的文体可能

吕 进

虽然超越文体学的潜能是丰富的，但文体绝不应被理解为绝对自由的领域。哲学的著名命题“自由是对必然的认识”对于文体学同样具有充分有效性。诗不例外，它也只能在自我把握中争取最大自由。

中国新诗有两个长期议论不清的话题。一是“诗与现实”，即诗的艺术性、纯粹性与诗的现实性、社会性的矛盾；一是“诗与散文”，即诗与散文在美学建构上的异质。第一个话题的模糊，使得中国新诗在80年来的几次时代大潮中都出现过“脱轨”的热闹，而热闹一经退潮，新诗留下的历史化石就远比艺术珍珠为多；同时相当部分的老诗人在参加革命活动后出现了思想水平与艺术水平不协调的“后期现象”：前者的提高反而带来后者的降低。第二个话题的模糊，使得中国新诗对中国诗歌读者几千年来积淀起来的鉴赏趣味适应能力贫弱，常常出现这种现象：诗人小圈子热闹，读者大圈子冷落。

两个话题的内在联系紧密。第一个话题其实是第二个话题的引申：当诗被要求与现实建立类似散体文学的艺术联系时，诗就理所当然地在“脱轨”中失去自身。因此，“诗与散文”是最本质的话题，它牵涉到新诗之为诗的特殊规律，需要从一定深度继续展开，而文体可能性是展开的方便角度。

视点：散文偏向绘画，诗偏向音乐

视点是创作主体与创作对象的独特关系，或者说，视点是创作主体审美地把握世界的独特方式。不同视点带来不同的文体可能性。

在视点上，散文与绘画相近。散文以占有时间的人工符号——语言作媒介，绘画以占有空间的自然符号——色彩与线条作媒介，二者都有留恋自己观照对象的外貌的倾向。无论在表现上采用写实还是象征，二者的视点都是外视点、具象视点。当然，由于语言的抽象性，散文的外视点、具象视点不像绘画那样纯粹。描绘、叙述外的世界，遵循“事件第一”的原则，是散文的旨趣。

在视点上，诗与绘画疏远而与音乐接近。音乐属于单纯的内心活动。它否定了视觉艺术的空间性，又对自己的声音进行否定，双重否定给予音乐表现无对象的内心活动以最大可能。音乐视点是内视点、抽象视点。诗与音乐明显异质：诗是一次完成的（音乐是二次完成的）；诗的媒介不是单纯的声音（音乐的声音直接成为目的）；诗使情感状态得到具象化（音乐是抽象的）等，但诗与音乐都直接表现内心世界。二者的视点都是内视点、抽象视点，虽然诗的内视点、抽象视点不像音乐那样纯粹。描绘、叙述心灵体验，遵循“情感第一”的原则，是诗的旨趣。

因此，诗与散文的视点是不同的。诗回避散文视点。先以散文眼光打量世界，而后再从外在上给这打量以诗的装饰，这是伪诗人。散文叙述外在世界，诗歌体验外在世界。

可以大体上分辨两种诗人类型。

一类诗人的审美注意更多的是在外在世界。但他们是从内视点去给世界以关注的。外在世界的真相暂时被置于注意中心之外，或置于注意中心的边缘。诗人“以心击物”，“物”在“心击”之下变声、变色、变味、变形了。诗人寻找的是真趣。而诗的真趣正是在艺术地使真相陌生化中得到显现的。对于诗人来说，重要的不是观，而是观感；不是听，而是听感；不是闻，而是闻感；不是味，而是味感；不是触，而是触感。不是世界本身如何，而是世界看起来怎样。内视点兴奋，而外视点被负诱导规律所抑制，出现于读者面前的是第六感的世界。

另一类是自画像诗人。他打量自己，吟咏自己，探索自己。创作主体成为自己的创作对象，创造者成为自己的创造品。“创造”是关键词。没有“创造”，就没有诗。诗与诗人绝对不可能完全重合。完全重合，就没有诗，没有文学，也没有艺术。自画像诗人通过把握自己去把握别人，出自内心而进入内心，视点的内化、抽象化是明白无误的。

两种诗人类型的审美注意不同，视点却是相同的。内视点决定了作品对诗的隶属度，或者说，内视点决定了一首诗的资格程度。

内视点是进入创作状态后启用的。诗人应当摆脱的误解在于：想从诗与外在世界的脱离中寻觅诗的永恒。内视点的灵敏度与诗人对外在世界的体验程度和把握外在世界的深刻程度一致。诗的最高价值在于言众人之未言与难言。诗只能在自己的时代里寻求不朽。

视点特征：对诗的六种剖析

诗的内视点显示为诗的六个特征。

（一）主观体验

散体文学“所见无非牛者”，诗“未尝见全牛也”[①]。“目无全牛”的原因，是“牛”被进行情感化、心灵化分解，然后被诗进行综合，其结果是从外形上不同程度地摆脱客观实在的“牛”，诗忘形而得意。对于诗，更重要的不是对象的外貌，而是诗人的主观体验。外在世界的一切经诗人的主观体验而获得诗的生命，如同睡美人经王子的一吻而复活。同样的太阳，现实主义诗人在唱红色太阳，浪漫主义诗人在唱绿色太阳，现代主义诗人在唱黑色太阳，后现代诗人在解构太阳——诗人们与其说在写太阳，毋宁说在展示太阳引起的主观体验。

诗的创作过程就是化对象为体验、化客观为主观的过程，或者化物理世界为心灵世界的过程。“化”，即形质俱变。吴乔说：“文，则炊而为饭；诗，则酿而为酒。”[②] 饭并未改变五谷的形状，酒就把五谷的形质都改变了。饭属于实用的物理世界，酒属于超脱的精神世界。叶文福写长江：

于是你痛苦了
无法咽忍这从未有过的侮辱
但你是决没有想到，正是这无法咽忍的痛苦

① 《庄子》：“始臣子解牛之时，所见无非牛者；三年之后，未尝全牛也。”
② 《围炉诗话》。

在酿造你最高的人格

葛洲坝的无情成全了你
将你拦住，将你
高高举起，狠命摔下
于是你的泪便溅出万家灯火
——《长江，你听我说》

这已经是叶文福的长江。从这诗行里，我们不但看到奔流的江水，而且听到了诗人的人生经验。于是，长江诗化了。我们面对长江有了新的感觉，在哲想中有了心灵的升华，这就是诗的视点。

（二）梦幻色彩

文醒诗醉。诗与梦的相互关系是诗学的重要课题。梦的主要特征是它虽然来自现实，而又绝缘于现实；梦者的主要特征是它对物理时空的摆脱。在这两点上，诗与梦、诗人与梦者十分相似。诗是主观体验，因此富有梦幻色彩。太清醒，就失去了诗。

变异原则成了诗的基本规范。这一规范就是诗歌意象的不合规范性。散文尊重事物大小、形状、色彩、声音之间联系的自然性，诗恰恰有意地改变这种自然性，以获得诗味。“变形”成了诗展意驰情的有力手段。

军旅诗人晓桦的《我的墓志铭》：

大自然无忧无虑无恐无惧的万籁
鸽子的哨音划破蓝色的天空
小溪静静地摇出一支夜曲
红绿灯明灭着都市紧张而井然的节奏

你听到吗
听到我倒下的一瞬
所撞响的永久的回声吗

军人倒下的声音已经变异，它更像梦。军人在前线牺牲的声音，后方的亲人能够听到，这是心理空间。诗总是不受制于物理空间，它在心理空间中上天入地，跨前跃后。军人倒地引起的回声属于永远，这是心理时间，即诗人对这一时间段（顷刻）的变异感觉。

在心理时空里，诗人视通万里，思接千载。于是，诗如梦似醉。当然，诗的梦幻色彩其实是诗人和外在世界保持的一种最清醒最深刻的联系。诗终究不同于梦。

（三）非逻辑结构

在各种文学样式中，诗与哲学的血缘最近。诗是个多层面结构，它的最深层次（由此生发出各层次、各侧面）是哲学。

表层结构的基础是节奏式，深层结构的基础是哲学。表层结构的实质是音乐性与弹性的诗歌语言，它是诗的定位手段。深层结构的实质是内视性、体验性，它是诗的深度。当然，诗又是多侧面的审美结构：一些读者发现它的音韵，另一些读者发现它的词语，第三类读者也许又有较多侧面的感应等。但是，一首优秀的诗，它之所以耐读，它之所以有很强的张力，往往同哲学分不开。在浅薄的、过目即忘的诗那里，情况恰好相反。

这并不是说，诗就是哲学。散文要很好地描绘、叙述外在世界，在具象化过程中就要注重习以为常的生活逻辑和思维逻辑。而构成诗的结构的规律，本质上是非逻辑的。诗是主观体验，诗富梦幻色彩，它拒绝习见的逻辑，诗的一个妙处正在于此——只因为第一次相遇：

你披着一角月光
从此我不敢对明月凝望
怕它会落下忧伤的芒刺
刺在离人的心上。

——郑玲：《我和你》

不敢望月，这是反常的。然而，情出常态、思出常格、形出常规的反常中表现了更深层次的、更加浓烈的正常：妙在反常。古人所谓“无理而妙”，“无理”就是对习见逻辑的排除。从另一方面讲，“无理”就是一种特殊逻辑：反常逻辑，抒情逻辑。诗割断与理性逻辑的联系是由视点决定的。穆勒讲得好：“我们应该把哪些人称为诗人呢？就是其想法——无论是来自感官的还是来自思维活动的——是借情感作联系而连贯起来的人。”① 对于散文与诗的思维方式的不同，识者多有阐述。穆木天在给郭沫若的一封信中说：“我们如果想找诗，我们思想时，得当诗去想……‘我希望中国作诗的青年，得先找一种诗的思想术，一个诗的逻辑学。’”② 我以为是讲得比较透彻的。

（四）心灵的直接表现

艺术都是心灵寻求解放与表现的结果。散体文学对心灵的表现通常是走弯路的。它得设计人物，安排人物间的事件性联系；至于

① 穆勒：《谈诗和诗的种类》，《文学研究参考》1987年第1期。
② 《穆木天诗文集》，北京：人民文学出版社，1993年，第266页。

作家的心灵，一般情况下是越隐蔽越好。可以观察到一个有趣现象：作为心灵的间接表现，散文却又富有直接性、具体性。相反，心灵是诗的直接内容。诗是内在体验的直接外化①。（这种直接性就是人们通常的“纯”，诗也是凭借这种直接性，才获得对其他文体和艺术门类的渗透力的。）然而，作为心灵的直接表现，诗又富有间接性、暗示性。如果缺乏后者，诗就只是情感的宣泄，而简单的情感宣泄不构成艺术。

心灵的直接表现使诗成为普遍的艺术。建筑艺术是最不完善的艺术，由于媒介的局限，建筑艺术家的心灵只能得到象征式的表达。雕刻艺术获得了一定程度的解放，但空间性很强。绘画否定了雕刻的三维空间，获得更大程度的解放。只有音乐达到了对空间性的完全否定，而诗歌则是在时间上成面而空间上成点的艺术。在直接性上，它与时间艺术的音乐相似；在具体性上，它与空间艺术的绘画相似。

所谓内视点，也可以说就是直接观照心灵的视点。外视点通过中介观照心灵，诗超越了这种中介。当诗人写散体文学的时候，他一定得让心灵表现获得间接性；当散文作家写诗的时候，他一定得摆开事件的纠缠，直接抒写心灵。小说家贾平凹出版过一个诗集《空白》，从他的作品中就可以明显观察到这种直接性的调整。比如《送友人李××出任周至县》的开头：

---

① 类似说法很多。在外围，如日本玉州大学浜田正秀教授给抒情诗下的定义：“所谓抒情诗，就是现在的自己内在体验的直接的语言表现。”又如杜勃罗留波夫说：“诗是立脚在我们内部的感情，立脚在我们灵魂对于一切美丽、善良并且理智的事物的向往上的。”而鲁道夫·阿恩海姆在他那本名著《艺术与视知觉》中则一再强调“体验”等。中国新诗人中，何其芳很明确地将“直接性”包括进他的诗的定义中。艾青、臧克家、康白情也提出过自己的见解。

当你感觉到身体的某一部分存在的时候
这一部分就病了
当你一个人在山谷里行走唱起歌子的时候
心里就惶恐透了
当你知道了一个熟人的好处的时候
他一定是死了
生病的人不痛苦最痛苦的是病人的亲属
有知的人最有畏无畏的人什么也不用知道

对于散文来讲，似乎完全没有内容。因为心灵在这里直接展现自己：人生体验化为朴素语言，引起读者共鸣。诗人的智慧正体现在对“人人心中所有，人人笔下所无”的人生经验的捕捉上。诗人由外在世界回归最深层的内心世界，他在内心世界独步时的自白就是诗。诗人期待知音。（马克思在 1892 年 1 月 16 日致约·魏德迈信中说：“所有的诗人，甚至最优秀的诗人，多多少少都是喜欢奉承的，要给他们说好话，使他们赋诗吟唱。……诗人——不管他是一个怎样的人——总是需要赞扬和崇拜的。我想这是他们的天性。”）但就创作过程而言，进入“角色”的诗人在激情中几乎不考虑读者，读者只是诗人自白的偷听者而已。

（五）无名性

散文作品寻求一定程度的具体性。比如中国小说，从神话、半神话（凡人之上的英雄传说），到唐代传奇、宋元话本、明清章回小说和现代小说，它总得回答读者的悬念：他是谁？他在干什么？他怎样去干？它总得描写人与人、人与自然、人的心与身之间发生的一个、一组或许多组事件。又如戏剧文学（戏剧意味着演出，文学意味着语言，戏剧文学本身就是一个矛盾体），读者要求于它的依然是具体化。没有具体的戏剧冲突，戏剧文学难以具有独立的阅读价值，也难以具有舞台价值。

对诗歌不要求具体性。退一步说，如果对诗歌也要做出类似要求的话，那么就是要求诗歌表现的情绪状态、内心世界的独立化和风格化。诗人是给世界万物重新命名的人，诗对外在世界的具体描绘旨归在对抒情主人公的情绪状态和内心世界的具体描绘，而抒情主人公都是不具体的。他的外貌，他的国籍，他的活动时空，他的经历等，常常是模糊的，缺乏具体性和完整性。换言之，抒情主人公具有无名性。从近年一些优秀诗集，如晓桦的《白鸽子·蓝星星》、张烨的《诗人之恋》、刘湛秋的《无题抒情诗》等，我们或者感受到现代军人的潇洒风度，或者感受到典雅、忧郁的女性复杂的美丽，或者感受到如露珠一样晶莹的、温柔的诗情。关于抒情主人公心灵天地之外的种种，从诗里就所知甚少了。

诗的无名性带来高度的普视性、概括性。像黑格尔说的那样："心的规律恰恰由于它自己的实现而不再是一个心的规律，因它在这个实现过程中获得了存在的形式，变成了普遍的势力，对于存在的形式或普遍的势力来说，这个（特定的）心就漠不相干了。"① 欧洲语言的"社会"一词既有"整体社会"的意思，也有"团体""一伙人""在一块儿的人们"的意思。诗歌佳篇的无名性刚好在这个意义或那个意义上与社会性同义。惠特曼的《我的歌》就有"每个属于我的元素也属于你"之句。

（六）往复回旋

心灵性、情感性的谱调大多是往复回旋、缠绵萦绕的。诗的内视点不像外视点那样的线性目光，诗的目光是流动的，上下左右，

---

① 黑格尔：《精神现象学》（上卷），北京：人民文学出版社，1982年，第246页。

俯仰自如，往复回旋于内心世界。正是有鉴于此，在欢快与愁怨中间，诗常常宁愿选择（家国的或个人的）愁怨。有的外国学者将《论语·阳货》中的“诗可以怨”译为：“诗……教人如何节制怨愤之情。”这是不识诗中三昧[①]。“欢快是直线的、轻扬的，愁怨是多角体，辗转即停。”[②] 所以，愁怨之词易工，所谓“国家不幸诗家幸”“诗穷而后工”。辛弃疾那首《丑奴儿·书博山道中壁》说：“少年不识愁滋味，爱上层楼，爱上层楼，为赋新词强说愁。”看来，辛稼轩是把诗味几乎和“愁滋味”等同的。在中国新诗史上，愁怨的名篇最多，诸如戴望舒的《狱中题壁》《我用残损的手掌》，闻一多的《发现》《一句话》《死水》，徐志摩的《大帅》，何其芳的《成都，让我把你摇醒》，臧克家的《老哥哥》《老马》，艾青的《大堰河——我的保姆》《雪落在中国的土地上》《乞丐》，力扬的《射虎者及其家族》等，莫不如是。新时期的佳作也多属抒写愁怨之作，李瑛的《一月的哀思》是最早的影响广泛的作品。

欢快之情易浅薄。蚌病成珠，生忧患之中、处落魄之境的憔悴之士的满腹郁郁反而成就了优秀诗篇。“销魂”“断肠”“国破”“人亡”易深刻。亚里士多德的弟子所著《问题集》第三十篇第一章写道：“无论是哲学、政治、诗歌还是艺术，总之这些领域里的卓越人物都患忧郁症。”[③] 就诗人而言，“卓越人物”都是属于自己时代的超前人物，因此他们的“忧郁症”就是一个智者对于时代和

---

① 唐纳德·A. 吉布斯：《艾布拉姆斯艺术四要素与中国古代文论》，张隆溪选编《比较文学译文集》，北京：北京大学出版社，1982 年，第 207 页。译者詹母斯·莱格认为，诗表现愁怨正是为了寻求摆脱愁怨的心理平衡。但这只是“也许”而已，无论如何，译文是脱离了《论语》原文的。

② 钱锺书：《七缀集》，上海：上海古籍出版社，1985 年，第 109 页。

③ 浜田正秀：《文艺学概论》，陈秋峰、杨国华译，北京：中国戏剧出版社，1985 年，第 96 页。

民族的忧患意识："城上高楼接大荒，海天愁思正茫茫。"愁怨也是诗人创造、探索人生的责任感和使命感。这种明亮的"忧郁症"正是大诗人的一个特征。从诗的媒介特征考察，诗的语言的音乐性和弹性都是往复回旋的，正与诗的观点特征相关。从诗的鉴赏特点考察，诗正是以其往复回旋延长读者的感知过程，诗在读者的反复诵读中获得丰富的（夸大地说：永无终结的）美学效应。

媒介：诗是语言的超常结构

心灵体验与情绪状态给语言出了一道千古难题。当今世界有5651种语言和方言，在内视世界面前却不无窘困。《说文解字》说："直言曰言，论难曰语。"亦即"言"是言自己事，"语"是"御"，是与人相答，但语言的这些功能不具备诗学性质。《周易》说："言不尽意。"陶渊明《饮酒（之五）》说："此中有真意，欲辨已忘言。"都可以解释为"常恨言语浅，不及人意深"吧？

口头语言丰富但粗糙。它是一切语言的源泉，但不是规范语言。文学语言是规范化处理了的民族共同语，它准确、鲜明、生动、多样，但主要具备的是表意功能，不太具备表情功能。换个说法，它长于表达意义，弱于表现意味。柯勒律治提出过两个公式：散文：安排得最好的语词；诗：安排得最好最好的语词。类似说法也有中国版，苏伯衡说："言之精者之谓文，诗又文之精者也。"①指出文学作品的语言中的"最好语词""精者"，是有慧眼的。看到文学作品的语言中散文语言与诗歌语言二者的层次差异，也是智

① 柯勒律治的话转引自《简明不列颠百科全书》，第7卷，239页。苏伯衡的话见《苏平仲文集》。

者之言。但是，这些说法有一个根本缺陷：没有留心散文语言与诗歌语言的质的差异。

艺术领域里，各类艺术都有自己的现成媒介（自然的或人工的）。绘画的媒介是色彩和线条，音乐的媒介是声音，舞蹈的媒介是形体，文学的媒介是语言，等等。诗却是没有现成媒介的艺术。如果把诗歌语言当做字典语言对待，就会贻笑大方。

诗从其他语言那里借用媒介。从外观看，二者似乎同一；实际上，“借”就是质变的过程。同样的语言一经纳入诗的句构，审美功能就发生变化，实现了（在散文看来）非语言化、陌生化和风格化。韦勒克、沃伦说得很形象：“诗是一种强加给日常语言的‘有组织的破坏’。”[①]“借”就是“破坏”，不“破坏”，诗就寻觅不到自己的媒介。

首先，是“破坏”词义。诗歌语言是特殊语言，它的交际功能已经退化到最大限度，它的抒情功能已经发展到最大限度。凭借诗中前后语言的反射，日常语言就披上了诗的色彩，蕴涵了诗的韵味，变成情人语言（而不是办事语言）。

其次，是“破坏”语法。优秀散文作品的语言往往成为语法教科书的例证，而诗歌语言却不太遵从散文语法。从散文角度看，诗是违“法”的语言。“留给醒来的时候/留给晴朗的寂默”（江河），这里的语言搭配是不合语法常规的。“我又想马上跑到大街/去拥抱热烈而多彩的人生”（刘湛秋），我们可以用散文腔调询问诗人：看不见、摸不着的人难道可以拥抱吗？这里的语言在大跨度的跳跃。如果散文语言是淙淙流水，诗歌语言就是相互遥望的星星。在

① 韦勒克、沃伦：《文学原理》，刘象愚等译，北京：生活·读书·新知三联书店，1984年，第182页。

字词的位置上，诗歌语言也被“破坏”了。独特而陌生的字词顺序，闪现着诗的光彩：

从一个寂寞的地方起来的
迢遥的，寂寞的呜咽，
又徐徐回到寂寞的地方，寂寞地。

这是戴望舒的《印象》最后一个诗段。诗篇调动全官感：在听觉上，声音由大到小；在视觉，色彩由明到暗。而“寂寞的呜咽”是全诗的“串儿”，在最后一段为了强化这个“串儿”，语序已经完全作调整，和散文很不相同了。

“破坏”的结果，产生了特殊语言——“诗家语”。诗的构思过程是：诗人寻思，诗思寻言。没有后者，诗思就不能外在化、物态化、定型化和艺术化。或者，诗的构思过程，是心灵体验与日常语言碰撞获得灵感语言的过程。

诗是语言的超常结构，语言在诗中的地位就远比在散文中显赫。瓦莱利有句名言：“正如走路和跳舞一样，他会区别两种不同的类型：散文与诗。”① 走路，有明确的目的地，只要到达就行，怎么走也可以。而一经走到目的地，走路本身便被遗忘：后果消灭了手段。跳舞得遵循舞步，自由十分有限，而且跳舞本身就是目的。熟练的舞者不会为舞步所束缚，相反，他变束缚为自由，获得优美的舞姿。语言既是诗的手段，又是诗的目的。它有强烈的自指

① 瓦莱利：《诗与抽象艺术》，见他的《诗的艺术》。瓦莱利（1871–1945），法国象征主义诗人和诗论家，出于马拉美门下。其《选集》共17卷，由二十多篇论文汇为《诗的艺术》，成为17卷中的一卷。瓦莱利对走路和跳舞的比喻作了非常精彩的阐述。引文转自伍蠡甫主编《现代西方文论选》，上海：上海译文出版社，1983年，第31页。

性，它本身就是诗歌读者的主要鉴赏内容。

语言的超常结构，这是诗的重要文体特征。用散文语言去裁判诗，就会胡乱“判案”[①]；用散文语言去写诗，就会让诗失去诗的魅力和诗的价值。质言之，散文语言根本就写不出诗，如同没有自己的媒介就没有各种门类的艺术一样。

媒介特征：音乐性与弹性

诗歌媒介的首要特征是音乐性，这是诗歌语言与非诗歌语言的主要分界。一些论者提出的其他分界，如形象性、精练性等，并不准确：散文语言同样也在寻求自己文体的形象性和精练性。只有音乐性才是诗歌独家所有。可以做个试验。如果将《诗·周南·关雎》译成现代汉语，我们也就失去了这首诗。对《关雎》的情感内涵历来有不同说法，或云刺周康王之好色，或云咏后妃之德，或云写爱恋之情，这且不管它，就字面而言，它是写“窈窕淑女，君子好逑”的。鲁迅曾不无幽默地说，如果译成“漂亮的好小姐啊，少爷和你是一对儿”，那么，到哪里投稿也决不会成功的。原因之一就正在于音乐性——诗以音乐性的语言给读者以审美愉悦。

所谓音乐性，就外在而言，指诗的节奏。韵式、段式也只是节奏的表现和加强节奏的手段而已：韵式是节奏的听觉化，段式是节

① 最近的例子如《星星》1981 年第 8 期刊登一位诗评家的《“白发三千丈”新解》对李白名篇《秋浦歌（十五）》的诠释。作者对“白发三千丈”算了一笔账：“千茎毫毛，头上发最密，约占一万茎。古人是留长发的（不剃头），发长三尺，如以每茎三尺计，一万茎共计是三万尺，正合‘三千丈’之数。”其实，“白发三千丈”的“三千”是虚数，极其精确的语表下寓有极其模糊的语义，极言白发之长，以抒写愁肠百结的心态。

奏的视觉化，它们使读者产生节律化、非指称化的审美期待。

节奏是诗与生俱来的。从诗歌起源学着眼，诗脱胎于原始时代的混合艺术。舞、乐、诗三者的分离，造成三种独立艺术的发展。舞以形体为媒介向具象发展，乐以声音为媒介向抽象发展，诗以特殊语言结构为媒介向具象化的抽象和抽象化的具象发展，但三者都保留了一个共同的要素——节奏。时代的变迁，艺术的发展，赋予诗以新的节奏，然而诗歌首先是有节奏的语言这一点并没有变化（音乐是时间性节奏，舞蹈是空间性节奏）。

每一种古诗体裁总是起于民间，起于音乐；而后经文人加工，脱离音乐，却保持了音乐性。所以古诗总是音调和谐、悦耳动听的。如果说，在古代文学中还有讲求声律和谐的散文——骈俪文（或称“四六文”，骈文）的话，那么在新文学中，就难以找到这样的以独立文体出现的散文了。中国新诗与音乐几乎没有多少直接关系。多数歌词不是优秀的诗歌。（黑格尔曾经说过一段话：“歌词、歌剧词以及颂神乐章之类，如果从精细的诗的创作方面来看，总是单薄的，多少是平庸的；如果要让音乐家能自由发挥作用，诗人就不应让人把自己作为诗人来赞赏。”① 这话对中国新诗的歌词似乎大体适合。）但这丝毫不是说中国新诗没有音乐性，中国新诗的节奏主要是内在的。

内在节奏、内在音乐性指的是这样一个事实：在艺术精神上，诗是最接近音乐的文学。英国批评家佩特说：“一切艺术都以逼近音乐为指归。”克罗齐也说：“一切艺术都是音乐。”音乐表现内心生活，并凭借最不便于造成空间形象的声音直接渗透到鉴赏者的内心。从根本上说，艺术都以表情和动情为根本旨趣。诗也是情感艺

① 王力：《汉语诗律学》，上海：上海教育出版社，1982 年，第 822 页。

术，虽然它比音乐更带明确性和具体性，但无论如何，它比其他文学样式更直接地表现心灵体验。情绪的起伏形成新诗的内在旋律，这是音乐性的又一侧面。吉狄马加有一首《盼》：

如果在这里哭
那眼泪就一定
是远方的细雨
如果在这里笑
那笑声就一定
是远方的阳光
一个世上最为冷酷的谜
一个人间最为善良的梦
无论你微笑
还是哭泣
都会有一个人黯默地爱着你

这首诗音节内语音特征和音节外语音特征的组合构成它的节奏类型。它是自由诗，行无定顿，顿无定字。开始六行，每行两顿，加上相似的句构，造成沉静的节奏；七、八行加多顿数，但两个诗行顿数是均齐的，都是四顿，给人以困惑、失望、惆怅的氛围；最后三行长短交错，以五顿的长诗行结束全诗。诗的这种内在节奏——“默默地爱”的情绪起伏找到了合适的外在节奏作为自然的体现，诗的音乐美就浑圆、和谐了。

内节奏并非诗的专属。诗歌无论现代与古代，也无论中外，外节奏是一切诗歌身份的标志。像王力在《汉语诗律学》中讲的那样：“韵的谐和与音的整齐毕竟被认为是诗的正规。”这正是新诗最薄弱的环节，也正是新诗最有待加强的领域。

诗歌媒介的另一个重要特征是弹性。换个角度看，弹性是诗歌语言与散文语言的又一分界。

前已述及，诗是具象的抽象。太重于具象，就变成绘画；太重于抽象，就变成音乐。具象的抽象本身就包含二重性：笔下具象，笔外抽象，古代所谓“象外”“味外”“诗外”“笔墨之外”指的正是具象与抽象的交织。情隐景显，隐显交织就构成弹性；言近旨远，近远交织就构成弹性。

这种弹性，除诗人有意“遁辞以隐意，谲譬以指事”外，也有不得已的一面。心灵体验、情绪状态常常为诗所“道不出”，于是，诗就以“不道出”去代替“道不出”，所谓“山之精神写不出，以烟霞写之；春之精神写不出，以草木写之”①。反过来，对外在世界的细致描绘也是诗的“道不出”，这里的摆脱窘迫的办法仍是“不道出”。“雨中的漓江，春天的旋律。”（晏明）雨中漓江究竟有多美，你反正按照“春天”的暗示去想象吧！给你的只有一个审美空格。

从诗歌鉴赏的角度着眼，最好的诗人总能将读者变为合作者，变为半个诗人。读者鉴赏一首好诗时总是由规范构成性鉴赏、相应性鉴赏走向创造性鉴赏、相异性鉴赏。在诗歌鉴赏中，诗歌和读者都具有二重性。读者在诗歌作品面前又是读者又不是读者，又不是诗人又是诗人。诗人不应将印在纸上的作品当成成品，他交给读者的只是半成品——诗只是读者的第一（但不是唯一）鉴赏对象，读者需要寻觅到自己创造的诗，即他的第二鉴赏对象。他既是审美接受者，又是审美生产者。诗歌鉴赏过程中本文与读者的二重性的交

① 刘熙载：《艺概》。

织，也构成弹性。

诗歌媒介的弹性包括词语的弹性、句构的弹性以及由诗歌媒介创造的意象的弹性。“忧郁的宽帽檐/使我所有的日子都是阴天。”（方敬）“阴天”是由于帽檐很宽；“阴天”也是诗人写这首诗时即20世纪30年代的中国政治气候；“阴天”更是诗人当时的心绪色彩。“阴天”一词富有弹性。“也许她的脚从此轻松，/也许她的脚会更沉重。”（刘湛秋）“她”，是刘湛秋的叙事诗《最后的谢幕》中的女主人公。“她”因为年龄原因告别舞台，是“轻松”？是“沉重”？脚和心的“轻松”和“沉重”，今后的人生的“轻松”和“沉重”，诗在读者的创造中获得丰富的弹性。

杜运燮的名作《追物价的人》：

> “物价”已是抗战的红人
> 从前同我一样，用腿走，
> 现在不但有汽车，还有飞机，
> 还结识了不少要人、阔人，
> 他们都捧他，提拔他，搂他，
> 他的身体便如灰一般轻，
>
> ……
>
> 为了抗战，我们都应该不落伍，
> 看看人家物价在飞，赶快迎头赶上，
> 即使是轻如鸿毛的死，
> 也不要计较，就是不要落伍。

“红人”的发迹，这是“笔墨之外”的诗味。物价如灰轻，老百姓要赶上它，也得变成“灰”，这又是“笔墨之外”的诗昧。句构带来的弹性，有力地抒写了诗人对要人操纵、阔人囤奇、物价飞涨、生灵涂炭的现实的愤懑。

弹性是一种模糊性。但是模糊性不同于含混性。模糊性是亦此也亦彼性——诗的多义要在诗人的“一致之思”中相和谐。因此，读者在鉴赏活动中对诗的有意“误解”，不是诗的弹性。如今人常反用李贺“黑云压城城欲摧”的名句来表达“敌兵压境”“困难重重”之类的意思，与原诗内涵恰恰相反，这是正常的鉴赏现象，但决不属于诗的媒介特征①。

通常说诗是最精练的语言艺术。这个“最”字和篇幅无关。长篇史诗也可以十分精练。“最”字主要靠弹性获得。弹性使诗歌语言以一当十，以少总多，使诗从有限而趋于无限。

避免“脱轨”：诗的文体自觉

中国古代最有代表性的两个诗论都承认诗是心灵体验的直接表现。起源最早的（可能产生于周代的）“言志说”和晋代陆机的“缘情说”均如此。《说文解字》干脆说“诗，志也”，比毛诗序的“诗者，志之所之也。在心为志，发言为诗”更直截了当。段玉裁

① 句出李贺《雁门太守行》。中唐以后，藩镇割据，经常叛乱。河北易水一带地方曾为成德节度使王承宗三代割据达39年。《雁门太守行》就是咏塞上守军中夜出兵，乘间捣敌之事。清人王琦评注：“‘黑云压城城欲摧’，甚言寒云浓密。至云开处逗露月光与甲光相射，有似金鳞，此言初出兵之时，语气甚雄壮。”今人多以“黑云”为“军精”，认为此句写守军出兵的雄壮气氛。李贺现存的241首（一说242首）作品中，有的易引人误解，《雁门太守行》浅显明白，似不属此类作品。民间和政论文字对“黑云压城城欲摧”是有意反用。

说："序析言之，许（慎）浑言之也。"自足不移之论。对"志"历来有各种界说，但多以"情志"并称。所以，与"诗缘情以绮靡"一样，也是以感情的对象化作为诗的使命，也就是"内视点"的古代说法。

西方的"诗"字源于古希腊，原意是"精致的讲话"。中国古代的"不学诗，无以言"与之相似，也就是"语言的超常结构"的滥觞。

内视点和语言的超常结构规定诗的文体可能性。因为是内视点文学，所以诗的历史反省功能不如散文。诗只能以它对时代的情感反应证明自己的优势。因为是语言的趣常结构，所以诗必须具备音乐性和弹性。只有在这个轨道上才能谈诗歌语言的风格化与个性化。

诗在任何时候都只能沿着自己轨道推进与时代的联系，推进自身的创新。即以中国新诗的高潮期之一——抗战来说，抗战诗歌之所以一直存在粗糙之作不在少数的现象，这诚然与当时的历史条件相关：战争环境与诗人的激情难以给诗人提供长期孕育、苦心锤炼的时间和心境，但和部分诗歌的"脱轨"也有关。

和时代保持联系是诗的生命，但这种联系必须是诗的联系。诗不是万能的艺术，它只能为时代完成自己有能力完成的艺术使命。随"市价"波动，靠"热闹"生活，以"取巧"赢得一时的名声大振，都不是诗的正格。如同那种封闭自我的"小"诗一样，和读者保持联系是诗的青春。但诗只能属于自己的读者群，对诗的兴味只有在智力和心灵上都达到相应深度和广度时才能产生。

在语言上，胡适在新诗初期提出"诗国革命何自始，要须作诗如作文"，其实，这样的设想意味着"诗国革命"在艺术上并没有开始。它给初期新诗创作和新诗理论建设带去迷惘，类似主张的后遗症是忽视新诗形式的理论建设和忽视新诗媒介学的意义，于是，新诗与散文的分界模糊了。

世界上没有纯而又纯的文学样式。文学样式总在相互渗透。在文学史上还时或出现超越文体学的文学现象，它的出现正说明人类在艺术地把握世界的丰富与深化。但是文体可能性的超越将是一个渐进过程，就诗而言，诗人没有文体自觉，就很少可能在诗歌史上长久地站稳脚跟。别林斯基在《论俄国中篇小说和果戈理君的中篇小说》一文中有一段颇为精彩的话："一个艺术家的自由，是在他本人的意志和某种外部的、不依存于他的意志的东西的和谐上面。"① 建立这种"和谐"正是一个诗人的智慧。时代给了每一位诗人以同等机会，同等机会并不会带来同等成功，因为每位诗人的时代自觉和文体自觉在程度上并不相同。

——选自《现代诗学：辩证反思与本体建构》

① 《别林斯基选集》（第2卷），上海：上海时代出版社，1953年，第134页。

意境及其历史命运

陈本益

一

意境是在佛教的“境”的启发下所产生的概念①。不过，对意境概念的理解和阐发，却应当以更早的意象概念为基础，因为意象从初始就体现着中国古代文化固有的特性。后来的意境不可能改变意象的那些特性，而只能在那些特性的基础上发展变化。

意象概念起源于《易传》在阐发《易经》时所提出的两个观念，即“立象尽意”和“观物取象”：前一个观念表明建构意象的目的，后一个观念表明建构意象的方式。

《易传·系辞上》曰：“子曰：‘书不尽言，言不尽意。’然则圣人之意，其不可见否？子曰：‘圣人立象以尽意。’”“立象以尽意”的“意”是“圣人之意”。那圣人之意是什么？它显然是圣人对古代文化本体“道”的理解，是道之意。道之意就是道德的意

① 中国佛教关于“境”的基本观点是“境存于心”，“心外无境”。可知佛家之境一般指心中之境，意中之境。

义，因为得道即为德[1]。这里，我们便看见了古代诗歌意象论的本体论关联，即这种意象论在源头上就是与道及其现实的道德意义捆绑在一起的。这种意象论的“意”为什么要用“象”来表达呢？因为“言不尽意”，即语言不能完全表达道的意义[2]。这里，我们又看见了这种意象论的认识论关联，即对道及其现实的道德意义的认识，是形象的直觉体悟的认识，而不是抽象思维和逻辑语言的认识。

怎样获得这种“尽意”的“象”呢？《易传·系辞下》曰：“古者包牺氏之王天下也，仰则观象于天，俯则观法于地，观鸟兽之文与地之宜，近取诸身，远取诸物，于是始作八卦，以通神明之德，以类万物之情。”这即是“观物取象”。这段话有两点必须注意。其一，如此获得的意象能够表现神圣的道德意义，即所谓“通神明之德”（上文已述）；并且能够与万物的情状相通，即所谓“类万物之情”，这就包含了物我同一、天人合一的意思。这些，都是后来由这种意象构成的意境的重要特性。其二，通过“仰观俯察”方式而获得的意象，显然不是主观的想象形象，也不是神话的幻想形象（这两种形象都是外国诗歌意象的主要形象），而是带整体性的直观形象。这就从源头上规定了中国古代诗歌意象主要是直观的、整体性的。后来的意境就凸显了这些特点。顺便也可以理解，为什么是《诗经》那样客观的感物起兴方式，而不是《楚辞》那样主观的想象和神话方式，成了后来古代诗歌主要的创作方式。

---

① “得道为德”在先秦已是一个普遍的观点。后世朱熹对此说得最明确：“德者，得也，得其道于心而不失之谓也。”（《论语集注·述而》）

② 这是儒家的观点。道家也持类似的观点，并且更偏激：老子、庄子都认为“道不可言”，都“非言”。

二

古代历史发展中的意境概念，也应在意象概念的基础上来理解。

意境是意象发展到一定历史阶段的产物。相应地，意境论也是意象论发展到一定历史阶段的产物。大致说来，汉魏诗歌意象的逐渐丰富，特别是南朝山水诗的兴起和对仗手法的运用，促使诗歌意象的描写从个别走向整体；隋唐佛教的兴盛，促使诗歌追求佛境之类的超越性，并将“境”概念运用于诗论中；发达的唐代诗歌艺术造成意与象（情与景）的浑然融合。这些，就促进了诗歌创作中有所不同于意象的意境的成熟，也促进了诗学中有所不同于意象论的意境论的形成。

盛唐王昌龄最早在《诗格》中提出“意境”概念。他将诗歌境界划分成物境、情境和意境。大致说来，物境指所描写的物象，情境指所表现的情感，意境指所蕴涵的意义。分别地看，意境只是纯粹思想意义的境界。但若将三者结合起来看，这三者就是相互关联并逐级发展的整体，即前者指向后者，后者包含前者。这即是说，情境包含着物境，意境则包含着情境和物境。那意境中的意，正是包含在物象（意象）以及它所表现的情感之中的。这样理解的意境，就是没有脱离意象根源的意境，也是以后历史发展的意境论所论说的意境，也是古代诗歌实际存在着的意境。

中唐刘禹锡在《董氏武陵集记》中说：“诗者，其文章之蕴耶？义得而言丧，故微而难能；境生于象外，故精而寡和。”从刘禹锡的本意看，“境生于象外”的“境”是意蕴和义理之境，与王昌龄所说的意境有些类似，即说的都是单纯思想意义的境。所不同的是，这里明确提出了“象外”这种佛教的超越性问题。确实，佛教追求象外的佛性即真如（又称法身、实相等），是超越色相的境界。那么，诗歌的“境生于象外”的“境”是否就是这种无象的超越境界呢？从“境生于象外”这个命题的字面看，或者从佛教的观点看，当然可以作这样的理解。但若从古代诗歌艺术崇尚意象的创作实际看，从古代诗歌根深蒂固的意象论传统看，这种境应该理解为是有象的，只是那象中蕴涵着超越性的意义。这即是说，生于象外的义理之境可以将那象包含其中，这正如我们可以将王昌龄所说的意境理解为包含着物境和情境。此外，这“境生于象外”的“境”未尝不可以理解为一种超越性的象，即后来司空图所说的“象外之象”。

后来的意境论就主要是沿着上述后面两种理解发展的。其实，中国古代文化的特性及其意象传统，是不允许将诗歌的基本境界当作一个纯粹的意义境界或形而上境界的。作为古代文化本体的“道”（“天道”）本身固然是先验的、形而上的，但古代文化并不重在这种本体本身，而是重在它在现实中的体现，即所谓“人道”，具体说就是儒家的纲常伦理的要求，以及道家的虚静无为和佛家的明心见性的修养。在诗歌艺术上当然也注重对这种人道而不是天道的表现，并且当然是感性形象的表现。印度佛教确实有追求形而上境界的特性。不过，印度佛教传入中国后主要不是它改造了中国文化，而是中国文化改造了它。它因此也具有了注重客观现实和感性直观的特点，其超越性的佛性也落实在现实的感性事物之中了。如禅宗所说的“青青翠竹，尽是法身；郁郁黄花，无非般若”（《景德传灯录》卷二八），就是指现实事物即是法身，即是佛性，这就与中国传统的“山水体道”、“山水是道”的说法接近了。总之，追求形而上性并不是中国古代哲学、文化的特点，它倒是西方哲学、文化的一个重要特点。与此相应，中国古代的传统思维是“观物取象”的直观性整体思维，中国古代诗歌创作的基本方法是“感物起兴”的意象表现方法。因此，追求象外的形而上性并不是中国古代诗歌的特点，它倒是西方诗歌的一个重要特点。如此看来，对于意境的思考，就不能局限于“境生于象外”的“境”的本意和作为其外在来源的超越性的佛境，而必须将更深远的本土意象作为其根基。

晚唐司空图在《与极浦书》中提出“象外之象”和“景外之景”的概念。从传统意象论看，那第一个象和景应是诗人感物起兴的直观形象，那第二个象和景则是相关的（包括联想的）形象以及与第一个象和景共同构成的不确定的整体景象。由于古代诗歌对感物起兴的直观形象（第一个象和景）的描绘常常是多视角的，因而也常常是简略的、轮廓性的，所以产生相关的联想形象和不确定的整体景象是必然的，也是必要的。这种由双重性的象和景及其所构成的整体性景象就是“境”。在这种意义上，司空图提出的“象外之象”和“景外之景”将刘禹锡的“境生于象外”的“境”明确化为感性形象的境界了。司空图也直接说到过这种感性形象的境。他说：“长于思与境偕，乃诗家之所尚者。”（《与王驾评诗书》）他所说的与抽象的“思”所对应的“境”，显然是感性形象的境界。

宋代出现的“情景”论对意象论（因而也对意境论）有两个意义。一是将意象论中本来是哲学和文化性质的“意”转变成了诗歌的“情”（“意”蕴涵于“情”中），这是将“意”加以诗歌艺术特征化。再是将意象论中的“象”转化成了诗歌的“景”，这也是诗歌艺术特征化，并且是富于民族性的艺术特征化，因为中国古代诗歌的景物意象特别丰富（相对而言，外国诗歌则多人物意象和神话意象）。

清初王夫之在宋明情景论的基础上，特别强调情与景的不可分离和相互融合。他在《姜斋诗话》卷二中说：“夫景以情合，情以景生，初不相离，唯意所适。截分两橛，则情不足兴，而景非其景。”又说：“情景名为二，而实不可离。神于诗者，妙合无垠。”王夫之情景论的核心就是情与景“妙合无垠”的观点。情与景“妙合无垠”，即是意与象融合无间，浑然一体。这个观点是对古代诗歌意象的本质特点的概括。为什么说意象融合（即情景交融）是古代诗歌意象的本质特点呢？因为如前所述，诗歌意象起源于“观物取象”和“立象尽意”，而那意、象与“观物取象”和“立象尽意”的人，都是统摄于“道”的：道生万物，包括人，因而人与万物是相通的——两者相通于道。这样，物象所呈现的道就是人心所体悟的道，这种道就是诗歌中的意（道之意）。这在诗歌中就表现为意象融合、情景交融的特点，亦即物我同一的特点。这个特点的背后是“天人合一”的文化根据（天人合一之“天”除了有自然之天的意思外，更有道以及道德之天的意思）。所以，这个特点是其他民族文化的诗歌意象不可能真正具有的特点。

具有上述意象融合或者说情景交融特点的诗歌意象，就可以说基本上是诗歌意境了。这即是说，意境具有情景交融这种本质特点[①]。王夫之的论述虽然没有直接说到意境，他的这种情景交融论却是意象论走向意境论的关键一步。自此以后，情景交融就成了用

① 这说明，古代诗歌的意境与意象是相通的，即意象的本质特点（意象融合、情景交融）也就是意境的本质特点。两者在这个本质特点上的不同在于：某些意象（特别是明确表现自我情感——它异质于得道为德的道德情感——的意象）并不具有这个本质特点，而意境必须具有这个本质特点。此外，意境的特点还包括意象的若干其他特点。两者在这些特点上的不同在于：某些意象并不具有这些特点，而意境一般具有这些特点。这些问题后文将专门论述。

以判定诗歌意境的基本标准。

晚清王国维在《人间词话》中用“境界”（也说“意境”）论词。其境界（意境）概念的含义宽泛。不过，其境界论中包含着若干上述意境论的东西。

第一，指出“文学之事……意与境二者而已。上焉者意与境浑”（《人间词话·附录二二》）。又指出：“至意境两浑，则惟太白、后主、正中数人足以当之。”（同上）“意与境浑”就是意境中的意与象浑然一体，也就是情景交融。依据上述，这种“意与境浑”的词就具有意境。王国维认定这样的词是最优秀的，只有少数词人才能写出。确实，最优秀的古代诗歌的代表就是那些具有意境的诗词。不过，古代某些非意境的诗词，亦即那些意与境并不浑然一体的诗词，也是可以列入最优秀之列的，只不过它们在古代诗歌中没有意境诗词那样具有代表性。

第二，指出“能写真景物、真感情者，谓之有境界。否则谓之无境界”（《人间词话·六》）。“写真景物”，说明作为意境的境界不是无意象的单纯思想情感的境界，而是有意象的境界；并且那意象是现实的、直观的意象（“真景物”），而不是非现实的、想象的或神话的意象。这些都是意境的特点（详下文），而不是非意境的诗歌境界的特点。非意境的诗歌境界可以是单纯思想情感的，正如王国维所说“喜怒哀乐，亦人心中之一境界”。非意境的境界中的意象也不一定是直观的，而常常是想象的或神话的。（这两种非意境的境界正是外国诗歌的主要境界。）王国维还提出“隔”与“不隔”之说。他说：“语语都在目前，便是不隔。”（《人间词话·四十》）依据郭沫若的解释，"'不隔'是直观自然，不假修饰"①。所以，王国维所说的"不隔"与他所说的"写真景物、真感情"是相通的，说的都是意境的一种特点。

第三，分别"有我之境"和"无我之境"。其实，整个中国古代诗歌（不止词）都可以分成这样两种境界（当然这种截然的划分只是相对的）。其中，诗歌中无我之境较多，唐诗尤其如此；词中则有我之境较多。王国维就说："古人为词，写有我之境者为多，然未始不能写无我之境，此在豪杰之士能自树立耳。"（《人间词话·三》）从这句话可知，他是很推崇无我之境的。这句话与他上面所说的意与境浑然一体为最高境界，只有少数词人才能够创造的话，是统一的，即无我之境才是意与境浑然一体的。确实，无我之境才是意境，因为意境的意象融合、情景交融的特点造成无我性。从文化根源看，则是"天人合一"、"物我同一"的观念使之然。所以，无我之境是中国古代诗歌独具的文化特征。外国诗歌的境界则一般为有我之境。

从上述意境论的产生与历史发展看，意境论主要是在意象论的基础上产生的。可以说，意境的确认是古今诗论家共同努力的结果。这种确认是对意境独特含义的探讨。这种探讨至今仍在继续着，本文的论述即是其中之一种探讨。总之，意境应当是被诗论家选择出来表示中国古代诗歌独特境界的概念。

① 郭沫若：《鲁迅与王国维》，干春松、孟彦弘编《王国维学术经典集·附录一》（下卷），南昌：江西人民出版社，1997 年，第 506 页。

三

意境有如下特点。这些特点都是由构成它们的意象的有关特点造成的。

第一，意境中的意象是原样兴现的，意境因此也是原样兴现的。

所谓原样兴现，指诗人直观事物，感物起兴，由此产生的兴象一般是原样的。那兴象以及相关的形象就是构成意境的意象。由这样的意象所构成的意境也是原样兴现的。这样的意境在古代诗歌中比比皆是。如杜甫的《登高》：

风急天高猿啸哀，渚清沙白鸟飞回。
无边落木萧萧下，不尽长江滚滚来。
万里悲秋长作客，百年多病独登台。
艰难苦恨繁霜鬓，潦倒新停浊酒杯。

古代诗人感物起兴，让物象原样兴现，也就是让物象自然呈现意义，所以他们一般不用比喻和象征等改变物象原样的手法[①]。有时，诗中也出现局部的比喻或象征，但并不妨碍总体上物象的原样性。如李白的《秋登宣城谢朓北楼》：

江城如画里，山晓望晴空。

---

① 起兴或者说兴，是既不同于比喻也不同于象征的。它是中国古代天人合一文化观念下的独特的诗歌创作手法。这个问题需另文专论。

两水夹明镜，双桥落彩虹。
人烟寒橘柚，秋色老梧桐。
谁念北楼上，临风怀谢公。

诗中有三个比喻，但都是局部性的。诗篇总体上是感物起兴，由此产生的意象基本上具有直观的原样性，加之这些意象还具有下文论述的特点，所以它们也能构成意境。

反之，总体上是比喻或象征的诗歌，其意象不是直观地原样兴现的。例如《诗经·魏风·硕鼠》，整首诗是一个比喻。那比喻意象“硕鼠”就不是原样的，而是主观的变形。又如晚唐李商隐的某些《无题》爱情诗，有很强的象征性，其意象也不是原样兴现的。这些诗歌自有境界，但不是我们所论说的意境。

古今诗论家都说到过意境的上述特点。王夫之说：“身之所历，目之所见，是铁门限。”（《姜斋诗话》卷二）他的“现量”论（“现量”是他借用的佛教概念）对此说得更确切。他这样解释“现量”：“现者，有现在义，有现成义，有显现真实义。现在，不缘过去作影；现成，一触即觉，不假思量计较；显现真实，乃彼之体性本自如此，显现无疑，不参虚妄。”（《相宗络索·三量》）他说的主要是对事物的直接观照和感受。清人吴乔也说：“诗以身经目见者为景，故情得融之为一。”（《围炉诗话》卷六）上文王国维说的“写真景物”和“不隔”，也有这种意思。现代学者叶维廉也说“即物即意即真，所以很多的中国诗是不依赖隐喻不借重象征而求物象原样兴现的”①。这说法精当。

非意境诗的意象一般不是直观地原样兴现的。这种意象在屈

① 叶维廉：《中国诗学》，北京：生活·读书·新知三联书店，1992 年，第 93 页。

原、李白、李贺等的诗歌中，在主观个人性较明显的词曲中，是常见的。外国诗歌意象更没有原样兴现的特点，因为外国诗人的创作一般不从客观事物出发，感物兴情，而是从自我出发，用物象来表现主观情思，那物象因主观情思的作用不免变形。

第二，意境中的意象是观照均衡的，意境因此是一个观照均衡的整体。

所谓观照均衡的整体，指意境由处于不同观照角度的若干意象构成，这些意象在表情达意上大致起着同等的作用，因而并无一个中心意象。以杜甫的那首《登高》看，首联的出句是仰观的意象，对句是俯视的意象；颔联的出句是近看的意象，对句是远望的意象。诗的意境由“风急”、“天高”、“猿啸哀”、“无边落木”和“渚清”、“沙白”、“鸟飞回”、“不尽长江”等诸多观照均衡的意象构成。诗的后两联所表现的老病和漂泊的悲愁感与每个意象都有关，与这些意象构成的意境整体更有关：诗人的这种悲愁感与这个整体是相互契合的，因为在中国古代天人合一性质的文化背景中，由这些自然意象所构成的整体本身就具有一种悲愁的情态（自然是有情有义的，所以能够物我同一）。

由于意境整体由多个观照均衡的意象构成，诗人对每个意象的描绘就只能是简略的、轮廓性的，力求抓住物象的特征来传神写意。这样描写的意象，往往就有“象外之象”、“景外之景”的效果；由这样的意象所构成的意境整体，往往就是气韵生动、意味无穷的。

意境所以具有上述特点，从诗人的创作看，是由于他采用了“俯仰往还，远近取与”这种游目周览的观照方式。这与前述“圣人”为了“立象尽意”而“观物取象”的观照方式是一脉相承的，是传统的整体思维的一种观照方式。宗白华就说：“俯仰往还，远近取与，是中国哲人的观照法，也是诗人的观照法。而这观照法表现在我们的诗中画中，构成我们诗画中空间意识的特质。”① 对于诗歌来说，就构成观照均衡的意境整体这样的空间意识的特质。

意境的上述特点，与创作上对仗手法的运用也有关。对仗手法不仅使诗歌意象的描写从个别走向整体，而且必然使这种整体具有均衡性。显然，对仗手法与传统思维的“俯仰往还，远近取与”的观物取象方式也是有关的：它就是这种观物取象方式在诗歌艺术上的一种反映。古代诗歌中律诗的对仗手法最突出，所以意境的这个特点也在律诗上体现得最充分。而“律体在中国诗中做得最多，几要占全体的半数。……他是中国诗底艺术底最高水涨标”②。由此可知，意境的这个特点是有普遍性的。

中国古代诗歌的意境常常是由观照均衡的意象所构成的整体，这一点非常独特。外国诗歌中很难见到这种情况。外国诗歌往往聚焦于个别意象，对它进行深入、细致的描写。那样的诗歌当然也有整体性，不过往往是以一两个突出的意象为中心的整体性，而不是中国古代诗歌意境那样的观照均衡的整体性。读中国古代诗歌和外国诗歌，我们所发现的一个明显差异便是：前者中存在着许多优美的整体性意境，后者中则存在着许多精警的个体性意象。

第三，意境中的意象是浑然融合的，意境因此也是浑然融合的，亦即情景交融的。

意象浑然融合指“意”与“象”浑然融合。那是什么意思呢？从诗歌艺术创造的实际情况看，诗人感物兴情，那物象所引发的情

① 宗白华：《中国诗画中所表现的空间意识》，《美学散步》，上海：上海人民出版社，1981 年，第 111 页。

② 闻一多：《律诗底研究》，《闻一多全集》第 10 卷，武汉：湖北人民出版社，1993 年，第 159 页。

思即意，似乎就为那物象本身所具有，这就是意象的浑然融合，也就是情景交融。这如何可能呢？原来，诗人创作时不是从自己的主观情思出发，而是从客观物象出发，由那客观物象来引发心中相应的主观情思。这种主观情思由于受到客观物象的制约，就显出相应的客观性，就显得似乎也为那客观物象所具有。

从文化根源看，“道”与人和万物相通，因而人与万物也相通。这样，诗人所表现的道的意义，就是物象自然呈现的道的意义；反过来说即是，物象自然呈现的道的意义，就是诗人所表现的道的意义。这就是意象融合。其根据就是文化上道与人和万物相通以及人与万物相通的观念，亦即天人合一的观念。在此意义上，古代诗歌意境突出地体现着古代文化的天人合一观念。古代那些自我性显豁的诗歌（特别是其中的爱情诗歌）的意象之所以不能构成意境，就是因为它们并不表现上述天人合一观念，它们因此也不从属于古代天人合一性质的文化①。

通常所说的“天人合一”观念实际上有两层含义。它的较高一层含义是：天人合一的“天”是“天道”之天，即主宰人和自然的天，所以这种天人合一是指道与人的合一，其实质是道统摄人，人体悟道。这一层含义有明显的形而上性。天人合一的较低一层含义是：那天是自然之天，所以这种天人合一是指自然万物与人的合一。其实质是道统摄人，人体悟道；道也统摄自然，自然也显现道。因此，人所体悟的道的意义，就是自然万物所显现的道的意义；反之亦然。这就是意象融合。天人合一的较高一层含义（形而

① 这类诗歌所从属的文化可以称为古代的异质文化。这种异质文化与个体本位的现代文化是相通的。因此，这类诗歌与现代诗歌也是相通的，是后者的历史根源。这个问题需要另文专论。

上的道之意义）一般是通过较低一层含义（与自然万物和现实道德关联的道之意义）而获得的。诗歌意境所表现的天人合一观念一般表现为上述较低一层含义，但它指向较高一层的形而上含义。

与意境诗歌的意象具有浑然融合的特点比较，非意境诗歌的意象没有这样的特点，而是显出意与象之间存在着“张力”。张力的意思与融合的意思相反，指“意”显得并不为“象”本身所具有，而是诗人主观地加在象上的；象则显出它本身的特点和意义（指它所表征的事物的含义与功用）被诗人用某些手法（如比喻、象征等）加以改变，以便表现诗人主观的意。从意象本身看，张力指意象的字面意义与其暗示或联想的意义尽管是统一的，但两者明显不同①。中国古代诗歌中那些自我性显豁的意象，就不是浑然融合的意象，而是张力性意象。外国诗歌意象更是张力性意象。张力性意象不一定优美，却可以新颖独特、精警有力，令人过目难忘，并同样具有深永的含义。

第四，意境中的意象是虚实相生的，意境因此也是虚实相生的。

中国古代文化的本体“道”具有“无”与“有”、“虚”与“实”的双重特性，其中无、虚更为根本。《老子·四十章》曰：“天下万物生于有，有生于无。”文化本体上的这种观念投射到诗画等艺术中，就形成虚实相生的特点。就诗歌意境中意与象的关系

---

① 美国新批评派成员艾伦·塔特在《诗的张力》一文中提出“张力”概念，它是诗歌的一种意义结构，指诗歌的字面意义与其暗示和联想的意义对立而统一。这里姑且借用这个概念来说明问题。

看，意为虚，象为实[1]。意、虚比象、实更为根本。

中外诗歌意象的创造有相同的一面，若以虚实关系看，可以说都是“以虚生实”，或者说“以意生象”。但两者的方式有别：外国诗歌意象创造的以虚生实一般是化情思为事物形象；中国古代诗歌意象创造的以虚生实一般是寄情思于事物形象。前者往往要改变事物的原样，后者则往往不改变。由于这种不同，中国古代诗歌意象就如上文所指出的那样，是原样兴现的，其意与象是浑然融合的。既然如此，它就不但能够显出上述那样以虚生实、以意生象，即寄情思于事物形象，而且——在天人合一和物我同一的文化观念中——还能够逆向地显出“以实生虚”、“以象生意”，即显出事物本身就有情思，能够自然显露出来。这样两方面结合起来，就是虚实相生。

关于虚实相生关系中“以实生虚”或者说“以象生意”这独特的一面，古人曾经说到过。宋代范晞文在《对床夜语》中引用宋人周伯弜的话说：“不以虚为虚，而以实为虚，化景物为情思，从首至尾，自然如行云流水，此其难也。”“以实为虚”即“化景物为情思”，亦即让事物自身显露情思。之所以能够如此，是因为古代诗歌意象的创造往往起于感物起兴、触景生情，能够做到意象融合而不改变物象的原样。这样，无论就以虚生实（寄情思于景物）看，还是就以实生虚（化景物为情思）看，意象都可以是“自然如行云流水”。在这种意义上，以虚生实就是以实生虚，寄情思于景物就是化景物为情思。外国诗歌意象的创造由于一般是明确地化

① 明代谢榛在《四溟诗话》中认为写景宜实，抒情宜虚。清代黄宗羲在《景州诗集序》中更明确地说“以景为实，以意为虚”。今人宗白华把虚看得更深远，说它“象征形而上的道”，“即是老子的‘无’”（参见宗白华《中国诗画中所表现的空间意识》，《美学散步》，第114-115页）。

情思为景物或事物，就只能显出以虚生实（以意生象），而不能逆向地显出以实生虚（以象生意），因为既然是明确地化情思为景物或其他事物，那事物就不可能显出自身的情思（在西方文化中，人们一般并不认为外物本来就具有像人那样的情思，而是认为它只具有作为某物的自身的属性和意义）。那情思，那意，就只能显出是诗人主观地具有的，不过是借助于对事物的创造（比喻、象征等）而表现出来罢了。这从虚实关系看，就只是以虚生实，而不同时也是以实生虚，因而也就不是虚实相生。

学界在论说中国古代诗画艺术的虚实关系时，常常把诗画中的形象看作实，而把作为这种形象背景的空白看作虚。这是一种仅仅着眼于象的有无的虚实关系。不过，它与上述着眼于意与象关系的虚实关系是可以统一的。统一的关键在于：那作为背景空白的虚，必须内含某种普遍情思即意，这样，诗画中的虚和实就可以相互依存，相互生发了，即可以虚实相生（意象相生）了。在这种意义上，背景空白只是虚的外在形式，其内在本质却是普遍情思的意（所以上文说“意为虚”）。如果那作为背景空白的虚之中没有这种意，它就只是纯粹的虚空。这样的虚在西方诗画中也存在，它却不是中国古代诗画中所特有的那种虚实相生的虚。（所以，我们其实不适宜说西方诗歌“以虚生实”，而适宜说“以意生象”。）

对于上述古代诗歌意境的原样兴现、观照均衡、意象融合（情景交融）和虚实相生四个特点，还需做三点说明。

其一，尽管意境的上述四个特点都是由构成它的意象的同样四个特点造成的，然而，由于整体大于部分并且大于部分之和这种“完形”作用，这四个特点在意境上比在意象上往往显得更为充分，更为鲜明。

其二，在意境的上述四个特点中，意象融合即情景交融是最重要的特点，它集中体现着意境的本质，体现着作为其文化根源的“天人合一”观念。古代有些咏物诗并不是由若干观照均衡的意象所构成的整体，而是由单个意象为中心所构成的整体（不过诗人对那单个意象的描写也往往是整体性的，即一般对它不作细节描写，更不作层层深入的即带分析性的描写，这是与外国诗歌对单个意象的描写不同的），但由于具有意象融合这一本质特点和其他特点，它们仍然具有意境性。王维的《辛夷坞》、杜甫的《孤雁》等就是这样的诗篇。

其三，学界一般认为意境还具有意味无穷的特点。意境确实是意味无穷的。不过，意味无穷并不是意境独具的特点，因为不止意境是意味无穷的，许多非意境诗的意象（包括中国古代的非意境诗的意象）也是意味无穷的。实际上，一切真正的审美意象都是意味无穷的。康德在其《判断力批判》中就说：“我把审美（感性）理念理解为想象力的那样一种表象，它引起很多的思考，却没有任何一个确定的观念、也就是概念能够适合于它，因而没有任何言说能够完全达到它并使它完全得到理解。”① 这即是说，一般的审美意象（康德称为审美理念）的含义就是不能用语言完全表达的，即意味无穷的。

四

从根本上说，中国古代天人合一的文化及其思维方式造就了古

① ［德］康德：《判断力批判》，邓晓芒译，北京：人民出版社，2002年，第158页。康德这段话中的“想象力”，不是指一般艺术鉴赏中联想和幻想的能力，而是指对自然物的审美观照中直观的能力。康德说，在这种审美观照中，想象力是“作为先天直观的能力”。这也就是说，审美的直观即是审美想象。

代诗歌独特的意象整体——意境。因此，中国古代诗论中不但有意象概念，而且有独特的意境概念。西方诗论界以意象论诗，没有意境那样的概念。所以如此，从根本上说，是由于西方主客二分的文化及其思维方式不能造成中国古代诗歌那样的意境，因而也没有产生那样的诗学概念。

用上述中国古代诗歌意境的四个特点对照西方诗歌意象，后者显出的基本上是相反的情况：意境是直观地原样兴现的，西方诗歌意象则往往不同程度地被想象变形了；意境中的意象常常远近高低地呈现，构成一个观照均衡的整体，西方诗歌意象则往往有中心与陪衬的分别；意境是意象融合（情景交融）的，西方诗歌意象的意与象之间则存在着张力；意境的创造是意象相生（虚实相生）的，西方诗歌的创造则只能以意生象。

由于亲近自然，或者较客观地描写事物，或者学习中国古代诗歌等原因，少数西方诗歌的意象与中国古代诗歌的意境有些接近。不过，即便那样的诗歌意象，也往往显出与中国古代诗歌意境的明显不同。

浪漫主义诗人华兹华斯的某些山水景物诗曾被认为也有意境，他的《水仙》即是这种诗歌的代表（诗较长，不引）。《水仙》的意象较为客观，但并不像中国古代诗歌意境那样是直观地原样兴现的，而是在不同程度上被诗人用比喻、拟人等手法作了处理，例如说水仙“起舞翩翩”，“舞得比浪花更为高兴”。《水仙》对诸意象的观照和描写也不是均衡的，其中“水仙”意象显然是描写的焦点，其他意象如“树”、“微风”、“浪花”等只是陪衬。《水仙》也不是真正情景交融、物我同一的，因为我们能明显感觉到是诗人主观地赋予水仙等意象以特定的情态和意义，例如说水仙“昂首起舞，意趣盎然”；《水仙》末节说：“每当我躺在床上，/或一无所思，或沉于默想，/水仙就会在我的想象里闪现，/使我在幽独中感到欣然；/我的心于是充满了欢喜，/和水仙舞蹈在一起。”（江冰华译）这样的主观想象和感受，更是中国古代意境诗歌所没有的。在《水仙》4节28行的原文中，“我”和“我的”这样的词语出现9次（译文中也出现9次），其境界显然是“有我之境”，而不像中国古代诗歌意境那样是“无我之境”。王维的《辛夷坞》也是写花的，其曰：“木末芙蓉花，山中发红萼。涧户寂无人，纷纷开且落。”其境界（意境）与《水仙》的境界显然不同。

英美意象派诗歌对事物做不加解说的客观描绘，它们是否具有意境呢？且看意象派先驱休姆的《码头之上》：“静静的码头之上，半夜时分，/月亮在高高的桅杆和绳索间缠住了身。/挂在那里，它望上去不可企及，/其实只是个气球，孩子玩过后忘在那里。”（飞白译）这样的诗篇，还有如庞德的《地铁车站》、威廉斯的《红色手推车》等意象派代表作，并没有中国古代意境诗的那种真正物我同一性质的意象融合。我们所感受到的，主要是意象的“象”的逼真、奇妙和精美，至于意象的“意”，似乎只是营造象的手段，无足轻重。难怪有人批评意象派“为意象而意象”。中国古代诗歌却看重意境中起决定作用的意（上文曾指出意象融合、物我同一的实质是物与我在意上的融合和同一；又指出意为虚，象为实，意、虚比象、实更为根本）。

美国“垮掉一代”派诗人加里·斯奈德受意象派和中国古代诗歌的影响，又潜心研习东方禅学，他的《松树的树冠》一诗与中国古代某些禅宗诗接近，确实有些意境的味道：“蓝色的夜/有霜雾，天空中/明月朗照。/松树的树冠/变成霜一般蓝，淡淡地/没入天空，霜，星光。/靴子的吱嘎声。/兔的足迹，鹿的足迹，/我们知道什么。”（赵毅衡译）

某些中国学者试图将意境概念推向世界，那样做的结果可能有两个。一是根本推不出去。道理很简单，那就是西方诗歌中很少真正类似于中国古代诗歌那样的意境；世界上其他成就较高的民族诗歌，如印度诗歌和中古时期的波斯诗歌、阿拉伯诗歌等，也很少有真正类似于中国古代诗歌那样的意境（相应地，三者的诗论也如西方诗论一样，没有产生类似于意境那样的概念）。二是即便成功推向世界，那种泛化的意境概念也会引起混乱，从而遮蔽中国古代诗歌意境的独特性。那时，当我们回头考察中国古代诗歌意境时，可能不得不说出“那是不同于外国诗歌意境的那种意境”之类的可悲话语。明智之举是：意境概念只运用于中国古代那种真正情景交融、物我同一的诗歌，意象和境界概念则用于其他诗歌，包括中国古代的非意境诗歌。

五

中国现代诗论家说到现代诗歌的意境时，常常举徐志摩的《再别康桥》和戴望舒的《雨巷》为例。比较其他现代诗歌而言，这两首诗确实较为接近古代的意境诗。然而，如果将这两首诗比较西方诗歌和中国古代诗歌，我们会发现它们更接近西方诗歌（《再别康桥》更接近浪漫主义的感伤诗，《雨巷》更接近早期象征主义世纪末情调的诗），而不是更接近中国古代诗歌。如果单独与古代诗歌比较，我们又会发现它们更接近某些晚唐诗词和宋词（特别是其中的爱情诗词），而不是更接近如盛唐诗人王、孟、李、杜等的那些最富于意境的诗歌。其实，对于古代“言志”、“载道”的正统诗歌来说，那些表现爱情的晚唐诗词和宋词元曲是具有一定异质性的（前面已说明这个问题需另文专论）。这种异质性诗歌较多地表现自我情感，它们所具有的是倾向于主客二分性质的境界，而不是天人合一性质的意境。由此可以初步推断，《再别康桥》和《雨巷》的境界与古代诗歌的意境仍然有较大的不同。

对照前述意境的四个特点，我们看看它们之间的不同具体在哪里。

意境的一个特点是其中的意象是直观地原样兴现的。现代诗歌的意象一般并不如此，而是主观想象的。其直接的原因，是现代诗人一般并不像古代诗人那样运用感物起兴的手法，而是依靠想象，运用不同程度地改变事物的比喻、象征、暗示等手法。《再别康桥》中的不少意象确实是客观的、原样的，这是它具有一定意境性的原因之一。不过其中也混杂若干主观的、变形的意象，例如说柳树是“夕阳中的新娘”；说清泉是“天上虹”，其中“沉淀着彩虹似的梦”。所以，《再别康桥》的意象与古代意境诗的意象还是不同的。《雨巷》的主要意象丁香姑娘则完全是诗人心造的幻影。诗篇开头说“希望逢着”丁香姑娘，篇中说丁香姑娘“象梦一般地”从身旁飘过，篇末说“希望飘过”丁香姑娘，这些都说明这个意象只存在于诗人的想象中。这种意象与古代意境诗的那种直观地原样兴现的意象相去甚远。

意境的另一个特点是其中的意象常常组成一个观照均衡的整体。现代诗歌中很难见到这种情况。因为现代诗人并不像古代诗人那样，用俯仰远近的整体思维方式去观照和描写事物，而往往是聚焦于一两个事物来集中描写，这就造成中心意象的突出。当然，围绕这种中心意象也能形成一个整体，即一个意象群，但它不像古代诗歌的意境那样是由观照均衡的意象所组成的整体。

《再别康桥》共有 7 个诗节，每个诗节描写一个或两个意象，这些意象有一些均衡性，所以能够组成有一定均衡性的整体，这是

《再别康桥》带有意境性的另一个原因。不过，这诸多意象中其实有两个中心意象，那就是诗篇首尾出现的云彩意象和贯穿全诗的梦意象（诗中有对“彩虹似的梦”和“寻梦”的描写）。这两个意象具有同一性，即都是诗人那失落了的爱情的象征。由此见出，《再别康桥》的诸多意象中不但有中心意象，而且那些意象处在不同的层次上，即有的是客观实在的，有的是主观象征的，还有纯粹虚幻的。所以，《再别康桥》的意象与古代意境诗的意象不同，它们比后者复杂。《雨巷》有两个明确的中心意象，那就是丁香姑娘和始终伴随着她的诗人。这两个意象其实是同一的，因为丁香姑娘不过是诗人的幻影。《雨巷》中的次要意象很少，全诗 7 节 42 行中只有油纸伞、雨巷和篱墙三个，所以，可以说整首诗都是那个中心意象在自我表现。这与古代诗歌中那种由诸多观照均衡的意象所组成的整体性意境是很不同的。

意境的基本特点是意象融合，或者说是情景交融、物我同一。从根本上说，这是古代文化的核心观念——天人合一观念——在诗歌艺术上的反映。依据这种观念，天（“道”）统摄下的人和物是相通的，所以物所显露的情意，就是人所表现的情意。人与物的这种交融和同一，使诗人在诗中隐而不显，是谓“无我”。现代诗人已经失却这种天人合一观念的文化基础，他们所持有的是基于个体本位的主客二分观念。诗人在这种观念支配下的创作，是借用外在事物来表现自己的独特情思。为了适应这样的表现，诗人往往用各种手法对外在事物加以变形，由此形成意与象之间的张力，而不可能像古代诗歌意境中的意与象那样是浑然融合的。

《再别康桥》的意象是否浑然融合？是否具有古代诗歌意境那样的情景交融、物我同一的特点？如果把《再别康桥》看成仅仅是诗人惜别康桥的诗篇，它倒有几分那样的特点。但我们认为，《再别康桥》是诗人借离别的时机去追寻爱情旧梦，用惜别的话语去追怀那段恋情（这是它的高妙之处，也是它的现代性之所在）。既然如此，诗人就主要是在借景物表现自我情感。我们看到，全诗 7 节 28 行中诗人的“我”就出现了 10 次。爱情是最自我的情感，因而爱情诗不大可能真正做到情景交融、物我同一，产生像古代诗歌那样的意境。古代儒道两家思想都排斥爱情，作为两家思想核心的天人合一观念就是排除了爱情的。因此，体现天人合一观念的古代意境诗不会是爱情诗。也正因为如此，古代的文人爱情诗很少[①]；爱情不是古代文人诗歌的重要题材。与之相反，在外国诗歌和中国现代诗歌中，爱情却是重要的乃至主要的题材。这些爱情诗有各自的境界，但不是中国古代诗歌意境那样的境界。至于《雨巷》，我们已指出，它是诗人借丁香姑娘所进行的自我表现（“我”字在诗中也多次出现），因而不可能真正做到情景交融、物我同一。实际上，《雨巷》中也没有多少景物，它主要是一种情境，而不是古代诗歌那样的情景交融、物我同一的意境。

意境还有一个特点是虚实相生。在诗歌中情为虚，景为实。虚实相生就是情生景，景亦生情。因此，这个特点与上述情景交融、物我同一的特点是相统一的。从上述可知，《再别康桥》和《雨巷》主要是化情思为景物，或者借景物表现自我，这就主要是以虚生实（以意生象）；而相反的以实生虚（以象生意）的情况并不明显。《再别康桥》中既有实在的景物，又有梦幻的景物；《雨巷》中的丁香姑娘更迷离恍惚，虚实不定。这两种情况是否就是虚实相

① 朱自清说：“中国缺少情诗，有的只是‘忆内’‘寄内’，或曲喻隐指之作，坦率的告白恋爱者绝少，为爱情而歌咏爱情的更是没有。”（《〈中国新文学大系·诗集〉导言》）

生呢？某些评论家认为是。其实，这种虚象与实象的相互模糊或相互交织的情况，外国诗歌中也普遍存在，它却不是中国古代文化意义上的虚实相生，因而也就不是中国古代意境诗中那样的虚实相生。

尽管如上述，《雨巷》特别是《再别康桥》究竟带有一定的意境性。不过，这样的作品在徐志摩和戴望舒二人的诗歌中就不多见，在其他现代大诗人那里更少见到，在第三代诗中已无踪影。

上述说明，中国古代诗歌那样的意境不是中国现代诗歌的特色，实则也不是现代诗人的追求。总的说来，现代诗歌的境界与古代诗歌的意境很不同。如果我们正视这种不同，如果我们尊重古代独特的文化所赋予古代诗歌的那种独特的情景交融、物我同一的状态，我们就应该把意境这个名称留给古代诗歌，而用含义更宽泛的境界概念来指称现代诗歌的状态。

——选自《诗神的三足鼎——三种基本文化视野下的抒情诗比较》

《诗刊》的诞生及面临的时代语境

蒋登科

中国当代创办的第一个文学期刊是《人民文学》。1949 年 10 月 25 日，以创作为主兼及评论的全国文协机关刊物《人民文学》月刊在北京创刊。茅盾任主编、艾青任副主编。全国文协后来更名为中国作家协会，《人民文学》便成为中国作家协会的机关刊物，也是作家、读者心目中最高级别的文学刊物。《人民文学》为中国当代文学所做出的贡献是毋庸怀疑的，但是，就中国文学的发展来看，仅有这样一个综合性的文学刊物显然不够。

中国是一个诗民族，即使在中华人民共和国刚刚诞生时，诗人在数量上也是非常可观的。而且当时的人们对诗歌也非常重视，对新诗历史和发展道路的总结成为许多人关注的话题。1950 年 3 月，《文艺报》就组织了题为“新诗歌的一些问题”的笔谈，参加者有萧三、田间、冯至、马凡陀、邹荻帆、贾芝、林庚、彭燕郊、王亚平、力扬、沙鸥等①，我们暂且不论他们的观点如何，至少说明，

① 《文艺报》第 1 卷第 12 期，1950 年 3 月 10 日。

诗歌从中华人民共和国诞生开始就是受到关注的，不仅诗人多，而且人们对于诗歌艺术的发展也很关注，各种关于诗歌的讨论会很多。在50年代前期，诗歌创作活动在总体上是繁荣的，几代诗人（不同年龄）、几路诗人（来自1949年前的不同地区如国统区、解放区、大后方等）同时出现在诗坛上，呈现出非常活跃的创作态势。

这种现实呼唤着专门的诗歌刊物的诞生。

创办《诗刊》的最初动力是来自民间的呼声，后来得到了有关组织和官方的支持。换句话说，当时的群团组织和有关部门是非常关注来自民间的声音的。

闻山在回忆20世纪50年代初的诗歌创作时说：

> 开国后五十年代，诗与人民大众的关系，是有史以来最密切的。当时我在《文艺报》工作，在《诗刊》未出世之前，《文艺报》自然要承担关心诗创作、发现新人、佳作的任务。由于我对诗有点主动的关心，因此除了别的工作之外，这事也不成文地成了我的活儿，似乎我早就在做《诗刊》的工作了。
>
> ……
>
> 当时诗创作如风起云涌，激动众人心。要求中华人民共和国有一个新的关于诗的专门刊物的愿望很强烈，于是1957年诞生了《诗刊》。[①]

诗歌创作的繁荣呼唤着专门的诗歌刊物的诞生。作为《诗刊》

① 闻山：《〈诗刊〉忆旧》，《诗刊》2007年3月上半月刊，第51-53页。

的首任主编，臧克家在他的文章中多次回忆到《诗刊》创刊的一些情况：

> 50年代，我常常接到一些喜欢写诗的青年的信，其中有好几位已崭露头角，成名成家。这使我有了诗的气氛颇浓的感觉，徐迟同志那时在外文出版社工作，有一次，我去看他，在他宿舍里碰到几位青年诗人聚在一起谈诗，我一到，大家谈兴更浓了。有同志说，应该办个诗歌刊物，一唱众和，热烘烘的。我那时在作家协会书记处工作，大家希望我能上达群情。我心想，这是件好事，可是机关刊物已经有了个大型综合性的《人民文学》，再搞个专门性的诗歌刊物，恐怕很难。"作协"负责同志了解了情况，认为创办个《诗刊》，是适时的，需要的。有一天，党组负责人刘白羽老友来到我的住处，谈了《诗刊》的创办，并将主编、副主编及编委的人选大体确定下来了。我想，党组事先一定讨论过，他才来找我商定的。事情成功之快，手续之简单，出我意料，喜从中来。①

> 1956年，在京的许多老中青诗友们不时聚在一起谈谈。那时徐迟同志在外文出版社工作，有一天，好几位青年诗人在他的宿舍里碰头了。大家都说，诗歌需要一个阵地，应该搞个刊物才好。我心里想，已经有个综合刊物《人民文学》了，再搞个专业性质的刊物恐怕不成。同时，

① 臧克家：《老〈诗刊〉琐忆》，《臧克家全集》第六卷，长春：时代文艺出版社，2002年，第216页。

我接到读者的来信，也表示了和大家同样的意愿。大家怂恿我争取一下试试，因为我已经调到作协书记处工作了。我把这些情况向党组负责人刘白羽同志谈了，希望他向领导同志反映一下。不久，白羽同志到我笔管胡同的宿舍来了，说：领导上已经同意诗刊出版了。我听了，自然十分高兴，真有点出乎意料！于是，我们商讨了编委、主编、副主编以及编辑同志的人选等问题，请他拿去党组研究、决定。这样，解放后第一个全国性的诗歌刊物《诗刊》就诞生了。①

这两段文字谈论的似乎是同一件事情，但后一段文字比前一段记述要细致一些，不过还是显得比较笼统，我们很难从中看出一些具体的信息。根据臧克家1956年调到中国作家协会书记处的情况看，真正探讨《诗刊》的创办而且可以直接向作协领导汇报，应该是在1956年，而且徐迟在其中发挥了重要作用，甚至是关键的作用。根据周良沛的回忆，早在1956年2、3月之交，徐迟就通过中国作家协会的会议提出过创办《诗刊》的建议：

……1956年秋末了。徐迟有次跟我讲到2月27–3月6日的中国作家协会的第二次理事（扩大）会议……在理事会就要闭幕时，大家都感到很突然的见他不是上主席台，而是举手从坐席上站起来发言，而且，话就是那么两句：中国是个泱泱诗国，建议创办一个专门发表诗创作和

① 臧克家：《我与〈诗刊〉》，《臧克家全集》第六卷，长春：时代文艺出版社，2002年，第51页。

评论的刊物，就叫《诗刊》好了。因为这事起先并未纳入提案和议程，也是与会者所未曾想过之事，会场上一下子为之静场，很快，谁带头一鼓掌，也就“啪啪”地热闹起来了。这事，虽然没有提案也没个决议，但从这掌声，徐迟已感到取得大家认同的信心。

……

第二天，他分别找了作协党组的负责人荃麟和白羽同志，落实他在理事会上，只有掌声，还是热烈的掌声，却没有决议的，关于他那办《诗刊》的提议。……不论他将荃麟和白羽看作两位书记，还是老朋友，对于办刊他们都没提出任何意见，完全是热情的支持，认为只要提出一个切实可行的方案来就行了。①

如果这些信息是准确的，至少在主旨上没有什么出入的话，那么我们可以认为，在《诗刊》创办的过程中，徐迟当时虽然还在外文出版社工作，但他把诗人和读者的呼声第一个传递给了中国作家协会，而且找了作协的主要负责人并得到了他们的支持，刊物的名字也是按照他的提议确定下来的。徐迟本人说过这件事情：“1956年是个好年头。那年，中国作家协会召开扩大理事会，把我也扩大进去了。本来我在会上准备讲报告文学的，不知怎么突然心血来潮说起诗来，泱泱诗国竟没有一个诗刊，建议作家协会办一个诗刊，话还没有说完，一片鼓掌声。看来，似说出了大家的心里话。”②吕剑在回忆中说：“1956 年国内形势比较好，陆定一作了《百花齐

① 周良沛：《想徐迟 · 念徐迟》，《新文学史料》1997 年第 3 期，第 81–91 页。
② 谢克强：《同志仍需努力——著名诗人徐迟访谈录》，《诗刊》1997 年 1 月号。

放　百家争鸣》的报告。徐迟最早提出创办《诗刊》。那个时期，臧、徐、吕三人接触较多，此事经三人商量后，提请作协考虑，作协同意创办，并报经中宣部批准。该年秋冬，即由臧克家、徐迟、吕剑进行筹备。1957 年 1 月创刊。”① 由此可见，徐迟在《诗刊》的创刊过程中的确发挥了重要作用，他从《诗刊》创刊开始就担任副主编，恐怕跟他积极参与刊物的创办有一定关系。臧克家之女郑苏伊在接受采访的时候说：“徐迟开了头炮，自然功不可没，但父亲当时是作为作协书记处书记分管诗歌，他们建议父亲向领导反映。但父亲觉得《人民文学》也发诗歌，要出专门的诗歌刊物，可能性不大。后来党组研究，很快同意，刘白羽找到父亲让他当主编，他执意不肯，因为自己非党员，不敢挑，如果要，就要和田间或艾青共同负责，但当时，他俩都犯错误，田间因为胡风问题，艾青因为生活问题。”② 她也承认徐迟在《诗刊》创办过程中所发挥的重要作用，甚至“开了头炮”，而且在最初，臧克家对于是否能够创办专门的诗歌刊物是持怀疑态度的。从这些信息中，我们暂时还无法准确确认究竟是臧克家还是徐迟首先向中国作家协会的领导汇报了创办《诗刊》的设想（也许两人都去向作协汇报过），但是，作为分管诗歌的书记处书记，臧克家向作协领导汇报的可能性比较大，而且创办《诗刊》的事情在一批诗人的倡议和努力之下提到了议事日程，并很快付诸实施。

1956 年 9 月 18 日，中国作家协会党组给中央宣传部写报告，呈请批准在 1957 年创办《诗刊》。仅仅六天之后，在 9 月 24 日，

---

① 子张、吕剑：《〈诗刊〉创刊前后》，《新文学史料》2010 年第 1 期，第 67-68 页。

② 连敏：《重返历史现场——关于〈诗刊〉（1957-1964）的访谈》，《新诗评论》2007 年第一辑，北京：北京大学出版社，2007 年，第 210-222 页。

中央宣传部就批复（1956 年发文第 1291 号），同意创办《诗刊》月刊[①]。在不长的时间里，一个报告和一个批复就宣告了在中国当代诗歌发展中产生了重要影响的诗歌刊物的诞生，足见当时的办事效率很高，有关部门对创办《诗刊》也非常重视。（1956 年）11 月 30 日，《文艺报》1956 年第 22 号刊出《诗刊》的广告："'诗刊'是一本诗歌月刊，定于 1957 年 1 月在北京出版。"[②] 由此向诗歌界和广大读者宣告了《诗刊》即将创刊的消息。

在《诗刊》创办的过程中及创办初期，官方的支持发挥着非常重要的甚至是决定性的作用。

作为中国文学界的全国性群众组织，创办《诗刊》，首先要得到中国作家协会的同意，因为它是《诗刊》的主管、主办单位，而且出版刊物涉及场地、人员、经费等许多具体问题，这些都得由中国作家协会来解决。

《诗刊》的领导和编辑班子组建完成之后，臧克家、徐迟等人和毛泽东取得了联系，汇报刊物的创办情况，建议发表他的旧体诗作品，一方面体现了编辑对领袖的尊重，另一方面也是在寻求毛泽东的支持。从深层次看，《诗刊》的编者也许还试图了解毛泽东对诗歌的看法，以便在具体的工作中加以贯彻，而不至于出现政治上、方向上的错误。20 世纪 50 年代的许多政治运动、思想斗争都和文艺界有关系，能够从最高领袖那里获得信息和支持，在一定程度上也是一种政治上的策略。

根据这些信息，我们可以认为，《诗刊》在本质上就是官方刊物。官方刊物在很大程度上承担着为其政治主张、文艺政策服务的

---

① 《〈诗刊〉纪要》，《诗刊》2007 年第 1 期。

② 同上。

义务。我们必须承认，中国当代文学（包括诗歌）的发展一直与政治保持着密切的关系。早在1984年，仲呈祥在其编著的《新中国文学纪事和主要著作年表》的后记中就谈到了这样一段话：

> 作为“文学纪事”，本不应列入政治性事件。但鉴于建国以来我们在处理文艺与政治的关系上的某些失误导致的文艺的发展基本上受制于政治的客观事实，如果今天我们在记载和反思这段历史时人为地对文学事件和政治时间加以剥离，反倒离开了历史的本相，即离开了历史唯物主义立场。①

政治与文学的关系是如此密切，与之相对应的当然就是文学家与政治家的关系的密切。在《诗刊》创办之前，文艺界的各种运动已经不少，关于电影《海瑞罢官》的批判、关于《红楼梦》研究的批判、关于胡风文艺思想的全国性批评等等，已经使文艺界人心惶惶。臧克家、徐迟他们对此是非常清楚的。他们深知政治影响、左右文学的力量有多强大。应该说，《诗刊》的创办者们具有敏锐的政治意识，从一开始就注意到了这一点，在其后的《诗刊》栏目设置、作品选择等诸多方面，这样的敏锐都有所体现。在《诗刊》的发展历史上，毛泽东的支持当然是最主要的，除此之外，臧克家还多次回忆了朱德、陈毅、郭沫若等高层领导对《诗刊》的关心和支持，陈毅甚至谈到了刊物的刊期、栏目设置、作品选择等方面的

① 仲呈祥：《新中国文学纪事和主要著作年表·后记》，见《新中国文学纪事和主要著作年表》，成都：四川社会科学院出版社，1984年，第377页。

具体问题①。

“双百”方针的提出为文化的发展提供了政策的支持，也可能是创办《诗刊》的重要动因之一。这个方针是经过了较长时间的酝酿，才从不同的领域扩大到整个科学、文化、艺术领域的。毛泽东最早提出“百花齐放”是在1951年，他应梅兰芳之请，为中国戏曲研究院的成立题词，就写了“百花齐放，推陈出新”八个字。“百家争鸣”最初的提出是在1953年，当时，郭沫若和范文澜对中国奴隶社会何时向封建社会转变的历史分期问题，有不同的意见和热烈的争论。时任中国历史问题研究委员会主任的陈伯达向毛泽东请示，毛泽东说要百家争鸣。这成为指导历史研究的重要主张。1956年4月28日，毛泽东在中央政治局扩大会议上说，“百花齐放、百家争鸣”，即艺术问题上百花齐放，学术问题上百家争鸣，应该成为我们的方针。5月2日，毛泽东在最高国务会议上正式宣布将“百花齐放、百家争鸣”作为党发展科学、繁荣文学艺术的指导方针。5月26日，中共中央宣传部部长陆定一向自然科学家、社会科学家、医学家、文学家和艺术家们系统地阐述了党中央提出的“双百方针”，他指出：要使文学艺术和科学工作得到繁荣发展，必须采取“百花齐放、百家争鸣”的政策。我们所主张的这一方针，是提倡在文学工作和科学研究工作中有独立思考的自由、有辩论的自由、有创作和批评的自由，有发表自己的意见、坚持自己的意见和保留自己的意见的自由。在学术批评和讨论中，任何人都不能有什么特权，以“权威”自居，压制批评，或者对资产阶级思想熟视无睹，采取自由主义甚至投降主义的态度，都是不对的。这样的表

① 参见臧克家的《怀念逐日深》、《陈毅同志与诗》、《得识郭老五十年——怀念郭沫若同志》，均收入《臧克家全集》第五卷，长春：时代文艺出版社，2002年。

态在文艺界和科学界引起了强烈的反响，人们的眼界开阔了，思想活跃起来，学术文化各部门都比过去表现得更加活跃，显示出生气勃勃的景象。

应该说，在经过了1949年以来的历次政治运动之后，“双百方针”的提出和实施对于文学艺术的繁荣和发展是具有至关重要的作用的。诗歌历来是比较活跃的艺术部门，而在当时，还没有一家全国性的诗歌刊物，这对于中国这个诗民族来说，显然是不合适的。“双百方针”的提出和实施定然会促进诗歌创作的繁荣，这正是创办诗歌刊物的良好契机。不过，对于这一点，我们现在没有从当事人那里找到实证材料，只是一种推测而已。

体制性建设是中国共产党一直以来领导文学的基本手段。毛泽东《在延安文艺座谈会上的讲话》是文学体制建设的重大收获，对延安文学和解放区文学的发展产生了重要影响，也影响到中国当代文学的发展。中华人民共和国成立后，中国共产党成为中国的执政党，毛泽东成为共产党和新生国家的领导者，这就为这种制度化建设提供了更为良好的环境条件。我们甚至可以认为，如果“中国当代文学”这个概念成立的话，那么当代文学及其主张实际上是延安文学及其主张的放大，“中国当代文学”的起始时间至少可以追溯到延安时期，而不仅仅是起于1949年中华人民共和国的成立。

董健、丁帆、王彬彬在他们主编的《中国当代文学史新稿》中说：“第一次文代会实现了中国共产党对于文学的全面领导，确立了新生政权与文学艺术家之间领导与被领导的关系。”① 如果从传统的“中国当代文学”的时段划分上看，这一说法是有道理的。事

① 董健、丁帆、王彬彬主编：《中国当代文学史新稿》，北京：人民文学出版社，2005年，第22页。

实上，从其诞生开始，中国共产党就以不同方式对文学艺术的领导采取了自己的措施，为其“全面领导”文学奠定了基础：

> 从“五四”前后和1928年的“文学革命”论战中通过思想倡导的方式对于文学实践的竭力介入，中经30年代通过“左联”而对文学实行的“组织化”实践，到40年代延安“解放区”通过政权对文学的管制，中国共产党对于文学领域的介入，终于发展为“国家”层面的全面领导。从此，中国共产党可以动用包括国家机器在内的一切资源与力量对文学提出形形色色的政治或政策要求，进行相当有力的控制。①

中华人民共和国的成立，使过去只是作为中国现代文学一部分的共产党领导的文学成为中国当代文学的全部，也使中国共产党对文学的体制化管理进一步加强。和以前相比，这种管理具有了唯一的、无法替代的地位。甚至在中华人民共和国还没有宣布成立之前，1949年7月举行的第一次全国文代会（中华全国文学艺术工作者代表大会）就确立了当代文学的基本体制。

1949年7月2日至19日，第一次全国文代会在北平举行。出席文代会的代表共753人，其中中国共产党党员444人，占全部代表的58.96%②。毛泽东给大会发来了贺电，要求文艺工作者“进一步团结起来，进一步联系人民群众，广泛地发展为人民服务的文

---

① 董健、丁帆、王彬彬主编：《中国当代文学史新稿》，北京：人民文学出版社，2005年，第23页。

② 徐盈：《采访第一届全国文代会手记（一）》，《档案与史学》2000年第1期。

艺工作，使人民的文艺运动大大发展起来”①。在会上，朱德代表中共中央致辞，周恩来做政府工作报告，郭沫若致开幕词并做了《为建设新中国的人民文艺而奋斗》的总报告，茅盾做了《在反动派压迫下斗争和发展的革命文艺》的报告，周扬做了《新的人民的文艺》的报告。会议期间，毛泽东于7月6日亲临会场，发表了简短的讲话。

毛泽东的讲话是随意的，很简短，但也蕴涵深意。他说：“同志们，今天我来欢迎你们。你们开的这样的大会是很好的大会，是革命需要的大会，是全国人民所希望的大会。因为你们都是人民所需要的人，你们是人民的文学家、人民的艺术家，或者是人民的文学艺术工作的组织者。你们对于革命有好处，对于人民有好处。因为人民需要你们，我们就有理由欢迎你们。再讲一声，我们欢迎你们。”有人对此做过这样的分析：

> 这一讲话频繁使用的“我们”和“你们”这样的字眼充分显示出，在毛泽东的思维中，掌握政权的主体“我们”并不包括被称为是“你们”的文学艺术家，“你们”尚未进入“我们”的阵营，而且，只是因为“你们”符合人民和革命的需要，才为“我们”所欢迎。②

第一次文代会取得的成果是多方面的，但有两个方面最为重要，也影响深远。

---

① 《中国共产党中央委员会贺电》，《中华全国文学艺术工作者代表大会纪念文集》，新华书店，1950年。

② 董健、丁帆、王彬彬主编：《中国当代文学史新稿》，北京：人民文学出版社，2005年，第22页。

其一是确定了文学艺术的基本规则和要求，确立了毛泽东的《在延安文艺座谈会上的讲话》为全国文艺工作的方向，把它从延安、解放区的局部的要求扩大到全国范围，而且成为其后中国内地文学的唯一的指导思想。郭沫若在开幕词中认为毛泽东的《讲话》“一直是普遍而妥当的真理”，并且要“把这一普遍而妥当的真理作为我们今后的文艺运动的总指标”[①]。周扬在讲话中说：“毛主席的《在延安文艺座谈会上的讲话》规定了中华人民共和国的文艺的方向，解放区文艺工作者自觉地坚决地实践了这个方向，并以自己的全部经验证明了这个方向的完全正确，深信除此之外再没有第二个方向了，如果有，那就是错误的方向。”[②] 大会提出的宣言，基本上是按照这样的观念确定的，指出“我们今后要继续贯彻这个方针，更进一步地与广大人民、与工农兵相结合”[③]。确定了指导思想，确定了发展方向，中国当代文学的发展也就有了政策、制度方面的保障和约束。换句话说，其后的中国文学就只能够在这个制度的规定下发展，不能有丝毫突破，否则就会招致巨大的灾难。

其二是建立了全国性的文学艺术组织。这种组织在表面上是民间的、文学艺术工作者的群众性组织，但实质上是党和政府领导、引导文学艺术的部门，其官员享受不同行政级别待遇。这一形式是借鉴苏联的文艺体制而建立的，一直延续到现在。周恩来在大会的政治报告中明确指出，即将成立的新的国家政府机构中，“也要有

① 郭沫若：《大会开幕词》，《中华全国文学艺术工作者代表大会纪念文集》，新华书店，1950 年。

② 周扬：《新的人民的文艺》，《中华全国文学艺术工作者代表大会纪念文集》，新华书店，1950 年。

③ 《大会宣言》，《中华全国文学艺术工作者代表大会纪念文集》，新华书店，1950 年。

文艺部门的组织。这个文艺部门的组织，那就要依靠我们上面说的那些群众团体来支持”，“我们新民主主义的政权机构里面的文艺部门，也需要我们全体文艺工作者来积极参加工作”；“文艺工作在政府方面也好，在群众团体方面也好，我们都要来有计划地安排。这就靠你们将要推选出来的领导机构来安排这些事情”①。后来的中国文学艺术界联合会（简称“全国文联”）、中国作家协会的党组书记、主席都享受正部长级待遇，其内设机构也有相应的行政级别。之后全国各地又相继成立了各地区的文联、作协，而且，至少在省（自治区、直辖市）这一层面，这些协会都是作为类似政府部门和相应的行政级别进行管理的。

从中华人民共和国成立到《诗刊》创办之前，中国的文艺界发生了多次规模空前的批判运动，这些运动基本上都是将文艺观念的冲突上升为政治观念的冲突，然后以政治的标准来进行批判。几次特别值得关注的大规模运动是：1950 年到 1951 年间开展的对电影《武训传》的批判，对萧也牧等作家的“小资产阶级”创作倾向的批判；1954 年到 1955 年间开展的对俞平伯的《红楼梦》研究和胡适思想的批判；1955 年开展的对“胡风反革命集团”的批判和“丁（玲）、冯（雪峰）、陈（企霞）反党集团”的批判，等等。还有一些针对具体作品的批判运动，只是范围和影响相对小一些。这样的批判运动一个接着一个，开展之广泛，在整个中国历史上都是少见的。许多作家不但因此失去了创作自由，失去了人身自由，而且有些作家的身心还遭受到严重伤害。就批判运动的全国性这一特点来看，文艺界的批判运动还不会就此结束。事实正是如此，就

① 周恩来：《在中华全国文学艺术工作者代表大会上的政治报告》，新华书店，1950 年。

在《诗刊》创刊的1957年，一场更大规模的政治运动在全国轰轰烈烈地开展起来，那就是文艺界的“反右运动”，受到牵连和影响的作家、作品更多；1958年，又开展了对“丁（玲）、冯（雪峰）、陈（企霞）反党集团”的“再批判”。

每次批判运动都会使不少作家受到不同程度的影响。以对“胡风反革命集团”的批判为例，有人对其后果进行过这样的总结：

> 胡风事件共涉及2100人，拘捕92人，隔离审查62人，停职反省73人。1965年，胡风被判处有期徒刑14年，1969年又被改判为无期徒刑。阿垅、贾植芳被判处有期徒刑12年。路翎、绿原、谢韬、卢甸、耿庸、徐放、方然、欧阳庄、冀汸等也长期被关押。阿垅、方然、张中晓、彭柏山、卢甸、吕荧、俞鸿模、费明君等含冤而死。“胡风分子”的译著也同时遭禁。一些与胡风有过某种相似观点的人，即使在此次事件中幸免于难，也未能逃过1957年的“反右”运动的整肃。①

《诗刊》在创办的时候和发展初期所面临的就是这样的政治、社会、文化语境。在明媚的阳光之下，几乎所有中国人都有人人自危甚至如坐针毡的感觉。

但是，我们必须承认，《诗刊》自创刊开始，在文学界、诗歌界甚至政治上都具有特殊地位，“在行政关系上，它隶属于全国文联和作家协会，由中宣部与作协党组领导，从诞生之初就和政治发

---

① 董健、丁帆、王彬彬主编：《中国当代文学史新稿》，北京：人民文学出版社，2005年，第38页。

生了‘血缘’上的紧密联系。但《诗刊》地位的确立不仅仅来源于它作为一本诗歌刊物身世显赫的隶属关系，从它的创刊和发展来看，这本杂志的产生、演变是诗人的影响力、政府和政党的支持、民间组织和传统诗歌观念等多种因素建构而成，而其本身发生的细微变化也是时代变革过程中的必然反应”①。通过对《诗刊》的考察，我们可以更深入了解中国当代诗歌与时代、政治的复杂关系。

《诗刊》的创办者和编辑都经历过多次当代的政治、文化批判运动，明白自己所面对的这种语境。从推动诗歌创作、传播的角度考虑，创办一份专门的诗歌刊物肯定是好事，但是单纯从个人政治安全的角度考虑，创办一个新的刊物就多了一份受到冲击的危险。因此，既要创办刊物又要确保安全，编者就不得不考虑一些应对的策略②。在当时，已经有许多刊物、作家、诗人因为政治上的原因而受到冲击。《诗刊》的编者也许从中吸取了经验和教训，所以从一开始，就试图和党的上层建立联系。他们给毛泽东写信、发表毛泽东的诗，这除了艺术上的原因之外，估计也存在寻找政治“保护伞”的内涵。即使这样，在1957年的“反右派”运动中，《诗刊》的一些参与者仍然受到了冲击。一些编委的名字被取消了。刊物在选题上也非常注意和主流意识（尤其是政治观念）的接轨、追随。

——选自《〈诗刊〉与中国当代诗歌的发展》

① 庄莹：《1979年的〈诗刊〉——社会转型的裂变与重构》，山东大学硕士学位论文，2009年。

② 这并不是危言耸听。比《诗刊》早25天创刊的《星星》在创刊号上发表了流沙河的《草木篇》，在“反右运动”中就被上纲上线，整个编辑班子几乎“全军覆没”，刊物不得不转型，继而停刊。

"立象尽意"与"立言救言"

——为建构现代汉语诗学提供一份参考

向天渊

一

"立象尽意"这一命题首见于《周易·系辞》:"子曰:'书不尽言,言不尽意。'然则圣人之意,其不可见乎?子曰:'圣人立象以尽意,设卦以尽情伪,系辞焉以尽其言,便而通之以尽利,鼓之舞之以尽神。'"分析这段话,有三点值得我们注意:第一,将"言"与"象"区分开来,因而"象"也就不是由语言文字引起的诉诸联想、想象的形象,而是直接诉诸视觉的图像,即太极、两仪、四象、八经卦、六十四变卦等抽象性的图画。第二,在言不尽意的情况下,把"象"与"意"联系了起来。第三,圣人所立之象,显得抽象、神秘,于是,经过后世众多占卜者的"观象系辞",又出现了卦辞、爻辞等,它们与卦象一起成了指导卜筮的基本原则;但在实践中,对这些原则的理解各有差异,于是,又出现了"筮无定法"的现象,对同一卦象、卦辞、爻辞的理解甚至可以完全相反，子贡和孔子对“鼎”卦九四爻的相反解释就是典型例证①；由此看来，圣人所立之象仍未准确地传达出圣人之意，一旦用语言进一步解释，又重归于“言不尽意”的出发点，从而陷入阐释怪圈的矛盾之中。

然而，正是基于上述三方面的内涵，《周易》中“立象尽意”这一哲学命题才对后世的诗歌创作与理论产生了非常重要的影响。这种影响具体表现为如下三个方面：第一，圣人所立之“象”与语言文字所唤起的形象，除了有实与虚、有限与无限的区别之外，仍存在着重要的相通之处，即二者均为感性形象。第二，将“象”与“意”联系起来，开凿出传统诗学中“意象”范畴最初的理论源泉。第三，已立之象，特别是与之相应的筮辞在理解上的不确定性，和诗歌语言的歧义性恰好具有同构性质；诗人正是把握住了诗歌语言的歧义性特征，才能在创作中跳出言内之“义”去追求言外之“意”，使诗歌文本超越“言不尽意”的局限而达至“言有尽而意无穷”的理想境地。

不过，进一步促成“立象尽意”走上诗学之路的则是庄子的“筌蹄之喻”和魏晋时期“言意之辨”中王弼的一系列观点。

《庄子·外物篇》中有“筌者所以在鱼，得鱼而忘筌；蹄者所以在兔，得兔而忘蹄；言者所以在意，得意而忘言”的论述。王弼受名家“言意之辨”的启发，又有感于汉人讲“象数”过于芜杂，转而借用老、庄解《易》。他借用庄子的这段话对《周易·系辞》中提出的“言-象-意”的关系做出了新的解释。为了与《周易》相对应，他在庄子确立的“言”与“意”的关系之间加上了“象”

① 参见北京大学历史系《论衡注释·卜筮篇》，北京：中华书局，1979 年，第 1379 页。

这一范畴，即《周易略例·明象》开篇所谓："夫象者，出意者也；言者，明象者也。尽意莫若象，尽象莫若言。"①

除此之外，王弼颇具独创性的观点还有《周易略例·明象》中两个"然则"所引发的内容："然则，言者象之蹄也，象者意之筌也。是故，存言者非得象者也，存象者非得意者也。象生于意而存象焉，则所存者乃非其象也；言生于象而存言焉，则所存者乃非其言也。然则，忘象者乃得意者也，忘言者乃得象者也。得意在忘象，得象在忘言。"

这里至少有两点与庄子不同：其一，在王弼看来，"忘象"、"忘言"分别是"得意"、"得象"的条件，具有至少是逻辑上的先在性。而庄子明确地用"得鱼而忘筌"、"得兔而忘蹄"来比喻"得意而忘言"，从逻辑和时间两方面看，"忘言"都应在"得意"之后。其二，在庄子的论述后面，隐藏着一个筌鱼者、蹄兔者、以言达意者，所谓得鱼而忘筌、得兔而忘蹄、得意而忘言，均是就行为的发出者而言，强调达到目的之后便应该忘掉工具。王弼则从接受者出发，强调发挥接受者的主观能动性："寻言"但不被动地"存言"，而是主动地"忘言"，从而"得象"；"寻象"但不被动地"存象"，而是主动地"忘象"，从而"得意"。也就是说，接受者为了"得意"应该不受"言"的限制，不受"象"的羁绊。

上述庄子与王弼异中有同的观点，对传统诗学中有关言、象、意关系的论说产生了直接而深刻的影响。简言之，这种影响主要表现在如下两个方面：第一，由"忘言"而"得象"、"忘象"而"得意"的逻辑关系，可以推论出"象在言外"、"意在象外"、"意在言外"等重要观念。第二，庄子的论述从作者的角度，王弼的论

---

① 王弼：《周易略例·明象》，《文渊阁四库全书》影印本第七册，第593-594页。

述从读者的角度，共同促成了传统诗学中“言意说”较为全面的内涵，既有创作时的“不着一字，尽得风流”，也有欣赏中的“但见性情，不睹文字”；既要求作者“状难写之景如在目前，含不尽之意见于言外”，又要求读者能领悟到“韵外之致，味外之旨”。

但是，庄子、王弼在给传统诗学的言意说铺垫上两块厚重基石的同时，也流露出有所偏废的倾向。这种倾向就是庄子的“忘言”与王弼的“忘言”、“忘象”，都秉承了《周易》“言不尽意”的传统，正如汤用彤所说：“‘言不尽意’所贵在意会，‘忘言忘象’所贵在得意，此则两说均轻言重意也。”① 这种重意轻言的态度最终导致了传统诗学言意观念的倾斜，即在高度重象、重意、重境的同时，相对忽视了语言自身的审美价值。

二

要论述“立象尽意”的诗学历程，首先面临的一个困难就是材料的取舍，因为有关这方面的内容非常丰富。笔者主要以最具代表性而且有承传关系的韵味、兴趣、神韵和境界四种学说为据点，予以历时性粗线条的梳理，从而描绘出“立象尽意”在传统诗学中传承、衍变的轨迹。

唐末司空图以《二十四诗品》在传统诗学中占据重要的位置。这部被称为“诗的哲学论”的著作，“以‘雄浑’的兴象开端，用‘流动’的气脉终结，其中心则在于‘含蓄’”②。而“含蓄”一则的头两句“不着一字，尽得风流”对后世的影响尤其深远。这两句

① 汤用彤：《理学·佛学·玄学》，北京：北京大学出版社，1991年，第320页。

② 乔力：《二十四诗品探微》，济南：齐鲁书社，1983年，第144页。

话的意思，并非是指无字之诗能尽得风流，而是指诗中没有一字标明风流，却能尽得风流。换句话说，就是指诗要具有"意在言外"的含蓄美。

与这一精神相一致，司空图又在《与李生论诗书》和《与极浦书》中，总结前贤诗歌创作的丰富经验，提出了"韵味"说。"韵味"说的主要内涵就是所谓的"四外"之论：韵外之致、味外之旨、象外之象、景外之景。在他看来，"辨于味，而后可以言诗也"。而具有极高造诣的"全美"之诗，应该达到有"韵外之致"或"味外之旨"的境界，就好似最美的味是"咸酸之外"的"醇美之味"一样。这里的"韵"是指诗的语言文字，因而"韵外之致"、"味外之旨"就与"不着一字，尽得风流"相辅相成了。"象外之象"、"景外之景"也是司空图评价诗歌艺术的两条重要标准。语言能描绘景物、塑造艺术形象，然而，司空图在当时就已经认识到优秀诗歌的艺术功能绝不仅止于此，它还能够获得"象外之象"、"景外之景"的艺术效果，或者说达到"超以象外"的艺术境界。

由此看来，"四外"之论，尽管在角度或层面上各不相同，但其共同之处仍然是强调诗须有"言外之意"的。这是"韵味"说的本质内涵。这种对"言外之意"的强调，反映出中国传统诗学对诗歌审美特征的准确把握，具有相当的合理性与深刻性。但若予以深究，"韵味"说也隐含着某种片面性与危险性，那就是，突出"言外之意"的价值，就预示着有可能忽视"言"自身的审美特征。传统诗学言意观念的进一步发展，恰好证实了这一点。

自称"参诗精子"的严羽，以禅喻诗、以禅论诗，颇遭诟病，但其所倡"兴趣"说却影响深远。"兴趣"说集中体现在《沧浪诗话·诗辨》中，所谓"诗者，吟咏情性也，盛唐诸人，惟在兴趣。羚羊挂角，无迹可求。故其妙处，透彻玲珑，不可凑泊。如空中之音，相中之色，水中之月，镜中之象，言有尽而意无穷”。这种诗性文字，加之喻中有喻，使其内涵既丰富又模糊。仔细揣摩，大致有三个层次：诗的本质在吟咏情性、诗要有意象、诗要蕴藉含蓄。

这三层意思，均非严羽首创。不过，严羽关于诗要有意象的主张，既对“意象”理论的成型起了重要作用，又丰富发展了言意观的内涵。在严羽看来，诗有“词、理、意兴”三要素，相互之间的理想关系应该是“无迹可求”。但是，宋诗“尚理”，南朝诗“尚词”，走向两个极端；而在两极之间的是汉魏诗与盛唐诗，二者或“词理意兴，无迹可求”，或“尚意兴，而理在其中”。联系严羽所谓“盛唐诸人，惟在兴趣”的论述，“意兴”应该是“兴趣”说的核心内涵。他又用“四中”（即“空中之音、相中之色、水中之月、镜中之象”）来描述“无迹可求”的艺术境界。这种音、色、月、象既存在但是又透彻玲珑、无迹可求的情形，与理在意兴之中又无迹可求是完全相通的。“意兴”不是词、不是理，却由词所致，且理在其中，这显然是语言艺术的“意象”才具有的特征。因此，“尚意兴而理在其中”，就是指诗中之理应该无迹可求地蕴含在艺术意象之中。

“意象”理论与言意观具有共同的思想基础，自然就有内在的密切联系。“意象”理论在魏晋时代开始萌芽，在唐代进一步发展，明清时趋于成熟。前述严羽的“兴趣”说，正处在这一过程的中间环节。尽管他也如主张“不着一字，尽得风流”的司空图一样，用“言有尽而意无穷”来概括他的“兴趣”说，但在论述中，已偏重于从意象思维的角度来论述诗歌艺术的创作与鉴赏，并据此对江西诗派病于理的不良诗风予以针砭和反驳。但是将其纳入言意观的发展历程中来看，这种对“意象”作用的高度评价，在客观上不免忽视了语言自身的格律声色之美。

清初王士祯提倡的“神韵”说，仍然是对前代理论的继承与发扬，这表现在两个方面。其一，是对司空图、严羽“味外之味”、“言有尽而意无穷”等观点的继承。王士祯曾自谓“余于古人论诗，最喜钟嵘《诗品》、严羽《诗话》、徐祯卿《谈艺录》”①。在《唐贤三昧集·序》中，他列举了司空图“味在咸酸之外”与严羽“盛唐诸人……言有尽而意无穷”两段论述，并说自己“于二家之言别有会心”，本其旨选《三昧集》。由此看来，诗之有味外味，是王士祯“神韵”说的重要内涵。其门人吴陈琰在《蚕尾续集·序》中甚至说过这样的话：“酸咸之外者何？味外味也。味外味者何？神韵也。”其二，在王士祯之前，“神韵”一语已有较稳定的诗学内涵。据考证，“神韵”一词最早见于南朝，是品评人物气度风韵的术语，进而发展到被用来品评绘画与诗歌。论画，如唐代张彦远《历代名画记》卷一中的《论画六法》云：“人物有生气之可状，须神韵而后全。”论诗，如明代陆时雍在《诗镜总论》中说：“诗之佳，拂拂如风，洋洋如水，一往神韵，行乎其间。班固《明堂》诸篇，则质而鬼矣。鬼者，无生气之谓也。”这些将“神韵”与“生气”相提并论的观点，应该是王士祯“神韵”说的又一理论来源。王士祯在《燃灯记闻》中自述其选《唐贤三昧集》缘起时说：“吾盖疾夫世之依附盛唐者，但知学为‘九天阊阖’，‘万国衣冠’之语，而自命高华，自矜为壮丽，按之其中，毫无生气，故有《三昧集》之选。要在剔出盛唐真面目与世人看，以见盛唐之诗，原非空壳子、大帽子话。”在他看来，盛唐诗的真面目应该是有“生气”的。“生气”与其“神韵”自然是一致的了。徐复观曾

① 王士祯：《渔洋诗话》，《清诗话》，上海：上海古籍出版社，1963 年，第 170 页。

指出，王士祯“就诗之神味以言韵，亦以韵是指风神而言，并非直接指的是音韵”①。

由此看来，“神韵”说在直接继承了司空图、严羽等人的言意观的同时，又纳入了“生气”的内涵。“生气”一词最早见于《礼记》，指一种能使万物蓬勃生长的活力。用于画论、诗论后，指与“形”相对的“神”。对于气韵生动的追求，体现了中国艺术重“虚”、重“传神”、重“无限”的审美要求。“神韵”说具有这一内涵，自然无可厚非，但若放在言意观的发展链条上来看，在重“味外味”的同时，又强调“风神”与“生气”，几乎将重心完全移至诗歌文本的“意”这一层面，在理论上不免离“语言”更远，因而也就更进一步地忽视了对诗歌语言自身的审美价值的探讨与评价。

作为传统诗学的集大成者，王国维在《〈人间词乙稿〉序》(1907）中指出：“文学之工不工，亦视其意境之有无，与其深浅而已。”② 在《人间词话》（1908—1909）中，他更为明确地标举“境界”说：“词以境界为最上。有境界则自成高格，自有名句。”③在对造境与写境、有我之境与无我之境、境之大小与优劣等进行分辨之后，王国维颇为自负地道出：“沧浪所谓兴趣，阮亭所谓神韵，犹不过道其面目，不若鄙人拈出‘境界’二字，为探其本也。”④

不过，王氏“境界”说的理论来源，远不止严羽、王士祯二家。汉语中“境”和“境界”，本指国土疆域，后来被佛经汉译者

① 徐复观：《中国艺术精神》，沈阳：春风文艺出版社，1987 年，第 150 页。

② 姚淦铭、王燕主编：《王国维文集》（上），北京：中国文史出版社，2007 年，第 96 页。

③ 王国维：《人间词话》，上海：上海古籍出版社，1998 年，第 1 页。

④ 同上，第 3 页。

用来表示佛教徒所追求的一种比较纯粹的精神状态，它能引人进入冥想的极致。诗中之境自然也是诗人情意、精神的产物，这大概是诗学借用"境"与"境界"的一个重要原因。王昌龄在《诗格》中提出"诗有三境"，即物境、情境、意境，但"这个分类，实际上是对于诗歌所描绘的对象的分类"①。后经皎然"实境"与"虚境"的划分，发展到宋代以后，几乎以"意境"或"境界"来统称不同类型的境界了。而在界定何者为"境"时，又往往将其与"象"联系起来，如刘禹锡"境生于象外"的表述就很具代表性，这和司空图"象外之象"的说法颇为类似。这即是说，意境的产生离不开意象，"意象是形成意境的材料，意境是意象组合之后的升华"②。

王国维作《人间词话》，受到"词话"形式的束缚，仍旧采用感悟式的表述，没有对"境界"的内涵作出明确的规定，这引起了阐释者的纷争。叶朗在《中国美学史大纲》中将王氏"境界"概括为三个方面的内涵是较为全面的。这三方面是：第一，"情与景、意与象、隐与秀的交融和统一"；第二，"要求再现的真实性"；第三，"要求语言能够直接引起鲜明生动的形象感"。很显然，王国维的"境界"说主要地仍然是对传统意象、意境理论的继承与综合。但是，其强调的重点，已经是超于象外的"意"与"境"，所谓"文学之事，其内足以摅己，而外足以感人者，意与境二者而已"③。

① 叶朗：《中国美学史大纲》，上海：上海人民出版社，1985年，第267页。

② 袁行霈：《中国诗歌艺术研究（增订本）》，北京：北京大学出版社，1996年，第47页。

③ 王国维：《人间词乙稿序》，《中国历代文论选》（第四册），上海：上海古籍出版社，1980年，第387页。

尽管意境离不开意象，意象又由言所致，但随着意境理论的成熟，“言”自身的审美价值也逐步被淡化，以致最终被意象美与意境美的夺目光彩所遮蔽。

三

中国传统诗学的内涵毕竟是异常复杂与丰富的。即使在意象、意境理论日趋完美而逐步遮蔽诗歌语言自身审美价值的同时，传统诗学仍然对诗歌语言的字形、字音和语感等形式因素所造成的格律声色之美进行了比较具体的研究，也形成了比较深刻的理论认识。这种研究的自觉性的形成，以《文心雕龙·练字》篇中关于“缀字属篇”以及《声律》篇中关于“双声叠韵”等的一系列论述为标志；唐宋以后的众多诗话、词话更是从语言层面入手详细地研究了诗法、句法、造语和押韵等诗歌创作的各种技法；金代王若虚的《滹南诗话》已建立起初步的诗歌文法学与修辞学；明初李东阳明确地从声律、讽咏方面阐释诗的特性以区别诗文体制。

叶朗曾指出：“从美学史的发展来看，赋、比、兴这组范畴，正是对《易传》‘象’这个范畴的进一步规定。更精确点说，赋、比、兴这组范畴，正是对《易传》所提出的‘立象以尽意’这一命题的进一步规定。”① 如果承认这种说法，那就意味着，传统诗学中有关“赋、比、兴”的分析、评述与提倡，也可视为是对“立象尽意”诗学内涵的充实与丰富。

此外，中国古代的诗歌创作也相当程度地弥补了“立象尽意”在诗歌理论上造成的倾斜与不足。《礼记·郊特牲》中记录了这样

① 叶朗：《中国美学史大纲》，上海：上海人民出版社，1985 年，第 85 页。

一首在祭祀时的祝词：“土，反其宅；水，归其壑；昆虫，勿作；草木，归其泽。”① 它反映了古人企图通过对大自然实施咒语的方式，使它服从自己的愿望。这显然是一种对语言神力的崇拜。《楚辞》中《九歌》、《招魂》等篇章也反映了语言具有使人与神进行对话与交流的魔力。到了汉代，“赋”的创作则把言辞的夸饰作用发挥得淋漓尽致。而唐诗、宋词、散曲、杂剧等，则将语言的格律、音韵之美直观地呈现了出来。

不过，我们更应看到，传统诗学在对诗歌语言形式美、文采美的要求之上，还赋予了另一个更为实用的要求，即“辞达而已”。尽管“辞达而已”的要求主要体现在政教中心派的各种学说之中，其对传统文学中的散文创作具有更多的制约性，但由于文学家主张“文章合为时而著，歌诗合为事而作”，政治家更是强调“文以致用”，理学家则宣扬“文以载道”，他们都只注重语言文字乃至整个文学的工具性价值，视文章的志识为体、文采为用，视“神理气味”为“文之精”、“格律声色”为“文之粗”。这种强大的实用主义思想必然对审美中心派的诗歌观念产生巨大的影响，比如，阐发诗美艺术特征的《二十四诗品》，也要以“大用外绯，真体内充”的区别来开宗明义。这势必使中国传统诗学，缺乏以关照诗歌语言自身的审美价值为理论核心的“语言审美论”，更没能产生类似于西方现代诗学中以诗歌语言为诗的本质特征的“语言本体论”。

或许，有人会问，王国维在完善意境理论的同时不是已经注意到艺术形式美的独立价值了吗？的确如此，王国维在《古雅之在美学上的位置》一文中，论述了作为“第二形式之美”的“古雅”，可以离开壮美或优美“而有独立之价值”。不过，我们必须认识到，

① 《十三经注疏》影印本，杭州：浙江古籍出版社，1998 年，第 1454 页。

他是偏重于从书法、雕刻与绘画的角度，而且是在接受康德的形式美学的影响之后才做出这种论述的。这正表明，作为中国传统诗学、美学集大成者的王国维，既接受了西方近代美学，同时也是中国现代美学、诗学的奠基者。他对艺术形式美的独立价值的认识已经突破了传统美学、诗学的范围，而成为现代美学、诗学的“转换预告”了。

四

20世纪初，西方哲学史上发生了一场深刻的革命，即哲学进入语言领域，把语言作为研究对象。其结果，使得“语言问题已经在本世纪的哲学中获得了一种中心地位”①。这种语言转向的西方哲学对语言的研究有科学主义和人文主义两大倾向。前者强调语言的逻辑功能，追求语言的精确性与逻辑性；后者强调语言原初的非逻辑功能，追求语言的隐喻性和意义的增生性。就科学主义倾向而言，又有两大学派，即逻辑分析派和普通语言分析派。逻辑分析派认为，在普通语言中，表达式的语法和句法形式常常与它们真实的“逻辑形式”不一致，于是，对普通语言进行逻辑分析，使其语法和句法表达式与真正的逻辑形式一致，就成了哲学研究的主要任务；这种分析进而导致“理想语言”的主张，即发明创造一种语法形式忠实于逻辑形式的语言，或者将日常用语改建成这样的语言。普通语言分析派则认为，普通语言的表达式并没有问题，哲学的混乱是由于哲学家误用普通语言所造成的，因此，哲学问题的解决就

① ［德］伽达默尔：《科学时代的理性》，薛华、高地等译，北京：国际文化出版公司，1988年，第3页。

是恢复普通语言的正常用法。人本主义倾向的哲学家也认为语言不能准确、细腻地表达人的体验与情感，究其原因，正是由于语言日益增强的逻辑功能锈蚀了其原初的光亮色泽；据此，他们主张通过悬置语言的逻辑、理性层面，去获得语言的直观感性特征，还原其最初的诗性特质。

诗学总是受到哲学的影响，但诗学也有其自身内部的发展规律，这种发展往往与哲学心心相印，甚至比哲学更为敏感。比如，象征主义者马拉美早就有“诗人是用文字而不是用思想写作”的名言，而且他还信存在着一种充满魔力的语言，这种语言一旦被诗人找到，就能创造出最伟大的诗作，那时“美”就像“一束我们在植物界在花圃上所看不见的新花，神妙地、音乐地从语言中升起”①。20世纪初的俄国形式主义者则明确提出通过“陌生化”使词语复活，把“被俘的诗歌词语领出监狱”②。

从以上简略描述可以看出，处在语言转向中的西方现代哲学与诗学的主要流派，尽管其所选择的导论和出发点各有不同，但其最主要的方法甚至最终目的都是一致的，即试图通过恢复、发现甚或创造一种完善的、具有崭新特质的语言去拯救有局限的语言。对此现象，我们似乎可以大胆地概括为“立言救言”。

俄国形式主义者主张用精密的科学方法来研究艺术，这就为大多是语言学家出身的早期俄国形式主义者提供了用武之地。正是运用语言分析这把解剖刀，俄国形式主义者们一方面解析出了诗歌语言的特殊性，另一方面也发掘出了语言的诗性功能。英美新批评对

---

① 转引自叶维廉《比较诗学》，台北：台湾东大图书公司，1988年，第208页。

② ［俄］巴赫金：《文艺学中的形式主义方法》，李辉凡、张捷译，桂林：漓江出版社，1989年，第76页。

“语言”的兴趣与俄国形式主义一样突出，只不过俄国形式主义偏重于诗歌语言的语音层面的研究，新批评则侧重于语义学方面的研究；而且，俄国形式主义和新批评尽管都没有明确否定文本意义的存在，但两者都尽可能地拒斥它、悬置它，对它不感兴趣，则是显而易见的事实。

在欧洲，主要经由雅可布逊的努力，俄国形式主义与基于索绪尔语言学的结构主义文学批评相连接。一方面超越了新批评在文本内部寻找语义性结构特征的封闭自足性，而把文本置于作品的类别和系统这种更为广阔的背景中加以考察，另一方面又“保持了新批评的形式主义癖好，紧紧盯住作为美学对象而非社会实践的文学”①。而且，结构主义文学批评竭力捕捉的“结构”，也只是批评者预先放入网中的意义诱饵，或者说是与某种“结构”相应的一种普遍意义，而文学作品具体的社会、历史含义和审美意味却被他们流放到视野之外。

众所周知，海德格尔终生都在追问“存在”的意义。“追问”自然离不开“语言”。就在早期对希腊哲学的沉思中，海德格尔已经将“语言”与“存在”联系了起来。后来，他更是明确宣称：“语言是存在的家园”，并且认为无遮蔽的语言就是存在借以敞开出来的“真理之发生”，语言，尤其是诗的语言的本质就等同于存在的本质，人只能守护语言，不能支配语言。这种凭借诗的语言敞开自身的“存在”，或者说自身设入作品中的“真理”，就是一种林中空地似的澄明之境，仍具有海德格尔所极力排斥的形而上学色彩，所以他晚年用“大道”（Ereignis）来取代“存在”。而且他还

① ［英］特雷·伊格尔顿：《20世纪西方文学理论》，伍晓明译，西安：陕西师范大学出版社，1987年，第100页。

明确指出："对这个在道说中运作的大道，我们只能这样来命名，它——大道——成其道身（Es-Ereignis-eignent）。"[①] 这种同语反复的界定，只能说明海德格尔虽然一方面将语言特别是诗的语言的地位放到一个绝对本体的高度，但在另一方面却将诗的内容或者说意义神秘化、虚无化了。

德里达解构主义的根源，也来自索绪尔结构主义语言学。但就在德里达进一步将解构的目标对准整个西方形而上学即所谓"逻各斯中心主义"之时，法国其他学者拉康、罗兰·巴特、克莉斯蒂娃以及美国的耶鲁学派等则在文学批评领域从不同的角度推演解构方略，又创造出"漂浮的能指"（Floating signifier）、"滑动的所指"（Sliding signified）、"作者之死"（The death of the author）、"互文性"（intertextuality）、"误读"（misreading）、"盲视与洞见"（Blingness and Insight）等一系列关涉文本特性的新范畴，以此来揭示文本自身已经具有的对中心、结构、意义等的消解功能。经过自我消解的文本，最终只能是一堆游戏着的能指，意义就在这无终结的游戏中播撒、随即又抹去自己的印迹，成为一种永不到场或永远缺席着的存在。

至此，经过偏好文本、语言研究的西方现代诗学各流派相继几十年的冷漠、切割与流放而显出疲惫不堪之态的文本意义，终于在解构理论的能指游戏所造成的"语言暴政"中被彻底地消弭与埋葬。而解构主义在把意义、价值、中心、历史、文化等轻松而彻底地交付给游戏着的能指的同时，也消解了自身存在的价值。

正是由于解构批评的弊端日渐彰明，作为对它给予反拨、超越

---

① ［德］马丁·海德格尔：《走向语言之途》，孙周兴译，《文化艺术论坛》，香港：香港艺术潮流杂志社，1992年，第182页。

的美国新历史主义、英国文化唯物主义和始终坚持社会、历史之维的西方马克思主义等文学批评理论共同形成西方现代诗学文化-历史的新取向。但新历史主义批评等重新对文本历史、文化意义的强调，毕竟是在经历了半个多世纪“立言救言”的“语言策略”冲刷之后，因而不是，也不可能是简单地回复到旧历史主义、实证主义批评的老路上去，而是一种既注重语言、又强调历史和文化的螺旋式的超越。难怪杰姆逊等人对新历史主义充满信心。

五

现代汉语诗歌的诞生，并不只是文学发展的必然，它更是时代与历史发展的必然。然而，历史在某一方面的进步往往要求其他方面付出相应的代价。现代汉语诗歌的产生与发展也是如此。尽管不少学者坚信现代汉语仍是汉语，“与古代汉语相比，仍有其一以贯之的基本特征，也就是说，汉语之所以为汉语的标志性的东西在现代汉语中并没有消失”①。但是，如果从诗的角度去看，就会发现不少显著的差别。文言的单音节、缺少明确的指代性、缺少严格的语法规范等特征，让“中国诗人能使具体事象的活动存真，能以‘不决定、不细分’保持物象的多面暗示性及多元关系”②，诗就是在这种多元中获得丰富的内涵和博大的意蕴空间。现代汉语则以双音节、多音节结构取代了文言的单音节结构，以引进的西方语法规范限制了其人称指代、词性及其他相互关系的灵活性，结果使得现

① 费勇：《汉语·汉语理论·现代汉语诗学》，《思想文综》（第1辑），广州：暨南大学出版社，1995年，第220页。

② 叶维廉：《比较诗学》，台北：台湾东大图书公司，1988年，第55页。

代汉语诗歌在叙事性增进的同时，也相当程度地流失了言简意丰、意象并呈、意境深邃等诗情画意之美。

但流失并不意味着不能重新培育与建构。那么，如何培育与建构呢？对此，有学者偏重对传统诗歌与诗学优势的继承，认为“把白话加以提炼的第一步便是从现象中抓紧自身自足的意象。自身自足的意象可以解释为一个无需诗的其他部分便能成诗的意象。一个好的自身自足的意象实际上就可以看成一首自给自足的诗”[①]。我们以为，同样重要的一步是借鉴西方现代诗学与语言学密切结合的方法，在充分把握现代汉语自身特征的基础上，建构起新的适合现代汉语的诗美原则或诗学范式。

中国传统诗学大多是感悟性的表述。缺乏精密的分析与科学的论证，从而很难与语言学相结合。不过，齐永明时，周颙受梵语的启发，对汉语天然声调加以规范，创为四声，沈约在此基础上提出“声律论”，即所谓“欲使宫羽相变，低昂互节，若前有浮声，则后须切响；一简之内，音韵尽殊，两句之中，轻重悉异”（《宋书·谢灵运传论》）。从而赋予汉语诗歌鲜明的声、韵、节奏的美感，则是相当成功的诗学与语言学结合的范例。不过，沈约进一步提出的声律“八病”说，则无异于给诗歌创作套上了严格的形式枷锁。虽然钟嵘已经认识到这样做的结果会“使文多拘忌，伤其真美”（《诗品序》），但一直没有人从诗学与语言学结合的高度对沈约的“声病说”和律诗的声律结构作出比较全面的分析。这或许是因为汉字是表意而非表音文字，汉语理论中词义学相对发达，而音韵学所得结论又欠精密准确的缘故。但是，就是丰富的词义学理

① 叶维廉：《中国诗学》，北京：生活·读书·新知三联书店，1992 年，第 254 页。

论，也没有用来和诗歌研究相结合。

与中国诗学形成鲜明对比的是，西方诗学从亚里士多德到但丁、维科一直保持着与语言学的密切关系。特别是西方现代诗学不仅在实践上空前地与语言学相结合，在理论上也已明确地指出："对语言的诗歌功能充耳不闻、视而不见的语言学家和对语言问题漠不关心、对语言学方法一无所知的文学家都是极端不合时宜的。"①

由此看来，加强与语言学的密切合作，借用现代语言学这把锐利的尖刀，去剖析现代汉语言的诗性资质，提升现代汉语的价值，应该是现代汉语诗学建设最迫切的任务之一。其结果或许既可以修正中国诗学一贯与语言学结合不紧密以及相对忽视诗歌语言自身审美价值的不足，又可以凭借汉民族早已化入骨髓的中庸思维方式去抵御西方诗学易走极端的偏颇，从而建构起较为科学与辩证的言意观。

当然，除了言意观之外，现代汉语诗学建设必须论涉的方面还很多，但就整体来看，它只能在传统诗学、西方诗学（特别是西方现代诗学）、现代汉语诗学已经积淀的观念中取得一种磁力互拉的平衡，或者借用伽达默尔的术语来说，在上述三方的"视界融合"中形成一种新的视界！

——选自《中国新诗：现象与反思》

① Roman Jacobson, *Linguistics and Poetics*, *in Modern Criticism and Theory*, edited by David Lodge, Longman London and New York, 1988.

现代译诗对中国新诗文体观念的践行

熊　辉

诗人译诗是中国现代新诗史上的独特现象，充分显示了诗歌翻译与创作的互动关系。很多译者在翻译外国诗歌的过程中习得了艺术经验而开始用诗去表达情思，从而走上了诗歌创作的道路；也有部分诗人在创作的过程中形成了独特的诗歌文体主张，从而把外国诗歌翻译成符合自己审美观念的形式，致使大量的现代译诗成了践行中国新诗文体观念的“生力军”。具体而言，现代译诗主要在语言、音律、形式以及风格等方面实践或试验了中国新诗的形式观念。

一

诗歌的文体要素主要包括语言、音律和形式等内容。在中国新诗提倡白话但很难创作出符合理论要求的文本时，现代译诗则最早成功实践了新诗的语言主张，成为中国新诗创作的语言范本。同时，中国新诗根据外国诗歌的音律特征创立的“音步”理论也逐渐在翻译外国诗歌的过程中得以应用成熟。

现代译诗最早实践并成功运用了中国新诗的语言观念。20世纪初的新诗运动实质上是白话文运动的构成部分，其时的胡适和陈独秀等人主张新诗语言的白话化点明了中国新诗文体的核心特征。胡适的《白话诗八首》于1917年2月在《新青年》发表，这批最早的新诗产品还没有完全脱离古诗文体的窠臼，倒是在此之前或稍后的译诗更充分地实践了白话新诗的主张。清末《圣经》诗篇的译本已经具有很强的新诗意味，例如收集在《中国近代文学大系》（翻译文学集）中的《弓歌》和《雅歌》则和现代白话新诗的语言如出一辙："无花果树结果芬芳，/葡萄树开花发香，/我的佳偶，我的美人，/求你兴起随来。"① 这几行节选自1908年出版的《旧约全书》官话本中的诗歌，基本符合胡适等人提倡的新诗语言主张。胡适1918年4月发表在《新青年》上的《老洛伯》采用的完全是口语白话，而到了1919年3月翻译的《关不住了》则充分实践了中国新诗的语言主张，难怪胡适称该译诗开创了中国新诗的"新纪元"。现代译诗不仅在整体上实践了中国新诗的语言观念，而且具体的译诗过程也是对译者语言风格的实践。徐志摩1924年从英国人菲茨杰拉德（Edward Fitzgerald）的英译诗中转译了波斯诗人莪默《鲁拜集》的第73首作品，而之前胡适、郭沫若均对此做了较好的翻译，但徐志摩却认为翻译不是要拿自己的译品与他人的译品"比美"，"翻诗至少是一种有趣的练习，只要原文是名著，我们译的人就只能凭我们各人的'懂多少'，凭我们运用字的能耐，

① 施蛰存主编：《中国近代文学大系·翻译文学集》（3），上海：上海书店出版社，1995年，第101页。

‘再现’一次原来的诗意”①。翻译外国诗歌对诗人自身的创作而言的确是一种有效的检验，诗人的诗歌文体观念和表现技巧都可以在诗歌翻译过程中得到练习并日趋完善。译诗往往也由此打上译者语言风格的烙印，余光中先生在《翻译和创作》一文中说：“‘一般说来，诗人而兼事译诗，往往将别人的诗译成颇具自我格调的东西。’这当然是常见的现象。由于我自己写诗时好用一些文言句法，这种句法不免也出现在我的译文之中。”② 因此，对译者而言，他们的译诗语言在风格向度上与创作很多时候是一致的，有效地实践了自我的新诗语言观念。

现代译诗有效地践行了中国新诗的音律主张。中国现代新诗的音律探索历程几乎都是围绕着闻一多先生的“音组”概念展开的，中国新诗的每一次格律建设均与借鉴外国诗歌的格律密不可分，其中翻译诗歌更是实验中国新诗格律观念的“排头兵”。“闻先生所说的‘音尺’（从英文 metric foot 译来的，别人较多译为“音步”），即后来常说的‘音组’或沿用我国旧说的‘顿’。在闻先生以外，举例说孙大雨先生写诗和译诗体作品，是有意识以‘音组’作为诗行内的基本单位；（……最近接读美国威斯康星大学周策纵教授 1962 年发表在纽约《海外论坛》月刊 3 卷 9 期上的《定形新诗体的提议》这篇渊博的长文，知道他也肯定“音组”是新诗律方面的“最主要因素”。）故陆志韦先生，借鉴西方大多数语种的诗律，主要用重音为单位来建行，试验写出了《杂样的五拍诗》……似也和闻先生的主张和实践有相辅相成的地方。梁宗岱先生译莎士比亚十四行体诗，则试按法国格律诗建行算‘音缀’即我国语言学改称

① 徐志摩：《我默的一首诗》，《晨报副刊》，1924 年 11 月 7 日。

② 余光中：《余光中谈翻译》，北京：中国对外翻译出版公司，2002 年，第 35 页。

的‘音节’（syllabe），也就是汉语的单音字，探求诗行的整齐，这又合闻先生主张的整齐、匀称的一个方面。而比我还年轻一代的屠岸同志译莎士比亚十四行体诗则在‘顿’或‘音组’以外还讲求轻重音配置，这又是进一步的试验。”① 这段话表明我国现代译者常常采用与“音步”相同或相近的中国现代新诗音律去翻译外国诗歌，这主要是由于译者为了充分再现原作的形式而不得不尽可能地使用音律形式。但从另外一个角度来讲，闻一多、孙大雨、陆志韦、梁宗岱、卞之琳乃至屠岸等人的译诗因为应用并实践了中国新诗的音律而获得了文体形式的成功，不仅使现代译诗有效地实践了中国新诗的音律主张，而且证明了中国新诗格律理论的合理性和生命力。

正是有了现代译诗对中国新诗语言和格律理论的践行，新诗才逐渐赢得了文坛地位。而事实上，现代译诗之于中国新诗的这一功效很多时候并非译者有意为之，现代译诗能率先打破中国诗歌的文言禁锢并走上白话的道路，主要与翻译活动的特征及文言译诗的弊端有关；对中国现代格律诗音律的试验虽然具有更多的自觉意识，但与“音步”概念来自外国诗歌有关，故能更好地在翻译中传递出外国诗歌的音律特征。

二

在诗歌形式方面，现代译诗不仅是中国新诗运动中最早践行诗体解放的理想文本，促进了中国新诗形式的发展成熟，而且在不同

---

① 卞之琳：《完成与开端：纪念诗人闻一多八十生辰》，《卞之琳文集》（中卷），合肥：安徽教育出版社，2002 年，第 157 页。

时期试验了中国现代格律诗的形式主张。

现代译诗最早践行了中国新诗的“诗体大解放”。倘若译诗还是采用古体形式，没有胡适迥然有别于传统诗歌形式的译体，即便是新诗形式有了理论上的倡导，依然很难打开新的诗歌创作局面。“五四”新文化运动以前，清末有识之士如马君武、苏曼殊等人就翻译了大量的外国诗歌，“但是译的都是用文言旧诗体，影响有限，对于中国诗体的变革更无直接关系”①。在古诗体步入僵化的发展境地时，新诗革命倡导白话自由诗，力图达到“作诗如作文”的自由境地，抛却严谨的古体诗律。最初的新诗作品保留着浓厚的古体诗味，“实在不过是一些刷洗过的旧诗……都还脱不了词曲的气味与声调”②。新诗包括整个新文学都面临着无人问津的尴尬局面，怎样创造新诗的新体成了新诗人亟待解决的难题。在这个关系到新诗生存的关键时期，有别于古体诗的译诗形式的出现打破了新诗坛的沉寂，为新诗开启了“合法”的创作道路。胡适“偶用白话译现代美国女诗人莎拉·替斯代尔（Sara Teasdale）平平常常的一首抒情小诗《关不住了》（Over the Roofs），却好像‘得来全不费功夫’，居然用他自己的说法，开了‘我的“新诗”成立的纪元’。说来也妙，胡适早决意要进行‘诗体大解放’，写白话诗要写得‘自然’，打破整齐句法……却一直像‘踏破铁鞋无觅处’，建不起‘新诗’的格局，一朝用白话把一首原是普通的英语格调诗译得相当整齐，接近原诗的本色，就有理由使他自己得意，也易为大家接受。从此，稍经一些同道合力‘尝试’的初步‘成功’，白话新诗

① 卞之琳：《翻译对于中国现代诗的功过》，《卞之琳文集》（中卷），合肥：安徽教育出版社，2002年，第534页。

② 胡适：《〈尝试集〉再版自序》，《尝试集》，北京：人民文学出版社，2000年，第181页。

的门路打开了。……这在中国诗史上确是一次革命性变易”①。根据卞之琳的理解，翻译诗歌的形式实践了最初的白话诗主张，是中国新诗形式的最好体现，由是实现了中国诗歌形式的“变易”，打开了“白话新诗的门路”。

现代译诗试验了中国新诗的形式主张。在中国现代新诗史上，新诗人模仿自己喜欢的外国诗人进行创作已经是公开的秘密，诗人的作品也无可避免地会受到自己所译作品的影响。但是这种影响不是单向度的，诗人的诗歌观念也会左右他对原作的选择以及译诗形式的选择，更多的时候，二者形成了不言自明的呼应。比如卞之琳曾翻译了大量的英国诗和 12 首法国诗，并专门为翻译布莱克、奥顿和瓦雷里等人的诗写了译序，介绍了这些诗人创作的文化背景以及作品的情感内容。这样做一方面显示出卞之琳是一位负责任的译者，另一方面也表明了他对这些诗人作品的青睐。具体而言，卞之琳的“英法两种文学的高深造诣使他汲取的营养比别的诗人要来得广泛，他又倾向于选择那些能对自己的口味、能打动自己的心的作家来译，这样就不限于英法，而旁及德语和西班牙语作家，也就因此，要比机械的为翻译而翻译更容易产生心灵的感应。……他与所译的对象之间秘密的交流，他的诗作与他的译诗之间微妙的呼应，在有限的篇幅里是难以抉发净尽的”②。这说明诗人的译诗与创作之间在文体形式和情感内容的影响方面是互为因果的关系，与原文形式多有关联的译诗文体给诗人的创作输送了新鲜的表达，而他的诗歌形式观念又会部分地影响译诗的形式，从而使后者成为前者有力的支撑，并在一定程度上促进了前者的完善。

---

① 卞之琳：《翻译对于中国现代诗的功过》，《卞之琳文集》（中卷），合肥：安徽教育出版社，2002 年，第 535 页。

② 江弱水：《卞之琳诗艺研究》，合肥：安徽教育出版社，2000 年，第 226 页。

通过翻译外国诗歌来试验诗歌的形式主张还体现在闻一多对十四行体的翻译上。闻一多认为在中国介绍十四行诗体“恐怕一般新诗家纵不反对，也要怀疑。我个人的意见是在赞成一边。这个问题太重太复杂，不能在这里讨论。我作《爱底风波》，在想也用这个体式，但我的试验是个失败。恐怕一半因为我的力量不够，一半因为我诗里的意思较为复杂”①。不管闻一多《爱底风波》是否是一首成功的十四行体诗，但从这段引文中我们可以肯定的是他对十四行诗体形式的推崇并对之加以试验，这种诗歌形式观念和实践行为必然会影响到闻一多对新诗形式观念的建构，甚或影响到他的译诗文体形式。1928 年，闻一多在给饶孟侃的信中也谈到了自己试验十四行体的经历：“昨天又试了两首商籁体，是一个题目，两种写法。我也不知道哪一种妥当，故此请你代为批评。这东西确乎不容易，正因为不容易，我才高兴做它。”② 这表明闻一多曾多次试验十四行诗体，并对该形式有比较深刻的认识，他 1931 年曾专门写了一篇《谈商籁体》的文章，认为“最严格的商籁体，应以前八行为一段，后六行为一段；八行中又以每四行为一小段，六行中或以每三行为一小段；或以前四行为一小段，末二行为一小段。总计全篇的四小段，（我讲的依然是商籁体，而不是八股！）第一段起，第二承，第三转，第四合。……总之，一首理想的商籁体，应该是个三百六十度的圆形；最忌的是一条直线”③。闻一多对十四行诗的认识基于他对十四行体的试验，也正是基于试验十四行体的意

---

① 闻一多：《评本学年〈周刊〉里的新诗》，《清华周刊》（第 7 次增刊），1921 年 6 月。

② 闻一多：《致饶孟侃》（1928 年 4 月），《闻一多全集》（12），武汉：湖北人民出版社，1993 年，第 247 页。

③ 闻一多：《谈商籁体》，《新月》（3 卷 5-6 合期），1931 年 4 月。

图，闻一多翻译了大量的十四行体诗。1928 年 3 月至 4 月间，闻一多在《新月》上发表了他翻译的 21 首勃朗宁夫人的情诗[①]，该组译诗完全采用十四行体形式，是闻一多诗歌创作和翻译中采用同种诗体形式最集中的一次，显然他对该诗体的理解已经融入了他的诗歌形式建构观念之中，是其现代格律诗形式主张的有机组成部分。

现代译诗实践了中国新诗的格律体主张。中国现代译诗在文体形式上采用律诗体基于两个方面的原因：一是译诗为了凑合外国诗律的角度来讲的，二是译诗因为凑合中国新诗律而被翻译成与原诗形式走样的新的格律体。闻一多和徐志摩从 1925 年以《晨报·副刊》为基地开始进行新格律诗的实验，同时翻译了伊丽莎白·勃朗宁（Elisabeth Browning）、A·E·霍斯曼（A·E·Houseman）等人的诗歌，以此实践并证明新格律诗主张。在此，翻译外国诗歌既是新月派诗人创作的来源，又是其格律诗主张的例证。有学者在谈到闻一多翻译赫斯曼的诗歌作品时认为：“因为是诗人译诗，这几首译诗的质量很高。闻一多基本上保留了原诗的节奏和韵律，在形式上非常整齐，因此，这几首译诗可以被视为他的新格律诗的试验。”[②] 这种认识也许源于卞之琳类似的看法，后者在《翻译对于中国现代诗的功过》一文中曾说：“闻一多当时就发表过参考英语诗律以音步建行的办法、凭‘音尺’衡量每行长短的主张，据此写了一些诗，收入后来出版的《死水》一集，又据此翻译了伊丽莎白·白朗宁十四行体情诗一部分，后来发表在刊物上，基本上确立了这种主张。这一路主张，经过几十年的争论和一部分人翻译和创

① 该组译诗载《新月》第 1 卷第 1 号和第 2 号，分别出版于 1928 年 3 月 10 日和 4 月 10 日。

② 南治国：《A. E·赫斯曼德诗及其在中国的译介》，载《翻译的理论建构与文化透视》，谢天振编，上海：上海外语教育出版社，2000 年，第 185 页。

作实践的修订，扩大了影响。”① 由此可见，译诗不仅实践了闻一多格律诗主张，而且和创作一道确立起了这种格律诗体的历史地位。无需过多赘述，闻一多等人的诗歌建构理念总是与外国诗歌紧密地联系在一起的，早在 1923 年他批评郭沫若的诗集《女神》时就认为，新诗“不但新于中国固有的诗，而且新于西方固有的诗；换言之，他不要做纯粹的本地诗，但还要保持本地的色彩，他不要做纯粹的外洋诗，但又尽量的呼吸外洋诗的长处；他要做中西艺术结婚后产生的宁馨儿”②。不管是要求新诗成为“宁馨儿”也好，还是认为郭沫若的诗歌“过于欧化”也罢，闻一多的话至少让我们捕捉到了他这样的诗歌观念：中国新诗要彻底地摆脱传统诗歌的束缚，要真正的“新”，就不可避免地会和外国诗歌发生联系，要么在吸纳西方诗艺的基础上创新，要么将本国的诗歌形式观念运用到译诗文体上，再转而由该类型的译诗带动中国新诗形式的发展。

何其芳晚年开始翻译海涅、维尔特等人的诗歌，其译诗大都采用了格律诗体。对于何其芳为什么会在晚年从事诗歌翻译，卞之琳做了这样的说明：“何其芳早年在陕北编选过陕北民歌的，1958 年应刊物约稿，写一点关于诗歌发展问题的看法，并不反对民歌体，只因谈了新诗的百花齐放，重提了建立新格律诗，接着受到无知的‘围剿’，他从不服气。现在他埋头从事海涅诗、维尔特诗的翻译工作，如被人说是暗中做‘翻案’工作，实际上也何尝‘翻’什么‘案’！他只是在译诗上试图实践他的格律诗主张。”③ 何其芳的现代格律诗“在格律上就只有这一点要求：按照现代的口语写诗，每

① 卞之琳：《翻译对于中国现代诗的功过》，《卞之琳文集》（中卷），合肥：安徽教育出版社，2002 年，第 540 页。

② 闻一多：《〈女神〉之地方色彩》，载《创造周刊》第 5 号，1923 年 6 月 10 日。

③ 卞之琳：《何其芳晚年译诗》，《收获》1998 年第 6 期。

行有整齐的顿数，每顿所占时间大致相等，而且有规律地押韵”[①]。以他翻译的海涅的《给格奥尔格·赫尔韦格》一诗为例：

赫尔韦格，｜你铁的｜云雀，
带着｜铿锵的｜欢呼，｜你豪迈
向着｜神圣的｜阳光｜高飞！
冬天｜真的｜早已｜衰颓？
德国｜真的｜已春暖｜花开？

何其芳的译诗采用了 abccb 的韵脚安排，除第一行诗之外，每行诗有四个顿数，基本实现了他“整齐的顿数”及“有规律地押韵”的格律诗主张，因此卞之琳说何的译诗是对他格律诗主张的实践，这个评价是有据可循的。

现代译诗践行了诗人的创作理念。既然现代译诗实践了中国新诗的文体观念，那对兼事翻译和创作的诗人来说，译诗风格就会影响译者的创作风格，而译者的创作风格反过来也会影响译诗的风格。翻译与创作的密切关系至少包含了译诗对创作风格的实践，例如有人在论述徐志摩的译诗与他创作风格的关系时说：“徐志摩的翻译，几乎与他的创作是同步的。而他的翻译是与他的创作相配合的，他的创作偏向于诗歌，其译文也集中于诗歌；创作偏向于戏剧，其译文也偏向戏剧；旅游偏向于游记、散文，其译文也偏重于同类文体。”[②] 说明了诗人的创作观念会影响他对译文风格和文体

---

① 何其芳：《关于现代格律》，《关于写诗和读诗》，北京：作家出版社，1958 年，第 56–57 页。

② 刘介民：《类同研究的再发现：徐志摩在中西文化之间》，北京：中国社会科学出版社，2003 年，第 97 页。

的选择。戴望舒是中国 20 世纪 30 年代现代诗创作的代表性诗人，他的很多形式主张不仅体现在创作中，而且也应用到了其翻译诗歌的文体上。施蛰存在给戴望舒的译诗集写序的时候说：“望舒译诗的过程，正是他创作新诗的过程”①，此番话的初衷也许就是基于他把自己的形式观念融合进了翻译诗歌之中，翻译与创作折射出来的诗歌风格几近一致了。根据戴望舒创作的实际情况来分析，“他在诗创作的正与内容相应的形式上的变化过程和他译诗的变化过程确是恰好一致。他用有韵半格律体写他的少作诗，截至《雨巷》为止，正是他用类似的体式译陶孙（Downson）和魏尔伦的时期，他用圆熟的自由体表现更多的现代感性而写以《望舒草》一集为主的大部分诗，正是他译法国后期象征派果尔蒙（原作倒是格律体）、耶麦等人的时候；后来他用半有韵的半自由体选译西班牙现代诗人、‘抗战谣曲’，特别是洛尔迦的时候，他自己也就这样写了一些抗战诗（收在他最后一本诗集《灾难的岁月》里）。最后到了 40 年代末尾，他选译波德莱尔《恶之花》，又转而像梁宗岱后来译莎士比亚十四行一样，采用了保持原诗脚韵安排而照法国亚历山大体以十二音节建行的办法。他自己写诗也偶尔从已经高出一层面的半格律体进而朝合理的谨严格律体方向做出了试探（苗头见《灾难的岁月》一集中最后的个别首诗）。可见他翻译外国诗，不只是为了开拓艺术欣赏和借鉴的领域，也是为了磨练自己的诗传导利器”②。戴望舒的诗歌翻译收到了多重功效，对他本人而言，最主要的还是磨练了诗歌形式和语言表达。这也说明译诗不仅促进了诗人创作风

① 施蛰存：《〈戴望舒译诗集〉序》，长沙：湖南人民出版社，1983 年，第 3 页。

② 卞之琳：《翻译对于中国现代诗的功过》，《卞之琳文集》（中卷），合肥：安徽教育出版社，2002 年，第 550-551 页。

格的成熟，而且有助于诗人提取更为合理的诗歌观念，从而知道翻译与创作的良性发展。

外国诗歌的翻译从选材到形式风格都会受到译者主观审美经验和诗歌文体理念的影响，往往使译本在文体上与译者的创作保持相近的特征，成为再现译者诗歌形式风格的合理路径。如冯至20世纪30—40年代的译诗在风格上也浸染了创作的特征，是对其诗歌文体观念的二度检验。“《芦苇歌》在《沉钟》半月刊初次发表时，朋友中不只一人向我说，《芦苇歌》跟我自己写的一样，他们很喜欢读。经他们一说，我也觉得这四首译诗像自己的创作。”① 因此，冯至也很乐意把这首奥地利诗人莱瑙（1802—1850）（N. Lenau）的《芦苇歌》当作自己创作的作品。他在编选《冯至选集》的时候给自己定了个标准——“决定不收译诗”，但是因为《芦苇歌》这首诗具有十分明显的冯至“诗风”，所以他决定还是“制法犯法”地把这首译诗收进了自己的选集中：“这部选集，我决定不收译诗。但是我制法犯法，要来一个例外。……为了不辜负朋友们当年的赞许，我把《芦苇歌》视为自己的创作，收入第一辑里。”②

相对于语言和格律来讲，现代译诗对中国新诗形式观念和诗人创作理念的践行具有更多的文体自觉意识，很多主张格律诗创作的诗人均按照自己的形式观念去翻译外国诗歌，从而把外国的格律诗翻译成具有中国特色的格律体诗，在使外国诗歌形式发生误译的同时却在目标语文化语境中赋予了原作更具生命力的形式。

① 冯至：《诗文自选琐记（代序）》，《冯至全集》（第二卷），石家庄：河北教育出版社，1999年，第177页。

② 同上。

三

将外国诗歌翻译成符合民族诗歌的形式是诗歌翻译过程中十分常见的现象，将之作为论述的重心似乎并无学术创新；但倘若民族诗歌的形式还处于建构阶段，译者借助翻译诗歌的形式来率先实践自己的诗歌形式主张，或整个诗坛的创作实绩还无力支撑起某种诗歌观念而必须依赖译诗对之加以证明的时候，那探讨现代译诗对中国新诗文体观念的践行无疑就具备了耐人寻味的学术品格。

为什么现代译诗会践行中国新诗的文体观念呢？这是个相当复杂的问题，涉及跨语际书写、翻译活动的局限以及诗歌的文体特征等诸多因素。文学翻译是在两种不同的文化之间展开的跨文化交际和跨语际书写，对于现代译诗而言，其要在中国新文化语境中获得生存的空间就必须在传播和接受的层面上符合当时中国的新诗诉求。因此，翻译过程中的“创造性叛逆”使得译诗在文体上不得不适当地与原诗拉开距离而更多地去践行中国新诗的文体主张，外国诗歌只有这样才能在目标语文化中延续生命。从翻译活动自身的局限性来讲，由于语言系统的差异导致中国新诗语言和音律与外国诗歌殊异，目标语不可能完全呈现出源语诗歌的文体色彩，因此中国现代译者在翻译外国诗歌的过程中不得不采用中国新诗的语言形式，从而导致现代译诗对中国新诗文体观念的无奈“屈从”和践行。尤其对于诗歌的翻译来说，诗歌语言的凝练美和音乐美是难以被另外一种语言复制的，诗行的节奏和长短所体现出来的审美趣味也不可能在译作中达到“完全对等”，因此译者很多时候不得不“凑就”本国的诗歌文体主张。

诗歌翻译活动是复杂多变的，现代译诗对中国新诗文体观念的践行除了客观原因之外，也与译者的主观审美趣味密不可分。译诗过程中的创作成分会让外国诗歌被动地跟随译者的意愿去实践或试验中国现代新诗的文体主张，这就出现了闻一多、卞之琳与何其芳诸君借助译诗来检验诗歌形式主张的特殊现象。值得提及的是，在新文学运动早期，很多先驱者力图通过翻译诗歌来证明新诗形式自由化和语言白话化主张的合理性，为新诗理论的“合法性”寻找证据，这种主观愿望也是导致现代译诗践行中国新诗文体观念的重要原因。比如出于早期新诗语言观念的诉求，胡适、刘半农等提倡白话文运动最有力的人翻译了很多外国的白话诗，虽然他们没有直接宣称只翻译外国的白话诗，但他们对外国白话诗的偏爱透露出其希望依靠译诗来证明新诗语言的观念。在译作《老洛伯》的“引言”中，胡适道出了翻译苏格兰女诗人林德塞（Lody A. Lindsay）作品的主观原因——该诗的语言带有“村妇口气”，是“当日之白话诗”①，因此翻译该诗可以支持中国的白话文运动，可以为胡适提倡的白话文运动提供有力的证据。

中国新诗的文体观念通过翻译的试验练习和运用实践而不断地得到了检验和修正，现代译诗与中国新诗共同促进了新诗文体的发展成熟。外国诗歌的翻译不仅为中国新诗引入了异质的文体要素，而且还检验了中国新诗的文体观念，正是从这个意义上讲，现代译诗在双向层面上促进了中国新诗文体的建构。

——选自《翻译诗歌在中国的接受》

① 胡适：《老洛伯·引言》，载《新青年》第4卷4号，1918年4月15日。

以诗集序跋为“事件核”的两级传播模式的建构

梁笑梅

诗集的序跋文作为一种走向完备的文体，显示出明确的时代特色和文学价值，现代诗人传播意识的进一步成熟，也促使序跋文在新诗的传播活动中发挥了独特的作用和功能。序跋文中表现出明显的传播意愿和传播目的，序跋作者大多在序跋中表示了使诗文得以流传的愿望。序跋文在新诗集的传播过程中，成为讯息与受众之间的重要媒介，“序跋”这一独特的媒体，拉近了读者与作者、文本的距离，构建了传播活动中受众与讯息这两端的桥梁和纽带，加速了新诗集的流传。序跋具有对讯息的评介与影响作用，序跋作者大多对诗文作者及其作品、创作特色与风格等作了评论，通过序跋文评价，可以影响和引导读者去判断、选择和接受来自文本的讯息，从而达成更好的传播效应和传播目的，在这里，序跋作者充当了传播过程中的“意见领袖”角色，也成了阅读的参谋和向导。

在新诗创作、私人阅读、作序、发表、出版、发行及公众阅读这一传播场域中，“新诗集序跋”对于从诗到序跋再到读者的事件发生正好具有“事件核”的效能。以“新诗集序跋文”这样的“事件核”切入新诗的传播空间，不仅可以绕开单纯的文本品赏或诗人评传的诗歌史写作惯例，而且使得我们对于新诗想象的探询，借助于“新诗集序跋文”的写作、出版、传播与评论，获得了更加实在的印证。探询的过程也是一个返观历史的过程，能否正确解读与尽多释放“事件核”中蕴涵的信息，则是对探询者学力的考验。

人类社会的传播活动是人的活动，是人与人之间的信息交流过程，因此对传播的研究在很大程度上是对人的研究。人是传播活动的主体，是传播媒介的主人，是传播事业的主导因素。在传播活动中，人和人的活动分布在各个环节上，无论在哪个环节，都充当十分重要的角色。新诗的传播并不是一个简单的由诗人到读者的流动过程，而是要融入这个传播场域的一些复杂因素。无论是传播过程还是接受过程，都是遵循一定途径的有序活动。要研究这一传播场域，就必须对传播过程中的传播者和受传者这两大行为主体圈层进行总体描述和解析。其实，无论是传播者还是受传者，他们在传播过程中都是平等的，都是有思想、有自主意识和自主能力的传播活动的控制者，只是控制的角度和控制的方法不同而已。这种对等的地位决定了他们在传播活动中都是行为的主体，都处在主动的位置上，他们同时面对传播活动中真正的客体——信息，需要寻求的只是他们之间的共同点和结合点。在传播活动中，双方的角色位置处在不断的变换之中，常常是互为传播者和受传者，正是这种频繁的角色互换才保证了传播活动的活力生机。因此，我们把传播者和受传者（受众）放在相同的位置上来研究，以求反映在传播活动中二者关系状态的准确情况。

为新诗集作序跋本身就是接受行为和传播行为的综合体现，序跋作者对于诗文（以手稿、印刷品等形态出现的一级媒介）而言，他是一个信息的接受者、获得者，属于受众层面；同时，他又把自己享用的信息及对信息的理解、处理与把握，通过序跋这一媒介向社会传递和输出，而“媒介即讯息”，序跋包含了文本的原有信息和媒介制造者新的编码信息。从这个意义上说，序跋作者又是一个信息的制造者、传播者，序跋发挥了其作为媒介的传输功能。这一传播形态呈现出接受与传播两种行为方式，显示了二级传播的基本特征。

一、预备性传播：从诗作者到序跋作者

从诗作者到序跋作者是两级传播模式的第一级，是基础和起点。因为自序跋和他序跋的区别，这一级又有不同的表现形式。

（一）诗作者和自序跋作者

这样的传播发生在同一个生命空间之内，诗人利用自己的内储信息和所接受的外部信息，在个人思维中进行传播活动。这也是一个生命空间中的对话，当然，一个人的内心世界是善变的，这已是历时性的对话。诗人的这种自我传播是新诗传播活动的基础，只有具备了正常的自我传播能力，才能保证自己参与其他传播活动的正常进行。自我传播还是诗人生活的一个重要组成部分，虽然与人的生理机制密切相关，但它在本质上是对社会实践活动的反映，具有鲜明的社会性和实践性，还是对事物认识和判断的一种缓冲手段。自我传播不是对外部世界的消极被动的反应，而是积极能动的反映。这种能动性表现在诗人的意识和思维活动具有生产性和创造性，它不是对已有的知识、观念、思想进行简单的复制，而是通过积极的精神劳动，在已知的基础上不断发现未知，创造新知识、新观念和新思想的活动，自我传播伴随着创造性思维成果的诞生。

自序跋立体地传达诗人或序跋作者自身的感受、情绪和思想，是他们全灵魂的释放与传达。《〈野草〉题辞》是鲁迅为散文诗集《野草》所作的自序，1927年结集出版的《野草》[①] 以独特的思想深度和艺术高度，成为现代散文诗难以逾越的高峰，它的题辞让人感悟到诗人的全灵魂虽然紧张但很惬意地释放其能量。当然，更多的诗集序跋则较轻松，但富有真挚的情怀、集中的思想和凝练的语言。诗需要一种特殊的媒介，诗人只好向一般语言借用艺术媒介，“诗歌有非语言化、陌生化和风格化的语言，它拒绝散文语言的价值标准，它在内视世界里活跃，因此，它是自由的艺术。但是，诗歌语言却是很不自由的语言。可以说，诗凭借语言媒介成了最自由的艺术，但是语言却由于成为诗的媒介而成了最不自由的语言”[②]。所以，诗人一般来说不再用诗的形式去写序跋，因为灵魂处在放松状态，他需要离开诗的形式，走出诗歌，放飞灵魂。越是具有创新性和挑战性的诗人，他们的序跋往往弥足珍贵，因为在序跋中，他要将自己所有的感触，所有的观念，所有的被压抑的情绪，都试图释放出来，他的灵魂走出诗歌，面对读者，进行全方位的自我表达，这是诗歌作品的序跋与其他文体的序跋不一样的地方。

人的自我传播有多种异常形式，如做梦、高峰体验和沉思状态，沉思是引起各种异常意识状态（其中一些导致了高峰体验心醉神迷的特征）的一套技巧，而诗人写诗和写序就是集中的沉思和敞开的沉思[③]。汪静之在《蕙的风·自序》中就说：“我极真诚地把

① 《野草》英译本的译稿由译者交商务印书馆，后毁于“一二·八”战火，未出版。英译本自序在编入《二心集》之前也没有发表过。

② 吕进：《中国现代诗学》，重庆：重庆出版社，1997年，第76页。

③ 参见［美］克雷奇等《心理学纲要》，转引自《人际信息交流原理与技能》，北京：文化教育出版社，1980年，第46-51页。

‘自我’溶化在我底诗里；我所要发泄的都从心底涌出，从笔尖跳下来之后，我就也慰安了，畅快了。我是为的‘不得不’而做诗，我若不写出来，我就闷得慌。”

这些序跋文多采用叙事形式，交待写作的缘由、时代背景、文坛状况以及自我评价等，它们是对自己创作的回顾和总结，带有极强烈的纪录风格，同时又带有极强烈的个性色彩。之所以从序跋文角度来观察诗人的社会、文化、文学思想，不仅仅因为它的“传记”性质，更重要的在于这些传记式资料往往在序跋文中带有相当大的“弹性”。也就是说，我们对于这些序跋文应该具有相当的“文体意识”，必须注意到此类“叙事”是处在自序跋文之中，而不是处于其他文体之中。需要注意的是，我们还不能完全按照诗人的叙述线索把他对自己的理解和评述作为理解和评述他的“客观”资料，这些序跋文中的“弹性”因素不是涉及资料真实与否的问题，而是涉及到历史结论的问题。

（二）诗作者和他序跋作者

在人际交往过程中，既有物质性内容的交换，又有精神内容的交换，交际也就是人们发生物质的和精神的接触联系的一种社会行为与社会过程。一方面，人际关系依赖社会交往尤其是人际传播才能形成、发展和变化；另一方面，人际传播又总是在一定的人际关系中展开的。人际传播的双向性质与传播参与者的双重角色密切相关，在一个完整的传播过程中，传播参与者几乎在同时充当着传播者和受传者的双重角色，正是这种双重角色使信息交流不断地进行传播、进行反馈，从而保证了传播的双向性。人际传播总是呈现出双向互动性的特色，并不是说传播参与者双方在实际传播过程中能够完全平等地进行信息交流。从现实性上讲，人际传播作为人与人之间的信息交流活动，方式多种多样。既可以是面对面的，也可以是非面对面的，如叶圣陶在为徐雉《雉的心》（1923 年新文化书社出版）写的序中就说：“……可惜我同徐君没见过一面，只通过几封信，而且谈及的范围很狭小，所以我也不能担这个责任。”1923 年周作人为刘大白《旧梦》（1923 年事务印书馆出版）写序，也说：“大白先生我不曾会见过，虽然有三四年同住在一个小城里。”诗人间的书信传播面窄，影响力小，也不利于思想的广泛传达。而序跋文可长可短，适于对问题反复论说，同时，序跋附于著作之上，易于流传。找人作序跋不但有利于诗集的大众传播，同时也是维持文人交往的主要手段。有以书信为序跋的，如王独清为《独青诗选》写的自序《谈诗（寄给木天伯奇）》，即穆木天、郑伯奇的信。在传播过程中，作为言语线索的言语交际始终是一种自觉的可控制的行为，人际传播所具有的感情色彩是最浓厚的。

在他序跋中有一种特殊情况就是译诗序跋的问题。译诗包括把外文诗译成中文（主流），也包括把中文诗译成外文，序跋大多是他序跋，序跋作者一般就是译者，和原诗作者往往不认识（自我诗歌翻译除外），甚至不在同一时空，他们仅是“神交”而已。郭沫若曾谈道：“译雪莱的诗，是要我成为雪莱，是要雪莱成为我自己。译诗不是鹦鹉学舌，不是沐猴而冠。我爱雪莱，我能感听得他的心声，我能和他共鸣……他的诗便如像自己的诗。我译他的诗便如像我自己在创作一样。”[②]（《雪莱的诗》小引）郭沫若正是以这种创作的精神来翻译诗歌的。译诗序跋也是一部优秀的诗歌翻译作品必不可少的组成部分，作为副文本的序跋存在于文本周围，就像从作品外部走向正文的一道门槛，让读者在或进入或退回之间做出选择，读者会从中形成对译作的初步印象，并体悟到译者译介的目的及其对隐含读者的潜在导向，编者或译者在序跋中设计了一套阅读路径和阐释规则，直接影响并干预读者的解读。余光中就认为一本译书只要够分量，前面竟然没有译者的序言交代，总令人觉得唐突无凭。这表明传输“他者”文化信息的翻译，更有必要做一些背景知识的交代。美国翻译理论家阿皮亚在“厚翻译”（Thick Translation）一文中指出，译者通过添加注释、评注和序言，将翻译文本置于丰富的文化和语言环境中，从而促使被文字遮蔽的意义与翻译者的意图相融合[①]。在文学翻译实践中，译者首先是以读者的身份接触原作，无论是因为对作家文风的景仰，还是因为对原作意蕴的认同，为达到对读者产生影响的目的，“译者惟恐读者不能领会原作的意义，许多译作前有引言或译序，后有跋或附记，介绍作者的生平、创作氛围、题材的社会文化背景与作品的艺术特点”[②]。其中必然包含译者自己的兴趣取向，但无疑为读者解读译作提供了参照，“通过这些批点、题辞和序跋，我们可以观察当时外国文学的译者和读者，如何评价和认识外国文学，外国文学在哪些方面对他们起过影响”[③]。在正式接触译作之前，读者在编者或译者所提供的副文本论述中已对作品形成印象。1922 年商务印书馆出版郑振铎翻译的泰戈尔诗集《飞鸟集》，在序中，他对“小诗”的赞美之词充满其中：“像山坡上的一丝丝的野花，在早晨的阳光下，纷纷地伸出头来，随你爱什么吧，那颜色和香味是多种多样的。”译作序包含着译者对原作者的态度、对原作的认识程度以及对译文读者审美趣味的了解。

对作品的阅读是传播的展开与延续。一般阅读是指在文本的流传与交换过程中，通过对书面文字的直接感受，去理解、品味、体

---

① Kwame Anthony Appiah. *Thick Translation* [M]. Lawrence Venuti (ed). The Translation Studies Reader, London and New York: Routledge, 2000.

② 秦弓：《五四时期文学翻译主体的构成与姿态》，《南都学坛》2005 年第 3 期。

③ 施蛰存：《西学东渐与外国文学的输入》，《中国文化》1991 年第 2 期。

验作品世界的活动，偏重于接受与欣赏，但题写序跋、评点、改写等带有意义添加或改变的阅读不同，是对作为客体的文本本身有新的意义的变动。法国哲学家保罗·利科认为，对于文本有两种解读方式：一种是高度语境化的解读，另一种是去语境化的解读，前者力图从作者所处的具体的社会语境中理解文本，尽可能将文本还原成作者的言说，从而领会作者的本意；后者则倾向于从解读者自身的问题关怀出发，从文本中发现可以运用于其他社会语境的思想资源。序跋作者对诗歌作品的解读主要是第一种解读方式，力图通过背景介绍和详加注释，为其他诗歌读者从他们自身的语境出发进行第二种解读打下基础。

一部诗集的“第一读者”的理解将在一代代的接受史上被充实和丰富，作品的历史意义在这个过程中得以确立。当然，“第一读者”并不是第一个阅读作品的人，“接受史上的‘第一读者’，是指以其独到的见解和精辟的阐释，为作家作品开创接受史、奠定接受基础甚至指引接受方向的那位特殊读者”①。“第一读者”是对诗作的审美价值做出最初判断的人，诗集序跋既然作为“首次批评”对其后的阅读批评产生影响，那么切实中肯的序跋就会在诗学批评的范畴担当一个重要的位置，诗集序跋作者往往也就是这个文本的“第一读者”。

二、目的性传播：从序跋作者到诗读者

从序跋作者到诗读者的大众传播的完成才是整个传播模式的话

① 陈文忠：《中国古典诗歌接受史研究》，合肥：安徽大学出版社，1998年，第64页。

语目的，也是诗序跋的指向之一，才能最终实现序跋文的价值。在当代，职业传播者和作者常常是分离的，按通常法则来说，诗人进行创作，职业传播者从事传播，他们各司其职共同演绎着诗歌的传播实践。然而在我们选择的研究时段，诗人却往往也是职业传播者，他们兼二职于一身，在新诗传播实践中，新诗诗人既是新诗的创作者，又是新诗传播的引发者、传播者，也是新诗传播过程中的“意见领袖”。

所谓意见领袖，是指在信息传递和人际互动过程中少数具有影响力、活动力的人。“在信息传播中，信息输出不是全部直达普通受传者，而是有的只能先传达其中一部分，而后再由这一部分人把讯息传递给他们周围的最普通的受众。有的讯息即使直接传达到普通受众，但要他们在态度和行为上发生预期的改变，还须由意见领袖对讯息作出解释、评价和在态度上作出导向或指点。……意见领袖的影响力是不可小视的。”① 诗歌传播既在大的方面遵从普通传播学的原理，又在具体问题和环节上表现出自己的特殊性。“意见领袖”的角色在诗歌传播中是客观存在的，但根据诗歌传播实际应该有更合理的理解，我们对诗歌传播中的“意见领袖”试作如下界定：总的来说，诗歌接受中的“意见领袖”是指在一定范围内，对诗歌受众的接受活动具有一定影响力的人。要成为诗歌受众的“意见领袖”，需要具备一些基本的条件，在诗歌方面要有较高的造诣和修养，见多识广，对诗歌发展历史和现实状况有一定程度的熟悉，其价值观和审美观受到追随者的肯定和欣赏，在圈内有一定威望和沟通协调能力等。从诗歌传播的实际情况看，受人欢迎和仰慕的诗人、诗歌评论家、学者、作家，都可能是诗歌传播中的“意见

① 邵培仁：《传播学》，北京：高等教育出版社，2002 年，第 228 页。

领袖”，在诗歌传播过程中实际上发挥着一种重要的“中介”或“中转”功能。这功能具体表现为：对具有一定高度和难度的诗歌作品的解疑释惑功能，对有价值的诗歌信息的扩散与传播功能，对受众的欣赏趣味、接受观念的支配引导功能等。诗集序跋成了“第一顺序语言”，而诗集正文成为“第二顺序语言”。在序跋中可以将“意见领袖”对阅读者的期待、对知音的呼唤直接地呈现出来，诗歌的选材与文体特点会决定隐含读者的存在，而序跋则会推进隐含读者向现实读者的转化进程，从而在诗歌接受的过程中起催化、激发的作用。

在新诗发生期，最早关注新诗读者问题的应该是“新潮社”的俞平伯，他曾以分类的方式将新诗读者分为反对派与赞成派，并对此进行了细致的勾勒。其中，反对派分三类：受古典文学熏染的遗老、遗少，中外合璧的古董家（始终信仰古典主义、浪漫主义为文学的正宗），不满一般新诗人者。赞成派分两类：盲目的赞成（时髦的投机），有意识的赞成派①。姜涛又从新诗构成的角度将新诗读者分为：经验的读者和一般的读者，并认为“相对于精英范围内的‘经验读者’，对于‘文学’并无太多观念和经验，受风尚驱使、处于阅读的‘无名’状态的‘一般读者’，却构成着新诗介绍的真正主体”②。还有根据受众对新诗接受的时期分为先锋者、前期采用者、前期追随者、后期跟随者和保守者。在大众社会理论看来，现代社会主要分为两部分，一方面是广泛的大众，另一方面则是少数权力精英，广泛的大众以其数量上的绝对优势在社会上占有

---

① 此观点请参照俞平伯《社会上对于新诗的各种心理观》，《新潮》2卷1号，1919年10月。

② 参见姜涛《“新诗集”与中国新诗的发生》，北京：北京大学出版社，2005年，第99页。

绝对的多数压力和力量。可见大众传播主要是以社会上一般大众为传播对象的。既然诗集是大众传播媒介的一种，那么这里新诗集的读者当然包括占主体地位的一般新诗受众，也包括金字塔尖的经验读者。

任何一种文体的兴起、发展都与一个读者群的建立密切相关。因为只有得到了一定范围内读者的认同和阅读，新文学（包括新诗在内）的成立才不是一句空话。很多序跋文本体现出的对读者的关照意识是广众性的，对读者没有特别的规定，仅仅是正在或将要阅读诗集的人，这种关照更侧重于表达一种对话的愿望。“有些现代作家在序跋中，明确地将自己或是他人的著作，献给特定的群体，自觉地在序跋中规定读者。这种针对性的对话意识，体现了现代文学作家在创作中，开始针对某一种群体而书写的意识。”① 新诗序跋对于读者的期待已进入到了一个新阶段，序跋作者深知传播效果不仅仅由诗作自身决定，这种规定读者、针对对话的方式承认读者参与的重要性，读者是有个性与区别的个体，阅读不可能是一种普遍喜爱的阅读，不是被动的吸收，而是一种能动的选择，序跋作者期望通过序跋在读者之中发现真正的读者，也让读者在阅读之前判断自己是否是真正的读者。

少数新诗人和经验读者的先锋性探讨走出同仁圈子向外扩散，最终实现了新诗向一般读者教化、普及的目的。同时，新诗集的存在为新诗受众接受新诗提供了快捷便利的途径，臧克家在《地层下》的序中就提到读者的问题：“苏金伞诗作的读者很多，而印象却只有一个：朴素。”传统诗文的传播与获得途径一般是以酬唱应

① 付平：《中国现代文学序跋的文体特征》，《中国现代文学研究丛刊》2012 年第 9 期。

和、口头传播、传抄、书信、手工刻印和编撰等方式进行的。诗集和诗报刊对于新诗的刊载为读者多渠道、多方面、快速度地获得新诗信息，了解新诗最新动态提供了便利的途径，便于读者群的培养和有效新诗受众的形成。获取途径的多样化无疑为读者接触新诗创造了条件，更为新诗培养了相应的新诗受众，拥有了广大的固定读者群，也形成一定的潜在受众。之后随着新式教育的兴起，新诗读者圈虽扩大到了青年之间，却也只属于一小批思想活跃、追新逐异、勇于尝试的“意识青年”①。新的诗歌阅读习惯、新诗的观念、新的诗歌价值取向和评判标准等逐渐萌芽，并在印刷品中得到深化与普及，乃至最终确立，序作者和序文在此过程中推波助澜。

然而在新诗传播实践中，读者与作者之间的界限往往又会随时打破。作为有效新诗受众，他不仅会主动模仿创作新诗，成为新诗主要的追随者，还会作为下一级新诗传播者继续进行新诗传播活动，他们除了再次利用报刊传播之外，还可以通过口传、手抄、传阅、朗诵、传单、书信、诗集等多种传播方式进行再度传播，不断推动新诗的流传，提供受众信息反馈的机制。在传播学中，反馈指的是“受传者对接收到的讯息的反应或回应”，是传播效果的重要体现。然而，反馈的速度和质量依媒介渠道的性质而有不同，但它总是传播过程不可或缺的要素。诗集的信息反馈机制是比较滞后的，而且又是单向性较强的传播活动，互动性较弱，且缺乏有效的反馈途径。传统诗文往往是通过朋友、同仁间的讨论、书信的往来等非大众媒介来实现信息反馈的，写作与阅读及反馈的空间往往是

① “意识青年”的提法出自陶晶孙，在《创造社还有几个人》一文中，他为张资平的小说“最能人一般青年”而辩护，认为其他创造社作家“仅在获取意识青年，这是一个错误”。饶鸿竞编《创造社资料》，福州：福建人民出版社，1985年，第784页。

重合的。当诗集在“五四”时期大量涌现之后，诗文传播就又多了一条行之有效的反馈途径——诗集。于是，反馈的空间得到了有效的扩充，实施反馈的主体也由“经验读者”扩大到“一般读者”。任何一种阅读都不只是简单的接受，更是一种创造性的参与，才能形成对新诗的有效反馈。总之，获得反馈讯息是序作者的意图和目的，发出反馈讯息是受传者能动性的体现。臧克家在《烙印》再版后志中就对诗集传播的信息有所反馈：“这本书出世后的影响，是我意想所不及的。许多先进的作家和朋友给了我最夸大的鼓励，我欢喜，我也害怕。别人的彩是可以轻口喝的，可是自己最知道自己。”新诗更是在作者、编者、序作者、译者、读者的互动与反馈中逐渐走向了成熟。新诗诗人进行创作不能仅仅从一己之感触出发，他亦必须考虑到作为“市场”的读者的需求和作为社会群体成员的读者所属的群体背景或社会背景的不同（当然还有社会历史的因素）。新诗读者既是新诗传播的终极，又是新诗传播的起始，理应影响着新诗的创作与发展，如此才能构成新诗的良性循环，才更有利于新诗的传播，才能更好地推动诗歌的发展。

再次提到新诗集中的译诗集。“在我国现代文学的形成、发展中，受到外国文学的很大影响，其中，翻译在文学媒介、实现影响方面所起的作用是极其明显的。”① 世界文化的传播交流是双向互动的，但在新诗的发生发展中，汉译外的诗歌是属于影响的弱流，外译汉的译诗处于绝对的主流，尤其在新诗的发生期，所以我们说的译诗一般指代外国诗歌在中国（译入语国）文化语境中的汉语形态，译诗是外国诗歌对中国新诗影响的媒介。译者序言或跋语可以

① 《中西比较文学手册》，上海外国语学院外国语言文学研究所编，成都：四川人民出版社，1987 年，第 103 页。

说就是译者以中介者的身份沟通原文作者与译文读者的开始，也可以说就是译者同读者对话的开始。

可见新诗集序跋作为一个重要维度参与了新诗的建构，新诗的发生与之密切相关，它们参与了对新诗合法性的不同想象，参与了新诗历史形态、美学观念以及读者审美经验的培养。事实上，新诗集序跋的媒介价值表现是一个复杂的组合，诗集序跋形态和序跋诗的行为包含着相当的文化含义并承担着一定的文化功能，在中国诗歌的文化转型的背景中，它表现出了自身的文化品格与历史价值。汉语新诗集序跋是一个动态的、多元的、富有张力的文学现象，是历史的一个过程，这过程本身必然有着复杂性、延续性和指向性。

——选自《汉语新诗集序跋的传播学阐释》

论田间的《赶车传》兼及其版本问题

张传敏

从《长城》月刊 1946 年第 1 卷第 2 期上刊载的叙事诗《赶车》，到 1961 年作家出版社出版《赶车传》下卷为止，田间历时十余载最终创作完成了包括两卷七部的长篇叙事诗《赶车传》。最后完成的这首长诗共有诗句一万五千多行，其规模不仅堪称田间平生创作诗歌之最，在现代诗歌史上也称得上首屈一指。

但本文并不打算将 1961 年最终完全出版的《赶车传》作为最主要的分析对象。1946 年的《赶车》、1949 年新华书店出版发行的《赶车传》单行本、1958 年人民文学出版社出版的《赶车传》单行本这三个版本和最后的 1959-1961 年出版的《赶车传》两卷本差别甚大：田间直到 1958 年才拟定了两卷本中除第一部之外的其他六部（《蓝妮》、《石不烂》、《毛主席》、《金娃》、《金不换》、《乐园歌》）的创作计划，这六部在此前的版本中没有对应部分。因为这样就很难通过对这六部作品的分析展示诗人在一个较长的历史时期所表现出来的基本素质，所以本文对它们不予置评，只集中讨论其第一部《赶车传》以及此前几种版本的《赶车传》。

最初在《长城》月刊上发表的《赶车》又名《减租记》，是后来所有《赶车传》的源头。该诗主要叙述主人公从最初参加减租运动遭受挫折到后来和农民兄弟一起打倒地主、减租成功的故事。在这首诗中，主人公叫董长海，是山西盂县董家寨的一个贫苦农民。他饱受地主朱桂堂的压榨，被迫将自己的女儿蓝妮送进朱家做小老婆。后来他在“红军”的感召下，起来闹减租，但因为人心不齐而失败。他又因为忍受不了爹娘的埋怨和村里人的风言风语，于是出走河北赶车为生。在河北边区，董长海偶遇一个老汉，教给他和地主进行斗争的策略，于是回到老家和共产党员董长明一起领导大家起来闹减租，最后获得成功。

田间创作于1945年的这首诗，明显有配合当时中共减租减息运动的意思。这样的诗自然是要“大众化”的——诗中运用了大量山西方言和土语，具有较为浓厚的乡村气息。然而，它有很多方面却表现得和《延安文艺座谈会上的讲话》所确定的“文艺为工农兵服务”的“大众化”方针并不相符。

首先，该诗的情节、结构并不符合“有头有尾”、明白晓畅、连贯性强的左翼大众美学标准，显得随意、突兀、缺乏条理性。长诗一开始的情节就是朱二黑来替朱桂堂向董长海提亲，并没有先交代具体的地点和时间，直到第二章《告状》才交代故事的发生地是在山西的盂县，直到写董长海被迫把闺女蓝妮送进朱家的第四章《进门》才交代“董家寨”这个村名。至于故事发生的年代，也只有从后来的情节发展中才能推测出大致是20世纪40年代前、中期。

第六章《看戏》应该是该诗中较为关键的情节——正是因为“红军”到了镇上唱戏，才使得董长海有了初步的觉醒并开始第一次的减租运动。然而，“红军”这个称呼本身就是较为含混的。众所周知，1937 年 8 月 18 日蒋介石颁布命令将中共领导下的工农红军正式改编为国民革命军第八路军，大约同时（1937 年 8 月 15–25 日）的中共洛川会议上中共正式提出“减租减息”的土地政策，因此所谓“红军”唱戏提倡减租的说法是不准确的。而更重要的是，这些“红军”如何来到镇上？他们发动的减租运动为什么没能成功？之后他们又去了哪里？诗中对这些也全无交代。此后董长海因为减租失败受到父母埋怨、乡邻嘲讽而出走河北（边区）赶车，在第十三章《过岭》中，教导董长海并使他重新回家闹减租的“老汉”也同样是一个招之即来挥之即去的形象。这个“老汉”指点了董长海翻身要走的“三条道”以及“三不怕”[①] 之后，再也不见踪影。虽然诗中也写到了董长海对共产党的认同以及他回家后乡邻们对他是共产党员的猜测，以此暗示了共产党和他之间的联系以及“老汉”的共产党人身份，但“老汉”的形象及相关情节仍然是极为随意的。

也许是认为诗中共产党领导的因素过于薄弱，作者在随后董家寨贫苦农民开“换心会”讨论团结起来开展减租运动的情节中又设置了一个共产党的“区长”。然而这个名字在诗中只出现了一次，在开会时插问了一句话——“八路军/要走呢？”之后也销声匿迹了。随后田间在诗中还赋予村子里的一个贫苦农民董长明（即后来《赶车传》中的“金不换”）以共产党员的身份，然而诗中也没交代董长明是如何成为共产党员的、除了和董长海一起领导减租运动之外还有哪些事迹和活动。甚至董长明的共产党身份，田间也是通过诗句来暗示的。诗中写董长海、董长明在“换心会”后交谈。董

① “老汉”指点的“三条道”是：换脑筋、结团体、带徒弟；“三不怕”是：不怕人说良心坏、不怕夺佃、不怕老狗日的。

长海认为要减租、打日本，必须找到共产党，董长明则说：

好说，共产党
远在天边
近在眼前
找见共产党
他也叫你
自家下手做

除此之外，长诗第十一章《烧房》写朱桂堂利用日本人烧毁董长海家，烧死他的父母，作者也未交代清楚，只是用“借刀杀人”、“朱家□摆酒/董家起大火”等诗句加以暗示而已。

以上这些都可以说明该诗情节设置上的非左翼大众化特色。之所以出现这样的情节设计，不能说完全是因为田间创作的不严谨造成的——作为一个从一开始就表现出“现代派”色彩，思维具有强烈跳跃性的诗人，田间并不喜欢，也不习惯于脉络连贯而清晰的叙事①。

其次，长诗的语言、修辞等方面也暴露出胡风所批评过的田间诗歌的特点——他往往按照个人的诗情来遣词造句，并不注意表达方式和所表现对象之间的符合度。虽然他的诗作已经不能说是晦涩的，但仍然表现出其“南方诗”晦涩的残余。例如第三章《赶车》描写石不烂送蓝妮去朱桂棠家的路上，蓝妮哭着下车向她父亲表白

① 张传敏的《论田间的“南方诗”》一文指出，田间在一开始步入诗坛时创作的“南方诗”表现出强烈的人道主义情怀与反战倾向，情绪低沉而黯淡，思维跳荡、用语雕琢，表现出一种“现代派”的基本素质。这种素质在他以后的作品中时常显现。参看张传敏等著《七月派诗歌研究》，北京：人民出版社，2016 年，第 9–36 页。

心迹：

哭声之中，
忽然一响
好比一声雷
“轰！轰”
蓝妮□[1]下地

再如第十章《摔镜》写蓝妮在朱家遭受欺辱整日以泪洗面时有“哭声中/房里画/低下头/哭声中/房外花/闭住口”的句子；第十九章《摆理》描写五里村翻身农民和地主签订的减租后的新文书（即诗中所谓“约”）时则云“约上的手印/红又红/好比老年人/老来还童”。

上述诗中的修辞，很不符合以描摹对象的精确性著称的现实主义诗学的要求，也很难为一般读者所接受：无论以怎样的方式下车，蓝妮这样一个弱女子如何能制造出雷一般的轰鸣？用轰鸣的雷声来对这个形象进行修饰合适吗？画能“低头”？花能“闭口”？“老来还童”和文书上鲜红的手印之间又有怎样的相似度或者意义关联？对于任何一个正统的左翼现实主义诗人、批评家来说，提出这些质疑都是再合理不过的了。

然而，同样的语言、修辞如果被放置在一首现代派作品中，那么可能完全没有问题：在现代派的诗学范式中，意象不必有严密的日常逻辑来连接，也不必过于在意读者是否能够清楚地了解诗歌的全部含义。以雷声来比拟蓝妮下车声、以“老来还童”比拟“文

① 此处原文不清。

书上的手印”之红，乃至“画低头”、“花闭口”等等全无问题，它们完全可以通过自身和诗人情绪之间的内在联系获得某种合理性，而不会被苛责其在日常逻辑上的缺陷。

例子不需再多举，以上已经可以说明田间从“南方诗”直到《赶车》中一直有所表的“基本素质”及其和左翼诗歌美学之间的裂痕。或者有人会认为此时做出结论还是有些仓促——《赶车》只是《赶车传》的草创，后来的修改也许会极大改善其中所存在的和现实主义诗学艺术标准不相符合的部分，从而推翻本文关于田间“一直”表现出的“基本素质”的论断。然而，这种看起来似乎有理的推测和事实几乎完全相反：不断被修改的《赶车传》不但没有从根本上解决这些问题，而且由于新版本对于作品左翼意识形态纯洁性的进一步强调、对于现实政治的亦步亦趋，诗中原来的问题更加突出了。

在 1949 年 5 月由新华书店出版发行、被列入“中国人民文艺丛书”的《赶车传》单行本中，田间除了将主要人物董长海、董长明、朱桂堂等人的名字改为石不烂、金不换、朱桂棠，将故事发生地更改为盂县五里村外，最大的改动就在于主人公的性格及相关情节设置上。在 1946 年的《赶车》中，主人公董长海一开始是一个虽然痛恨地主压迫但仍不得不忍气吞声的农民，在后来的不断斗争中他才逐渐成长起来，性格变得更加刚强、坚硬。他的女儿蓝妮不仅表现得更为软弱，而且直到最后也没有显示出明显转变的迹象。

到了 1949 年的《赶车传》中，主人公石不烂和蓝妮都从一开始就表现出强烈的斗争精神和刚强的性格。在第一回《逼婚》中，当石不烂试探蓝妮，问假如朱桂棠抢走她怎么办时，蓝妮的回答是：“朱桂棠那个猪/别想打我的算盘/好鞋不踏臭狗屎/好衣裳不兜烂肉/我活着要名气/我死睡在干净土。”当朱二黑向石不烂提亲时，石不烂则撕碎了婚书说：

打不够租
咱一家人请死
说啥也不卖
咱这个闺女
朱桂棠要抢人
叫他抢
活的抢不去
除非抢尸首！

此外，《赶车》中所叙述的朱桂堂借日本人之手烧毁董长海家，在1949年的《赶车传》中被改成了石不烂放火烧朱桂棠的楼房；作者还特意设置了蓝妮嫁入朱家后痛骂朱桂棠的《骂猪》并在长诗最后增添了蓝妮发誓追求自由结婚、“同走毛主席的路”的情节。

作者这些修改的目的可能是为了更加突出作为“工农兵”的主人公们的正义性，然而实际上却使原来较为自然而真实的人物性格逻辑被打断了：刚强而血性的石不烂，怎么会稍后又屈辱地亲自将女儿送入朱家？坚贞不屈的蓝妮又怎么能和仇人同床共枕还生育了儿子朱卯？田间在1949年的《赶车传》中企图将两人的形象拔高，反倒使他们的言行都带上了一层虚假的色彩。

应该说，此后田间在1958年人民文学出版社出版的《赶车传》中所做的某些修改对原来不太合理的情节及逻辑确实有一定的补救作用。比如这个版本中贞烈的蓝妮和朱桂棠的孩子不见了；原来莫名其妙地出现的石不烂的老朋友、共产党人金不换也被改成在第十回《过岭》中教导石不烂斗争策略的“老汉”[1]，主动要求石不烂去寻找的。这个“老汉”还称金不换是“游击队”，住在“本乡本土”并云“咱们都是朋友”。到了1959年作家出版社的版本中，蓝妮刚强的性格则被进一步强调：她没有像以前的版本中一样在朱家忍辱偷生，而是自己逃了出去。为了回答读者可能产生的朱家为什么不追赶她的质疑，田间还特意补充了当时“游击队”已经来到长城脚下，因此朱家不敢追的理由。另外，诗中另一个主要人物金不换的共产党员身份在这个版本的第六回《找党》中就直接被说明了，而且金不换成了石不烂“同村的老朋友”，也正是他要石不烂到大山里去寻找共产党、毛主席的。

这样的修改无补大局，有些还会给读者带来新的疑问。比如1959年版本的《赶车传》增设了牧羊人金娃这个人物[2]，第八回《问答》中金娃的出现不仅像此前诗中的“老汉”、“金不换”等人一样是突如其来、毫无铺垫的，而且在他的口中，还出现了“解放军”这一对共产党领导的军队的新称呼。然而到了第十二回《换心会》以及第十四回《摆理》中，“解放军”在石不烂等人的口中竟然又变回了“八路军”！田间的诗歌语言为紧跟时代步伐而显得纷乱而错杂。

又，该诗在第七回《苦树》中渲染蓝妮在朱家痛苦生活的“哭声中，/房里墙，/陪着哭”以及“哭声中，/房里墙，/低下头”和1946年最初版本中的“哭声中/房里画/低下头/哭声中/房

---

① 从1949年的新华书店版本开始，这个“老汉”就有了一个新名字——“老百姓官”。到了1961年版的《赶车传》上卷第一部《赶车传》中，这个“老百姓官”又被一个“兵”以及新增加的一个要去找金不换的“游击队员”所代替。

② 这个人物的出现应该是诗人为了将《赶车传》的故事继续下去的一种策略。在1961年作家出版社出版的《赶车传》下卷中，第五部的题目就是《金娃》。

外花/闭住口”相比，也并不显得更佳。“墙”如何陪着蓝妮哭？“墙”如果“低下头”又会怎样？田间似乎对这些并没有考虑太多。

然而这些凌乱之处并没有妨碍《赶车传》成为经典，因为它太善于追随时代了，因为那个时代需要而且鼓励这样的追随。1958年毛泽东发动了“大炼钢铁运动”，要“钢铁元帅升帐”，于是在本年人民文学出版社出版的《赶车传》中石不烂就发出了“翻了身的人/还要往前走/要用钢和铁/筑成一条大路”的豪言壮语；到了第二年该运动结束，作家出版社当年的新版本中“钢铁”也就不见了痕迹，只剩下那些更符合时代需要的意识形态以及和诗人的“现代派”诗性思维相一致的跳荡的情节、突兀的人物、奇特的比喻继续被印刷、传诵。

——选自《七月派诗歌研究》

被“压抑”的现代性

张立新

自20世界80年代中后期起，中国当代文学就有重返“日常生活”现场、从“神圣”到“世俗”、从“宏大”到“琐碎”的转向，尤其是随着90年代以来的社会转型，发展经济开始成为了社会生活的主旋律，反映在文学上，日益从表现政治的、历史的、文化的层面转向世俗生存层面，“日常生活”这一荒地被大面积勘探开采，文学全面走向了世俗化。

文学对世俗性和日常性的全面接受，成为当代文学的最大特点。世俗是一个很重要的文化概念，也是最容易被误读的。它之所以强大，就在于世俗是无数的生命个体纠结而成的整个日常生活世界，任何革命和变革，任何来自上层建筑的东西，最终都要作用于世俗这个层面。世俗文化也是最富有生命力的文化，它不高远，但却是体贴入微的。中国的文化哲学也是生命哲学，多感性，少理性。“中国文化及其审美的情理结构是以此世人生为根基、为极限”，“生活意义就在生活之中，就在自觉地享用这状似琐碎平凡却正是人生实在之中。”① 然而，在文学艺术活动中，最广博丰富的现实生活世界，最能体现出文化品性的世俗文化却没有得到足够的认识和开掘。在通常的认知中，知识似乎天然地构成了文化这一概念的主旨，对文化的这一误读，就把无限生动丰富最富有生长性的文化内涵狭隘化、书本化、凝固化了。事实上，文化以其对日常生活世界极强的依附性和渗透力，是一个物质和精神的双向合成过程，任何一种文化都不是既定的外在于生活世界的观念性想象，只有在个人生存的意义上被感知，文化才能获取自身的生命力。20世纪 80 年代以来风靡一时的历史文化散文，发展到后来就有些凌空蹈虚了，面对书本和历史高谈阔论，却在活生生的现实人生面前失语。西部散文作家刘亮程说：“对于一个写作者来说，最高等的教育是生存本身对他的教育”，然而，“除了书本，我们已越来越不懂得向生存本身，向自然万物学习，接近生存在我们这个时代变成了一件十分困难的事情。人类的书籍泛滥到比自然界的树叶还要多了，真实的生存大地被书页层层掩藏。一代人从另一代人的书本文化上认识和感知生存，活生生的真实生活淹没了。思想变成一场又一场形成于高空而没落到地上的大风，只掀动云层，却吹不走大地上的一粒尘埃。能够翻透书本最终站在自己的土地上说话的人越来越少。更多的人一生活在一本或一大摞书本之上，就像养在瓷瓶中的花木，永远都不知道根在广阔深厚的土地中自由伸展的那种舒坦劲”②。作家李锐评价刘亮程的文字是“朴素、沉静而又博大、丰富”，在刘亮程笔下，村庄里的一切都是有生命的，都有生命本身

① 李泽厚：《历史本体论》，北京：生活·读书·新知三联书店，2002 年，第 125、126 页。

② 刘亮程：《风中的院门》，上海：上海文艺出版社，2001 年，第 415-417 页。

的高贵，哪怕是一株草、一股炊烟，这种对最平凡事物的“高贵”体验，正是一个作家最宝贵的世俗精神。

所谓的世俗精神，是基于生命哲学的一种入世精神。文学是一种很“贵族”的精神活动，但表现内容往往是凡俗的。能够感受到文学的贵族精神相对容易，而要发自内心地体会到文学“贵族”身份背后的那份世俗情怀，却是需要大量的人生体验和感悟。从社会历史的角度看，世俗性与现代性、与人类社会的现代化进程相联系。在前现代社会，世俗精神还处于被压抑的状态，随着现代民族国家的建立，经济文化的发展，日常生活世界的丰富，现代社会的日益世俗化促成了世俗精神的觉醒。世俗性也是孕育现代性的重要温床。“作为一个心理学范畴，现代性不仅是再现了一个客观的历史巨变，而且也是无数‘必须绝对地现代’的男男女女对这一巨变的特定体验。这是一种对时间与空间、自我与他者、生活的可能性与危难的体验。恰如波曼所言：成为现代的就是发现我们自己身处这样的境况，它允诺我们自己和这个世界去经历冒险、强大、欢乐、成长和变化，但同时又可能摧毁我们所拥有、所知道的一切。它把我们卷入这样一个巨大的漩涡之中，那儿有永恒的分裂和革新，抗争和矛盾，含混和痛楚。”① 按照这个解释，可以把现代性看作是一种个体求新求变的心理焦虑及行为，强调的是主体性和个人性。文学的个人性，也可以说是文学的现代性。从这种角度看，围绕生存实践的日常生活是个体的感性的，历史理性的各个环节都会被具体而微的生活过程改写，因此，日常生活暗含着一种对历史

① 周宪、许钧：《现代性的五副面孔——现代主义、先锋派、颓废、媚俗艺术、后现代主义·总序》，［美］马泰·卡林内斯库著，顾爱彬、李瑞华译：《现代性的五副面孔——现代主义、先锋派、颓废、媚俗艺术、后现代主义》，北京：商务印书馆，2002 年，第 3 页。

理性的对抗性，日常生活中生命的种种存在，真实地反映了个人与世界之间的本质状态。

朱自清在《论雅俗共赏》的序言里说，“所谓现代的立场，按我的了解，可以说就是‘雅俗共赏’的立场，也可以说是偏重俗人或常人的立场，也可以说是近于人民的立场”①。真正的艺术来源于普通人的日常生活，来源于世俗社会。但世俗不是媚俗，一味地媚俗“大众”从根本上说也是对“大众”的不尊重，并不能真正地赢得大众。张爱玲在《论写作》中谈及作者和读者关系时说过一段颇在理的话：“存心迎合低级趣味的人，多半是自处甚高，不把读者看在眼里，这就种下了失败的根。既不相信他们那一套，又要利用他们那一套为号召，结果是有他们的浅薄而没有他们的真挚。读者们不是傻子，很快地就觉得了。”现代艺术趋向于对常人的日常生活世界的回归，列斐伏尔以为，在现今时代，艺术与哲学越来越趋近于日常生活。文学是人学，对人的世俗存在和最大面积的日常生活的发现是文学的本分。从某种意义上说，现代小说就是对日常生活的“真实”的发现。在传统文学艺术形式中，承载世俗的小说曾被认为是艺术中最低级的门类。但阿城认为，中国小说的性格是世俗，小说是随着世俗一路下来的。中国几大古典文学名著最动人的地方，恰巧是因为它的世俗性，它的人间情怀。如《西游记》中的猪八戒，恰恰是他身上所具有的普通人的凡俗性，使之成为男女老少都喜欢的经典文学形象，与之相对的四大皆空的圣人唐僧，形象就干瘪多了，就如一个空洞的道德符号。自梁启超提倡小说界革命后，小说被赋予了改良社会的重任，小说变成“大说”，成了

① 朱自清：《论雅俗共赏》，北京：生活·读书·新知三联书店，1998 年，第 2 页。

“文学之最上乘”。在启蒙与救亡的双重使命感召下，“五四”以来的中国文学就一直肩负着救亡图存、建设现代化民族国家的历史重任，文学的个体生命意识的生长处于被压制的状态。“五四”虽提倡个性解放，但在内忧外患的多重危机和救国救民的重负下，文学叙事中的家国情结浓厚，个人主义、个体价值处于压制状态。张新颖在“精读”沈从文的过程中质疑“五四”新文学所发现的个人，认为“五四”以来的很多作家发现的自我其实是“假”的，是现代理论催生出来的自我，是没有个人真实“来历”的。“五四”的自我观念是西方输入的一些观念话语制造出来的，“五四”以来的思维方式，把制造出来的东西说成是发现的东西。张扬人的文学的“五四”，其实落脚点并不在人，而是在人背后的社会制度、文化、习俗、传统、观念、历史等组织结构性的东西。而在沈从文那里，人是天地万物百汇中的人，自我是天地万物百汇中熏陶出来的实实在在的自我。这样，与“五四”新文学所发现的个人和自我相对照，沈从文的异质性一下子就给凸显出来了①。沈从文立足于民间文化立场，对接近自然状态下的乡土日常生活空间的书写，也是对现代性话语霸权下的乡土叙事的反拨。

陈晓明以为，“中国的现代性在市民文化、个人主义文化及内在情感方面需要重新建构，更彻底地说，就是需要补上‘被压抑的现代性’这一课，将其重新释放出来”②。在革命风起云涌的现代文学主流中，也一直存在着回归世俗和日常生活世界的潜流。自觉游离于主流之外的张爱玲凭女性的艺术直觉敏感到了日常生活的重

---

① 参见张新颖：《沈从文精读》，上海：复旦大学出版社，2005 年，第 4 页。

② 陈晓明：《遗忘与召回：现代传统与当代作家》，《当代作家评论》（2007 年第 6 期）2007 年 11 月。

要性，她说，“我的作品里没有战争，也没有革命。我以为人在恋爱的时候，是比在战争或革命的时候更素朴，也更放恣的。”① 张爱玲的日常生活诗学可以说是在普通人中寻找传奇，在传奇中寻找普通人，这也是日常生活的神圣性之所在。可见，日常生活叙事不是一种风格，而是认识世界的一种方式。杨义认为，现代文学有一个参与历史的传统。中国的现实社会问题太多，现代文学总是承载了太多自身以外的“历史”重任，来提出问题，解决问题，企图给出答案。直到新时期伊始，政治生活依然在人们的日常生活中占据着突出的地位，文学延续着家国大叙事，个人性话语淹没在时代的洪流之中。20 世纪 80 年代中后期，随着商品经济的迅猛发展，更重要的是随着市场经济而起的个体阶层的日益壮大，过去的集体主义、理想主义价值观念被强力改写，新的世俗人文主义倾向逐渐确立。社会生活的日益世俗化决定了文学的世俗化转换，新时期初期那种历史焦虑已然淡化，“新写实”的出现正是这种转化的反应。代表作品如池莉的《烦恼人生》、刘震云的《单位》等，将文学从形而上的思考拉回到普通人的日常生活状态中，聚焦普通人的庸常人生，由日常生活出发直面生存本相，力图呈现“生活的原生形态”，文学从来没有如此紧贴生存现实，从日常生活的角度去发现人性人情，个人才真正成了生活的主角。在日常生活的无意义叙事中，个体生命的价值和意义才真正放到了醒目的位置得以考量。日常生活也得以从幕后走上前台，被赋予了深刻的哲学和诗学内涵。

北岛有一句诗：在没有英雄的时代，我只想做一个人。当历史硝烟散尽、共同的社会理想黯淡，意义增殖的文学简化到要依靠自

① 张爱玲：《自己的文章》，《张爱玲文集·第四卷》，合肥：安徽文艺出版社，1992 年，第 174 页。

身的力量存在后，日常生活无疑成了重要的表现空间。由“新写实”的存在之无奈，到后现代日常生活叙事的存在之狂欢，文学的日常生活叙事经历了由自发到自觉的过程。作家在面对日常生活时，从最初的失落到积极发现，其世俗本质观逐步确立，世俗精神日趋成熟。

在世俗精神观照下，日常生活诗学是一种平视的诗学，以平民的视角和情怀出发去审视人生。这种平民情怀需要一种目光下沉，王彬彬在《才华与情怀》中说，“我们这个时代在文学上缺少的不是才华，而是情怀。读当代中国许多作家的作品，只让人感到他们灵魂的庸常、肤浅和鄙俗，虽然可以感到他们十分注重技巧，极力在那里精雕细刻。而陀思妥耶夫斯基、托尔斯泰，他们的那种如海般辽阔深邃的情怀，是什么时候捧读他们的作品都能深切地感受到的”。在王彬彬看来，“一个创作者，一个艺术家的情怀，意味着对人类生存的一些最深层也最基本的问题的关心，意味着对人间邪恶的忧虑、愤慨和对人间正义的呼唤、渴求”[①]。越是平民视角越能发现大的精神格局。

走向日常生活，也就是走向存在本身。从日常生活探索存在的深度，在小叙事、小生活里造就大境界，是日常生活诗学建构的关键。日常生活叙事所关注的问题，大都是以往文学的盲点，因此其文学史价值也是显而易见的。真正的作家，大都能意识到日常生活的重要性，以及这一诗学空间所蕴含的丰富内涵，他们的作品在很大程度上也融合了日常生活的诗学。当今的现实生活世界因经济和科技的飞速发展，正在发生革命性的变化，科技的飞速发展已经极大地改变了人们的日常生活方式，日常生活世界的复杂性、丰富性

① 王彬彬：《一嘘三叹论文学》，济南：山东文艺出版社，2005 年，第 268 页。

也隐含了日常生活诗学重建的复杂性和必要性。今天的中国已经全面进入了大众消费时代，物的体系对人的包围已经形成，和日常生活紧密相连的世俗文化、大众文化渗透到社会生活的方方面面。世俗社会的价值观是成功，考量的标准就是财富和地位，疯狂追逐物质财富的现代性背景中的日常生活充满了工具理性的压抑，日常生活叙事在平庸平常中往往又陷入虚无。因此，对世俗的精神建构和日常生活叙事的诗学建构就很有必要了。

——选自《世俗精神观照下的日常生活诗学》

歌词的广场特征

童龙超

有关歌词的文化特征、文体特征已有不少著述涉及，有从音乐学的角度对其音乐特征进行概括，有从文艺学的角度对其文化特征进行概括，有从诗歌的角度对其文学特征进行分析，等等。不同的学科立场、不同的研究角度构成了歌词研究的多元生态，各种不同研究发现的汇合又从整体上丰富了对歌词对象的立体认识。但是，较之诗歌、音乐及其他文艺形式，歌词作为研究对象无法做到专业上的单纯，其跨学科、交叉学科的复合性、综合性特征非常明显。事实上，歌词一方面是语言的艺术，近于文学、诗歌，另一方面是歌曲的成分，亦有理由归其入音乐、声乐；同时作为歌词数量主体的流行歌曲歌词，还与时代精神、大众生活息息相关，是构成社会流行文化的重要元素。研究对象的特征需要一种跨越学科界限的主体视野，需要能够凝聚各种散见片论的整体性把握，角度性研究的综合不能代替一个整体的综合性研究，一种特定专业视角的考察难免会产生片面性的偏见。

那么，从整体上把握，与诗歌和音乐相比，歌词艺术有何独特性？歌词与诗歌、音乐常常混合而谈，可是今天相互间又表现出越来越明显的差异，歌词与二者最根本的区别在哪里？艺术的审美活动离不开作为审美客体的作品、作为审美主体的人，但是审美活动也必定在一定的时空环境中进行，歌词与诗歌、音乐的差别有时在审美主体、客体方面难以辨别，能不能从审美活动发生的空间环境方面对它们进行辨析？环境因素对于歌词文体的生成、特征、功能有什么影响？这种影响较之诗歌、音乐等其他艺术形式的影响有何不同？

基于歌词、诗歌与音乐三者的门类差异，艺术审美活动的发生在空间环境上可分为广场、书斋、馆阁等几种不同类型。据此如果以“书斋”标记诗歌，以“馆阁”标记音乐的话，那么则可以用“广场”来标记歌词。以广场标记歌词，既是与诗歌，与作为高雅艺术的音乐形成对比，也是特别考虑了歌词本身的文体特征，并综合考虑了歌词的歌曲环境。

一

以广场标记歌词，首先因为歌词出现的现实场所时常在广场之上。基于广场的物质特征，在广场空间里，歌词与音乐结合在一起，有赖于歌曲艺术的演唱，以歌声的形式推出并为社会大众所接受。

一种情况是歌手的现场演唱方式。在广场上划定演台和听众空间，歌手因为掌握经验占据舞台，听众因为经验缺失占据观众席。当演唱活动开始，歌手调动先行的歌曲经验，从口头中涌现出歌声，以声波的形式把歌曲传递到听众席；听众以听觉捕捉到歌声信息，便在意识中启动对歌声的审美体验，而且通过自己形成的歌曲经验，还可能与歌手应和，把其听的活动转变为歌的活动，把其听众的角色转变歌众的角色，并将歌声蔓延到广场之外继续传达。在这个过程中，没有纯粹的歌词形式出现，歌词始终以歌曲的歌声形式存在，其核心内容是在歌手——歌声——听众的轨迹中、在口头——声波——耳朵的轨迹中进行的听觉传递。不仅歌词不是孤立存在的，而且歌声也不是孤立存在的。在参与人员上除了发生审美活动的直接关系人——歌手和广大听众之外，还有主持人、伴舞者、伴奏者、舞台工作人员、活动的组织者、现场秩序维护者等各色人。在演台呈现方面除了歌手的声乐展示之外，还有舞台的硬件设施、声光电气的布置，还有伴奏的器乐、伴舞的舞蹈、表演的配合、主持的说辞等各种综艺元素。在听众反应方面除了广大听众的聆听之外，还有伴随歌声的欢呼、唱和、手舞足蹈的动作等。同时台上台下的演员听众之间，还常有广泛的互生互动，或有演员深入观众席，或有听众登上演台，或有演员与听众的话语交流，或有演员与听众的共同演出，或有演员和听众的角色互换等。此外，在歌声的演出活动之外，还常常伴随其他综艺节目、娱乐活动，甚至以舞台演出名义开办的各种宣教活动、商业活动等与之结合。这些都是有关广场演出的常见情景，也大都是围绕舞台演唱的有机组成。

另一种情况是无专门歌手的录音播放形式和歌众演唱形式。在这种情况下，广场上缺少专职演唱的内容，没有平常所见的歌手、演员、演台，演唱活动仅由歌手的录音、播音设施或歌众来充当。这时候广场上没有明星权威只有普罗大众，大众里每个成员既成为听众也可以充当歌众。在录音播放中，歌声从音箱里流出，听众以听觉捕捉空气里的声波，想象地体会歌手演出的情景，并开始进行对歌曲、歌词的审美活动，在意识中形成音乐表象，同时激发内在的情绪体验。在歌众演唱中，歌声从歌众的口头流出，歌众感受到自己的演唱，开启自娱自乐的审美活动，同时其他歌众主动或被动也捕捉到这个歌声的信息，于是相互间也开始进行欣赏性的审美活动。当歌众在头脑中形成某种歌曲经验，他还可能与录音歌声或他人歌声即时应和或进行后续传播，形成你唱你的歌、我唱我的歌、你听我的歌、我听你的歌的集体娱乐局面。在基本形式上，录音播放和歌众演唱的审美活动与歌手现场演唱的审美活动并无不同，都是歌词以歌声经历从口到耳的运动轨迹，都是歌词蕴含在歌声里以声波的形式传递给听众。但是仔细比较，在录音播放和歌众演唱形式中，广场上的形势发生了很多实质性的变化。歌手中心在广场上缺席，大众成为广场的主人和中心，演台上下的分割被打破，整个广场连成一片，演台上的演员也不复存在，大众成为为自己演出的演员，每个人为自己的行为做主，大众是组织者也是活动者，大众是表演者也是观赏者，大众是歌手也是听众。当然，除了有关歌曲歌词的审美活动之外，因为广场上解除了外部力量的支配控制，大众发挥自己的主观能动性，其他与表演相伴的个人的声音、神态、动作、活动各随各意，都获得解放；其他个人爱好、娱乐活动、文体活动、商业活动、社会交往、游行集会等方面也可能与之混杂共处，使得广场上呈现出“大杂烩”式的群众活动场景。

当然广场不是歌词形式、歌曲艺术呈现的唯一环境，任何私人空间及其他公共空间都可能是歌曲歌词的存在之地。但是，广场是大众最为集中、最富于平民精神的体现，一方面，大众需要自己喜闻乐见的形式，需要不设门槛、惠及底层的艺术，也需要能够显示自身价值和主体地位的一个平台。另一方面，歌曲演唱需要音乐器材和演出场地，声音的特征是开放性传播而不限于某个封闭空间，演出活动涉及众多演员、设施、广大歌众、群众活动，歌曲的审美活动具有自主性、集体性、共时性欣赏的特点，歌众的接受伴随有集体舞蹈、综艺活动、娱乐活动以及广泛的后续传播，歌曲产品追求商业利益也渴望更多歌众的参与，等等。各种因素使得书斋的空间狭小，馆阁的空间也不能满足，一个开放性的广场空间最为适应歌曲歌词生存、传播的需要。尽管也看到，很多歌星的演唱会都在室内或封闭的场馆中进行，但那是从便利于商业营销收取门票的考虑，而且那种室内或封闭场馆往往空间很大、开放度很高，包容三教九流，定位较大面的世俗大众，同时，歌曲的传播也不受室内演唱会的限制，往往越过建筑物的界限向四周扩散，这种场馆的间隔不同于高雅艺术在馆阁中的限定性审美空间，演唱会的封闭建筑本质上不是划定在审美上与世俗大众的距离。当然无论如何，封闭建筑对于歌曲歌词的本性总有一定压抑，只有一个真正开放性的空间才是歌曲歌词实现其社会效益、艺术效益包括商业效益最大化的理想之所。所以看到，广场也是歌曲存在最普遍、歌曲传播最广泛的场所之一。

二

以广场标记歌词，更重要的是凭借广场的比喻、象征意义，可以透视歌词的内在本质，从根本上把握歌词之于一般诗歌、音乐在包括创作方式、文体特征、价值取向等方面的重要区别。

首先，目前有关歌词文学特征、文化特征、音乐特征的既定认知，与“广场”概念均有密切关系。广场因为空间阔达，可以容纳很多人，不是书斋的个人，也不是馆阁的少数人。广场也是一个不设防的开放空间，三教九流、各色人等均可以自由出入。没有外部力量的支配控制，大众活动显得悠游自在，衣着、话语、神态、动作各自随意，表现出沉浸于平等的乌托邦的欢乐色彩。无论在其他场合的身份、阶层如何，广场上的人都成为大众集体，他们在闲暇之时聚集于此，展现世俗性的一面，广场的本质理所当然是大众的广场。于是，体现大众身份、生活方式、审美趣味、价值导向的精神风气蓄积在广场上，通俗化、群体性、流行性、娱乐化成为他们精神文化生活的共同旨趣，他们在广场上既展示着也寻找着，既创作着也获取着这种精神风尚。民间歌曲、通俗歌曲、群众歌曲等歌曲艺术作为一种群众文艺，跟大众情趣相投、精神相通，为群众所喜闻乐见，它们也作为广场艺术的一般形式，在广场与大众相遇，在广场中生根发芽、开花结果，广场也成为酝酿、培育它们的温床。

其次，广场作为一片开阔地，是一个随意出入、自由活动的空间，它一般少有遮挡的屏障和复杂的建筑物，又是简单明了、一览无余的。广场上的大众揭开平时角色的面具，暴露在光天化日之下，回归日常生活的状态，也卸下学习工作的重压，舒展自己的身心，社会文明加给人的异化退隐，而自然人的属性开始复苏，每个人的内心自由都得到充分张扬。基于他们的精神需求和审美层次，广场上因此拒绝严肃说教，拒绝高雅深刻，拒绝晦涩复杂。那种书斋里的阅读解码、冥思苦想，馆阁里的静默聆听、深潜体验，既不适应场合，也无法在广场上实施进行；而相反呼唤的是那种直观感受、轻松闲暇、赏心悦目的精神生活方式，如歌曲歌词那种浅白直露、明确简单、悦耳动听，表现世俗生活和普泛情绪的艺术形式与广场的特征和条件非常契合，即所谓“休闲广场”的应有之义。当然，因为广场的不受约束，来自民间底层的原生态情趣，甚至来自边缘世界的原始欲望，也在广场上潜滋暗长，广场也为那种形式粗糙、表现身体，甚至表现低级趣味、感官刺激、人性丑恶的艺术形式提供了土壤，广场也可能是粗制滥造之地，甚至是藏污纳垢之地。作为大众艺术的歌曲歌词，它所体现出的两面特征和正反价值，对大众心理和集体无意识的广泛揭示，以及它的浅显易懂、大众抒情、主题集中、音韵和谐、感官愉悦等文体特征，都非常契合那种组织散乱、泥沙俱下、良莠不齐、本我释放、价值混乱的广场美学特征。

再次，广场也常常作为“商业广场”，它往往处于城镇的黄金地段，交通便利，物流迅捷，周围商店林立，或毗邻大片居民住宅区，是进行商业营销、产品贸易的理想场地。由于人员密集、流动性大，蕴含无限商机，于是商家通过市场调研，细致策划、精心布置，选择一个时机，便在广场上进行新的消费方式推广，新产品的展销展示。流行歌曲的歌手及其策划人，无论是推出新人、塑造明星，还是推广新歌、宣传造势，还是纯粹商演、金钱至上，也都重视选择开阔空间、公共场所，利用广场的大众聚集、人流扩散来实施。于是，广场成为一个广阔的文化消费市场，如果一个歌曲歌词产品能在其中成功推广并流行，那么就意味着巨大的名利回收。而从商业的成功考虑，歌曲歌词的制作、包装、展演就不能不投其所好、取悦大众、媚俗大众。当消费反馈给生产，大众的需求、欲望于是成为歌曲歌词创作的一个基本出发点。大众的层次、特征是什么？大众的心理、情感、爱好是什么？如何采用大众喜闻乐见的形式？于是，歌曲歌词的通俗化甚至庸俗化、表现群体意识的共性特点、内容形式陈陈相因、突出感官愉悦的价值功能等，都是其中的应有之义。歌曲歌词的这种“广场”特点，源自于商业化的媚俗消费特征，对比陈思和提出的知识分子的广场意义大不相同。表面上看，广场上的明星歌手超脱于大众，居于广场中心的地位；广场上的知识分子也心怀英雄情结，“我说你听，我启你蒙”。但是后者具有一个崇高的精神信仰，而前者怀揣一个现实的经济目的；后者发挥内在素质的人文精神，而前者宣泄外在感官的享乐精神；后者着力于对大众理想主义的精神引导，而前者着力于对大众世俗情感的顺应迎和。尽管后者难免为民众的激情所裹挟，产生一定的盲目性，但很大程度上具有独立的主体意识，清醒的理智始终占主导；而前者虽然相对大众占据一定的优越性，具有一定的超脱体认，但很大程度上迷失在大众群体意识中，盲目的感性始终占主导。

三

以广场标记歌词，还可以发现和解读歌词艺术一些未被充分认识或未知的隐秘特征，而与“书斋”中的诗歌和“馆阁”中的雅乐形成对比。

特征一是诗乐舞一体的综艺形式。广场是一个开阔场地，提供了相对宽松的环境，各色人等都在此汇集，各种活动都可以开展。大众的兴趣爱好是多种多样的，适应大众需要的各种审美形式、艺术门类可以百花齐放，音乐、舞蹈、表演、美术、影视、文学、体育、游戏等都是广场文艺的常见形式。当然大众的文艺素质参差不齐、众口难调，也因为广场环境嘈杂，无法凝神静思，使得某一特定艺术形式仅凭专业的精深难以在广场上取得成功。为了吸引大众，占据大众市场，从大众的需求出发，可以通过博采众长，综合发挥各门艺术取悦大众的优势特长，从视听娱乐、感官享受的层次着力，对广场群体进行凝聚整合，以此形成群体精神认同的格局。其实任何艺术都一样，作为人为创造的精神产品，除了人文精神修炼的崇高目标之外，它最初的目的或者基本功能，就是感官娱乐，这一层不能轻易排斥、简单否定。现代诗歌和高雅音乐的问题即是专注于专业的修炼和内涵的开发，功能过于精神化，远离日常世界、世俗人性，于是形成所谓阳春白雪、曲高和寡的象牙塔局面。歌曲歌词之所以成为大众文化的群众艺术，它主要的成功就是适度顾及身体的欲望，打通人体各种感官的通道，吸收、综合多种艺术的营养，相辅相成、互补互生，发挥了各种文艺形式基本的感官享乐功能，最大限度地满足大众精神欲望的需要，由诗歌、音乐造成的缺位从歌曲歌词这里获得弥补。可以看到，歌词从来不是单独呈现的，它综合诗歌和音乐成为歌曲；歌曲通常也不是单独呈现的，它综合声乐的演唱和器乐的伴奏；而声乐的表现是表演和歌唱的结合，歌手不仅需要做到声情并茂、以声传情，而且需要与角色表演、动作舞蹈等相结合，此外还有配演、音响、道具、布景、图像、灯光等舞台元素的辅助渲染，还有台上台下歌手、演员和大众的呼应唱和和手舞足蹈等。歌词不能脱离它的演出形式，就核心来说，载歌载舞、诗乐舞一体最与歌词的演出形式密不可分，也最是娱乐大众的形式，也最能体现歌词在当今存在的综合艺术特征。这一点相比书斋里的诗歌阅读和馆阁里的雅乐聆听的专门化来说，很不相同。

特征二是群发式的口耳相传特征。广场是人员聚集的地方，人员的聚集意味着信息的聚集，在广场的开发空间，信息的相互传播必然发生，而广场的功能犹如一个即时群发的手机短信平台。或许对于书面文字信息广场并非擅长，音响载体、电脑网络、书面印刷等方式的传播当然也时常出现在广场上，但是广场主要的特色是利用人群的优势，采用现场从口头到听觉的直接传播。这时人成为自媒体，或我说给你听，或你说给我听，或一人说来众人听，或众说纷纭一人听，有口皆可说，有耳皆可听，口耳相传。于是广场成为一个信息的集散地，各种信息既在这里交汇、酝酿、爆发，又向广场之外扩散，一传十，十传百，百传千，生生不息，广场在声音传播上的强大功能毋容置疑。基于广场传播的特征，歌曲歌词作为一种有声形式与之精神相通，利用广场效应进行歌曲歌词的推广传播也就理所当然。在当今，歌曲的主要类型是流行歌曲，歌词的主要类型是流行歌词。所谓流行歌曲，很大程度上是一个关于流行的问题，所谓流行问题，很大程度上是一个关于传播的问题。在本质上，任何一种艺术类型都有其传播问题、接受问题，但是流行歌曲在这方面与其他艺术形式有所不同。当今诗歌的传播主要采用文字符号的视觉传播，接受上主要采用个人化的内心体悟方式。高雅音乐的传播虽然也采用听觉传播，接受上也具有群体共享性的特点，但是其传播接受的范围具有演出即时的限度，其接受的实质仍然也是个性化的内心体悟。歌词因为口头传播，它使诗歌降低姿态惠及多数；歌词因为与音乐结合，它使诗歌展示身体美感和世俗娱乐。歌词因为语言的观念性和显意识，它让音乐变得通俗易懂；歌词因为利用人的人声方式，它让音乐可以成为每个人的自我表演；歌词因为语言的语音载体，它让音乐变得容易记忆容易传播，从而走向更为广阔的大众生活。作为语言艺术，歌词改变了诗歌狭隘、个人的书斋传播；作为音乐艺术，歌词改变了音乐有限圈子的馆阁传播。如流行歌曲的传播，其表现出突出的动态性、群发性、潮流性特点。流行歌曲既以大众为受动者、接受者、传播者，反过来，大众也成为流行歌曲的参与者、创作者和表演者。从风而动，群起而上，口耳相传，大众以一种“物美价廉”的娱乐方式体验着他们在群体生活中的个人存在。流行歌曲是大众的家园，是属于大众自己的艺术，也是大众集体发声，集体表演的场地，流行歌曲从根本上改变了诗歌与音乐的生存状态。所以从传播的角度看，歌曲歌词群发性的口耳相传与广场的特征和精神很相适应。

特征三是文本的群体创作、无限延异。广场是一个群体性的活动场所，大众从四面八方汇集于此，也由此出发向四周扩散。或许广场上有舞台演出的中心，歌手表面上对于大众也高高在上，他创造作品并支配大众，但歌手实质上并不充当精英、先知和英雄的角色，歌手的成功来源于对大众的认同、顺从和迎和。广场上充满着大众的激情，歌手为大众的群体激情所感染，往往也是盲目的，实际上歌手被大众化了，成为大众里的一员与大众融为一体。而与此伴随，大众的形象则凸显出来，地位、价值得到提升，大众实际上占据着广场的主导，潜在地引导着文艺的形式和歌手的创作，并不会因为歌手的在场而缺失自己的主体地位。进一步说，大众也不是对歌手演唱的单向接受和被动屈服，大众角色有从听众向歌众的转型。一旦听众成为歌众，他将以自我经验和个人条件对先前歌曲进行再次演绎、个性翻唱。歌众的演绎翻唱自然不会限于一时一地，他可以在广场上即时发生，也可以在广场之外后续进行。而歌众中每个个体每一次的演唱，既是对原作原唱以自媒体形式的扩散传播，也是发挥各自能动性对原始创作的再度创造，同时也是逐渐远离文本发源地、不断创造次生文本的迁移变异，更是以平民精神对原创文本权威性、经典性的颠覆解构。当然，更多的时候广场没有歌手的演唱活动，大众成为广场的纯粹主体和唯一中心，所谓中心/边缘、主体/客体的格局被打破，歌手对于歌众的优胜和支配不复存在，原来广场上的空间分割也合并成一块，台上台下的二元格局被打破，整个广场都成为大众的活动场地和表演舞台。于是，大众以群体的方式亮相、发声和行动，大众自编自演、自弹自唱、自说自话、自娱自乐，大众的主观能动性得到极大发挥，群体的创造意识被激发出来，大众似乎进入了一个完全解放了的自由王国的狂欢境界。而且，这个自由创造的狂欢精神还走出广场，在其他时空条件下继续发散，不断创造出广场文本的变异形式——衍生文本。

歌曲歌词不断延展的传播、接受过程，不应当认为是一个简单复制、移植模仿的过程，而应当视为是一个再度创作、对文本不断翻新的再生产过程，这其中都与大众参与、群体创造有直接关系。比较诗歌和高雅音乐的创作来说，它们主要体现为艺术精英个体的个性化创作形式；比较诗歌和高雅音乐的接受来说，它们与创作、作品的界限清晰，主要体现为对原始文本的权威崇拜，和一种受哺性的单向接受形式。歌曲歌词与二者具有很大不同。一首歌曲的作品往往经过作词、作曲、编曲、演唱、制作等众多环节的加工，而每个环节都具有生产性，都构成文本形态的制约力量。一个歌星的背后都有一个庞大的创作服务团队，需要投入较多人力，群策群力、共同打造；同时一首歌曲歌词的传播、接受过程，也是一个不断创作、再度创作的持续发展过程，接受、传播与创作三位一体，相互之间勾连交错甚至难分彼此。这个过程一方面是一个对原始文本不断解构、延展的过程，另一方面也是一个不断差异化，衍生次生文本的创造过程。比较诗歌和高雅音乐，歌曲歌词的生产传播过程具有很大的差异性，其文本的集体创作和无限延异的特征非常明显。

特征四是个人代言的情感交流。广场因为人员密集，所以成为一个交际场。这跟“书斋”里的自我封闭、“馆阁”里的静默不语不同。广场上自由宽松，接触频繁，说话随意，交流活跃，无论是遭遇熟人还是陌生人，都可以搭话闲聊。交际，从外部形态看是言语的交流，从内在形态看是情感的交流。人是有感情的动物，情感不能总是压抑在心，需要排解和倾诉，以使内心的紧张和压力得到疏解。同时通过话语活动，情感也在人际间传递，人同此心，心同此理，一个人由此可以感受到群体的共性，增强对群体的向心力。交际，最为重要的首先是对自我的确认，搞清楚“我是谁”。站在自我的立场，“我”是交际活动的发出者和主导者，以此确定

“我”的角色，具体包括性别、年龄、籍贯、婚恋情况、信仰、阶层、地位、身份、处境等内涵。在自我确立之后，在“我”之外的“你”或“他”都被认定为是他者，这样便划定了交际活动中自我/他者的基本界限，也才可以进一步明确自我/他者的基本关系。接下来在交际活动中，便是以“我”为主，从“我”出发，以“我对你说”、“我对他说”、“我对大家说”等几种话语方式开展进行。交际，也最为显示人的社会性一面，它秉持公共性原则和集体利益原则，那些在社会道德、社会文化认可范围之外，那些社会的禁忌、个人的隐私，那些深度的思考、个性化的意识、先锋性的体验等，或不适宜、或不允许在大庭广众、光天化日之下盛行，反之，那些符合时代主流观念，表现共同价值观、群体道德意识，表现人性的真善美、积极向上的正能量却可以在广场上大行其道、畅通无阻。当然，还存在一种特殊的交际活动，或者说是一种情感交流而不是社会交际，那就是在自我范围以内所开展的交流活动。因为“我”还是一个分裂的“我”，“我”是不同社会角色的集合体，“我”是本我、自我、超我的合一，不同的“我”在自我的范围以内免不了有交往、有碰撞，于是自我内部相互交流和对话也就自然发生。常见那种排除他者的自言自语，所谓“我说”，“我对我说”的话语方式就属于此。这种交流因为发生在自我内部，可能触及很多内心的真实，也可能涉及心理深处的隐秘意识，所以往往可做到入于人心，感人至深。但是这种交流方式不能愈合内部的冲突，并可能加剧内心的分裂，造成“我”无法排解的内心痛苦和社会性焦虑，自我想要获得紧张的缓解和与外界的调适，这种内部交流在本质上也是渴望向外释放泄露，渴望融入广场呼应大众，通过感染于人，为大众所同情和为社会所分担的。当然，既要进入广场空间，就要符合公共交往的要求，自然社会、集体的规约也就会发生作用。而自我作为一般世俗大众的成员，其内心所遭遇的像生活问题、情感问题，像道德观、价值观、人生观、世界观等精神问题，其实都是人性的遭遇，都具有一定普遍性。因此所谓个人性的精神问题也其实都具有社会性，是社会性问题。

从歌词的艺术特征来说，最是与广场的交际特征相契合、适应。歌词是一种语言艺术，体现为一种口头发声的话语行为。书斋的诗歌体现为书面符号的呈现，采用视觉的感知；馆阁的器乐固然采用了一种声音的聆听，但其发声不是人的口头话语，而借由物质乐器的声响震动发出。歌词的口头化表现了人的一种说话行为，无论是说给别人听，还是说给自己听，总有一种话语的传递和现场的交流在里面，歌词的说话特征就将歌词的交际、交流特征延伸出来。同时，既然是口头说话，那么一定存在说话人，谁是说话人，与说话人角色、身份相关的信息标记都集中在歌手身上，于是歌词的角色特征，歌手演唱的角色表演性也就表现出来。但是，交际尚不能代替歌唱，歌词演唱不等于一般语言交际，一般语言交际限于信息、理性、显意识和公共性的内容，而一些内心深层的潜意识、一些隐秘性的情感情绪、一些只可意会而难以言传的内心体验等，或许不便于直接的言语袒露，但却可以凭借歌曲内容代替个人表达。因为这种歌曲追求流行和普及，一般饮食男女都会遭遇七情六欲的类似心境，所以歌词往往都从概括性、普遍性入手，努力开辟日常生活和内心世界的广阔题材，以争取让大众中的个人在各种条件下都能找到适合自己处境及情感表达需要的歌。也因此歌词在形式上虽是个人性话语，但其实在内容上都是大众熟悉的日常生活和容易唤起大众共鸣的世俗情绪。同时，歌词由词作者采用艺术虚构的手法创作，歌词中角色化的口头言语并非局限于词作家，而谱成的歌曲也由不同的歌手和大量的歌众来演唱，也不局限于特定个人的口头。歌词的内容可以各取所需，完全可以为任何人所用，但歌词的展现又是个人口头性的，这便形成歌词借由演唱者发声的一种代言体特点。所以歌词看似个人化的角色话语，其实不过是一种群体情感的代言，是一种个人口吻的大众抒情。不过，不管怎样，歌词既然采用一种话语的交际，以“我”之口说出，无论采用“我说”讲述“我”的内心体验，或“我对你说”讲述“我”对“你”的情感诉求，其实都是采用一种个人口吻，所以都可以拉近彼此的心理距离，进行亲密的情感交流，满足大众日常情感交流所需，得到大众的欢迎并成功流行。当然，也因为歌词交际性、生活性的特点，人们所看到的有关歌词的正面表现或“褒义倾斜”特点，扩展开去甚至说歌词粉饰美化的特点，限定歌词的内容在群体认可、正常轨道的范围之内等，很大程度上都与此相关。

而对于歌手在场这种情况，广场上似乎存在一个舞台中心，或许大众的自由交流受到歌手的约束，但那只是对听众之间形成约束，实际上歌手运用歌声、运用歌词的话语，在演员与观众、歌手与歌众之间的互动交流非常频繁热烈，也非常动情深入。歌手以歌词的个人话语方式所进行的面向大众的抒情传达，同样鲜明地体现了作为一个公共性的交际、交流场所的广场效应。

——选自《诗歌与音乐跨界视野中的歌词研究》

"历史意识"的变形记

余　旸

1999 年"盘峰论争"后，作为一种较有影响的诗歌现象，"九十年代诗歌"已告一段落。但进入新世纪以来，围绕近十几年涌现的诗歌现象展开的争议与思考，却仍然纠结在"九十年代诗歌"所呈现的问题意识与思路中。可以说，在变化的社会历史语境下，活跃着的还是"九十年代诗歌"的幽灵，而争议热点，与其最为核心的两个诗学概念——"历史意识"与"可能性"有密切关联。

"历史意识"，也即诗歌如何承担历史、介入现实的问题，有时又被理解为诗歌对"历史"的处理能力，在新诗史上，并不是个陌生的话题。无论是 20 世纪 40 年代的九叶诗人，还是 90 年代的部分诗人，通过积极的写作实践试图为这个问题提供某种解答。但就诗学意识与社会历史之间复杂的纠葛而言，由于中国新诗的特殊进程，"历史意识"这一概念又带有"九十年代诗歌"独特的历史印迹。具体来说，朦胧诗后，伴随着对意识形态的抗议与疏离，一种超越历史强调诗歌独立的审美功能的诗歌观念，在诗人中获得了普遍认同，但进入 90 年代，社会历史语境的变动驱使部分诗人反思

80 年代诗歌的“非历史化”的纯诗倾向，表达了使文学恢复“向历史讲话”的共识。而诗歌对历史的处理能力，也即“历史意识”，就转变为“九十年代诗歌”最为核心的诗学观念，成为评价诗人创造力的一个尺度。随后十多年涌现的诗歌新倾向，无论对之总结命名，提出一些代际概念并进行阐释建构，还是激烈地抨击批评，众多评论往往都以“九十年代诗歌”的诗学观念为参照，牵涉到的问题又总与“历史意识”有关。

以诗人批评家陈超为例，他批评当下诗歌写作“历史意识和生存命名能力的日益薄弱”，就以“九十年代诗歌”的“创造力状态”为标高，呼吁“重铸诗歌的历史想象力”①。2006 年，林贤治试图推举包括打工诗人郑小琼在内的新诗人，与之对应，“九十年代诗歌”则被笼统指斥为“技术至上”，不能反映时代的苦难，表现出缺少“灵魂与良知”的状态。林贤治较为褊狭的批判，引起诗人臧棣激烈驳斥，中心也仍然围绕诗歌与“社会现实”也即“历史”的关系。与这一争论有关联，最近几年兴起的“底层写作”现象，往往引起了相反的意见，在高度赞扬或激烈批评中，“九十年代诗歌”与“底层写作”往往构成两个极端，不是推举“底层写作”指责“九十年代诗歌”的技术至上主义，就是以“九十年代诗歌”的审美自律来抵制“底层写作”的粗鄙、简陋，如钱文亮捍卫诗歌自身的伦理法则，批评有些提倡“底层写作”的批评家，往往表现出动辄以“立场”、“态度”、“伦理”等庄严的大词臧否诗歌、褒贬文学的痼习②，虽然文中没有具体涉及“九十年代

① 陈超：《重铸诗歌的历史想象力》，《文艺研究》2006 年第 3 期。

② 具体批评见钱文亮《伦理与诗歌伦理》，《新诗评论》第 2 辑，北京：北京大学出版社，2005 年，第 14 页。

诗歌”，但就其强调诗歌的“审美自律”相对于“底层写作”所谓的“时代精神”的优先性而言，其论述思绪、所用资源仍然紧紧关联“九十年代诗歌”的“历史意识”，不过在这里，没有挑明的“九十年代诗歌”却成为了“审美自律”的代表。2008年“地震诗”的热潮，引发了持续争论，同样也触及了类似“诗歌如何承担历史”的思考[①]。在众多批评中，批评家张桃洲的态度较为微妙、谨慎，具有一定的代表性。当他指出并不是所有重大事件必然会催生优秀诗篇时，暗中辩驳的却是指责“九十年代诗歌”不能反映时代苦难的相关批评。随后他重申90年代广泛引用的爱尔兰诗人希尼的名言，强调诗歌的审美自律对社会、道德、政治和历史现实的矫正压力的独立性，委婉地为“九十年代诗歌”辩护[②]，但在分化严重、问题错综复杂的社会现状前，他又和钱文亮一样，不禁表达出如下的焦灼：“在现代诗歌的发展历程中，一个值得反复探询的问题是：时代的苦难向语言（文字）转换时为何常常‘失重’？”[③]他的建议是，“诗歌重获自身尊严和力量的有效手段或许在于：如

---

① 在诗人或批评家普遍正面聚焦于诗歌在类似“汶川地震”的重大事件中如何发声的问题时，冷霜注意到了这一现象的另外维度：“到了2008年的‘地震诗潮’，这种关切更广泛地显示出来。但‘地震诗潮’的情况比较复杂。在2003年‘为徐天龙写诗’的行为中，已经出现了商业运作的痕迹，最初提出倡议的发帖人是说要‘重金征稿’，如果有人为这个事件写诗，报酬由他和作者商议，并且希望授权由他来把这些诗出成一本诗集。这个事情最后怎样了不清楚，似乎没有下文。但‘地震诗潮’中，就非常明显地能看到出版商以及文学期刊的运作。我当时收到过一些邮件和短信，都是说急需诗稿，要求什么时间之前写出一首跟汶川地震有关的诗，会尽快出书或出刊。这里面也许不纯粹是为了经济利益，对于日渐衰落的文学期刊来说，也是希望能以这种方式重新进入公众视野。”详细参见冷霜《近年诗歌中的社会关切》，《青年文艺论坛·第十三期——中国“新诗”的现状与前景》，该文收录于网上青年文艺论坛博客，网址：http://blog.sina.com.cn/s/blog9d62141901010r03.html。

② 张桃洲：《诗歌与社会：新的张力关系的建立》，《江海学刊》2009年第5期。

③ 同上。

何建立诗歌与社会间的新的张力关系”①。

仅仅通过以上简单的勾勒就可以看出，无论陈超以“九十年代诗歌”的“历史想象力”为标准来批评新的诗歌现象，还是林贤治等推举“底层写作”与“打工诗歌”指责“九十年代诗歌”缺少“道德、良知”，甚至张桃洲、钱文亮等强调诗歌“审美自律”相对“时代精神”的优先性，在指责与辩难、“吁请”与“澄清”中，因为反思80年代诗歌的“非历史化倾向”，90年代发展出来的“如何处理历史”这一诗学问题，不仅没有随着90年代中期后社会语境趋向复杂表现出对“历史”的开放性理解，反而逐渐脱离具体、复杂的社会语境，被脱脉络化地简化为“伦理与诗歌伦理”、“道德与诗歌道德”、“诗歌的艺术自律与社会、道德、政治和历史现实的矫正压力”这样二元悖反的诗学论题。

关于“历史意识”，在“九十年代诗歌”的自我阐释与建构中，诗人臧棣有一个被广泛接受的说法。他认为“九十年代诗歌”有两大主题，其中之一，就是“历史的个人化”。也就是说，“九十年代诗歌”的代表诗人，在“如何处理历史”这一问题上，摆脱了“历史决定论”下宏大叙述的控制，一定程度上向社会历史自由的敞开，呈现出类似于“新历史主义”的多重叙述面貌②。但需

---

① 张桃洲：《诗歌与社会：新的张力关系的建立》，《江海学刊》2009年第5期。

② 有些诗歌批评家试图用“新历史主义”的相关理论来概括“九十年代诗歌”中体现出的“历史意识”，如臧棣曾在访谈中提到他试图将“新历史主义”与“新批评”结合起来，用于当代诗歌批评（胡旭东：《诗歌·批评·文学史——访臧棣博士》，《北京大学研究生学志》1998年第1期）。他1998年提出“历史的个人化”这一说法，无疑受到“新历史主义”的启发。诗评家陈超也在“先锋诗歌”与“新历史主义”之间建立关联：“‘历史想象力’的提出，也与后现代思潮特别是‘新历史主义’的启发有关。这些诗人意在深度关注历史与人、历史与现实、历史与文化、历史与语言、历史与权力……之间的复杂关系，他们探询历史话语、历史修辞，就是为着实现更有效的对当下的文化批判和语言批判。”见陈超《重铸“历史想象力”》，《文艺研究》2006年第3期。

要指出的是，在"历史个人化"这一"美学的多元主义"过程中，"当代诗歌虽然享有一种从'大历史'中脱颖而出的权力，价值的批判与选取仍是不能回避的"①。而"历史意识"，不仅指向包容"历史"所需要的特殊的语言技巧与想象力，同时也意味着透析现实所需要的历史视野与判断力②。不同诗人彼时在处理历史时，虽然分享着某些基本的共识，其独特的诗学资源和关怀，导致其言述与处理方式也极为不同，而这种差异，随着社会现实也即"历史"剧变带来的认知深化，引发出了更为根本的差异、分歧甚至剧烈冲突。甚至可以夸张地说，不同的历史认知态度，将不会仅仅停留在"历史的个人化"的论述表面，更是诗歌写作者"历史意识"中的关键因素，伴随着写作进程的持续，反会突破诗歌的审美层面，凸显出与变动的社会历史的纠缠关系。而根基于不同历史认知态度的诗歌，也会提供完全不同的关于文学生活的理解，而这样的理解，也将不再一如既往地陷入"伦理"与"美学"二元冲突的窠臼中。

如果对90年代以来的诗歌批评继续审视，还可以发现，在"九十年代诗歌"自我阐释与建构过程中，诗人及批评家往往受限于彼时针对80年代诗歌的辩驳、反思立场，更出于对50—60年代的社会主义现实主义文学提倡的"文学为政治服务"的警惕，过于谨慎地把"历史意识"仅仅理解为"诗歌审美为历史留出了空间"。这一自我阐释的保守性在90年代以后的诗歌发展进程中尤其

① 张桃洲等:《重新深掘新诗批评的活力与效力——从臧棣对林贤治的反驳说开去》,《新诗评论》第2辑，北京：北京大学出版社，2007年，第192-193页。

② 在讨论诗歌如何承担历史、介入现实时，冷霜辨析出常见的表述中存在微妙但重大的政治立场分歧："我想当我们表述文学应该关心时代、关注现实的时候，它还是有很多左翼的性质，但当我们说诗歌能否参入中国的历史进程时，它不只是左翼的，还有右翼的成分在里面。"见张桃洲等《重新深掘新诗批评的活力与效力——从臧棣对林贤治的反驳说开去》,《新诗评论》2007年第2辑，第190页。

凸显，因为随着社会历史的自身变化，“历史意识”这一内涵模糊包容却又极为广泛、灵活的诗学概念，也不断扩展为一个具有生长性但兼具纲领性的视域，或者说“历史意识”有自己的变形记。从某种意义上，“九十年代诗歌”提出了“历史意识”这一概念，只不过是为诗歌写作处理“历史”的权利提供了合法性的辩护而已。彼时许多诗人或批评家并没意识到一旦诗歌试图处理包括改革开放后剧变的现实生活在内变动的“历史”，就不可避免地要纠缠在“历史意识”这个内涵含混、意蕴深藏且与时俱长的概念中。因为“历史意识”，不仅仅意味着诗歌要以一种明确的自觉意识讨论并认识当代生活的情感、经历、欲望，也为诗歌摆脱主宰80年代诗歌的主流写作趋向，从而与当代社会思想意识的变动保持了一种较为紧密的同步联系提供了契机。同时，也因为介入并处理“历史”，也自然引发了一系列相关的新老诗学问题，比如曾经搁置不论、以种种变形方式存在的老问题：文学与政治、历史的关联与分歧，都以另外一种方式，在新的社会历史状况与政治结构中重回人们的视野，不妨说它提供了一种摆脱90年代初就已成认识定势的文学/社会政治判断、重获社会想象力的契机。相比于1949年以后“左翼”话语逐步取得统治性地位且越趋僵化与单一的“历史叙述”，对应于学科规范分化在90年代及其以后进一步强化，韦伯探讨的“理性化进程”带来的思想领域的专业分化问题深深影响到当代社会思想，如果不是视而不见的话，“历史意识”又使文学与不断深进的“历史”、“哲学”、“政治”专业关联的老问题不可避免地纠缠在新的矛盾中。

此外，回顾90年代以来的诗歌写作实践与相关批评，还可以看到“历史意识”，作为一个生长性兼顾包容性的总体性概念，在“九十年代代表诗人”的写作实践中有着一个不断变化发展的总体趋向：最初“历史意识”的提出，是作为对当时特定阶段的历史事件的自我反思反映到诗歌写作的调整上；随后也就是1995年前后，则转入了当下日常生活——粗略地说，是市场经济下的当代日常生活——的抒写，也由此从这一概念弥生出“日常生活”这一子概念；进入了21世纪后，伴随着社会生活语境的巨变，发生了种种上述已经提及的如“底层写作”等等诗学探讨。尽管这些探讨有着种种特定的社会历史问题、诗歌现象，而且不同问题有着不同的概念表达方式，但其实都可以看作是当初那个仅仅出于辩驳而提出来的“历史意识”的扩充与发展。如同黑格尔的“世界精神”，在社会历史的发展变化中“历史意识”展开了它自身的逻辑运动：各种有关当代中国社会历史的活跃的思想，如女权主义、文化左派、儒家社会主义、基督教思想、自由主义……在不同年龄层的新老诗人中开花、结果，参与、融会并激荡着诗歌写作与批评的进程，并在这一概念的运动过程中将潜含在“历史意识”背后的文学和历史的矛盾与关联展示出来。当然，这一概念的运动过程，并非如黑格尔的“世界精神”运动表现出正反合的有序进程，但这一运动过程，还是展现出一种试图打破区隔，重建文学和社会连带关系的总体趋向，而且也时刻呼唤着贴合情势、与中国社会正在进行中的现代历史进程相联系的成熟的“历史意识”。

尽管“历史意识”的逻辑运动已经进展如斯，但由于对其内涵缺少深入的持续性与整体性的思考与把握，对“九十年代诗歌”的讨论批评始终停留在在某种笼统性的自我辩护与正名的“遗产”维护状态，就出现了种种较为有趣的现象和问题。

首先，具体到“九十年代”代表诗人之间彼时的观念差异与分歧，虽已为少数批评家敏锐地意识到，却由于共同针对“80年代诗歌”的“非历史化”倾向，讨论与批评的视野更多地被回收为有着共同的写作立场下风格的差异。比如臧棣，指出了“九十年代”代表诗人的“历史的个人化”倾向，对于如何的“个人化”，却语焉不详。由于对“历史意识”背后“文学”与“历史”的连带关系理解上的孤立与笼统，随着社会思想焦点的变化与转移，甚至出现了诗歌批评家以此时的“历史意识”指责彼时诗人所表现的“历史意识”落后、无关时代大局的“进步”现象，林贤治对以臧棣为主的“九十年代诗歌”代表诗人的批判就很典型。面临这一新的变动与挑战，“九十年代诗歌”的辩护者始终处于极其被动、尴尬的防卫境地，争论也往往陷入“伦理”与“美学”二元冲突的窠臼中。

与这个问题相关的则是从“历史意识”概念衍生出来的“日常生活”这一子概念。1995 年前后，绝大部分诗人往往将“历史意识”想当然地理解为社会的“日常生活”，这样的理解很少会引发“美学”与“伦理”的心理冲突。随着“历史意识”的逻辑在当代社会中的展开与运动，出自对诗歌最初遭遇社会重大历史事件的失语、焦虑与尴尬后形成的应激反应，众多诗人 2005 年前后又往往表现为对受媒体影响的社会重大历史事件与热点问题的各种情绪性的表态。无论积极强调诗歌与社会重大历史现象的关联，还是坚持诗歌伦理的优越性，或者摇摆在两极之间较为模糊、含混的暧昧地带，支配种种应激表象背后的内在逻辑触及了最初提倡“历史意识”这一诗学概念时没有明确意识到的思想前提。最初提出这一诗学概念时，众多诗人们的内在意识结构依然处于 20 世纪 80 年代通常的“文学/专制政治”理解的延长线上。在“历史化”的名义下提倡“日常生活”，有针对 20 世纪 80 年代“纯诗写作”趋向的反驳，但将“日常生活”理解为“历史”的普遍趋势，暗合了当时包括文学界在内的文化领域消解宏大历史叙述、提倡“小叙事”

的整体氛围。与抒写的"日常生活"相对但没经挑明的是，在这一结构中，"社会重大历史事件"无形中就被略等于当时文学意识形态试图要消解或回避的"宏大叙事"。所以，作为"历史"进程不可分割的一部分，当社会重大历史事件以现代传媒为工具，癌细胞般突然包围了当代诗人及批评家时，他们都曾普遍地遭遇了失语、焦虑与尴尬。这一症状，突出地表明当时很多的诗人与批评家并不仅仅是诗歌技艺上，更是在社会历史的认知上缺乏准备与理解。在"日常生活"与"社会重大历史事件"之间，他们进行了分割，而不是放在同一历史视野下理解。因此如果不从褊狭的"文学/专制政治"的封闭角度而从深度的社会意识来理解，成熟诗人及批评家的"历史意识"，将不直接表现在对受媒体影响的社会重大历史事件与热点问题的应激反应，而是体现为一个身处变动发展社会中的个人/诗人，应该具备一种较为完整的社会意识与认知。这样的社会意识与认知，将内涵着对社会重大问题与思想的连续性理解与建议。他们不受局部、偏激的社会情绪、认知的蒙蔽①，也不纠结于诸如"打工诗歌"、"地震诗"、"人民写作"这类看似重大而有影响的孤立社会事件的表象中，而是对左右中国社会历史进程的问题

---

① 已有诗人批评家关注到了当代社会思想状况与诗歌之间的互动。在《青年文艺论坛·第十三期——中国"新诗"的现状与前景》中所作的报告——《近年诗歌中的社会关切》——中，冷霜谈到"当代诗歌对中国社会的这种关切背后所浮现出来的政治意识"："近些年，一些诗人在写作中开始表露出更明确的政治意识，对中国当代社会的种种问题如何做一个总体判断，面对这些问题如何厘清自己的立场？可以看到，90年代末思想界的'新左派'和'新自由主义'的争论，也已经在诗歌界，至少是其中一些诗人中产生了影响，不同的诗人已经在运用不同的思想和话语资源来理解当代社会，并体现在各自的写作中。当代诗人在表达社会关切或表露政治意识的时候，很多时候能看到是一种泛自由主义的观念。但这些年也出现了另一种情形，也有一些诗人自觉地借用左翼的思想资源来书写现实。"引文来自"青年文艺论坛"的博客，网址：http://blog.sina.com.cn/s/blog9d62141901010r03.html.

与思想有着更为清醒、整全的认知。这样敏锐的社会认知，从诗歌写作的实践来看，往往有可能恰好通过并不那么吸引人的社会现象就能加以剧烈集中地反映出来，甚至如冷霜曾极富辩证地指出的那样，“写作的‘历史意识’并不必然指向写作与历史之间的文本关联”①。即便如此，对于成熟诗人，这样的“形式主义”写作其前提依然是成熟的“历史意识”：“我们注意到我们周围的强硬的浑浊，我们完成了一场艰苦的清理工程。”②

此外，2011 年前后，“九十年代诗歌”的几位代表诗人发表了他们写作史中极为重要的长诗，连同将近封笔前张枣的《大地之歌》(1999 年)③，“历史意识”这一诗学概念的自身运动与发展，也出现了阶段性的高潮。这些长诗，无论是处理严格意义上的历史题材，还是勾连过去剖析当下，从容量广度、主题深度、处理手法上，都已经将其发展到了一个无以复加的地步，从而也最大限度地呈现出这一概念内在的矛盾与问题，为重新审视并深究“历史意识”提供了契机④。相对于诗人过去写作的表现当代社会生活的短诗或长诗，如何处理历史文献材料的问题在这几部长诗中凸显出来，因而这使诗歌的写作与当下历史学的前沿的关系成为问题，而这样的问题意识尚还没有在过去的批评视野里出现。

---

① 冷霜：《九十年代“诗人批评”》，硕士学位论文北京大学中文系，2000 年。

② 萧开愚：《当代诗歌的一些文化触角》，《中国诗歌评论：力争上游》，臧棣、萧开愚、张曙光主编，上海：上海文艺出版社，2013 年，第 8 页。

③ 诗人批评家张伟栋对张枣的《大地之歌》表现出的“历史意识”进行了解读，详细参考张伟栋《“鹤”的诗学——读张枣的〈大地之歌〉（《山花》2013 年第 13 期）；《当代诗中的“历史对位法”问题——以萧开愚、欧阳江河和张枣的诗歌为例》（《江汉学术》2015 年第 1 期）。

④ 有关这几部长诗的讨论，可以参看姜涛《“历史想象力”如何可能——几部长诗的阅读札记》，《文艺研究》2013 年第 4 期。

上述理解"历史意识"出现的种种问题，都意味着要突破已有的对"历史意识"越来越简化自明的叙述，不再泛泛地将之归类到统一的写作现象中去，而是重新历史化，回溯到"九十年代诗歌"代表诗人具体的诗歌实践与观念阐释中去，探究在"九十年代"这一共同的历史语境下他们之间观念与实践上具体的差异与分歧。这些差异与分歧，在新世纪变化的历史语境下，得到了更为清晰的呈现，导致20世纪90年代归属于同一写作团体的诗人，对诗歌功能与构想的认识截然不同，甚至相互冲突。因此，排除时间与社会经历带来诗学意识调整的影响外，诗人们的差异并不能仅仅用风格加以容纳，反倒可以在他们对待"历史"不同的、有所调整的立场中获得更为准确的理解。

——选自《"九十年代诗歌"的内在分歧——以功能建构为视角》

文学制度与当代少数民族文学的繁荣

魏 巍

一 文学制度与文学空间的开创

在宏观层面上，文学制度具有的正面力量为文学的伸张提供了空间，为少数民族文学的繁荣提供了制度保证。首先，文学制度的规范性本身具有空间价值。这不仅是说对少数民族文学的观照拓展了以民族国家为核心的当代地理学意义，同时，作为意识形态在文学领域的本来需求，文学制度与中华人民共和国的建立有着密切的关系，也与在古今中西夹缝之间求生存的近代历史文化语境有必然关联。与以前单纯的强调作家、作品、思想内容不同，文学制度与民族国家一起首先给出一种空间价值感受。“‘现代文学’这一概念还必须把作家和文本以外的全部文学实践纳入视野，尤其是现代文学批评、文学理论和文学史的写作等机制及其运作。这些实践直接或间接地控制着文本的生产、接受、监督和历史评价，支配或企图支配人们的鉴赏活动，使其服从于民族国家的意志。”① 也即是说，在中国现当代文学场域中，文学制度一方面作为民族国家的产物，一方面又作为国家生产主导下意识形态的生产基地而存在。文学制度为文学活动提供了生存空间和生产场所，它总体来说是正面的。正如有学者援引英国学者安东尼·吉登斯的观点，“时——空分离，也就是时间的标准化以及在此基础上产生的空间与地点的分离，是现代性发生的一个极其重要的动力机制”②。族群内部的文化变迁所具有的裂变和阵痛感，不断演化，在历史的发展中最终确立和定型。我们可以进一步认为，作为中国文学自身规定性、作为民族想象的共同体、作为被订立的事物，一种客观存在“文学制度”是中国迈入20世纪后以国家身份融入世界的必然产物，它同样会反向地支持少数民族文学在空间层面的探索和延伸。它是意识形态的实体呈现，具有多重语义，兼有社会性、民族性、时代性等特征，广泛深入地影响着中国现代文学的发展和兴盛。总之，也只有在文学制度给予的空间保障下，由空间转换出的时间特性，以及族群属性和性别书写，给予了少数民族文学以突出历史感、当代性和社会性的特征。也唯有如此，超越的国族想象才真正成为一种可能，国家情怀相伴于国家地理空间转换才会成为可能。

其次，文学制度的规范性具有“去遮蔽化”和“去阴影部分”的敞明功能。这层保障主要体现在对弱者的关注和对阴影部分的阐明。它本身所具有的国家力量具有敞明属性，为少数和多数之间的矛盾冲突提供一个缓和的平台，同时也给出一种解决问题的途径。

---

① 刘禾：《文本、批评、与民族国家》，《今天》1992年第1期。

② 范国英：《茅盾文学奖的文学制度研究》，北京：中国社会科学出版社，2009年，第13页。

在常规理解里，少数民族的文化认同常被限制在狭窄的时空范围内，基于两种常规的理解模式，则可模糊地指引向两个“受限”的方面：一是文化空气的稀薄，二是生命的原始属性与族群的蛮悍习性。后者往往加深对少数民族认识中的既定印象，而文化的稀薄又使得这种顽固的“文化封闭性”变得更加自然而放任。表面上，两者似乎相辅相成，文化空气的稀薄似乎必然导致少数民族文学在书写上体现出来的原始性，这种原始性也被很多研究者概括为“少数民族气质”，这一点成为我们讨论少数民族文学的主流基调。“少数民族气质”实在是一个好东西，一种对少数民族文学最有用也是最无用概括。所谓有用，是说只要我们面对少数民族作家，都可以用“气质”这把枷锁把他们牢牢地套在脖子上，现代作家中的老舍、沈从文是这种“气质”的典型代表，而落实到当代少数民族作家中，阿来、张承志、霍达、扎西达娃、萨仁图娅、匡文留、娜夜……几乎没有哪一位少数民族作家没有被研究者们下过这样的定论。一旦我们确定了他们的族属，那么，“少数民族气质”就是对他们书写的最好概括。所谓无用，是说这样的研究显然是无话找话的研究策略，然而，这却又同时体现出了学界对于少数民族文学研究的无能为力，很多研究者在面对少数民族文学的时候，就像玻璃罩子里面的苍蝇，感觉前途光明但却毫无出路，最后只好以“少数民族气质”来作为结论。人们毫无意外地以之作为少数民族文学最好的表达方式，尤其是在这个少数民族被急遽同化的时代，少数民族已经失去了民族文化的根基，其行文与行事风格已经与汉族没有多少差别的时候，少数民族文学研究就更是显得无所适从，一方面，他们的族属确实是少数民族，另一方面，他们的文化却越来越接近汉文化，无论是“跨族别”说[①]，还是“双族别”说[②]，抑或“失语的尴尬”说[③]，都毫不怀疑少数民族作家在这个时代所受到的同化问题。民族认同虽然可能依然存在，但是，文化认同已经发生了严重的偏移，这就使得少数民族文学研究更像是一个为了拓宽学术研究的领域而存在的话题。我们完全可以想象一下，“少数民族气质”这种万金油如果可以用来针对所有少数民族作家，那么，我们还需要那么多少数民族文学吗？不是每个民族选一个代表就可以了吗？这就不是在对少数民族文学进行研究，而是在取消少数民族文学研究。

这样的研究现状似乎表明，少数民族其实根本就没有文学，与其说他们的书写是为了弘扬本民族的文化传统，不如说只是为了满足多数民族的想象性猎奇。诸如沈从文对湘西的书写，我们就经常用生命的原始性，蛮悍的生命力等等之类来概括；而生命的原始性似乎又加强了他们书写过程中所表露出来的文化空气的稀薄感，原因在于我们先入为主的“预见”，既然少数民族文学书写过程中表现出原始属性与族群的蛮悍习性，那么，就更加坐实了他们文化空气的稀薄。若不然，他们又怎么会表现出与大汉民族不一样的书写呢？这样的先在预设其实只是表明了他们认为“少数民族无文学”的观念，至少，是一种与主流文学格格不入的文学，是一种少数人的文学。这种研究现状可能远不止是面对现代少数民族作家时体现出来的偏见，在面对当代少数民族作家的时候，我们依稀可以从对

① 王一川：《跨族别写作与现代性新景观》，《四川文学》1998 年第 9 期。

② 徐建新：《权力·族别·时间：小说虚构中的历史文化——阿来和他的〈尘埃落定〉》，《西南民族学院学报（哲学社会科学版）》1999 年第 4 期。

③ 德吉草：《认识阿来》，《西南民族学院学报（哲学社会科学版）》1998 年第 6 期。

阿来、扎西达娃等等的研究中找到余响。

这理所当然应该引起学界的重视和警惕，否则，少数民族文学的研究就可能变成少数人的研究，变成一种肤浅的表层关照。现实的境况不容乐观。也即是说，一为“少数”，便意味着群体的限制性，地域的偏远，文化的稀薄，而其中具有生命力和生存欲望在受到研究者重视的同时也时常遭到忽视：受到重视是因为研究者们要从中找出有别于多数民族文学存在的不同样貌，以此作为研究的生发点；遭到忽视是因为那些所谓的原始属性与族群的蛮悍习性表现出了与多数民族完全不同的生活形态，而这种生活形态在多数民族看来恰恰是一个与“自我”相区别的“他者”，它不具备多数性与大众性。如果这样的局面继续放任自流的话，难保不会再次出现“非我族类，其心必异”的诛心之论。这是对“少数民族能够说话吗?”的一个以肯定语式来代替否定性研究的变相回答。在这样的研究心态之下，少数民族文学的存在不过只是多数文学的一个点缀而已。

然而，问题或许并没有那么简单，当我们一方面在孜孜以求少数民族文学中的“少数民族气质”，以民族（文化）的差异性来阐释少数民族文学的时候，另一方面，同样有人对这种强调民族（文化）差异性的少数民族文学表达他们的不满，据《凤凰网》报道，2015 年，全国政协民族和宗教委员会主任朱维群在四川藏区调研期间，与作为四川省作协主席的阿来就其创作的历史纪实文学《瞻对》进行了对话，朱维群指出，时时处处强调和提醒人们的民族身份，造成一些地方少数人闹点什么事，很容易上升为“民族问题”，进而导致法律效能打折扣，解决办法或者偏向于对待定民族的成员采取防范措施——其后果容易引起少数民族人群不满，或者偏向于妥协迁就——其后果又往往是引发内地人群不满，导致原本很“皮实”的民族关系变得越来越敏感。而阿来则强调，“我不需要因为民族身份在工作中受到特殊照顾，也不希望因民族身份而感到我不能在这个国家享受和大多数人一样的平等的公民权”。在以民族差异性书写中来突出自己的民族文化身份，来弘扬与发展民族文化传统与“过分强调民族差异不利于国家认同形成”之间的对话中，两者的对话其实并没有达成任何共识，前者强调的是一种“共同文化”，而后者则在强调民族身份的同时，更看重在大文化观念下的平等意识。少数民族文学书写要如何才能调适与民族国家话语之间，以及与国家文学制度之间的关系？在面对民族国家这样的宏大历史场域的时候，少数民族究竟应该如何文学才能既弘扬与发展自己的族群文化，又不至于与民族国家的立场相背离？

这些问题不仅是当前我们面对少数民族文学研究时的尴尬，同时也是少数民族文化的尴尬。我们必须脱掉各种想当然强加在少数民族文学身上的外衣，而这个过程，单单只是依靠文学的内部研究在很大时候可能显得心有余而力不足，因此，就有必要把当代少数民族文学放到整个文学制度下来考量，严肃认真地来面对这种尴尬，不仅把少数民族文学当作一种“民族气质”来关照，同时把它们放到与汉民族文学同样的平台之上，进行族群的、性别的，甚至意识形态的文学制度下的研究，否则，少数民族文学研究就不会有任何实质性价值与意义。

少数民族限定下的文化封闭性作为族裔认同中“被遮蔽的部分”，少数民族文学和少数民族书写也可能作为“阴影部分”而存在，而制度的正面规范作用正在于此，敞明被遮蔽的、阴影部分的过程。作为现代文化中最为坚固的部分，文学制度的正面规范作用，它则往往能将这部分生存空间扩大，一在于生命活动的地理范围，二是基于人类历史的想象世界和话语空间。制度营造出的文学空间的新鲜感，自然也能提升文学的思想张力，也能为文学力量生发出更大的影响。这种直接的阐明，毫无遮蔽的话语彰显，有利于少数民族脱落掉那层羞怯感，也可为民族文化的认同提供新的可能。这正面提倡和积极鼓励，为少数民族的文学写作带来了鲜活的力量。

二　文学制度下的莫比乌斯圈

文学制度的规范性能够管理和约束文学生产中的诸多不平等现象。这样的认定同样是就理想的层面来说的。文学制度中的评奖机制、研究机制及文学文本间的平等竞争机制等所具有的公正、庄严性，以及其中蕴含的鲜明的现代意识、合度的价值判断，为族别、性别之争创造了平等的机会。如果文学制度从生命力的角度使得少数民族的生命能量正面化、合法化、常规化，那么在“汉族/少数民族”、“男/女”对立的权力话语范畴中，少数民族文学则可以省去其中族裔与性别的“对抗性”冲突过程。这是一种身份的保护，也是一种直接的身份赋予，其中避免掉的曲折，可以让少数民族作家的精力更为充分直接地落实于一种超越“族裔”与“女权主义”的宏观表达。它给予价值尺度，给予全新而平等的话语评价标准，可以使少数民族作家在表达初期便有了一种超越性的人格想象，而不再陷入盲动、冲突、争持之中。基于整体的观察视角，文学制度的正面价值在于提倡公平正义、提升国族想象，敞明写作空间，其所具有的体制性的力量，最终助推少数民族文学的繁荣发展。文学制度与社会现代化过程的同构性，以及文学制度化之后可能有的先进性，使得它与当代少数民族文学的发生发展有着密不可分的关系，自然也能促进少数民族文学的繁荣。

要做到这一切，文学生产就必须在制度化的文学体制中进行。“文学体制这个概念并不意指特定时期的文学实践的总体性，它不过是指显现出以下特征的实践活动：文学体制在一个完整的社会系统中具有一些特殊的目标；它发展形成了一种审美的符号，起到反对其他文学实践的边界功能；它宣称某种无限的有效性（这就是一种体制，它决定了在特定时期什么才被视为文学）。这种规范的水平正是这里所限定的体制概念的核心，因为它既决定了生产者的行为模式，又规定了接受者行为模式。”① 它不仅带来一种文学创作实践的总体性描述，也能确定目标，更能规约其中的生产、行为模式。与其说这种规约是划分与其他文学实践的边界性指标，规定文学创作实践中写什么、怎么写等诸多问题，不如说是建构了一套文学创作的价值体系。在这个体系中，文学制度将我们眼中的世界进行预设排列，让我们从原本模糊空洞的空间中看到真正的意义所在。所有与身份和性别相关的叙述与行为都上升到人类身体展现和生产文化意义的创造中，这种体制化的力量具有强大的现实功效，特别是对那些弱小的族群，通常带来正面能量。

在现代化进程中，制度化的过程又与启蒙运动密切相连。在中国现代文学的古典传统和“五四”新文化两大传统中，个体被整合到一个宏大的历史图景之中，不唯文学的地位得到提高，写作者的身份也被突出地表明。在制度的形塑和制度化的进程中，个体地位得到凸显，那处于弱势地位的“人”（或者创作主体）才具有了被肯定的天然可能。文学制度相伴于现代启蒙运动而产生，其中通过教育形成时代性的文学制度，伴随相应的学科建设，启蒙和教育一

① ［德］彼得·比格尔：《文学体制与现代化》，周宪译，《国外社会科学》1998年第4期，第53页。

体，“作为哲学批判，文学考察了规范有效性要求；而作为纯文学，它则促进了规范的体制化。文学的感情特质，其深刻影响和感动接受者的能力，就被融入一个组织起人类社会伟业的理性规划之中。……因此，现代化的这个过程便有了新的特质：一种自觉规划的特征。它出现在文学之中，就此而言，文学变成为社会生活的核心体制”①。我们姑且不讨论这个结论是否准确，但是，文学体制作为一种规范性的需求，它对少数民族文学发展的影响仍然是不言自明的。

就具体层面而言，文学制度长期以来都彰显着它的体系性价值。文学制度中的实体机构、核心刊物、重要文学奖、文艺政策、大学师资、文学批评等“物质”实在，长期以来都从评价与接受、出版传播等多个层面促进着少数民族文学的繁荣。此处言及的实体机构，包括中国（辖各省、市、自治区）的作家协会、民族文学研究所（也包括中国社科院、内蒙古、云南、宁夏等省、市、自治区社会科学院民族文学研究所）等研究机构，以及全国少数民族作家代表大会等等，均从实体结构上发挥制度的体系性功能。以上研究机构，总能让少数民族文学的创作者们找到依附感、层次感。而这些实体机构中也会从身份认同层面给予创作者以尊重，比如作协会员、少数民族作家代表大会等都能为少数民族作家带来身份的真切性和实存感。核心刊物层面，诸如《民族文学》（1981 年创刊，中国作协主办）、《山茶》（云南社科院民族文学研究所主办）、《民族文学研究》（中国社会科学院民族文学研究所主办）等期刊杂志的出版与发行，均常年关注着少数民族作家的创作与研究，对于创作者的族别特色常常特别表明，从而也就增强了对少数民族文学的关

---

① ［德］彼得·比格尔：《文学体制与现代化》，周宪译，《国外社会科学》1998 年第 4 期，第 55–56 页。

注程度和销售热度。另外，中国少数民族文学学会（1979 年 6 月成立，国家一级学会）、中国少数民族作家学会（1985 年成立）等群众性学术团体，在作家协会的基础上继续从研究层面加大对少数民族文学研究的力度。最后，教育层面，少数民族文学的学科建设，少数民族文学史的写作，少数民族文学的搜集、整理、研究工作的稳步推进，也从具有时代意义的文学史地位的认定而给予少数民族作家当代感和时代感。而全国少数民族文学创作“骏马奖”的设立，官方给予的肯定，批评与话语带来鼓励，为少数民族带来了积极的参与感和时代的归属感，使得那些游离边缘的孤独感得以打破，现实的创造能力得以稳步提升。让“少数民族文学”成为一个表达合体，使这个薄弱的环节得到了特别的关注，自然也会反向、有机地促进和提高当代少数民族文学的创作水平。

文学制度作为一种构成系统的价值体系，它不再只是简单地提供生产的场所和空间，更在于它对幽暗地带的开发，对弱势一方的心理安慰和视角平复。这些实体机构、奖励制度、文学评奖均有序地推动了少数民族文学的发展，自然也就促进了少数民族文学的繁荣。回到基本的国情中，文学制度的体系性功能的充分发挥，少数民族文学的繁荣同时性地加快了当代文学的制度化进程。“中国文人兼有文化——宗教和行政——政治的功能，在文化——宗教和行政——政治活动之间仅存在细微的组织上的、乃至象征性的区别。他们的组织架构几乎与国家官僚机构的架构一致，除了某些学派和学术机构，他们仅有微不足道的自己的组织。因此，他们没有产生任何单独的政治、行政、宗教组织和传统。”① 应该说，在中国文

① ［以色列］S. N. 艾森斯塔特：《反思现代性》，旷新年、王爱松译，北京：生活·读书·新知三联书店，2006 年，第 281 页。

学发展的特定历史语境下，特别存在的“制度”，在“新时期”之初对文学的健康发展是产生了相当大的作用。另一个独特侧面则在于中国是一个后发展的国家，现代文学制度是以转型与过渡作为基本内涵而结体建构的。而文学创作与制度建设同时发生，共同发展，这也有利于少数民族文学的良性发展。正如陶东风教授指出，“中国文艺的自主性的缺乏说到底是因为中国社会还没有发生、更没有确立类似西方 18 世纪发生的制度性分化，文学艺术场域从来没有彻底摆脱政治权力场域的支配（这种摆脱不是个人力量可以胜任，而是要依赖制度的保证)”①。现代中国文学为了自己的合法性完全有必要重建一个传统，这个构建的过程使得少数民族文学的发展与文学制度的完善变得唇齿相依。

然而，一个自始至终想要表明，或者渴望以“少数民族”文化身份来表明自己的少数族裔身份的作家，其实正在于他对自己的身份认同的漂移。对身份的刻意强调，是否也意味着对民族文化自信的缺乏？在这种情况下，无论创作实绩的优劣好坏，都可以归结为“我是少数民族”；而另一方面，当我们刻意表明，或者以少数民族文学创作“骏马奖”作为少数民族文学成就的标志的时候，难道我们不正提醒着少数民族文学在与汉民族文学的交锋交流中所处的尴尬地位吗？汉民族文学不需要一个独立的文学奖项，因为他们有鲁迅文学奖，有茅盾文学奖等等诸多奖项。表面上，这些奖项虽然针对所有民族的作家作品，但是能够获奖的少数民族作家屈指可数。获得茅盾文学奖的藏族作家阿来的《尘埃落定》、回族作家霍达的《穆斯林的葬礼》以及获得鲁迅文学奖的满族诗人娜夜的《娜夜诗选》在多大程度上可以避免掉学界对沈从文研究的窠臼？同样需要

① 陶东风：《文学理论基本问题》，北京：北京大学出版社，2004 年，第 17 页。

我们从文学本身之外的“制度”上去考量。尽管少数民族文学创作“骏马奖”的设立，主观上与客观上都确实有着繁荣少数民族文学发展的文化预设，但是，它所体现出来的文化霸权含义却是永远也说不清道不明的。从这个方面来讲，为什么娜夜获得了鲁迅文学奖，而不是少数民族文学创作“骏马奖”？这本身就体现出已经被文化同化之后的少数民族文学/文化身份的尴尬。从娜夜的诗歌本身，我们已经很难找到满族文化的痕迹，这是否表明，少数民族女性诗人唯有抛弃自己的民族文化身份，把自己融入汉文化之中，更好地同化自己，才能得到文学制度的认可？

这是一个奇怪的悖论，按照2008年2月14日修订的《全国少数民族文学创作“骏马奖”评奖试行条例》，我们设立少数民族文学创作骏马奖，除了要求“弘扬主旋律，提倡多样化，鼓励贴近实际、贴近生活、贴近群众，体现时代精神的创作，坚持导向性、公正性、权威性”之外，还要求“注意扶植人口较少的少数民族文学创作”，“体现民族文化多样性”①，然而，这种被赋予的文化身份究竟是加深了少数民族文化的认同？还是以少数民族奖项的名义突出汉文化的优越性，把少数民族文化规划到国族层面？对于少数民族文学来说，这究竟是一个解放还是一个桎梏？显然是有待我们从文学自由发展的立场来认真界说的，毕竟，文化身份虽然可能存在着“他者”现象，但是就文学自身来说，并不存在一个“自我”与“他者”的分别。

关注文学制度对中国当代少数民族文学的影响，除了托托西所列出的“职业化作家、社团文学、报刊与出版、论证与批评，以及

① 《全国少数民族文学创作“骏马奖”评奖试行条例》，中国作家网，http://www.chinawriter.com.cn/2008/2008-02-29/36317.html.

文学审查与奖励等等”之外，还应该关注主流文化生态对文学的制约作用。这里所谓的主流文化生态不一定完全指代汉文化对少数民族文化的压制，也包括主流意识形态对文学的制约方面。比如以《西藏在上》获得第七届少数民族文学骏马奖的唯色，在诸多原因下，已经很难在市面上见到其作品。因为是获奖之后才受到的限制，所以与文学审查和奖励无关，而是与意识形态紧密相连。如果说类似于《西藏在上》这样的诗歌不是好作品，是有悖于骏马奖评奖指导思想的，那么，它又是如何通过诸多评委的层层审读的？如果说它确实是一部不孚众望的获奖作品，又为何会落得如此结局？这些都是值得文学制度研究追问的。尽管我们可以从诸如黄礼孩、江涛主编的《诗歌与人——中国当代少数民族女诗人诗选》这样的民间刊物上获得某些诗歌信息，并在某种程度上弥补了官方文学制度上的不足，但是，这种民间刊物无论从发行量还是从受众面上来说，都明显不及官方制度所给予的保障性作用。从这个方面来说，文学制度对于少数民族文学来说，可能并不只是限制性的一面，对于繁荣少数民族文学来说，确实具有促进作用。这样的说法好比数学上的莫比乌斯圈，一方面，我们在时刻提防着官方文学制度对文学的挤压与变异，另一方面，又把文学的繁荣与否寄希望于这种文学制度，在这样的情况之下，如何平衡、处理文学制度与少数民族文学创作之间的关系，就成为双方都必须考虑的问题。因此，在谈到研究文学制度的时候，必须把这种主流文化生态考虑进去，否则，无论是文学制度研究，还是文学研究，都有遗珠之憾。

——选自《中国当代少数民族女性诗歌研究》

格律体新诗研究

主持人语（万龙生）：

本期刊出的几篇文章各有特点，不妨一一举其要端，权作导读。

值此新诗诞生百年之际，业内纷纷开展各种纪念活动，当然很有必要。但是目前有一种评功摆好的倾向，则完全不符合迄今新诗的历史与现状。与其如此，倒不如好好总结教训，以利其在第二个百年的健康发展。有鉴于此，我们发表了丁鲁先生论述新诗内容与形式的关系的力作，处理好新诗至今未能解决好的这一重大理论问题，关乎新诗未来的健康发展。毫无疑议，格律体新诗的确立，是解决新诗形式问题的关键。

王端诚先生是一位一支笔写诗词，一支笔写格律体新诗的“两栖诗人”。由他来总结诗词与新诗格律的异同自是最恰当不过。此文令人信服地阐明了格律体新诗与传统诗词的血缘关系，这是认祖归宗之举，有力地与舶来品划清了界限，使从事格律体新诗研究与创作的朋友知道自己从何处来，到何处去，面对种种置疑、非难，就会更加理直气壮，奋力前行。

卞之琳先生主张“有意识在中文里用相应的格律译诗”（《译诗艺术的成年》），可惜低能、不负责任的译者径直把外国格律诗译成自由诗，严重误导读者，影响恶劣。幸而自“新月”先贤起，就有一些优秀翻译家，奉行以格律译格律的原则，他们这样做，必然要探索新诗格律，于是形成了格律体译诗与格律体新诗相辅相成，相得益彰，并驾齐驱的局面，成为当今诗坛一道靓丽的景观。黄杲炘先生正是一位这样的英诗翻译家。他的文章无疑可以使我们耳目一新，得到许多启发。

新世纪以来，得网络之助，格律体新诗理论与创作都取得了显著的成绩。理论指导实践，实践又推动理论的进一步发展，形成良性循环。晓曲作为已有十年历史的“中国格律体新诗网”的创始人，对此感受殊深。他对此进行了回顾与梳理，颇有“立此存照”之效。

内容和形式的关系是
中国新诗界必须面对的重大理论问题

丁 鲁

五四运动百周年纪念很快就要到了，新文学的各个部门也都要做总结了。“五四”以来新文学各部门中，只有新诗是争议最大的一个部门。新诗该怎么总结呢？成绩总是有的，可是问题在哪里呢？问题有多大呢？

我在这里只谈一个问题，就是内容与形式的关系。

长期以来，关于诗歌的研究和讨论，往往独尊自由诗，贬低或忽视白话格律诗，并表现出对诗歌形式的否定。对“内容决定形式”这一说法的片面理解和扩大使用，极大地阻碍了中国诗歌艺术的发展。这种现象，在中国新文艺的各部门都没有出现过，在世界各国诗歌界也没有出现过，唯独出现在中国诗歌界。改革开放以后，有关诗歌形式的限制消除了，诗歌实践也多样化了，理论上却没有大张旗鼓地拨乱反正。

文学艺术的各个部门都有形式问题。在中国，像电影研究蒙太奇之类，舞台艺术研究三个体系之类，小说研究意识流之类，都没有进行过这么持久的、影响延续至今的批判；唯独诗歌这个最应该重视语言艺术的部门，却偏偏长期批判“形式主义”。这不是很奇怪吗？

内容与形式究竟是什么关系，不光是一个文学命题，首先还是一个哲学命题。

我们一开始就要弄清“内容决定形式”的原始意思究竟是什么。

黑格尔在《美学》第一卷中说：

> 就内容方面说，美的艺术不能在想象的无拘无碍境界飘摇不定，因为这些心灵的旨趣决定了艺术内容的基础，尽管形式和形状可以千变万化。形式本身也是如此，它们也并非完全听命于偶然现象。不是每一个艺术形状都可以表现和体现这些旨趣，都可以把这些旨趣先吸收进来而后再现出去；一定的内容就决定它的适合的形式。[①]

他在这里是从内容和形式两方面讲的，意思是说二者要相互适应。他只是强调形式不能任意确定，并没有说内容只有某种单一的形式可以表现；也并没有把内容和形式对立起来，而是强调二者的统一。

正如他所说的：

> **内容**非他，即**形式之转化**为内容；**形式**非他，即**内容**

① 黑格尔：《美学》（第1卷），朱光潜译，北京：商务印书馆，1979年，第17–18页。

之转化为形式。[1]

内容和形式，作为矛盾的两个方面，是相互依存的；作为主要矛盾方面和次要矛盾方面，又是可以相互转化的。

人们容易强调内容代表事物的本质，而忽视形式的作用。

从哲学上说，每个概念要和其他概念区别，就都有它自己涵盖的范围。这表现为事物的外部形式。在一定意义上，没有形式，就不能使一种事物区别于其他事物，因此也就没有了事物本身。拿格律诗来说，没有格律形式，和自由诗有什么区别？自由诗刚好相反，如果不是绝对排除任何格律形式，它又怎么能区别于格律诗和半格律诗呢？因此，如果没有一定的形式，事物本身就没有了外部形态，变得不可捉摸。

内容和形式二者，是无法分开的。形式并不是内容的“衣服”，可以一会儿穿上，一会儿脱下。因此，诗歌形式也不是诗歌的“衣服”，而是它的“皮肤”，它的“骨骼”。把一首优秀的自由诗改为格律诗，或者把一首优秀的格律诗改为自由诗，看看效果如何，就知道了。

在一定的条件下，形式也可能成为矛盾的主要方面。如果诗还没有和乐、舞分家，或者还是像《诗经·周颂》中某些连韵脚也没有的类似金石铭文的短句，我们难道能在内容上对它提出多少要求吗？可见当一种事物正在转变为另一种事物或者分化为两种或多种事物的时候，对于还没有定型的新事物来说，确定其外部形态，就具有重要的意义。这时矛盾的主要方面，很可能就是它的形式。

---

① 黑格尔：《小逻辑》，北京：商务印书馆，1980年，第278页。着重点是原有的。

对黑格尔那段引文的意思，我是这么理解的：比如小说《红楼梦》的内容，可以改编为影视，却不可能用一首或几首律诗、绝句来解决，因此“一定的内容就决定它的适合的形式”。反过来说，如果诗人要写五、七言诗，他也不会选用只适合于长篇小说的内容。在这里，似乎也可以说是“一定的形式就决定它的适合的内容”吧？说穿了，决定作品形式的其实是作家的“头脑”，或者说是作家的创作习惯，也就是他惯于采用什么文学艺术样式。当然，内容的某些特点和社会的某些客观要求，有时也会促使作者采用或不用某种文艺样式。在中国特定的社会条件下，人们以为对“内容决定形式”这句话的错误解读就是马克思主义理论，以讹传讹，流毒深远。

恩格斯说到形式的时候，曾经说过：

> ……为了能够从纯粹的状态中研究这些形式和关系，必须使它们完全脱离自己的内容，把内容作为无关重要的东西放在一边……①

可见对于形式也有必要进行专门的研究，不能借口“内容决定形式”而忽视这种研究。

这里还必须提到一个重要问题，就是诗歌的语言。我们要求作文合乎语法，对修辞也很注意；只有诗歌似乎是一个例外。诗歌是高级文体，反而可以不合语法，不顾修辞，令人不解。其实，诗歌中思路的跳跃并不等于语句可以不流畅，更不等于可以文理不通。

---

① 恩格斯：《反杜林论》，见《马克思恩格斯全集》（第20卷），北京：人民出版社，1956年。

这应该是普通人的常识。

最早向中国介绍象征主义诗歌的诗人李金发，在这方面起了不好的带头作用，而评论家们对此过于宽容。李金发当时的诗歌创作，文字水平不高，不仅文白夹杂，而且常有语法毛病。李金发的语言产生在特定时期，即作为书面语言的现代汉语还没有完全成熟的时期。如今现代汉语已经成熟，李金发当时的语言早已过时；可是由于评论界没有及时匡正，至今被一些人认为新事物，有些人甚至以为这样写就是对现代汉语的“发展”。其实，语言的发展是有客观标准和符合语言规律的，是要得到老百姓承认的。如果过了若干年再看，搞的东西留不下来，只是过眼云烟一样的历史现象，那能叫什么发展？

我还想顺便谈谈标点符号。有些诗歌作者不用或少用标点符号，那是他们的自由；可是中国诗歌界现在“清一色”现象很严重，一说不要标点，就争相扔弃。标点是文化进步的产物。五四运动时期推广“新式标点”，曾经下了很大力气，用标点蔚然成风，目为得风气之先。现在怎么好像是反过来了？使用标点，可以让读者更好地了解文句、段落和语气；可是有些诗歌编辑则把它当作过时的东西，以为不值一顾。来稿即使有标点，也一律删去才刊登。这种心态，并不可取。至于一些年轻作者否定标点，则是由于不了解情况，我们可以向他们多做解释。

诗歌是语言的艺术。对我们的祖国语言不负责任，是不应该的。

现代流派传入中国之后，如何和中国的诗歌传统“融合”，成为诗人努力的目标和理论家关注的焦点。实际上，这种融合主要就表现在诗歌的形式方面。

凡是至今为人传诵的诗作，无不在诗歌形式方面与传统结合得比较好。

我不知道有谁能背诵艾青的《大堰河》。我们想起艾青，首先想到的是：“为什么我的眼里常含泪水？/因为我对这土地爱得深沉……”（《我爱这土地》）我们想起北岛，首先想到的是：“卑鄙是卑鄙者的通行证，/高尚是高尚者的墓志铭。”（《回答》）我们想起顾城，首先想到的是：“黑夜给了我黑色的眼睛/我却用它寻找光明”（《一代人》）。

中国人历来有炼字炼句的传统。上述这些句子，正是在诗歌形式上锤炼得比较好的。

中国人又历来强调背诵。其实西方人对于诗歌，也很强调背诵。人家不能随口背出来，这作品就不能进入“保留节目”。作品不能叫人记住，那能叫什么大诗人呢？——我这里既指格律诗，也指自由诗。正因为如此，我们要相信诗人。他们总是会希望有更多读者，总是会希望自己的作品为更多人了解。只要我们讲清了理由，他们就会对诗歌形式问题产生前所未有的兴趣。

我们有许多诗人了解外国诗只是通过译文，不大知道分行散文式译文背后的原文作品究竟是采用什么诗歌形式，有些人还把“现代派”和“自由诗”混为一谈。其实，像帕斯捷尔纳克这样的诗人，写的是现代派诗歌，却是用了地道的俄罗斯传统格律形式。

诗歌形式问题是各个流派的诗歌作者都应该了解的，是跨流派的。将格律探索作为一种文学流派，拿来和其他文学流派并列，并不合适。有些论著把闻一多称为格律派，来和象征派的李金发相对应。这样一种分类，既忽视了作为学者的闻一多在诗歌形式方面的深入探索和对中国古典诗歌的继承，也忽视了李金发对汉语掌握得不好的情况。结果，强调的只是“派”；而在语言和文学两方面，实际上是将两个在文化和文学艺术上不同等级的人物相提并论。可见只注意内容、不注意形式的评论，往往产生片面性；而诗歌形式的研究和实践，完全应该作为重要课题来专门讨论。

诗歌历来被认为是一种高级文体，这和它优美的形式（即语言，特别是语音的美）是分不开的。中国新诗由于语言的突变而另起炉灶，因而先天不足。这特别是表现在它的形式方面。由于长期不研究诗艺，诗人在艺术形式上的探索也就长期受到压制。

还有一些理论家喜欢使用外国传过来的名词术语。比如他们爱谈“陌生化”，爱提俄罗斯形式主义学派，却不知道或不愿谈到这个学派标志着西方文论的第一次历史性转移，即从重点研究作家转移到重点研究作品的文本；而这个学派又是索绪尔结构主义语言学影响下的产物。也就是说，这个学派的成就，和作品的文本研究分不开，和西洋格律诗的研究分不开，和语言学的研究分不开。而这些，恰恰是中国新诗界最缺乏的东西。

文学的物质基础是语言；至于诗歌，更要指出其物质基础是语音。这种语音的美表现为诗歌的韵味：格律诗要有和歌唱相联系的韵味，自由诗要有和朗诵相联系的韵味。有些朋友过于相信某些外国人的评论。其实对于中国诗歌的韵味，外国人，即使是汉学家，也是不容易掌握的。他们的评论，往往拘泥于字面的内容，难以为据。“汉学家”一词，只是相当于一般外国人而言。像我们这种研究俄罗斯的人，虽然在中国没有所谓“俄学家”的名词，至少也可以说是“知俄派”吧？这也不过是相对于中国人而言罢了。而我们除了一些比较专门的问题之外，对于俄罗斯一般语言、文学知识和日常生活的了解，恐怕在许多方面远远比不上一个普通的俄罗斯中学生。——我这里说的是大实话。据说也有外国人在中国高谈阔论、对中国文学的现状大加指点，但翻译中国诗歌却会犯很普通的语言错误。所以对他们也不必太迷信了。而且在外国也并非只有一种声音，还有许多外国诗人是希望中国诗歌更好地继承本民族传统的。

总之，我们是该好好重视文本研究了，是该好好重视诗歌形式了，是该好好重视语言学，特别是语音学的学习了！而对“内容决定形式”的错误解读流毒深广，若不从理论上彻底弄清，彻底翻案，中国诗歌在艺术上的进步是难以预期的。

论新旧体诗格律规范之异同

王端诚

诗者何？“情动于中而形于言，言之不足，故咏歌之”（《毛诗序》）者也，“根情，苗言，华声，实义”（白居易《与元九书》）者也，所谓“咏歌”，所谓“华声”，乃诗之有别于散文之文体分界线。此界不分，则诗与文何异？所以说，诗与文的外在形体特征的区别在于它的音乐性。正因为此，它配上曲谱可以唱、随口依韵可以吟，历来有“吟诗”一语而无“吟文”之说，今人有“诗歌”一词而无“文歌”之语。音乐性正是诗歌外在形式的根本特征，而对于这种特征的根本保证，则在于格律。清人王闿运《论诗法》云：“诗主性情，必有格律。不容驰骋放肆，雕饰更无论矣。”为确保“性情”这一内在意蕴的充分显现，必须要有“格律”这一外在形式的支持，否则任语言“驰骋放肆”或随意“雕饰”，那就不再是诗了。

格律是随诗之诞生同步而来的。自南朝四声发现以来，至唐初便形成严格的明文规范，作者不可有违；而此前魏晋、乐府、楚辞、国风直至上溯到《弹歌》时期，限言协韵便是约定俗成的格律。故此，“诗必言律”，是不可一诗有违的。在古代汉语语境中，这种格律一直是顺利而健康地运行着。

20世纪初白话新体诗诞生以来，固有汉诗格律在现代汉语语境中，一下子便丧失用武之地，无以施其技了，诗文界限逐渐泯灭，陷诗于“非诗”的境地。所以，建立新诗格律，恢复其音乐性这一诗歌外在形式的根本特征，便是拯救诗歌的当务之急。闻一多等新月诸公及其后的何其芳等前辈，曾为之作出过令人钦佩的努力。所幸20、21世纪之交，在前人成就的昭示下，诗人们纵承传统，横鉴异域，重兴音韵，再造句式，终于摸索出新诗格律的萌芽轨迹，使建筑在现代汉语基础上的格律规范得以呈现雏形。但这种新诗格律与运行几千年的律诗格律是相承而又大有区别的。本文试图就以古代汉语为载体的旧体律诗与以现代汉语为载体的白话新诗两种不同格律规范作一比较，辨别其异同，略窥其传承创新的源流脉络，这对于研究汉语诗歌的现实状况和未来走向，或者不是无益的。

一、旧体律诗格律的构建原理

汉语四声发现后，沈约创“四声八病说”，试图纠正汉魏齐梁以来诗歌在音韵上不谐和的弊病。经过长期的努力，终于在唐初沈佺期、宋之问时代，在押韵、平仄、对仗三因素制约下确立了律诗严谨的格律规范。

首先，它遵循先秦有诗以来的传统，偶句必须押韵（首句根据不同体式规定有的押有的不押），使诗歌有规律的停顿间歇而统一于一个中心音调；其次，平仄的交替安排，使音调具有高低起伏、抑扬顿挫的审美效果，以避枯燥沉闷之弊；最后，更以对仗不仅在听觉上，更在视觉上、意境上给受众以对称照应相得益彰的美感。

据此，便形成四种固定的模式传之千年而不变：

1. 平起首句入韵式（加线字为入韵字）

平平仄仄仄平平
仄仄平平仄仄平
仄仄平平平仄仄
平平仄仄仄平平
平平仄仄平平仄
仄仄平平仄仄平
仄仄平平平仄仄
平平仄仄仄平平

2. 平起首句不入韵式（略）

3. 仄起首句入韵式（略）

4. 仄起首句不入韵式（略）

以“平起首句入韵式”为例即可看出，音调的高低抑扬在字与字间和句与句间安排得错落有致，偶句与上一个奇句之间平仄基本相反，这叫“对”；而奇句与上一个偶句之间平仄大略相同，这叫“粘”。平仄粘对再加上词性词义的对称照应，旧体律诗的格律真是美轮美奂尽显音韵节奏之美了。

与此同时，在字数上有七言五言的限制，全诗固定为八句（绝句四句，是律诗的一半，故又称截句）；在节奏上，始终固定为2-2-3，因为古代汉语多为单音词，虽以此固定模式构建诗句但仍有灵活多变的空间，固定模式并无死板单调之弊。

这是前人在长期诗歌创作中逐步摸索出（四声的发现为其契机）的美学成果，是古代汉语诗歌兴盛繁荣的根本保证。

二、白话新诗格律的构建原理

20世纪初，汉语书面叙述方式从文言向白话转型成功，但同时白话新诗却遇到两大困惑，即：1. 传统的格律形式不适用于白话，故新诗无规律可循遂流于散文化。2. 域外诗歌的翻译无法译出原有格律，故只能以散文面貌呈现给中国读者而形成误导。在无规则可以遵循的新体诗坛，经过“作诗如作文”的十年困惑之后，闻一多先生终于在1926年《晨报副刊》上发表《诗的格律》一文，明确提出建立新诗格律之必要。他提出的“音乐美，绘画美，建筑美”三美理论，为新诗格律的探索作出了最初的规划。

音顿的合理安排，是新诗格律探索者首先关注的课题。如果说，旧体律诗格律的三要素是“音韵、平仄、对仗”的话，那么，新诗格律创建要凭借的则是“音韵、节奏、句式”三要素。

首先，押韵是新旧体都必须遵循的共律。只是，旧体只有偶句入韵（首句有的入韵有的不入）一种形式，即abcb（或aaba）；而新诗除此主要形式外，亦借鉴西诗可以有全韵（aaaa）、随韵（aabb）、交韵（abab）、抱韵（abba）多种形式。

其次，节奏体现于音顿的合理安排，每个诗行（古人写诗不分行，故以“句”为单位，而今人写诗分行，故以“行”为单位）行数或相等（整齐式）或相应对称（参差式），三字步与二字步相间安排错落有致。

最后一点是句式的构建，就是作者根据内容需要自行设计诗行诗节的排列组合，或整齐划一，或参差对称，或二者复合兼而有之，使诗行诗节展现纸上犹如精美的建筑物。如果说，前述音韵和节奏体现的是诉诸听觉的“音乐美”的话；那么，句式体现的就是诉诸视觉的"建筑美"了。

至于"绘画美"，即形象、意境的美，那属于诗的内容范畴，此处姑置之不论。

21 世纪初，新诗格律已初具规模，即"三分法"原则。即：

（一）整齐式

所有诗节中的诗行句式结构一致，每行音步（顿）相同而字数（言）相等者曰"整齐式"。每行字数若干曰"若干言"，音步若干曰"若干步"。这里需要注意的是，每行间不仅字数相等，而且音步（顿）也必须相等，这谓之"完全限步说"（程文《汉语新诗格律学》）；那种仅只字数相等而步数混乱的诗行属于"单纯限字说"，为整齐式格律所不予采用的。整齐式相当于古诗中以五、七言为主的齐言式。

（二）参差式

每个诗节中的诗行句式长短结构不一，每行音步（顿）和字数（言）可以有所变化，而全诗所有诗节则必须与首节的样式保持一致，曰"参差（对称）式"。其中所有诗节的形式结构完全相同对称的称"单一型参差式"，由两种或两种以上诗节形式各自对称的称"双重型参差式"或"多重型参差式"。这里需要强调的是，"对称"是此式构建的基础，不管是单一节式还是双重或多重节式，均需在字数和顿数上两两对应相关，始合规范。不难看出，这种形式正是上承中国古典诗歌中词、曲的传统，极尽腾挪变化之能事，而又中规中矩，谨守规范。较之词、曲，并没有固定的词牌、曲牌，又更多些限制中的自由。

（三）复合式

既有整齐句式又有参差句式，二者结合在同一首诗中，称做复合式。复合式构建一定要根据内容需要有机组合，切记生硬拼凑。

这就是格律体新诗较之古典诗歌独有的一种体式了。

至于每首诗的行数，一般没有限制，只要符合上述三分法规范，根据内容可长可短。不过，除此之外，在创作实践中也形成了有如古代律诗、绝句的定行诗。如四行体、六行体、八行体之类的小诗，有如旧体的绝句或词中小令；更有借鉴西欧诗歌体式的十四行体，近百年来在我国甚为流行，其体制颇类旧体的律诗或中调长短句。

上述新诗格律规范的雏形，近年来经过不少诗人的实践，证明是完全可行的。正如诗论家万龙生所言，是具有“无限可操作性”的。

三、新旧两种不同格律规范之异同

诗歌是语言的艺术，作为保障其音乐性特征的格律，也必须随语言的演进而演进。古代汉语（文言）向现代汉语（白话）的转型，是语言界前所未有的变革，它颠覆了古诗固有格律在新诗中继续履职的资格和权威。至于今人仍以律诗吟咏者，其原用格律当然继续有效，不在此例。因此，新诗入驻现代诗坛，也必须确立自己富有权威和尊严的格律体系，这是天经地义的。

由于文言和白话同属于汉族语言，它们之间的更替不是截然斩断势不两立的；相反，它们之间有着千丝万缕的纽带传承关系。后者从前者演化而来，是前者发展变迁之必然；前者为后者提供基因和养料，使后者得以呱呱坠地应运而生。因此，诗歌语言艺术的格律转换交替，也应该是在传承中演进的，所以两种格律体系才会因“传承”而在异中有同，也才会因“演进”而在同中有异。

首先看用韵：这是新旧格律的最大相同点，也是诗体特征的最根本体现。新诗用韵，大多遵循旧体的规范，即偶行（有时包括首行）相押。但是，如上所述，新诗还可有全韵、随韵、交韵、抱韵诸多选项。

再看节奏：旧体以平仄调节音调的抑扬，新体用音步协和音调的舒缓；旧体以2-2-3的固定模式规范单音词的组合而不单调凝滞，新体以多种排列模式适应多音词的互动而更趋灵活。

最后看句式：旧体律诗是齐言诗，字数相等，节奏凝固，呈“豆腐干”状；新体则只有整齐式如此（但节奏灵活，诗行长短并无限制），而参差式则是千变万化，在坚持对称审美原则下进行设计安排。

文言以单音词为主，字以词的身份在诗中活动，所以齐言诗足以给予它驰骋纵横的天地；白话以多音词为主，字与字的组合才取得词的资格，所以单靠整齐式不足为其用武之地，故须有参差、复合两种体式与之三美同春，才能为诗坛增辉添色。

根据语言发展变迁细考新旧体格律，其最大的相异点在于：旧体律诗只有四种固定模式，诗人只能根据内容适应它，犹如购买成型的衣服，以体试衣，除商家提供的型号外别无选择；而新诗格律在“三分法”原则下模式多样，诗人可以根据内容决定它，犹如购买布料做衣服，量体裁衣，突破所谓型号在“从心所欲不逾矩”的原则下设计缝制自定款式的新衣。可以看出，后者在适应现代汉语发展变迁规律的轨迹中，较前者作出了多么千姿百态的变革！

今年是闻一多先生发表《诗的格律》一文90周年，距何其芳先生提出“现代格律诗”命题亦将近60年了。近年吕进先生更呼吁“诗体重建”，引起学界的重视和关注。探索新诗格律，尽管“路漫漫其修远”，但经过不少有志于此的诗人“上下而求索”，新诗格律规范能在世纪之交初步成型并涌现出一批格律新诗的诗人诗作，这是当代文学史上不争的事实。深入探索、实践、研究，使新诗格律更趋于完善，更易于推广，便是当代诗坛当代诗人义不容辞的责任！

格律体新诗和英语格律诗

——从穆旦一节诗谈起

黄杲炘

偶尔看到穆旦写于1976年的《冬》，因五行节的诗不多，刚读了第一节：

我爱在淡淡的太阳短命的日子，
临窗把喜爱的工作静静做完；
才到下午四点，便又冷又昏黄，
我将用一杯酒灌溉我的心田，
人生本来是一个严酷的冬天。

就想到Robert Frost名诗*The Road Not Taken*，但仔细一看，两诗韵式有区别，穆旦的诗行都是五音步（顿），韵式为xaxaa，而Frost的诗行都是四音步，韵式为abaab，其第一节文字如下：

Two roads diverged in a yellowwood,

And sorry I could not travel both
And be one traveler, long I stood
And looked down one as far as I could
To where it bent in the undergrowth

两条路岔开在黄叶林子里,
可惜我一个人不能走两条;
我久久站立在那里,尽力地
沿其中的一条向前面望去,
只见它拐进矮树丛消失掉。

当然,英诗中也有与这两种韵式相近的作品,例如下面这首 Walter Savage Landor (1775—1864) 的 *Proud Word You Never Spoke*:

Proud word you never spoke, but you will speak
Four not exempt from pride some future day.
Resting on one white hand a warm wet cheek
Over my open volume you will say,
"This man loved me!" then rise up and trip away.

你从不说骄傲话,但将来有一天,
说这五个字的时候免不了自豪。
你白净的手将托着发烫的湿脸,
在翻开着的我的著作上自语道,
"这人爱过我!" 接着忙起身走掉。

此诗韵式为ababb（诗左首“锯齿形”排列正是这种韵式的反映），只要第一、第三行不用韵，就同穆旦诗的韵式一样，而且诗行也都是5音步。这里可看到，现代汉语诗的格律同英诗格律有高度的相似性。可以说，现代汉语诗要按英语诗那样的格律创作并不难，或者说，现代汉语的格律诗大多可在英语诗中找到格律相同或相近的作品。

二

下面再看一些例子。闻一多的《死水》在诗行等长的格律体新诗中，可算是标准诗节，每行九字四顿，逢双行押韵，下面是第一节：

> 这是一沟绝望的死水，
> 清风吹不起半点漪沦。
> 不如多扔些破铜烂铁，
> 爽性泼你的剩菜残羹。

而Andrew Young（1885—1971）的 *The Overworked Horse* 与之相像：

> I wondered at the mighty horse
> So meekly since the day began
> Toiling to make himself a corse,
> And then I wondered at the man.

我为强壮的马感到奇怪，
它有生以来就那么温驯，
苦干得让自己变成尸骸；
接着我感到奇怪的是人。

同《死水》相比，这首英语诗都是四音步八音节诗行，译文的诗行四顿十字，只是单数行也用韵，并像原作那样排列以突出韵式。

又如下面徐志摩的《渺小》和 Robert Bridges（1844—1930）的 *Triolet*（《特利奥莱》）。前者的诗行都是三顿，八字行与七字行相间。后者又称八行两韵诗，是源自中世纪法国的诗体，其中第一、二行在诗末重复，第一行在第四行重复（重复的诗行若用大写字母表示，这诗体可标示为 ABaAabAB），下面的该诗译文中，诗行都为四顿，a 韵行 8 字，b 韵行 9 字。

我仰望群山的苍老，
他们不说一句话。
阳光描出我的渺小，
小草在我的脚下。
谁能预料这样的苦恼
我一人停步在路隅。
倾听空谷的松籁；
青天里有白云盘踞——
转眼间忽又不在。

我们初见时哪能料到
爱神竟是这么狠的霸王！
原以为只是泛泛之交：
我们初见时哪能料到！

和这种没法补救的灾殃？
我们初见时，哪能料到
爱神竟是这样狠的霸王！

为什么译诗的诗行字数有 8 字和 9 字呢？因为在如下的原作

中，第二、第六、第八行都是九音节，而其他诗行都是八音节。

When first we met, we did not guess
That Love would prove so hard a master;
Of more than common friendliness
When first we met we did not guess.
Who could foretell this sore distress,
This irretrievable disaster
When first we met? —We did not guess
That Love would prove so hard a master.

不仅如此，还可以有另一种相像，例如戴望舒的《烦忧》：

说是寂寞的秋的情愁，
说是辽远的海的相思。
假如有人问我的烦忧，
我不敢说出你的名字。

我不敢说出你的名字，
假如有人问我的烦忧；
说是辽源的海的相思，
说是寂寞的秋的情愁。

这也是“回文诗”，只是回文并非以字为单位，而以句为单位：同样的四行诗，从上到下的顺序构成一节，反过来的顺序构成另一节。这特点可见于 Mary Coleridge（1861—1907）的 *Slowly*（《意迟迟》）：

Heavy is my heart,	我心儿多沉郁，
Dark are thine eyes.	你眼光多暗淡。
Thou and I must part	你和我得分离
Erethe sun rise.	在太阳升起前。
Ere the sun rise	在太阳升起前
Thou and I must part.	你和我得分离。
Dark are thine eyes,	你眼光多暗淡，
Heavy is my heart.	我心儿多沉郁。

二

上一节中举的是诗行等长的例子，下面看诗行不等长的。首先是台湾诗人吴望尧的《太阳船》（1982）：

白昼有一条神秘的航线，
划来只镀金的巨船，
当它驶过顶空的子午线，
便缓缓地扯下了帆。

沿途它穿越紧密的光波，
或停靠于云的海岸，
当它卸下批闪烁的白银，
又驶向另一个港湾。

但在它驶近黑暗的时候，
船上却焚起了大火，
使它沉没于灰色的浪涛，
却溅起了银星千颗！

这格律与英诗中称为“通律”（common measure 或 common metre）的“标准诗节”可谓一模一样。格律与之完全相同的英诗如 Robert Herrick（1591—1674）的 *To Daisies*, *Not to Shut So Soon*（当然，还有华兹华斯更著名的 *The Lost Love* 等）：

Shut not so soon: the dull-eyed night
  Has not as yet begun
To make a seizure on the light,
  Or to seal up the sun.
No marigolds yet closed are;
  No shadows great appear;
Nor doth the early Shepherds' Star
  Shine like a spangle here.
Stay but till my Julia close
  Her life-begetting eye;
And let the whole world then dispose
  Itself to live or die.

你们可别闭合得这么早；
  那眼色昏沉沉的夜，

还没开始把太阳封锁掉，
　没开始把光线扑灭。

金盏花一朵还没有合拢，
　大影子还没有出现，
就连早升的牧羊人之星
　也没在天上亮闪闪。

等一等，等到我的朱莉娅
　把动人的眼睛闭上；
那时让万物自己做主吧——
　随它们要活要死亡。

这里的诗行参差很有规律，但也有看来不很规律的，如朱湘的《采莲曲》第一节和 Herrick 的 *To Daffodils* 上半首译文：

小船呀轻飘，
杨柳呀风里颠摇；
荷叶呀翠盖，
荷花呀人样妖娆。
日落，
微波，
金丝闪动过小河。
左行，
右撑，
莲舟上扬起歌声。

美丽的黄水仙，我们哭着
眼看你匆匆就凋零：
甚至连早晨升起的日头
还来不及升到天顶。
慢一点，
等到这飞逝的白天
您能够
看着它到了晚祷时；
那时候我们礼拜结束了，
愿随您一块儿消逝。

这里《致黄水仙》译文的格律完全出自原作。同《采莲曲》一样，这诗节的十行诗中，诗行的参差看来虽无一定之规，事实上，这规律要靠《采莲曲》其他诗节和《致黄水仙》下半首衬托，也即重复同样的参差。

Fair Daffodils, we weep to see
You haste away so soon:
As yet the early-rising Sun
Has not attain' d his noon.
Stay, stay,
Until the hasting day
Has run
But to the even-song;
And, having pray'd together, we
Will go with you along.

三

显然，格律体新诗的形式可像英诗那样丰富多彩，因为两种语言虽千差万别，构成诗行的“元件”却颇为相似：语体汉诗中主要是两三字构成的“顿”（或干脆称“音步”），而英诗中主要是两三音节构成的“音步”。凭这样相似的“元件”，自能“搭建”成各种所需的格律形式。而且正由于两种语言中诗歌“原件”的“意义容量”极为相近，英诗汉译才有可能准确反映原作格律。从最早的白话诗集胡适的《尝试集》看，他虽然带头写白话诗，而且其中三首译作都是自由诗，却仍有不少等言和非等言格律诗，可说是后来的各种格律诗的先声。例如他写于1920年的《梦与诗》：

都是平常经验，
都是平常影像，
偶然涌到梦中来，
变幻出多少新奇花样！

都是平常情感，
都是平常言语，
偶尔碰着个诗人，
变幻出多少新奇诗句！

醉过才知酒浓，
爱过才知情重：——
你不能做我的诗，
正如我不能做你的梦。

在余光中《乡愁》一诗中，格律的形成与此相似。下面请看另一位台湾诗人许达然的非等言格律诗《路》（1979）：

阿祖的两轮前是阿公　拖载日本仔
托不掉侮辱　倒在血地
阿公的两轮后是阿妈　推卖熟甘薯
推不离艰苦　倒在半路

阿爸的三轮上是阿爸　踏踏踏踏踏
踏不出希望　倒在街上
别人的四轮上是我啦　赶赶赶赶赶
赶不开惊险　活争时间

四

可以想见，语体诗实际上要什么形式就可有什么形式。但翻阅上海辞书出版社版的《新诗鉴赏辞典》，所收的格律诗少得可怜，只是自由诗海洋中的几片孤岛。再看邹绛编的《现代格律诗选》，尽管全是有宽有严的格律诗，但给人的印象是诗行短小，内容单薄，品种稀少，基本上没有定型诗体。这一点与英语诗相比尤其明显。而在我看来，定型诗是梁是柱，长篇定型诗是大梁大柱，有了这些才可构建庞大复杂的体系，否则，“建筑材料”再多，只能搭建“平房”，有了大梁大柱的“定型诗”，才可建成巍峨的诗歌大厦。下面就来看看，英语诗中有些什么定型诗，但限于篇幅，不再一一举例，有兴趣的读者可参阅拙著《英诗汉译学·下篇》“汉译英诗格律简谱”。

以最简单的两行诗来说，我们的传统对联虽十分发达，但语体诗中两行诗却不多，像英诗中那样讲究等长和押韵的对句就更少。至于三行诗，我们有来自日本的“俳句”，而英诗中除了俳句，还有来自意大利的隔行押韵的三行节（terza \ rima，例如但丁的《神曲》、雪莱的《西风颂》、弗罗斯特的《见识了夜》等），而新诗中似未见到定型的三行诗体。

四行诗与四行诗节是最常见形式。英诗中最常见的是上面那种可称圣歌诗节或谣曲诗节的“通律”。此外，韵式仍为 abab，而诗行均为四音步的称“长律”（long measure，long metre）；第一、二、四行是三音步，仅第三行是四音步的称“短律”（short measure，short metre）。韵式为 abab，而诗行都是五音步的诗节也很常见，并因 Thomas Gray 的名作而得名“挽歌诗节”；同样得名于作品的定型诗节还有韵式为 abba，四个等长诗行是四音步的“悼念诗节”。四行诗中还有外来诗体：一是得名于希腊女诗人的萨福诗节（Sapphic），其较简单的形式为不押韵，前三行等长，常为四或五音步，而第四行较短；一是来自中亚的“柔巴依”（ruba'i），韵式为 aaba，诗行均为五音步。四行诗中还有一种以创制者得名的“克勒瑞休”（Clerihew），这是专用于“人物漫画”的打油诗体，实际上已近乎自由诗，因为对诗行长度并无限制，只需第一行是人名，韵式为 aabb 即可。相形之下，《死水》虽为名作，而且那样的格律在新诗中常见，可算是一种标准格式，却尚无名称，未成为定型诗体。

五行诗并不多见，却有三种已定型：（1）来自日本的“短歌”（tanka），这种诗也不押韵，实际上由俳句加上两个 7 音节诗行构成，五个诗行的音节数依次固定为5/7/5/7/7，同日本“短歌”一样。（2）美国女诗人 Adelaide Crapsey（1878—1914）创制的五行定型诗与此相像，也不押韵，五行诗的音步数依次为 1/2/3/4/1（音节数依次为 2/4/6/8/2）。（3）著名的打油诗体“立马锐克”（limerick）是“胡调诗”中（nonsense verse）最常见的专用诗体，主要由三音节的抑抑扬格音步写成，韵式为 aabba，a 韵行三音步，b 韵行两音步——我感到，之所以这种格式的“胡调诗”最常见，正因为这是一种定型诗体。

六行诗又是常见形式。其中因莎士比亚作品得名的是“维纳斯与阿多尼斯诗节”，韵式为 ababcc，诗行均为五音步。还有因苏格兰诗人彭斯爱用而得名的“彭斯诗节”，韵式为 aaabab，其中 a 韵行四音步，b 韵行两音步，这种古老诗体来自法国，曾多用于中世纪传奇。同样来自法国的还有“尾韵诗节”（tail-rhyme stanza），韵式为 aabaab 或 aabccb，a 韵行和 c 韵行多为四音步，b 韵行多为三音步。

七行诗或七行诗节不多见，却也有韵式为 ababbcc 的“君王诗体”（rhyme royal stanza），这种诗行为五音步的定型诗体虽然得名于苏格兰王詹姆斯一世（1406—1437），却因英诗之父乔叟常用而被称为“乔叟诗节”，又因用于其名作 Troilus and Criseyde，故而也称“特洛伊勒斯诗节”。

八行诗或八行诗节也较多见，有名目的定型诗节不少，除上面已有例子的《特利奥莱》，还有：(1）“修道士故事诗节”（monk's tale stanza）得名于乔叟代表作《坎特伯雷故事》中《修道士的故事》，韵式为 ababbcbc，诗行均为五音步（这诗节里抽去第七行就是“乔叟诗节”）。(2）“意大利八行诗节”（ottava rima）诗行多为五音步，韵式为 abababcc，拜伦的著名长诗《唐璜》即以此写成。(3）扬抑抑成双体（double-dactyl）由美国诗人 Anthony Hecht（1923—2004）首创，含两个四行节，每行含两个扬抑抑格音步，诗的第一行总是 Higgledy-piggledy，第二行含一人名，而第二节第二行需用符合扬抑抑扬抑抑的六音节词。(4）另一种分两个诗节的八行诗是来自意大利的“瑞思佩托”（rispetto），其诗行通常是四音步或五音步，前四行韵式是 abab，后四行是 ccdd（aabb 也可）——这诗体在英诗中不普及，但可一眼认出，因为诗的左首前四行是锯齿形排列，后四行则为齐头排。

九行的英语诗有著名的“斯宾塞诗节”（Spenserian stanza），韵式为 ababbcbcc，前八行均为五音步，第九行是中间有一停顿的 6

音步12音节，称为“亚历山大诗行”（Alexandrine verse）。斯宾塞的名篇《仙后》就以此写成——可以看出，这诗体的前八行就是“修道士故事诗节”。

十行诗虽不少见，但定型的似乎还没有。倒是十一行诗，虽不多见，却有准定型诗体：霍普金斯（1844—1889）“截尾商籁”（curtal sonnet）就是将十四行诗的前八行截为六行（韵式为abcabc），后六行截为四行加一短行（韵式为dbcdc或dcbdc）。十二行诗也有准定型诗，这也有点像意大利十四行诗：分成上八下四的两片，韵式则并不确定，可以是aabbccdd eeff或其他形式。这些准定型诗能否发展成定型诗，有待于更多的成功创作。因为从上面一些例子可看到，定型诗体的确立往往有赖于名诗人的名作，特别是长篇名作。

十三行诗中有多种引自法国的定型诗，如：（1）“回旋体”（rondeau），含三节两韵，第一节与第三节五行，第二节三行，诗行通常为四音步，诗的头一个词或头几个词在第二、第三节末重复或成为不计行的叠句（即“回旋”），如以R（refrain）代表“重复”或“叠句”，那么这种诗的韵式可标示为：aabba aabR aabbaR。这种诗还有同名的十行变体等，可标示为abbaabR abbaR。（2）另一种“小回旋诗”（rondel）也是三节两韵，这种诗通常的形式为头两行在第七、第八行重复，第一行又在末行重复（或头两行还在最末两行重复，成为十四行），可标示为Abba abAB abbaA（B）。（3）“英国式回旋诗”（roundel），这个词可用作rondeau的同义词，而在乔叟笔下也表rondel意，但他的三节两韵诗分段有所不同，头一节的三行诗在后两节中按一定规则重复，可标示为ABB1 abAB abbABB1。（4）“双十三体”（thirteener-by-thirteen）是新出现的不押韵诗体，每首诗13行，诗行纯粹建立在音节上，每行13音节。诗中可按意义分段（用句号分开，但不必空行），或8/5，或7/6，或分成三段等，但最后一行意义上需独立，自成一句。“回旋”诗体比较复杂，反正诗的开头部分在后面有重复就可称“回旋”。这里顺便再介绍几种：Swinburne 的 roundel 只有九行（不包括叠句），也是三节两韵，叠句取自诗的开头，如果不是单词，通常押 b 韵，可标示为 abaR bab abaR。此外还有“短回旋诗”（rondelet），通常只有不分节的五行或七行，用两韵。

十四行诗大概是我国读者最熟悉的外国诗体，也是最发达诗体，既有意大利式（或称彼特拉克式，前八行韵式为 abbaabba，后六行有 cdcdcd、cddccd、cdecde、cdeedc 等变化，但末两行绝不同韵）；也有英国式，又分莎士比亚式（韵式为 abab cdcd efef gg）、斯宾塞式（韵式为 abab bcbc cdcd ee）等，还有许多混合式和变体。十四行诗的英文为 sonnet，但 sonnet 不限于十四行，这时音译“商籁”为好，例如十六行商籁（韵式可为 abba cddc effe ghhg），十八行商籁（韵式可为 abab cdcd efef ghgh ii）。另外还有增尾商籁（tailed sonnet），通常就是在意大利式十四行诗后“增尾”，这“增尾”往往包括起引导作用的“半行”和两个五音步对句，所以诗就在二十行上下。当然，十四行诗还有种种变化和组合，构成各种组诗。

十四行以上的定型诗体也不少。如来自法国谣曲的三节两韵十五行回旋体，韵式为 aabba aabR aabbaR；如得名于美国诗人 John Berryman《梦歌》的“贝里曼诗节”（Berryman stanza），含三个六行节，各节的一、二、四、五行为抑扬格五音步，其他两个短行，而韵式各异；又如源出意大利的“维拉内拉”（villanelle，意为“农家谣”）是十九行和来自法国的“三节联韵诗”（ballade），行数可以是二十八或三十五等；更复杂的有来自意大利的“六六诗体”（sestina，三十九行）和“君王圣歌体”（chant royal，六十行）。还有来自马来亚的 pantoun，由数目不定的四行节组成、各节第二、第四行在下节第一、第三行重现，而最后一节中，第一节的第一、第三行分别成为其第四、第二行。而通过各种组合或重复，还可形成更复杂的诗体。

pantoun 这种诗体由法国的东方学者 Ernest Fouinet 引进，因雨果的使用而产生更大影响，成了定型诗体，随后传到英国。由此可见，在世界诗坛上颇负盛名的英法诗歌都非常善于在诗歌形式上汲取外国养料，当然这也说明他们的诗人对诗歌形式的敏感，既善于创造，也乐于引进，因此单看这些诗体就可感到名目繁多，花样百出。

五

从上面一节可以看到，在英语诗中叫得出名目的定型诗体至少有三十来种，长度在十多行以内的诗中，大多每种行数的诗中都有或多或少的定型诗体，而这些定型诗体犹如“标志物”，为同样行数的其他诗提供了参照，就像诗歌版图上的地标，让本来的杂乱无章显示出某种秩序。

按理说，现代汉语诗同英语诗有着相似的“元件”，品种可同样繁多，但新诗出现以来，出现的品种虽不少，却由于种种原因，似乎尚未形成自己的定型诗体。事实上，在汉俳正式登场（1980）前，在严肃的语体诗歌中，大概只有十四行诗这种外国诗体可算是唯一在长度上固定的。也正因为有这固定的“观察点”，从邹绛编的《中国现代格律诗选》（重庆出版社版，1985）中可看到，这种诗的作者有梁宗岱（1903）、冯至（1905）、孙大雨（1905）、卞之琳（1910）、袁可嘉（1921）、邹绛（1922）、屠岸（1923）等，当然，也正因为这些作者都有外国文学根底，都熟悉十四行诗，才有这方面创作。

当然也有诗人尝试“创格”，建立有自己特点的诗体，但似乎未产生重大影响，没有成为公认的诗体。或许再过若干年，有了更多尝试和积累，有了产生重大影响的作品，自会形成定型诗体。问题是，现在自由诗当道，尝试格律诗的不多，积累和影响自然不多也不大。但我相信，语体诗终究会走出一条康庄大道。因为正像英语诗格律了六百年后走上自由之路，汉语文言诗格律了两三千年，自会在转向语体诗的过程中自由一下，然后在新的基础上产生较多的格律诗。因为格律是诗歌独有的文体特征，其中有文字所无的意义和审美价值，何况我们还有着深厚的格律传统，有追求的诗人必然会在诗形方面积极进取，让格律体新诗大放光彩。因为从长远看，从英语诗等外国诗歌的“金库”看，语体诗在发展过程中，必然会去开发同样的宝藏。

诗家有女初长成

——格律体新诗理论与实践并举的良性互动

晓 曲

2005年，“东方诗风”论坛诗人群体正式把“格律体新诗”这一名称确定为新诗格律探索与实践的正式诗体名称；五年后，这一诗体形式的理论体系架构基本确立；今天，格律体新诗理论与创作实践的果实正挂满枝头。现就十余年来格律体新诗理论的建立与成功实践简略梳理，以期承前启后笃信念，开创未来迎新篇！

格律体新诗的理论源泉与雏形

就在东方诗风诗人群体正式定名“格律体新诗”之前，著名诗家何其芳自20世纪50年代始称“现代格律诗”，这一名称使用范围广，时间长，至今仍有部分诗人沿用。而中国新诗格律理论发端于著名诗家闻一多先生《诗的格律》，那时并没有为他所提倡的诗体命名。由于种种原因，自由新诗占据中国诗坛的主导地位。

尽管新诗格律建设受阻于各种主客观条件，成长缓慢，但毕竟筚路蓝缕，历经风雨，一直顽强地成长着。因其继承了中国古典诗词传统的精髓，有着健康的基因与深厚的理论源泉。闻一多先生将其归结为“三美”，即诗歌要有“音乐的美、绘画的美、建筑的美”的三美主张，并为指导其创作实践进行了音步划分的初探，以此提出以“节的匀称和句的均齐”为内核的新诗格律理念，并由一群志同道合的诗友形成了“新月诗派”，以北京《晨报副刊·诗镌》作为发表阵地，一时成为中国新诗创作的主流。

新月派之后，至20世纪改革开放前夕，这一时期属于分散化的新诗格律探索期，何其芳、林庚等都提出了重要的新诗格律观，以何其芳的“现代格律诗”观和林庚的“半逗律”论影响深远，也有一些诗人还在进行新诗格律的探索，但是没有形成规模，更没有如《晨报副刊·诗镌》那样的园地可言。

改革开放之后，至21世纪之初，新诗格律思想在沉寂近半个世纪后“总爆发”，产生了程文的“完全限步说”，万龙生的“三分法”，孙则鸣的“音步对称原理”等新诗格律理论创见。老一辈新诗格律理论家焕发青春，新一代新诗格律探索者不断涌现，出现了一些颇具影响的诗人、理论家。1994年黄淮等发起成立中国现代格律诗学会，并出版刊物《现代格律诗坛》，对新诗格律建设有所促进，但还没有真正形成科学的新诗格律理念和可以付诸操作的新诗格律规范。

闻一多在《诗的格律》中就明确提出了“节的匀称和句的均齐”，并且是通过“音尺”的调节来得以实现，但如何划分音尺并使其具有可操作性没有具体谈及。闻一多新格律思想已着手对新诗格律的“具象化”初探，但还不明确与完善。到黄淮等提出现代汉语格律诗应当以“鲜明和谐的节奏，自然有序的韵式”的特征作为标尺，这依然没有指明实施路径，停留在“抽象化”阶段。在新诗格律构建中，撇开“音步”（音尺、音组、音顿）这个最小的节奏单位，只凭感觉认知节奏的“鲜明和谐”是没有意义的。新诗格律探索，新诗格律建设需要新的突破。

格律体新诗理论的架构与成型

期盼已久的这一天终于来临！2005 年，伴随着网络文学的成熟与繁荣，一大批志同道合的诗人、诗歌理论家得以通过网络集结于“东方诗风”论坛，正式选择“格律体新诗”作为新诗格律建设的名称。万龙生、孙则鸣等新诗格律理论家，博采众长，去粗取精，在吸收前辈与同时代理论家优秀成果的基础上总结提出了新诗格律外在形式的“三分法”和内在节奏的“程式化音步”、“音步对称”理论。万龙生先生明晰了新诗格律外在形式问题与无限可操作性，孙则鸣先生明晰了新诗格律内在结构问题。并指导东方诗风论坛与“中国格律体新诗网”同仁以此理论为基础，构建起了“格律体新诗创作规范（谱系）”，并以此理论体系为本，展开创作实践。

格律体新诗的新生标志着新诗格律诗体形式走上“基本成型期”，以“程式化音步”和“音步对称”为基础的格律体新诗规范的确立，自然地实现了诗体外在形式的“三分法”，即整齐（对称）式、参差（对称）式和复合式，得到了一大批诗人的认同与创作实践。从此，新诗格律创作开始具象化，有规可循，不再模棱两可。紧接着从以音步对称为基础，发展为在强调“音步对称”的同时兼顾音节“大顿对位对称”，进一步完善了新诗格律规范，使新诗格律建设有了实质性的突破。并依托“两网两刊”，即“东方诗风”论坛、《东方诗风》诗刊和中国格律体新诗网、《格律体新诗》诗刊，聚集了数量甚众的老中青三结合的诗人群体。

格律体新诗通过“程式化音步”和“音步对称原理”建立起了以音步对称为基础的“三分法”新诗格律规范。这些规范主要包括：一、程式化音步。标准音步以二字词和三字词为基础，一字词作为音步只允许在句首以“领字”出现；四字以上的词组或助词、介词结构短语，原则上可以合理拆分为两个音步。以此创作出的诗歌外在形式，自然地呈现出整齐体、参差体和复合体的三种样式。这是对闻一多“音尺”论的进一步具象化呈现。二、押韵具有规律性。具体表现为每行押韵、隔行押韵、节转韵（多节诗歌的各节可以换韵）等规律，且节末一定落在韵脚上。三、现阶段不强求平仄，但提倡各诗行自觉应用音步的平仄间隔，尽量避免全平全仄诗行。这是新的思考，有待于进一步在实践中发展。四、晓曲又提出了“标点符号在格律体新诗建行中的应用”，进一步丰富完善格律体新诗规范。

格律体新诗通过这些规范，使新诗格律标尺不再抽象化，新诗格律建设获得了实质性的发展。这些规范包含前所未有的具体成果，并获得了一大批诗人的创作实践，呈现出了一批较为优秀的作品。当然，这些规范只是现阶段一定范围内实践认同的规范，尚有细化的格律要素需要进一步探索完善。

格律体新诗名称的规范统一，时值著名诗歌理论家吕进先生提出中国新诗的“二次革命”思想，面对中国新诗近百年来的种种乱象，提出增多诗体，要给一段时期以来“裸体”的自由新诗穿上应有的“衣裳”，实现诗歌表达应有的“限制”美。与此同时，不少诗家也在大声疾呼，创建中国特色新诗体。格律体新诗正契合了这一历史使命应运而生，成为新诗“二次革命”的重要成果。

格律体新诗理论的成功实践

十余年来，格律体新诗这一诗体名称从提出、怀疑、观望，甚至否定，到逐步被民间、学界、官方接纳，与其大量的成功实践是分不开的。任何理论如果没有成功的实践，必然成为空论。以东方诗风论坛为主导的格律体新诗三分法论、音步对称论和程式化音步论形成后，中国格律体新诗网依托其理论基础整理形成了《格律体新诗创作规范》，以此指导创作实践。并在实践中，增补完善了音步与音顿结合、标点符号的应用等细化格律要素。

格律体新诗理论，因其承前启后，承接中华古典诗词格律的优秀传统，承接新诗格律探索前辈与当代的优秀成果，因此已经不是小众的孤立行为。十年来，依托上述“两网两刊”，积聚并产生了万龙生、王端诚、孙则鸣、程文、沈用大、黄中模、张先锋、王世忠、齐云、严希、余小曲、马德荣、宋煜姝、李长空、任雨玲、马世成、谭宁君、汪德国、张斌（珂雪石）、王明胜、龙光复、尹国民、周琪、段永、朱华杰、杨恒学、林连荣、张梦辉、周炜才、郜玉萍、杨丽芳、刘贵宝、汪常、颜志忠、刘鹏、邓荣森、冯明纪、西铁、刘善良、龙舌兰、黄东、张茹兰、彭三县、黄必全、迟海波、李太伯、李自国、三生石、孙健程、方红辉、徐泽兰、孙友芳、刘志强、简云斌、蔡友缘、张斌（思无邪）、王九大、邴壁辉、李文君、李征、付志立、罗桥、梁志刚、刘君阳、刘荣魁、袁晓、冯晓、林丹等一大批老、中、青相结合的成功实践者与优秀格律体新诗诗人群体，并有不少诗人出版了格律体新诗专集。继 2007 年常熟新诗格律及格律体新诗研讨会之后，2012 年又在重庆举办了格律体新诗酉阳论坛，作为此次活动研讨和采风的成果，2013 年由中国文联出版社出版了《桃园在我心》诗文集。

十余年来，《东方诗风》诗刊出刊16期，《格律体新诗》诗刊出刊14期，累积刊载了数百诗人的数千首格律体新诗习作。并依托东方诗风论坛和中国格律体新诗网诗人群体，推出了《新世纪格律体新诗选》、《2005年格律体新诗选》、《2006年格律体新诗选》、《“东方诗风”诗选》等格律体新诗选集；《重庆国诗》、《重庆艺苑》、《世界汉诗》等刊物长期开设有格律体新诗专栏；不少网站如“中华诗词网”、“四川文艺网”等还开辟了格律体新诗板块。影响所及，一些青年朋友还分别办起了《渝水》、《东坡风》、《新月诗镌》等特别重视格律体新诗的刊物。此外，零散的作品还在国内外各级别刊物有发表或获得奖项。

十余年来，格律体新诗活动也层出不穷。除了前面提到以重庆为大本营的东方诗风论坛组织的系列活动成果外，以成都为大本营的中国格律体新诗网也展开了系列的格律体新诗实践与推介活动，取得了丰富的成果。网站每年一次发起的以征集格律体新诗为主的全国性“春季诗赛”已连续举办六届；发起筹办的中国格律体新诗创作研究会，数百成员表达了入会意愿，并以此编印了“中国格律体新诗创作研究会（筹）系列丛书”，推出了马世成格律体新诗专集、张先锋格律体新诗诗文集等八部作品集；网站同仁多次受邀参加四川各地的诗歌交流活动推介格律体新诗，还多次发起同题创作格律体新诗活动，在刊物开设专栏展示优秀作品；不断推动格律体新诗创作走进大学校园，并取得成效，如西南石油大学、贵州民族大学、江西科技学院等院校的诗社、文学社或在校学生等还创办了推介格律体新诗的刊物《初晖》、《短歌行》、《新诗维》等。网站也因其推介格律体新诗的影响，入编了官方重要年选《文学成都》（2010—2011），此外还编入了本土地方志。《2013重庆新诗年鉴》

把《东方诗风》、《渝水》列入重庆八大诗歌名刊，并刊登万龙生《重庆与格律体新诗》一文。

在海外影响方面，除一些刊物的传播外，不久以前，就在今年端午期间，一群“东方诗风”的诗人在渝台诗歌交流活动中，还把格律体新诗理念带到了台湾，得到台湾诗友的认同，格律体新诗作品将整体登陆宝岛。随后几家刊物将发表格律体新诗论文与作品。这就充分说明，格律体新诗已成功赢得了自己的一片天地，也必将在未来的发展中赢得更加广阔的空间。在21世纪之内，格律体新诗将在中国诗坛取得牢固的地位，这是毫无疑问的光辉前景。

抗战诗歌研究

主持人语（张传敏）：

本期抗战诗歌研究栏目包括两篇文章：熊辉的《试论抗战诗歌的文体流变》和张传敏的《从〈童话〉到〈集合〉——论绿原抗战时期的诗歌创作》。

熊辉认为，抗战诗歌是中国新诗史上独具特色的构成部分，以往的研究多关注其时代精神和艺术特色，很少注意到它文体的流变。他的《试论抗战诗歌的文体流变》在阅读抗战诗歌作品和资料的基础上，归纳了抗战诗歌在不同阶段的明显文体变化：抗战初期，在没有表现经验的情况下，很多诗人借用民间文艺形式或古体诗歌进行创作；随着战争的深入，从鼓舞广大民众抗战的需要，诗人主要采用短小的自由诗去表现激昂的情绪。抗战进入相持阶段以后，随着抗战认识和体验的深入，很多诗人采用长篇叙事诗去表现中国人民的抗日伟业。当然，各时期并非只有某种诗歌文体形式独领风骚，以上所论仅为主体而言，并非要抹杀全局的丰富性。

张传敏的《从〈童话〉到〈集合〉——论绿原抗战时期的诗歌创作》对绿原抗战时期的诗歌创作进行了个案分析。他认为，绿原的诗集《童话》虽然创作于抗日战争时期，但远非一个符合时代美学标准的文学样本。《集合》中包括两种类型的诗：《给天真的乐观主义者们》等作品显示出绿原向时代“突进”的努力以及成熟的七月派诗歌所能达到艺术高度；《忏悔》等作品则充分展现了绿原的别样风格及其在非时代性领域发掘的另类诗意。如果将两类作品相比较，只能说它们都属于完成度很高的作品，艺术成就难说有高下之分。但当绿原一味追赶时代而将《忏悔》改写为《不是忏悔》时，他只能得到一部既不属于时代也不属于他个人的失败之作。

试论抗战诗歌的文体流变

熊　辉

抗战诗歌特殊的历史价值和审美方式已成为学界研究之津要，但在精神内涵和艺术形式之外，很少有人关注其文体变化。事实上，为鼓动大众的抗战激情，诗人多从民间歌谣和古典诗词中吸收营养，创作了大量的鼓词和小调；初期抗战诗歌则主要采用自由诗形式，结构短小，属典型的“强烈感情的自然流露”。待抗日战争进入相持阶段后，诗人摒弃了之前粗粝的抒情和呐喊，转而开始写叙事诗和抒情长篇，流露出对民族现实及未来走向的冷静思考。

一

抗日战争中断了中国新诗原有的艺术探索和精神建构之路。为肩负起宣传抗战的历史使命，部分诗人从新诗短暂的发展道路上“脱轨”而出，大量采用人们熟悉的民间文艺或古典诗歌形式，激情洋溢地投入民族抗战的历史洪流。由此，开辟了中国抗战诗歌独特的形式发展道路。

抗战初期，利用民间文艺形式被认为是抗战诗歌创作的必经之路，既可借此提高作品的艺术表现力，又可推动它的传播和接受。面对日本残暴的侵略行径，发动民众参战的特殊需要决定了抗战诗歌传播方式的特殊性，采用大众喜闻乐见的民间文艺形式，是推动抗战诗歌被广泛接受的有效途径，进而达到启迪“民志”以救国之目的。当时所谓的民间文艺形式，主要指民歌民谣和鼓词小调等，对之加以利用可在民间宣传抗战，改善初期抗战诗歌表现形式匮乏的窘迫现状。1939 年 1 月，胡风纵向考察几年来的抗战诗歌后，认为利用好“民间的诗形式的文艺”是挽救其贫弱现状的良策，抗战时期的诗人要用“大众化的言语和活泼的形式，来补救诗人语言的不够”[①]。利用民间文艺形式应避免不加择取的盲目性，在改造和提高的基础上才能更好地发展抗战诗歌，充分发挥抗战诗歌在民族解放战争中的功能。抗战初期，全国掀起了利用民间文艺形式创作的小高潮，著名诗人和普通民众都加入到旧体文艺形式的创作中。比如抗日战争时期反映北平地区抗战现实的大鼓词《二十九军大演习》和《百灵庙》等，其唱词形式整齐且语言活泼，生动地再现了北方人民与敌军殊死战斗的精神，在民间广为流传，鼓舞了华北人民的抗日士气。

为使抗战诗歌更好走向人民大众，有人认为应该实现抗战诗歌和民间形式的合流：“我们要争取农民到抗战中来，必须用农民所一向熟悉的形式来写诗，使农民看了懂得，看了感动，但我们也必须认识农民将来可能进步到同我们一样的，新旧诗的合流，是有着

① 胡风：《略观抗战以来的诗》，《抗战文艺》（3 卷 7 期），1939 年 1 月 28 日。

远大的前途的。”[①] 利用民间文艺形式并不意味着抗战诗歌要以民间文艺为发展方向，而仅仅是让新诗在短时间内适应抗战新形势的权宜之计。对于民间文艺形式与抗战诗歌发展的关系，老舍先生有比较清醒的认识：“为抗战应当增加新诗的能力，旧的优点要拿出来，通俗也要拿出来，比如梆子腔里的‘一拳打在地流平’，‘地流平’念起来人人能懂。我不希望走上旧的道路，但旧诗的字的调动，音节的妙处，可以供我们参考。”[②] 新诗不可能与民间文艺合流，重新回到传统的老路上，至多只是借鉴其优点来完善自身的文体缺陷，在抗战初期与大众在审美层面上保持一致，以起到鼓舞广大人民和兵士积极抗日的作用。

除利用民间文艺形式外，也有人认为抗战诗歌应该吸收古典诗歌形式的精华。“五四”新诗以彻底反传统的姿态横空出世，它生长在中国文化的土壤上，却汲取着外来文化供给的营养，几乎完全背离了传统诗歌的艺术表现形式。因此，从唐诗到宋词，再到元曲，新文化倡导者将中国传统诗歌的艺术遗产搁置在时间河流的沙岸上，隔海觅求欧美诗歌的艺术和精神，导致新诗迟迟徘徊在文体创格的初始阶段。袁勃先生认为，新诗拒绝传统拥抱西方的畸形发展模式，导致它“没有运用本国文字语言吟咏时代伟大声音的能力”，所以抗战诗歌应该继承和发展民族诗歌的形式艺术，才能表现民族抗战的伟大现实。抗战诗歌对民间文艺和古诗形式的吸纳，是新诗二十年创作理念中的“革命性”行为，即从仅仅吸纳西洋诗的长处回过头来，重新认识被“五四”新诗人有意忽视的古典诗歌艺术形式，是对新诗创作资源的一次清理。

---

① 《我们对于抗战诗歌的意见》（诗歌座谈会纪要），《抗战文艺》（3卷3期），1938年12月17日。

② 同上。

不管是新旧诗歌的“合流”，还是对民间文艺形式的借鉴，客观上都会导致抗战诗歌与新诗自身传统的错位，从而阻碍抗战时期新诗的正常发展。利用民间文艺形式解决抗战诗歌艺术匮乏的举措，或借此找到文艺通达大众化捷径的想法均脱离实际，因为抗战诗歌不能仅仅采用旧形式，也并不是所有的大众都排斥新形式，故不只有利用旧形式才可满足抗战时期大众的文学需求。基于这样的认识，茅盾在谈抗战诗歌时说：“我们承认旧形式是宝贵的遗产，但并不以为可以不加批判不加淘洗不经过消化而原封接受；同样，我们也承认在现阶段一般民众还是习于旧形式，但是我们不信一般民众这习惯是不可动摇的，而且事实上证明民众守旧性决不像有些论者所想象那样顽强的。”[①] 由此看来，诗人采用旧形式和利用新形式并不存在冲突，二者并行不悖；同时，采用旧形式不利于新文学新思想在广大人民群众中的传播，还会阻碍他们对新诗形式的接受。

从创作实践来看，很多诗人出于抗战宣传的需要，在没有经验储备的情况下选择大众熟悉的民间文艺形式创作诗歌，是不成功的应急手段。随着抗战相持阶段的到来，诗人对抗战生活体验的深入，他们开始意识到旧形式不能表现新情况，于是重新回到新形式的创作道路上。1940 年底，在“文协”的诗歌座谈会上，王平陵认为新思想和新生活要在新形式中才能求得表达，间接否定了初期抗战诗歌对民间文艺形式的借鉴之路：“抗战现实所提出的诸问题，究竟多半不是旧形式所能胜任表现，胜任解决的；作家既要拖着民众在抗战中前进，则必须将当前的现实告诉民众，让民众彻底地了

① 茅盾：《抗战以来文艺理论的发展——为“文协”五周年纪念作》，《抗战文艺》（“文协成立五周年纪念特刊”），1943 年 3 月 21 日。

解、感动，这就新形式要比旧形式有力得多，有用得多。”① 抗战诗歌的创作实际表明，借鉴民间文艺形式并非初期抗战诗歌的最好出路，在新诗文体已有经验的基础上创造新形式，才能更好地反映抗战现实。以田间等人提倡和实践的街头诗运动为例，也许有人认为此乃刚出现的诗歌文体形式，断然不会被广大民众关注和接受。但殊不知，写在墙上、石头上、枪杆上的街头诗看的人很多，且在敌后起到了比预期还好的宣传效果。因此“文艺的新形式是并不一定被民众所害怕的。只要作品有内容，而且和群众的现实生活距离不远，即使你使用的是为过去所没人用的新形式，也还是能被群众所接受的”②。抗战初期，诗人利用民间文艺形式或借鉴古典诗词进行创作，虽部分缓解了抗战诗歌文体形式的压力，却引发了初期抗战诗歌精神的粗浅和情感的直泄，很快就被证明是一条不符合现实的文体发展道路。

二

抗战诗歌作为中国新诗发展序列中的重要构成部分，抛开最初利用民间文艺形式和古典诗歌旧形式的作品，仅就自身文体形式的发展而言，其在抗战初期主要采用短小的自由诗体。短小的诗歌有助于诗人强烈情感的抒发，推动抗战诗歌在特殊环境下的传播效果。

初期抗战诗歌的文体形式多为短小的自由诗。抗战诗歌的形式十分丰富，但为着表现慷慨激昂的情绪，摆脱严整形式的约束和限

---

① 《一九四一年文学趋向的展望——会报座谈会》，《抗战文艺》（7卷1期），1941年1月1日。

② 同上。

制，初期抗战诗歌多采用自由体。正如胡风所说：“今天，为了表现从实际生活得来的诗人的真实情绪，就不得不打破向来的传统，或者说，就不得不继承而且发展诗史上的革命传统，采取了自由奔放的形式。”① 抗战爆发后，文学艺术逐渐变成民族革命斗争的武器，各种文体内部出现了明显的转型，删繁就简成为初期抗战文艺发展的主流方向。1938 年 10 月，魏孟克先生在谈抗战以来的中国文艺时，注意到“结构极为庞大的作品渐不多见了，已大抵属于短小精悍，富有煽动性的速写和随感”②。早期的抗战诗歌在文体形式上也相应地发生了变化，诗人多用短诗或小诗来表现伟大时代的情绪，与标语口号一样，主要是为达到鼓动抗战的目的。比如田间的《假使我们不去打仗》：“假使我们不去打仗，/敌人用刺刀/杀死了我们，/还要用手指着我们的骨头说：/‘看，/这是奴隶！’”短短的六行诗，不足 50 字，却能言说清楚“假使我们不去打仗”的后果，充分调动和激发了人民的抗战激情。在急需调动广大民众参加抗战的情况下，小诗的艺术与思想成就得到了人们的认可和推广，成为初期抗战诗歌最主要的文体形式。

形式短小的自由诗，为什么会成为初期抗战诗歌的主流呢？除开自由抒发豪情的文体优势外，也与抗战初期诗人的精神状况有关。诗人在民族大义的感召下精神振奋甚至燃烧起来，他们以亢奋的情绪去观照外在世界，认为一切均在自己的眼底下和掌控中，抗战的激情和希望充塞着他们的情感思维。主观情绪的过度高扬往往会让诗歌失于冷静，于是“现实生活的具体内容就不容易走进，甚

---

① 胡风：《略观抗战以来的诗》，《抗战文艺》（3 卷 7 期），1939 年 1 月 28 日。

② 魏孟克：《抗战以来的中国文艺》，《抗战文艺》（2 卷 6 期），1938 年 10 月 15 日。

至连影子都无从找到”[1]。当作家遇到抗战感召时，常不加掩饰地将感动或愤怒的情绪植入作品，遂成为抗战精神的直接传布者。由此，短小的自由诗就会受到这部分诗人的青睐，没有约束的情绪渲染是这类抗战诗歌的文体优势。事实上，抗战情绪应通过诗人的情感和价值判断，再通过艺术的表现形式融入作品中，才能赋予作品反映现实的广度和深度，而不是空洞的抒情和干瘪的叫喊，看不到诗人思想的力量。面对中国抗战的节节败退，国土沦丧的面积逐渐增多，诗人开始从最初狂热的兴奋状态中清醒过来，逐渐意识到民族抗战的长期性和艰苦性，他们不再将激昂的情绪作为书写的主要内容。1940 年以后，随着诗人对现实生活体验的深入，抗战诗歌开始朝着理性和深广的方向发展，客观的抗战现实开始融入到作品中，其文体也悄然向篇幅较长且思想深邃的叙事诗和讽刺诗转变。

初期抗战诗歌对抗战激情的狂热抒发，对民族抗战胜利的迫切渴望，导致短小自由的诗歌形式盛行一时。但初期抗战诗歌的创作和接受严重脱节，诗人对抗战生活现实的理解不够深刻，创作趋于程式化和简单化，尽管注意到了形式的大众化和内容的通俗性，但实际结果还是造成了主观创作意图与客观接受效果相违背。而且，初期抗战诗歌只有浪漫的热情和盲目的乐观，诗歌表现形式没有经过复杂的艺术思考过程，“多少有点公式化，近于所谓标语口号文学”[2]，内容粗糙，艺术缺乏。抗战初期的文学作品大都是“小型”的，就诗歌而言主要是短诗，一些诗人急于创作为抗战服务的作

① 《文艺工作底发展及其努力方向》，《抗战文艺》（9 卷 3、4 合期），1944 年 9 月。

② 《一九四一年文学趋向的展望——会报座谈会》，《抗战文艺》（7 卷 1 期），1941 年 1 月 1 日。

品，将宣传的功用性目的放在首位，难有艺术上的突破和创新。抗战初期的小诗往往流于内容的空洞，“许多英勇地为真理与革命而斗争的诗人们，他们的心里燃烧着热烈的火焰，充满了战斗的气氛；然而他们的诗的语言缺乏锤炼，过于粗糙、平庸，而且观念化，他们的诗缺乏纯，常常只是理论的宣讲和理论的汇集”①。为什么初期抗战诗歌会出现这样的表现形式呢？阳翰笙认为与诗人不切实际的情感有关：“抗战的最初的火焰一旦突如其来冲破了多少年积压在中国人民心上的阴雾，被一种过度的兴奋和过度的乐观冲击着，仿佛光明就在眼前，胜利就在眼前。作家们也同样被这种天真的热情所袭击，他情不自禁地歌颂光明，歌颂胜利!”② 诗人过于热烈的情感并不符合抗战实情，因此那种喧嚣尘上的激情找不到现实的土壤，最终必然被受众排斥。

初期抗战诗歌采用短小的自由诗体，创作出了有代表性的时代佳作，在民族抗战的洪流中发挥了“鼓点”的作用。但过于短小的篇幅毕竟难以展现中国人民的抗战全景，因而抗战诗歌的文体转变在新形势下呼之欲出。

三

在轰轰烈烈的全民抗战浪潮中，正面战场不断涌现出英雄人物和感人战况，大后方人民也在时代的感召下夜以继日地劳作，以保证前方充分的物质供给。那是一个悲壮的时代，也是一个伟大的时

① 吕荧：《人的花朵——艾青与田间合论》，《七月》（6集3期），1941年4月。

② 《一九四一年文学趋向的展望——会报座谈会》，《抗战文艺》（7卷1期），1941年1月1日。

代，如何生动全面地展示中国人民伟大的抗日画卷，成为后期抗战诗歌面临的新挑战。

1941年1月，《抗战文艺》发表了关于抗战文学展望的座谈纪要，老舍、姚篷子、以群等人均发表意见，认为随着民族解放战争的进一步发展，抗战文学尤其是诗歌必将出现新变化。首先是创作态度上，诗人们经过冷静的思考和消化后，方可让收集到的抗战素材进入作品，使抗战诗歌与之前相比多了几分知性，少了几分狂热；多了几分深度，少了几分激情。其次是文体形式上，相持阶段以后的作品更注重表现内容的复杂性和丰富性，“形式方面也比初期更复杂。特别是一九四〇年，如长篇小说、叙事诗、多幕剧等大形式，都陆续地出现”①。这些文体能更加广泛和深刻地反映抗战生活，抗战诗歌相应地从短小的抒情诗过渡到叙事诗。1940年以后，抗战诗歌吸收民间文艺形式的论争不再重要，因为随着抗日战争相持阶段的到来和诗人战争体验的增加，旧形式的局限性很自然地暴露出来，诗人开始追求内容与形式的统一，追求思想性与艺术性的协调。即便是那些为了宣传抗战而转向“旧瓶装新酒”的诗人们，也逐渐回归艺术创新的道路，开始创作全面反映抗战现实的长篇叙事诗。

新的抗战语境预示着叙事诗必然成为后期抗战诗歌的主要形式。结合人类诗歌发展的普遍规律，老舍对新诗发展之弊做了如下概括：“历史上世界的文艺潮流，每一个文艺运动，总是抒情诗先出来，因为它是最易打入人心的。但等问题一深入，抒情诗就不能表现而被别的东西所代替了。中国的‘五四’运动先刺激了抒情

① 《一九四一年文学趋向的展望——会报座谈会》，《抗战文艺》（7卷1期），1941年1月1日。

诗，而后问题深入了，脆弱的抒情诗，就打不过小说和戏剧。今天也一样，好像抗战诗又落到了后面。”[①] 老舍所说诗歌落后的情况，实乃抒情诗普遍具有的短处，并非抗战诗歌独有的不足，因为抒情诗总是长于抒情而弱于叙事，所以要全面反映前线或后方人民的抗战激情和感人事迹，还需要发挥小说和戏剧等叙事文体的长处，加大长篇叙事诗创作的力度。早在抗战初期，就有人提倡要在短诗和自由诗的基础上多写叙事诗：初期抗战诗歌专注于抒发抗战激情，导致“诗没有故事。知识浅的人喜欢听故事，我们以故事去激动他较容易。所以应该走叙事诗的路”[②]。种种迹象表明，为全面表现抗战现实，叙事诗必然会比抒情诗更有文体优势。比如抗战进入中后期以来，向来擅长写抒情短章的臧克家，却“在叙事诗的创作中迈出了更为雄健的步伐”，尤其是长篇叙事诗的创作成为他对抗战诗歌“最为突出的贡献”[③]。臧克家 1942 年出版的长诗《古树的花朵》[④] 是抗战诗歌中难得的英雄史诗，其以宽广而纵深的抗战生活为背景，刻画出范筑先及其儿子的英雄形象，抒发了强烈的民族责任感和历史使命感。臧克家在抗战后期创作叙事长诗并非孤立的个案，而是很多诗人共有的经历，反映出叙事诗是后期抗战诗歌创作中最为盛行的文体形式。

叙事诗是后期抗战诗歌成就的标志。抗战进入相持阶段以来，很多诗人和批评家都注意到叙事诗的文体优势，比如艾青认为，

---

① 《我们对于抗战诗歌的意见》（诗歌座谈会纪要），《抗战文艺》（3 卷 3 期），1938 年 12 月 17 日。

② 同上。

③ 张中良：《抗战文学与正面战场》，北京：社会科学文献出版社，2014 年，第 215-218 页。

④ 1942 年 7 月 25 日，该长诗最初以《范筑先》为题刊登在《诗创造》第 12 期上。1942 年 12 月，东方书社出版单行本时改名为《古树的花朵》。

1940年后抗战诗歌“有从抒情诗发展到叙事诗的倾向。这不是说，在一九四〇年以前没有叙事诗，而是说，现在的诗人们更自觉地走向叙事诗的道路”[①]。郭沫若从作家的创作激情和文体风格的演变出发，谈到了抗战文学在1940年前后发生的变化：“在抗战初期，战争的暴风雨似的刺激使作家们狂热，兴奋，在文艺创作上失却了静观的态度。特别是在诗和戏剧上，多少有公式化的倾向，廉价地强调光明，接近标语口号主义。等到战争时间延长，刺激就渐渐稀微，于是作家们也慢慢重返静观，在创作上有较为周详的观察，较有计划有组织的活动，因此风格与形式，抗战初期和现在有着显著的差异。”[②] 由于诗人对抗战现实的认识更加深刻全面，他们对诗歌文体的选择也与以前有很大的不同，抗战初期的短诗、朗诵诗和街头诗十分盛行，而面对中国人民持久而艰苦的抗战现实，诗人心中积淀的战争思考不再是富于激情的短诗所能表现通透的，叙事诗由此迎来了长足的发展空间。1941年，孟超认为总体上抗战文学在低潮中也有发展，就诗歌而言长诗创作取得了很好的成绩：“有一点值得提出的，就是今年度长诗特别多，而且在这些长诗中，技术都比以前有进步。只是在内容方面，没有像抗战开始时那样蓬勃有朝气而已。但是也不容异议，诗是已经有了发展了。”[③] 因此，郭沫若预言1941年以后，“更雄大的叙事诗、更音乐性的抒情诗、多幕剧、长篇小说，将更多地出现”[④]。郭沫若以一个诗人和剧作

---

① 《一九四一年文学趋向的展望——会报座谈会》，《抗战文艺》（7卷1期），1941年1月1日。

② 同上。

③ 雷蕾整理：《一九四一年文艺运动的检讨》（座谈会记录），《文艺生活》（1卷5期），1942年1月15日。

④ 《一九四一年文学趋向的展望——会报座谈会》，《抗战文艺》（7卷1期），1941年1月1日。

家的敏锐眼光，看出了抗战诗歌和戏剧在文体上必然发生的变化，肯定了抗战诗歌的文体变化是诗人对现实认识深化的结果。

后期抗战诗歌的表现力增强，情感思想更加深刻。抗战初期，诗人对抗战认识不足，来不及探求有利于抗战诗歌创作的形式和内容，多用一些旧形式和空洞情感去达到宣传的目的，虽然很多作品起到了鼓舞大众抗战的作用，但就诗歌的艺术性和情感的饱满度来讲，初期的大部分抗战诗歌还只是急救的宣传品。随着诗人对抗战生活体验的逐渐丰富，他们放弃了空洞的宣传和泛滥的激情，转而写抗战的艰苦和人民生活的困难。后期抗战诗歌对战争的深刻体验是初期作品所无法比拟的，因而显得更加形象生动且富于表现力。这种转变是后期抗战诗歌在文体上呈现出来的主要特征，正如阳翰笙先生所说："因为作家对于现实的认识逐渐清醒，逐渐深刻，于是表现在他的作品中的抗战，也就不像初期那样表面和浮浅。拿一九四〇年的作品和武汉时代的对照着看，显然有着很大的变化和差异。"① 这无疑表明，进入相持阶段以后，抗战诗歌随着文体形式的变化而更富有表现性和思想性。

当然，并不是所有的人都承认抗战诗歌存在前后期的文体变化。老舍等人认为 1940 年之前的抗战诗歌主要采用旧形式，之后逐渐认识到旧形式表现抗战现实的局限，便纷纷折回新诗创作的轨道，于是以 1940 年为界出现了两种风格不同的抗战诗歌。但在艾青看来，抗战之前的诗和抗战之后的诗主要采用的是新形式，初期抗战诗歌采用旧形式的应急方式并非整个抗战诗歌的主流，而且在中国诗坛上，除抗战诗歌外还存在诸如现代诗派等远离抗战现实的

---

① 《一九四一年文学趋向的展望——会报座谈会》，《抗战文艺》（7 卷 1 期），1941 年 1 月 1 日。

诗歌，它们艺术性的表现形式是旧形式所无法企及的。如此看来，抗战初期利用旧形式的创作方式对中国新诗的影响很小，要从文体形式上清晰地划分前后期抗战诗歌的界限并无充分的依据。为此，艾青分析抗战三年来的诗歌发展现状时说："抗战以后的诗还是继承抗战以前的诗的血统发展下来，并未突然中断，虽然有一部分诗人暂时要借用旧形式来加强抗战的宣传，却并不是诗的主流，倘使这看法没有错误，则抗战三年来的诗的发展，仅有程度上的深浅的差别，而没诗的主流的前后变迁。"① 在艾青眼中，抗战诗歌的主流创作并不存在前后风格的变化，而仅仅是诗歌反映现实的深度不同而已。从初期单纯而热情地歌颂抗战精神到1940年后归于理性，看似诗歌创作发生了变化，其实不过是诗人抗战生活经验和情感体验发生了变化而已，抗战三年后的诗歌在内容上十分贴近现实，显得比初期更为理性和冷静。艾青的话具有一定的合理性，但他的出发点和最终注脚多集中在诗歌情感内容的维度上，与本文所讨论的文体形式有一定的距离。事实上，抗战生活引发的创作变化不仅体现在内容的深度和广度上，而且很多诗人的创作路向和审美方式也发生了变化，比如何其芳、卞之琳等主张艺术至上的诗人，因为民族抗战的需要而调整了自己的创作风格，其作品体现出同期抗战诗歌共有的特征。

抗战诗歌前后期文体形式的流变，说明不同语境下可以用不同的艺术形式去切实地反映现实。不管是初期采用民间文艺形式创作的鼓词或小调，还是篇幅短小但激情洋溢的自由诗，抑或后来篇幅较长且思想深刻的叙事诗，它们在各个时期都充分发挥了自己的文

---

① 《一九四一年文学趋向的展望——会报座谈会》，《抗战文艺》（7卷1期），1941年1月1日。

体优势，为中华民族抗战的胜利做出了应有的贡献，同时记录了抗战时期中国人民的心路历程和时代精神，为我们今天重新体验这段不平凡的民族经历留下了感人的记忆。

从《童话》到《集合》

——论绿原抗战时期的诗歌创作

张传敏

一

自1940年12月《憎恨》到《终点，又是一个起点》发表之前，绿原在抗战期间创作的诗歌有数十首，大多收入他的诗集《童话》和《集合》之中。在这一时期，绿原还因为《童话》被胡风列入“七月诗丛”而被人目为七月派诗人之一。胡风在介绍《童话》时曾这样说：

> 如果童话是提炼了现实的精英而创造的世界，那么，童话式的诗是现实人生情绪的更美的升华。从星星，从花朵，从囚徒，从季节，从一种精神状态，从一篇作品……诗人都能构成一个情绪的集章，而这些里面却都跃跃地跳动着时代的脉搏。①

---

① 胡风：《〈七月诗丛〉介绍十一则》，《胡风全集》第5卷，武汉：湖北人民出版社，1999年，第378页。

追求诗歌情绪的饱满与对生活脉搏的把握都是七月派现实主义诗歌美学的重要原则，胡风对《童话》所作的评价不低，这似乎可说明绿原成为七月派成员的原因。但是仔细检视一下绿原的这部诗集就会发现其实它和七月派诗歌美学的标准还存在一定的距离。该诗集的二十首诗歌中，作者或者是在旅行中遥想自己的来所与归处（《惊蛰》），或者是慨叹“好久好久/这日子/没有诗”（《憎恨》）；或者借耶稣来写自己的忧郁（《忧郁》），或者像一个被“抛掷在监狱的囚客”似的抒发着自己离开乡村的寂寞（《寂寞》）。诗人有时候回忆起妈妈的教导（《小时候》），有时候歌颂着神话般的夜晚（《神话的夜呵》）；有时候写自己对于友人的思念（《碎琴——想着C》），有时候表达亲情与渴望（《弟弟呵，弟弟呵》）。可以看出，这些诗大多抒写个人生活的所见所闻、所思所感，虽然题材非常广泛，但明显缺乏对于大时代的应和。在这部诗集中，取材于法国小说家都德《最后一课》的《读〈最后一课〉》也许算是《童话》和时代最合拍的一首诗作了，但是在这首诗中绿原并没有将普鲁士对法国的入侵和抗日战争作任何衔接。就此看来，也许还是路翎对《童话》的评价比较切实而中肯：

他底几年前的最初诗集《童话》，那简直是梦幻似的美丽的东西，里面虽然流露了时代的与人生的感激之情，但与现实生活的斗争，却是接触得并不强的。他沉溺在自己的意境之中，似乎是感伤而又感激地用这意境来排拒现实的惨痛。①

胡风的说法显然与此大相径庭：他并不认为绿原的诗脱离时代。不仅如此，胡风似乎并不打算让绿原紧跟时代。据绿原《胡风和我》一文所说，1939 年他曾向重庆的《七月》投寄一篇诗稿，内容大致是将祖国或故乡比作“母亲”，将流亡青年比作“孩子”，并祝愿抗战早日胜利“母子”早日团圆云云。然而这篇听起来颇具时代性的稿件并未被胡风采用。此后绿原考入在重庆北碚的复旦大学，结识了诗人如冀汸、邹荻帆以及阿垅等人并因此和胡风重新发生了联系。1942 年胡风从香港回到桂林编辑《七月诗丛》，给邹荻帆的约稿信中认为绿原的诗歌已经“成熟”，因此也请绿原编一本自己的诗集，绿原因此才整理了《童话》中的诗歌并寄给胡风。而在给绿原的回信中，胡风除了提出一点技术性的建议之外，并未对这些诗提出任何批评性意见②。

绿原的这些叙述也许会动摇对于胡风、七月派一直强调的现实主义理论的信心：如果胡风等七月派成员们真的强调主观战斗精神，强调对现实的“突进”，怎么会将《童话》这样具有空灵的梦幻色彩的作品集列入“七月诗丛”？

但这其实不值得大惊小怪，也不能说明胡风提倡现实主义这个判断的失效。鲁迅在为《中国新文学大系》小说二集所写的序中说：“文学团体不是豆荚，包含在里面的，始终都是豆。大约集成

① 路翎：《关于绿原》，《中国时报·文学窗》，1946 年 4 月 26 日。

② 绿原：《胡风和我》，晓风主编《我与胡风（增补本）》下册，银川：宁夏人民出版社，2003 年，第 561 页。

时本已各个不同，后来更各有种种的变化。”① 无论是有共同理论主张的文学流派还是成员观点各异的社团，都并非是具有完全同一性的类似铁板一块的文学团体：一方面，即便团体成员拥有共有的理论主张并表现出相似的创作特色，他们之间仍然会具有个体性的差异，也会不断发生变化；另一方面，任何一个文学团体的组织者们也不会完全以理论或创作的一致性为原则来构建社团或流派。绿原之所以能够成为七月派诗人，应该与他当时和阿垅、邹荻帆的交游有关，更与胡风的处境密切相连——当时《七月》已经停刊，围绕该刊的诸位同人也已星散。胡风从香港归来后面对其他文坛势力的压挤，迫切需要新的“同道伙友”和他一起战斗。实际上，《童话》能列入《七月诗丛》并不能说明绿原已经“成熟”。当胡风邀请绿原编辑这本诗集时，绿原给胡风寄送该书的稿件中曾附有一信，其中云“担心自己会是一个夭折在母胎里的婴儿”。这说明当时绿原都不认为自己真的已经成熟。胡风在给绿原的回信中则说到：“只要是生命，就会有生长的可能。要对自己有信心才好。”② 由此可见，胡风当时所看重的并不是绿原真正成熟与否，而是他“生长的可能”。

二

虽然路翎在 1947 年称赞绿原“具有向复杂的现实生活搏斗，

---

① 鲁迅：《〈中国新文学大系〉小说二集序》，《鲁迅全集》第六卷，北京：人民文学出版社，2005 年，第 264 页。

② 绿原：《胡风和我》，晓风主编《我与胡风（增补本）》下册，银川：宁夏人民出版社 2003 年，第 561 页。

与现实的人生并进的、坚韧的内在力量”并认为他“突进”了[1]，但绿原“突进”的过程似乎并没有那么顺利。他在《童话》之后至抗战结束之前创作的诗作大多收入1951年泥土社出版的《集合》中。在该书的后记中，绿原曾这样写道：

> 虽然可以说，当时客观的历史情况限制了一般知识分子底感受和认识，但自己对于时代底真实没有顽强的追求，却是明明白白的。我将多么感激，如果读者们从这本小诗集能够隐约地看出旧中国性格底沉重负担的一面和英勇突进的一面，并且愿意帮助我克服残留在我身上的一些近乎创伤的败坏的感情因素，使我有力量再向前跨进一步。

在《集合》中可以发现不少“向内”的诗篇，比如《圣诞节的感想》(1942)、《琴歌》(1943)、《不是忏悔》(1944)、《圆周》(1943)、《我睡得不好》(1943)等等。这些作品基本沿袭了《童话》的风格：感情细腻、含蕴丰富，令人时有晦涩之感，这大概就是绿原所说“对时代底真实没有顽强的追求”的作品。《圣诞节的感想》写的是诗人由安徒生童话而生的感悟；在《琴歌》中，诗人的思绪从“我的窗外”展开，渐渐及于彩色的瓶子、坟、天堂、人子及其门徒等等并重新回到窗外，思考着什么该爱、什么该恨的问题；在《不是忏悔》中绿原悬想了15世纪强盗诗人魏龙的故事；《圆周》的十首短诗则都是诗人日常生活中偶尔灵光一现的诗情哲思的记录；在《我睡得不好》中，诗人将“我”比作20世纪的隐

---

① 路翎：《关于绿原》，《中国时报·文学窗》，1946年4月26日。

修者圣安东，述说失眠之后身体和灵魂的痛苦。如果说这些诗的缺点在于和现实生活斗争“接触得不强”当然并不过分，但如果想在其中找到“旧中国性格底沉重负担的一面”或者“近乎创伤的败坏的感情因素”却并不容易——绿原的自我批评不过是一个在新政权面前力图谨慎表现自己进步的政治立场的诗人言不由衷的过甚之词罢了。

在《集合》中当然也可以发现作者向外部世界，向时代“突进”的迹象。很多诗和上述“向内”的作品相比具有明显差异，比如《工作》（1942）、《响着的刀》（1942）、《颤抖的钢铁》（1942）、《破坏——同其余几首假冒的诗》（1944—1945）、《给天真的乐观主义者们》（1944）、《是谁，是为什么……》（1944—1945）等等。在这些诗歌中作者的感情变得粗糙，但是极为饱满且充满力度，已经具有鲜明的七月派诗歌美学特征：在《工作》中诗人描绘了钢铁工厂充满力度的，富有刺激性的生产场景；《破坏——同其余几首假冒的诗》抨击社会上的各种丑恶现象，发出了追求自由的呼声；《响着的刀》表现了诗人和黑暗进行战斗的决心和意志；《颤抖的钢铁》是对于“一群死在敌后的民族战士”（即皖南事变中的新四军）表达的深切的哀悼；诗人在《是谁，是为什么……》中还回顾了希腊人民在反法西斯战争中的光荣历史，为他们战后争取民主自由的行动呐喊助威……

也就是说，在《集合》所收录的绿原抗战时期创作的诗歌中，至少包含“向内”和“向外”两种类型的创作；从左翼文学价值立场上看，后者远胜前者；它们之间包含着落后/先进、非时代/时代之别。

其实不仅是路翎、绿原，1942 年就认为《童话》已经成熟的胡风在 1944 年也批评过绿原的诗。绿原有过这样的回忆：

> 经过1944年的那段政治风波，我丧失了复旦大学的学籍，心情十分颓丧，在给胡风的一些书信中，曾经流露过一些典型的小资产阶级的伤感情绪。……在写作方面，我当时脱去了《童话》时期的天真和明朗，一度热衷于一些雕琢而又朦胧的意象；胡风也是几次来信，叮嘱我注意保持情绪的自然状态，不要把它揉了又揉，揉到扭曲的程度，同时叫我警惕追求所谓“绮语”的倾向。①

虽然按绿原此处的说法，1944年胡风仍然没有明确批评绿原脱离时代，但是胡风所谓“小资产阶级的伤感情绪”、“雕琢而又朦胧的意象”以及“绮语”之类，显然不会出现在上述“向外”的诗歌之中。胡风不会要求诗人空洞而肤浅地去应和时代，但是他也绝不会认同那种完全回归自我、回归内心的诗歌——至少从话语的层面看必然如此——因为他的所有理论都是现实主义的，都是应时代的要求而产生并主张积极回应时代的。

三

对绿原《集合》中的两个类型的作品进行重新比较、阐释与评

① 绿原：《胡风和我》，晓风主编《我与胡风（增补本）》下册，银川：宁夏人民出版社，2003年，第565页。绿原所说1944年的政治风波大致是这样的：这一年的年初，国民党军事当局为来华参战美军征调国统区各大学学生充任译员，正在重庆复旦大学外文系就读的绿原也在此列。他先是被分配到“航空委员会”，后来又因为“思想问题”被改调到“中美合作所”。绿原对此感到惶恐之余，曾写信向胡风求助，后又因未去“中美合作所”报到而遭到暗令通缉，乃离开复旦大学。后来绿原在胡风、何剑熏的帮助下化名到川北岳池县教书。

价是一件很有意义的工作——这不但能从一个新的角度来完整理解绿原本人，也有助于理解诗人的创作和时代之间的复杂关系。当然，进行这样的比较会有相当的难度，尤其是面对具有强烈个人主观色彩与较大可阐释空间的诗歌创作的时候。正是考虑到这样的问题，本文将不对《集合》中的两种类型的作品进行总体比较，因为每种类型中诗歌都有自身的艺术个性而且水平参差不齐，难以将其作为一个整体来衡量优劣。另外，本文也不拟将二者内容或者形式的因素进行直接对比——既然这些诗歌分属不同类型，进行这样的比较是武断而牵强的。本文以下将根据前文所述，首先选择出每个类型中最具代表性的作品，分析这些作品的内容和它自身的形式之间的契合度（也就是它的完成度，这是衡量一首诗歌艺术水平高低的一项重要指标），然后比较两者在完成度方面的差异，以彰显这两种类型的诗歌各自所达到的艺术水平。必须承认，所谓每个类型中最具代表性的作品的选择仍然是完全依赖于选择者本身的水平的。在这一点上，不同的选择者之间是非常容易产生分歧的。

本文选择绿原《集合》中具有时代性的“向外”诗篇的代表作是《给天真的乐观主义者们》。这是一首包括八章的长篇政治讽刺诗。在该诗的开头作者就宣示了诗歌的主题：揭露与讽刺——揭露国统区社会的黑暗与无耻，讽刺号称“四强”之一的中国的荒诞与虚弱，从而揭穿虚幻的假象，给那些“天真的乐观主义者们”以警醒。在诗中诗人淋漓尽致地描绘了战时“陪都”重庆的社会众生相：这里有“严禁落难者在人行道上用粉笔诉写平凡的自传”的警察；有“响尾蛇似的互相呼应”的“货币集中者”和常年发行“扑克，假面,. 赛路珞，玻璃玩具”等等“巨批杰作”的知名律师；有大轰炸过后向老爷报告公馆和叭儿狗平安的仆人；当然也有头颅像烂柿子一样悬挂着的男人、不害羞地和电线摆在一起的女人的裸腿以及坐在土堆上凝望天空的灰尘而并没有眼泪的孩子。而灾难过后，这个苟安的城市又很快重新恢复了它庸俗、腐朽的秩序。在该诗的最后，作者还对自己的历史进行反思并对那些从事革命斗争的人表达了赞美之情。

该诗在形式上最鲜明的特征是长句式和铺排手法的运用。它的很多句子都超出了页面宽度，具有非常强烈的散文化倾向；它并不对所批判的对象进行本质概括然后加以疾言厉色的批判，而是尽量将其“堆积”在一起进行暴露与嘲讽。该诗所运用的手法看似率性而为、不事雕琢，却并没有导致诗歌缺乏诗意。

一方面，作者对于外部社会场景并非仅仅是对其进行简单的陈述，而是运用了许多极为具体、生动且具有跳跃性的形象，造成了一种光怪陆离的效果，避免了铺叙的沉闷、单调之感。作者在第三章中批判重庆这个城市轻易忘却灾难而苟安于现状的特点时所进行的描述可以作为例证：

> 男人同女人照样吊膀子……
> 电影院照样放映香艳巨片……
> 理发厅照样替顾客们挖耳粪……
> 花柳专科医师照样附设土耳其浴室，奉送按摩……
> 绅粮们照样欢迎民众们大量献金……
> 保甲长照样用左脚跪在县长面前，用右脚在踢打百姓：如此类推，而成衙门……
> 译员们照样用洋泾浜英语对驻华白侨解释国情……
> 公务员照样缮写呈文同布告……
> 报纸照样发表胜利消息，缉拿同悬赏，更正同驳斥……

可怜的学生照样练习他们底体操：立正，敬礼，鞠躬，下跪……

市民社会的众生相被诗人不加分别地糅合在一起，看似杂乱无章，却又引人入胜，而且它们正是对陪都重庆社会生活极为真实的反映。

另一方面，作者意在对社会现状进行有力的批判，却采用了一种表面上看起来平静、冷淡而实则包含辛辣讽刺与调侃的叙事态度，这无形中增加了诗句的张力以及意蕴的深度，避免了情绪的直接宣泄对于诗意的损害。绿原在该诗的开头故意宣称自己要面对读者“冷淡”地宣读这首诗，在作品中对被批判者也往往进行看似“油滑”的讽刺：他把“扑克，假面会，赛路珞，玻璃玩具……鸦片批发，灵魂收买，自行失踪，失足落水，签字，画押，走私，诱拐，祈祷同忏悔”等统称为知名律师们发行的“杰作”；他故意仿照无聊文人的“辞藻”，把广场上的被杀死的逃兵的尸首描写为“正用自己底血沐洗自己底罪恶”。这些讽刺性因素的介入并没有导致诗作批判力度的降低，反而增加了读者对于丑恶现象的憎恨。

毫无疑问，任何一个对左翼诗歌没有偏见的人都会承认这是一篇相当优秀的作品。它对丁时代社会生活的描写并没有影响它的艺术性；看似粗糙杂乱的文字与结构也没有影响到其批判性主题，而是给予了有力的呼应。艾青说：“有人写了很美的散文，却不知道那就是诗”①，绿原显然知道自己写了很“美”的散文，而且知道那就是诗。不过，他诗中的审美，毋宁说是审丑；他的诗歌之

① 艾青：《诗的散文美》，《艾青选集》第三卷，成都：四川文艺出版社，1988年，第43页。

“美”也不是优美，而是壮美。无论如何，《给天真的乐观主义者们》都堪称一篇完成度相当高的诗歌佳作。

四

本文将《不是忏悔》作为《集合》中非时代性的“向内”的代表性作品进行剖析。这首作者标注创作于1944年9月18日的诗其实有两个版本：第一个版本为发表在1944年底出版的诗垦地丛刊第六辑《白色花》上的《忏悔》，《集合》中的《不是忏悔》则是该诗的第二个版本。第一个版本共分两章，第二个版本则在此基础上增加了第三章。尽管绿原在第二个版本中对第一个版本的前两章的诗句进行了增删修改，但是这部分的内容和基本构架大致未变，本文以下将对这两个版本进行综合分析与论述。

《不是忏悔》标题下有副标题或曰题记，可以帮助理解作者创作本诗的动机：

——读到一篇关于十五世纪的强盗诗人魏龙(François Villon)[①] 的传奇以后

在《忏悔》的两章中，绿原主要根据魏龙的故事想象性地描写了巴黎上流社会的贵族们寻欢作乐的场景以及魏龙被判处绞刑后的

① 绿原所说的魏龙，现通译维庸（1431-?），是15世纪法国杰出诗人。此人出身贫寒却受过良好教育，一生又常与罪犯为伍；1463年曾被判处极刑，后侥幸得脱，不知所终。他虽然一生跌宕起伏，却极富诗歌才能，曾有人称之为“法国中世纪最重要的抒情诗人”（参看张英伦、吕同六、钱善行、胡湛珍主编《外国名作家大词典》，桂林：漓江出版社，1989年，第813页）。其主要作品有《小遗嘱集》、《大遗嘱集》等。

所见与所思。诗中的上流社会的生活是奢靡、放浪而怪诞的：

> 银狐底皮革同孔雀底羽毛比赛着价值，
> 女人们像为女神卖淫的巴比伦的美妇，
> 接吻时差错地吞下一颗体温未散的宝石，快乐地死去；
> 男人们在酩酊的时光用蓝丝巾缢死他底情人，
> 同尼罗王用蔷薇的雨闷死赴宴的贤人一样痛快，
> 管是什么罗马的智慧呢？

诗中的“强盗”魏龙虽然极具才华，但贪恋钱财、玩世不恭：他从一家刚发生杀人案的骗局中出来时，还不忘从路旁的半裸女尸身上掏出两枚银币；他吃饭时还盘算那些盛食物的金盘究竟值多少钱；面对着绞刑架，他的回忆跟希望一样贫乏……

《忏悔》一诗的题旨晦涩、情绪迷茫，让人看不到任何向时代“突进”的亮色——这可能正是前文绿原所说的自己在 1944 年一系列经历之后产生的某种复杂心境的折射。如果从一般的七月派诗学标准出发，这显然是一篇不积极、不健康的作品。然而，如果我们排除由于某种道德主义的陈词滥调而对诗歌产生的偏见，承认某些被视为异端的人类情感其实也具有作为诗歌表现内容的合法性与可能性，那么我们就应该承认《忏悔》也是诗。虽然绿原曾经对这样的情感做出批判，他显然也认定《忏悔》中表达的情感是“诗情”——如果他不承认《忏悔》作为诗的意义和价值，我们就无法理解他为什么会将其列入诗集了。

然而，即便仅仅从标题上来看，绿原对于《忏悔》这首诗本身也保留了一种否定性的，或者至少说是不确定性的态度。分析该诗的具体内容，标题中的“忏悔”并非是魏龙的忏悔，而只能是绿原的忏悔。但绿原为什么要忏悔？

要理解绿原“忏悔”的原因，需要对这首诗的创作日期加以特别注意——1944 年 9 月 18 日。1931 年的“九一八事变”一直被视为日本侵华的开端，是中国现代史上最重要的事件之一。9 月 18 日对于中国人于是就产生了“国耻”的特殊意义，而在 1944 年抗日战争的时代语境中，这种意义就变得更加显豁。但是恰恰在这样一个日子，在全民抗战的语境中，身为七月派成员的绿原写出的竟然是有关 15 世纪法国的一位“强盗”诗人的风格怪诞、意旨不明的诗篇！这应该就是诗歌标题“忏悔”的由来——诗人在创作这首诗的时候满怀着面对“时代”而产生的负罪感。

作为七月派成员，绿原需要消除这种负罪感，于是才有了这首诗的第二个版本《不是忏悔》。在这个版本中，绿原所作的最重要的修改就是赋予魏龙以“反抗中世纪的黑暗”的英雄的性质并表达了对其人其诗的认同：

> 你一定明白的，我所向往的诗人魏龙：
> 历史是一种颜色底浓淡的反映，
> 光底来源只有一个：
> 你底同我们底缪斯只有一个！

在这个版本新增的第三章中，绿原用历史只不过是“一种颜色底浓淡的反映”的逻辑，将魏龙及其艺术与绿原自己所处的时代进行了衔接，同时也借此消除了原来由于自觉有负于时代而产生的罪恶感。但这种修改显然并不成功：无论绿原如何美化魏龙，也无法让他摇身变为抗日志士，更无法使《忏悔》中的故事变得具有

"时代性"。修改反倒使《忏悔》中较为连贯的人物逻辑发生了断裂：在路旁的半裸女尸身上搜索银币无论如何也称不上是什么英雄行为①。

另外，从内容和形式相结合的完成度的角度上来看《忏悔》也较《不是忏悔》为高。绿原在《忏悔》第一章中运用了大量极具视觉冲击力而且具有异域情调的夸张词汇来描述15世纪法国巴黎上流社会的生活场景并穿插古罗马暴君的传说，给人以纸醉金迷、光怪陆离之感。在第二章中，诗人在叙述魏龙被判处绞刑的场景时的语气转入平淡，语汇的色彩感和视觉冲击力也变得暗淡，从而塑造了一种凄惨、暗淡的氛围并隐约闪现了诗人对于魏龙的讽刺意味。整体上来看，这些都和诗作传达的复杂情绪、意蕴极为契合。

然而到了《不是忏悔》中，新增的第三章和前两章的风格发生了戏剧性的变化：前两章中被隐藏的叙事者走到了前台，用一个20世纪40年代左翼青年诗人的口吻清晰地表露对于魏龙的态度并按照这个时代标准"提升"了魏龙的品格。但这不仅使这位行止奇特的法国中世纪抒情诗人丧失了自己的独特个性，也使原来《忏悔》中的文字丧失了弹性并使该诗整体的荒诞、迷茫之感丧失殆尽，丰富的内涵也几乎被压榨干净。这首诗也就此完成了面向时代的转身，尽管并不华丽。

小　结

行文至此，可以对绿原抗战时期的诗歌进行总结并回答本文前

① 绿原在《不是忏悔》中删除了《忏悔》中魏龙盘算盛食物的金盘子值多少钱的情节，但是保留了他从路旁女尸掏出银币的情节。

面所提出的他的两种类型诗歌的优劣问题了：绿原的诗集《童话》虽然创作于抗日战争时期，胡风也曾指出它的时代性并给予充分肯定，但是它远非一个符合七月派诗歌美学标准的文学样本。《集合》确实显示了绿原向时代“突进”的努力，我们也必须承认他所取得的巨大成绩：《给乐观的天真主义者们》显示出成熟的七月派诗歌作品所能达到艺术高度。然而，绿原的这些成就并不妨碍他在非时代性的领域里面发掘另一种类型的诗意，《忏悔》这首诗中复杂的情绪、意蕴以及与之相契合的种种形式因素，充分体现了绿原的另类才华。如果将二者相比较的话，只能说它们都属于完成度很高的作品，并无高下之分。

通过对《忏悔》的另一个版本《不是忏悔》的分析我们还可以进一步得出另外一个也许是更重要的结论：一个诗人可以拥有并且充分展现表面上看起来相互冲突的多方面的艺术才能，然而其前提是诗人必须忠实于自己，而不是其他任何东西。如果说《给天真的乐观主义者们》在表现时代上取得了成功的话，那是因为诗中所描绘的时代并不在绿原之外，它就是绿原个人的一部分。当绿原为了呼应时代社会生活而对《忏悔》进行增删、修改的时候，他得到的只能是一部失败之作——中国的20世纪40年代并不属于15世纪的法国诗人魏龙，当然也不属于《不是忏悔》这部作品，同样不属于创作这首诗时的绿原。

中外诗歌关系研究

主持人语（熊辉）：

中国新诗在发展的过程中，不断地吸纳了西方和传统的诗学资源，同时又在自己的航道上积淀起了新诗的传统。因此，从三个向度上研究中国新诗或现代诗学就成为一种必然：中国新诗与传统诗歌的关系、中国新诗与域外诗歌的关系以及中国新诗自身的文体艺术建构。

研究文章永远只能朝向问题的一面，因此当我们研究中国新诗与外国诗歌的关系时，就无法提及其与传统和自身的关系。但这并不表明我们只是一味地站在西方的立场上来观照新诗，也不表明我们研究视野和学术思想的褊狭。我们其实是在某种方向上研究新诗，而且力图沿着此方向将新诗研究透彻，其他方向上的研究自有他人担当，而且极有可能比我们研究得更好。

本期所选的三篇文章，均属中外诗歌关系研究的范畴。刘静等人撰写的文章，发现了吕进先生诗歌创作与俄罗斯文化的关系，换个角度讲，这篇文章也是在研究吕进诗学思想的域外资源问题，对完善吕进诗学思想的研究具有非常重要的意义。徐臻文章谈的是北岛诗歌的翻译问题，既是在研究中国新诗，又是在研究翻译文学，也是在研究跨文化交流等问题，并且该文从个案出发，探讨了当下诗歌翻译的普遍性问题。李晓静的文章站在中西文化和诗学的交汇点上，重点关注卞之琳诗歌中的镜类意象，将其放置在传统诗歌和外来诗歌影响的框架中，根本上也是对中国新诗写作资源的一次梳理。愿这组文章带给我们新鲜的视野和诗学内容。

吕进诗美世界中的俄罗斯面影

刘　静　方宏蕾　陈剑雨

从俄语专业学习到苏俄诗歌译介，从大学时代的憧憬到90年代合作交流，吕进与俄罗斯结下了不解之缘。俄罗斯也成为其诗论与创作的一个重要源泉。作为当代卓越的诗论家，吕进非常关注别林斯基、普列汉诺夫等苏俄理论家的诗论，同时较多采用马雅可夫斯基、普希金等的作品作为阐述其诗论的典范诗例。此外，吕进的文学创作也对俄罗斯表现出了浓厚的兴趣。如直接展示俄罗斯风情的诗歌约占其创作相当的分量，而有关俄罗斯见闻的散文随笔也有多篇。在这些作品中吕进以诗性的眼光审视俄罗斯的历史文化和社会现状，赞美俄国人民的美好品质，对当代俄罗斯命运表现出深切关注，并在俄罗斯形象及中俄文化差异中对自我进行了反观与审视。

一、俄罗斯文化的诗意审美

1958年，吕进由成都七中考入西南师范大学外文系，主修俄语。据他回忆："念大学的时候，记得'精读课'是用的北京外语学院编的课本。有一篇课文《莫斯科大学》，配了一张莫斯科大学主楼的照片，好巍峨，好气派!"[①] 从那个时候起，莫斯科大学就成为吕进憧憬和向往的学术圣地。三十余年后，梦想变为现实，1993 年 10 月到 1994 年 4 月，吕进赴莫斯科大学担任高级访问学者，与谢曼诺夫教授一起，共同进行了为期近半年的合作研究。而访学期间的居住地正是当年让他赞叹不已的莫斯科大学主楼："当时我做梦也没有想到，在若干年以后，主楼的一个窗户后面就住着我。"[②]

俄语是吕进的本科专业，但文学与诗歌是他的梦想，从小学时代起，他就开始发表作品了。"从儿时开始打造的诗美世界"，大大改变了他的人生。吕进认为"诗会教人远离世俗，守住梦想。一个生活在诗的世界的人，对诗外世界就有了别一番打量。这种打量，为我树立了理想的人格的目标和典范；这种打量，使我别有向往，得以洒脱地直面那些难免令人不愉快的人和事，得以轻松地度过这一生中那些不轻松的岁月；这种打量使我常常'忽略'一些诗外世界不应忽略的事。诗浸润了我一生"[③]。正是因为拥有这种诗性的目光和诗意的人生态度，他笔下的俄罗斯及俄罗斯人民都披上了诗的霞光。

（一）艰苦岁月中的书与花

1993 年是苏联解体后俄罗斯独立的第二年，此时俄罗斯政局跌宕起伏，社会矛盾空前，十月流血事件、经济危机、通货膨胀、

① 吕进：《吕进诗文选·莫斯科大学风貌》，北京：中国文联出版社，2009 年，第 162 页。

② 同上。

③ 吕进：《吕进文存·第一卷》，重庆：西南师范大学出版社，2009 年，第 15 页。

新议会选举等，整个俄罗斯处于国家体制转轨的剧烈阵痛中。而即使在这样动荡不安的社会环境中，吕进笔下的俄罗斯人民仍然保持着诗意的栖居。

在诗歌《书与花》中，诗人这样描绘：“莫斯科是书与花的世界/严寒中到处有花瓣/风雪里到处在读书”，在恶劣的自然环境和社会环境中，俄罗斯人民始终保持着对鲜花的喜爱和对知识的追求，“好像不知道每一站只有几分钟/好像不听见车轮隆隆的足步/地铁车厢里是流动的读书人的队伍”，“好像不知道物价在向上飞/好像不知道气温在向下落/鲜花打扮着二千平方公里的首都”，诗人眼里的俄罗斯人民，淡定从容，志趣高雅，超越世俗。蒋登科在评论《书与花》时说：“吕进当时所感受到的可以说是俄罗斯历史上最艰难的时期，苏联解体，经济萧条，但作为诗人的吕进却从俄罗斯人的教养上发现了它的希望与未来。”①

在散文《书籍与鲜花》中，吕进再次提到：“俄罗斯人是爱书的民族，爱花的民族。莫斯科是书籍和鲜花的城市，连每一个地铁车站，都无一例外地摆着许多书摊和花摊。”“地铁车厢里，没有人大声说话，没有人吃东西；多数人都在静静地读书。”“公共汽车和电车也像一个流动的图书馆。”俄罗斯人爱鲜花、爱读书，这是众所周知的，但是在那样动荡和艰苦的环境中，仍然保持这种高雅的追求，这种修养不得不让人佩服和赞叹。俄罗斯人民的这种精神追求与崇尚诗美世界的吕进不谋而合，因而在诗人的注视下，俄罗斯人民的生活更加富有诗情画意。

（二）俄罗斯的“苹果”与“苹果花”

在吕进笔下，俄罗斯姑娘的美丽是自然无雕饰的：“不是时装

---

① 吕进：《吕进文存·第四卷》，重庆：西南师范大学出版社，2009年，第500页。

将俄罗斯姑娘包装的漂亮/是她们的身姿能将任何衣裙变成时装”。她们不光有美丽的外表，而且深受俄罗斯民族文化的熏陶，气质非凡：“普希金的诗和乌兰诺娃的舞熏陶气质/鲜红的玫瑰和纯净的白雪合成形象”，她们温文尔雅，笑靥如花，令人怦然心动，“最美的是彬彬有礼的一笑/在图书馆，在校园里的林荫道上”。

如果说吕进笔下的俄罗斯姑娘呈现的是一种天生丽质与良好修养的美，那么他笔下的俄罗斯大妈则更多表现的是一种俄罗斯人性美。吕进将俄罗斯姑娘比作美丽的苹果花，而将俄罗斯大妈比作北方的苹果。“花朵消隐，树枝低垂/俄罗斯大妈就是北国的苹果/战火硝烟中的卡佳和丹妮娅/如今人们尊称她们的名字和父称”，俄罗斯大妈曾经也是美丽的花，她们经历了硝烟弥漫的战争年代，生活的锤炼，岁月的雕琢，使她们身上多了一份历史的厚重。俄罗斯大妈还代表着俄罗斯女性的刚毅和顽强：“俄罗斯大妈高高的，壮壮的/在冬天戴着皮帽穿着大衣/挺着胸脯走路，带着庄重神情/像涂了唇膏、描了眉毛的将军”。诗人笔下的俄罗斯大妈是和善而热心肠的：“一次邂逅就会结识一位大妈/每位大妈都会向你打开内心/讲战争，讲家庭，讲退休金/讲对中国人的好感与友情/还会将家庭地址写给你/嘱咐你方便时一定光临”；“在俄罗斯，迷路时应当去问大妈/走向一位，就会有三位主动答问/还会有人调转自己的方向带路/走很远了，还感到那关切的眼睛”。

俄罗斯大妈也是中苏中俄两国友好关系的见证。中华人民共和国成立初期，中苏关系曾经经历过一段蜜月时期，以后多年曲折，直到80年代末才由对抗走向睦邻友好。因此，老一辈俄罗斯人对中国人保持着热情与好感，这也是俄罗斯大妈让吕进感到无比亲切的原因。俄罗斯大妈带给诗人亲人般的温暖，诗人也将深情投向她们，“在俄罗斯，我最难忘的是大妈/在俄罗斯，我最同情的是大妈”，诗人还将俄罗斯大妈比作“俄罗斯会说话的历史”，将俄罗斯大妈视为“俄罗斯的美丽与良心”。

（三）历史哲思与现实包容

近代以来的俄罗斯历史可以说是一部动荡的民族发展史，从二月革命推翻沙皇统治到十月革命苏维埃政权建立，从1924年苏联成立到1992年苏联解体，历史的舞台不断变换，俄罗斯人民在深重的苦难中艰难生存。对于俄罗斯百年历史，吕进没有进行是非评判，而是用哲人般的目光冷静审视，即使是对万人景仰的领袖人物，也秉持理性的态度，相信时间是检验一切的标尺：“最好对这世界的什么东西也别崇拜/但是聪明的人却应懂得崇拜时间”，“时间的工作效率也许不高/但是它永远能作出准确的判断”，诗人坚信“时间把一切放到应有的位置/哪怕有时需要十年、百年、千年”（《瞻仰列宁墓》）。

带给诗人同样历史厚重感的还有新处女公墓：“尽管只是莫斯科的一处公园/包容的却是整个俄罗斯的空间”（《新处女公墓》）。在诗人看来这里是“俄罗斯人心里的圣地和精神家园”，“走进公墓，就像走进了俄罗斯的历史”，“这里完全是一个艺术的世界”①。“作家的墓碑是书本的浮雕/音乐家的墓碑是优雅的琴弦/图波列夫的墓碑是飞翔的抽象/王明的墓碑含含糊糊没有特点/赫鲁晓夫的墓碑半黑半百/建筑师在对亡者作艺术的发言”（《新处女公墓》）。同样，长眠在这里的人物不需要人来刻意评判，时间足以说明一切，“有的陵墓的积雪总有人拂去/严冬中红玫瑰在寒风中璀璨/有的陵墓被雪厚厚的覆盖/墓碑上相片很大，却没有供奉的花圈”（《新处女公墓》）。在这些诗文作品中看似没有诗人明确的态度，而字里行

① 吕进：《落日故人情·新处女公墓》，成都：巴蜀书社，2015年，第56—59页。

间透露出诗人时刻以诗性的目光扫描着周围的一切。

相对于俄罗斯的历史，诗人更关注社会现实。吕进是怀着无比的向往前往俄罗斯学术交流的，俄罗斯人民的高尚品质和生活趣味使他由衷地赞叹，俄罗斯人对中国的友好使诗人感受到如在故乡的温暖。但是处于过渡时期的俄罗斯也着实存在着许多社会问题，甚至吕进也亲身经历了一些惊扰，对于这些问题，诗人同样以客观理性的态度加以评判，在诗作《俄罗斯素描》中，诗人这样写道："人人都有教养，十分富有同情心/却不断传出抢人和杀人的新闻/人人都轻声说话，从不争吵/昔日的兄弟之间却不停地进行战争"，可见，诗人并没有因为某些负面事件而否定俄罗斯人民的整体品质和修养。同时，对处于转型期俄罗斯人民的迷茫和困惑表示深切的同情："海关上高悬双头鹰的国徽/报关单上加盖的却是'苏联'的大印/全国仍在 11 月 7 日放假/谁都说不清这个节日现在的名称。"

二、诗论中的俄苏因素

吕进发表的一系列关于新诗重建的文章，如《三大重建：新诗、二次革命与再次复兴》、《论中国现代诗学的三大重建》等，从内容到形式深入探讨了新诗重建的方法和途径。其诗论在向传统寻根的同时，还广泛汲取了西方诗论，尤其是俄苏诗论家的相关理论，同时大量援引俄苏诗人的诗歌为例进行理论阐释，因此，其诗论与俄苏显现出极大的亲缘性。

（一）诗人的使命与诗的本质

"诗歌精神的重建"是新诗二次革命首先要解决的问题，吕进提出"当前诗歌精神重建的中心，是对于诗歌和社会、时代关系的科学性把握”[①]。对于诗人与时代社会的关系，吕进认为“优秀的诗歌是生命意识和使命意识的和谐”[②]。而这与俄苏理论家如别林斯基在论述文学与时代的关系时主张的“日益要求文学要体现时代精神，推动社会的进步”[③] 的观点极为一致。由诗歌的精神重建缘起，吕进十分注重诗人的使命感，并注重援引俄苏诗论的相关论述，如“别林斯基说得好：‘在构成真正的诗人的许多条件中，当代性应居其一。诗人比任何时候都应该是自己时代的产儿。’”[④] 吕进借此批判只抒发自己哀愁的诗人，主张诗人要将自己的命运与时代命运相联结。除了别林斯基，吕进还援引了卢那察尔斯基与高尔基等人的观点：“诗人‘不要把自己集中在自己身上，而要把全世界集中在自己身上’（高尔基）。”[⑤]“诗人应该说出许许多多人所关心的事情，他非抛弃自己身上的猥琐的东西不可。洗掉这一切灰尘以后，他才能出现在万目睽睽的听众面前（卢那察尔斯基）。”[⑥] 在《新诗的创作与鉴赏》一书的第四章“社会主义新诗”中，吕进集中讨论了诗人与时代的关系，在同一章节中，作者援引了诸多前苏联文论家对诗人与时代关系的见解。可见对苏俄诗歌理论的借鉴，成为吕进新诗重建理论的重要路径。

从诗人与时代的关系出发，吕进认为诗人应当具有使命感；从诗与现实生活的关系着眼，则提出了“诗歌的本质是抒情”的观

---

① 吕进：《吕进文存 · 第四卷》，西南师范大学出版社，2009 年，第 252 页。

② 刘静：《论吕进的诗歌创作》，《当代文坛》2006 年第 2 期。

③ 杨冬著：《文学理论：从柏拉图到德里达》，北京：北京大学出版社，2009 年，第 138 页。

④ 吕进：《吕进文存 · 第四卷》，重庆：西南师范大学出版社，2009 年，第 135 页。

⑤ 同上，第 132 页。

⑥ 同上。

点。"'诗虽然直接来源于生活，但它一般并不直接反映生活，而是直接表现人的情感；诗不长于细致地叙述客观现实，而是长于细致地叙述情感浪花。换句话说，诗的内容本质在于抒情，它是生活的感情化。它通过表现人的感情去反映生活；它通过细致地叙述感情浪花去叙述客观现实。'这是吕进关于诗歌如何反映现实的理论论述，也是对他自己诗歌创作的一种阐释。"① 吕进认为苏俄诗人的创作反映出的诗歌观念即为，诗歌以抒情来反映现实，例如普希金、莱蒙托夫以及马雅可夫斯基，他们都以抒情诗的方式表现了俄国的现实生活。

吕进关于"诗的本质是抒情"的论述更多地体现在他对苏俄诗歌的评析中，而苏俄的叙事诗是他关注的重点，甚至作为重要支撑材料。如《吕进文存》中列举了普希金的叙事诗《波尔瓦塔》，认为诗人在分配叙事与抒情的比重时，出现了"快镜头"与"慢镜头"；马雅可夫斯基创作的《列宁》力求摆脱"事"的束缚，努力规避政治的叙述，力求在叙事中表现出情感来；另一篇高尔基的《海燕》，作者貌似叙述海燕经历的一系列事件，但实则表达的是革命的渴望与激情。吕进在列举分析了一系列苏俄诗歌后提出："诗的叙述是抒情中的叙述，根本旨趣仍在于精神世界，在于通过叙述以抒情。"②

（二）诗的韵律与分行技巧

"诗歌形式的重建"是中国现代新诗寻求发展的重中之重，回顾新诗发展历程，几代诗人的探索都没能解决"新诗规范化"的问

① 刘静：《论吕进的诗歌创作》，《当代文坛》2006 年第 2 期。

② 吕进：《吕进文存·第四卷》，重庆：西南师范大学出版社，2009 年，第 135 页。

题。“提升自由诗，成形现代格律诗，增多诗体，是新诗重建的三个美学使命。”① 关于自由诗的提升，吕进认为当把握其形式美学，自由诗的形式美学在于“内节奏韵”与“外节奏”；关于现代格律诗吕进认为“成形的关键是诗语的音乐性”②，提倡“有规律的韵式和段式”③。由此可见，诗的韵律与诗的分行技巧是自由诗与格律诗诗体重建的重要内容。

诗歌的基本审美属性之一是能吟诵，诗不是只能默读的文学，这是诗区别于其他文学样式最显著的特征。在韵律方面，吕进同样较多地借鉴了苏俄诗论。在论述韵律对于诗的重要性时，他借用了马雅可夫斯基的话“节奏是诗的基本力量所在”④。马雅可夫斯基在创作过程中便十分讲求韵律，一首诗往往多次易稿。吕进还指出了国人因翻译问题认为马雅可夫斯基不讲音韵的错误观点。

就韵律与诗歌思想的关系而言，吕进认为韵律是诗思的点缀，诗思是韵律的内蕴。苏俄诗人如苏玛洛科夫、普希金等人的诗歌创作便表现了诗歌思想与韵律之间的关系。吕进在其论述中也有相关引证：“18 世纪的俄国著名诗人苏玛洛科夫也说：不应该让我们的思想成为韵脚的俘虏，而要使韵脚成为我们的奴隶。”⑤ “普希金说，音韵应当‘带着严格的思想’而奔流”⑥，可见，吕进对这两位苏俄诗人的观点都极其认同。

韵律是诗的内在节奏，而诗的外节奏具有可视化的特点，这一

---

① 吕进：《吕进文存·第四卷》，重庆：西南师范大学出版社，2009 年，第 256 页。

② 同上，第 258 页。

③ 同上。

④ 同上，第 90 页。

⑤ 同上，第 94 页。

⑥ 同上，第 100 页。

外在节奏形式便是分行。“在理论上，吕进十分重视诗的分行效果，把它作为加强音乐性和视觉美感的手段。”① 在论及诗行诗节的划分时，吕进引用了马雅可夫斯基《放声歌唱》的序诗：“我公开检阅/我这些战斗的诗歌，/它们那整齐的行列/在检字工人手下前进。”来说明诗节的有序化与诗节的整体性。而在诗歌创作实践中，“吕进喜欢偶数诗行的排列形式，这种偶数建行形式本身就因为对称而呈现出一种视觉节奏”②。可见，苏俄诗论中关于诗节的匀称与整体理念对吕进是有启发的。

（三）诗歌语言的凝练与“陌生化”

吕进对诗歌语言建设颇多精妙的见解，如“语言的高度凝练”、“独特的陌生的词序”等。这些观点都可以在苏俄诗论中找到渊源，如俄罗斯诗歌流派阿克梅派的诗论主张之一便是“语言形象要精确凝练”③，别林斯基也强调诗歌语言的凝练，俄国形式主义提倡“陌生化”等。关于“语言的高度凝练”，吕进认为“别林斯基对此说得很好：‘除非让人去读诗人笔下所产生的那篇东西，如果是换一种转述或用散文翻译的话。它就会变成且剧和僵死的幼虫’”④，吕进认为诗歌的弹性技巧可以增强诗歌语言的凝练，而对于弹性技巧提法的来源，吕进说：“德国美学家黑格尔、俄国文学理论家别林斯基都论及过诗的弹性技巧。”⑤

在论述“独特的陌生的词序”这一观点时，吕进引用别林斯基

① 刘静：《论吕进的诗歌创作》，《当代文坛》2006 年第 2 期。

② 同上。

③ 任光宣主编：《21 世纪外国文学系列教材 · 俄罗斯文学简史》，北京：北京大学出版社，2006 年，第 200 页。

④ 吕进：《吕进文存 · 第四卷》，重庆：西南师范大学出版社，2009 年，第 174 页。

⑤ 同上，第 127 页。

《论文学》中的话："朴素的语言不是诗歌的独一无二的确实标志。但是，精确的语法却永远是缺乏诗意的可靠标志"① 等来说明诗意的获得需要打破语法常规，"诗家语"与日常语言间存在显著差别，并论述了特殊词序对诗意产生的重要性。吕进还追溯了"陌生化"命题的来源——俄国形式主义，并探讨了"陌生化"的原理与期望达到的效果。

总体而言，苏俄诗论参与了吕进诗论的大部分建构，在四卷本《吕进文存》中总能瞥见"别林斯基"、"普希金"、"高尔基"等人思想的光辉，他们的智慧在吕进诗论体系中虽未占据中心地位，但却是吕进诗论中不可忽视的存在。

三、俄罗斯回望中的自我审视与理论建构

（一）艺术经验的本土转换

如前所述，吕进在其诗歌理论建构中，较多借鉴和援引了苏俄相关理论，但他对苏俄的借鉴并不是照搬，也没有食洋不化，而是结合汉语语法的特点以及中国诗坛的具体实践，在借鉴的同时进行了发展和超越。

别林斯基有关诗歌用词弹性的观点是吕进"弹性技巧"的来源之一。别林斯基提出"弹性"一词是为了论述"铿锵的华美的辞藻还不算是诗歌"②，他评价普希金的《安德烈·舍尼埃》时，同时提的还有语言的"硬性"，纵观别林斯基上下文之间的联系，此

---

① 吕进：《吕进文存·第四卷》，重庆：西南师范大学出版社，2009 年，第 120 页。

② ［俄］别林斯基：《别林斯基选集·第一卷》，满涛译，上海：上海文艺出版社，1963 年，第 234 页。

“硬性”指辞藻不含诗意，“弹性”是指辞藻饱含诗意。可见，在别林斯基看来，“弹性”只是用词技巧。吕进《论诗的弹性技巧》一文仍主张词当具备弹性特征，但他将弹性技巧扩大到诗歌语言的词汇、词序、造句等各个层面，同时将诗歌的“弹性技巧”与汉语语法特点紧密结合。吕进认识到：“汉语语法不十分严密，这正为弹性技巧提供了用武之地。”别林斯基就俄语的特点发现了词汇的“弹性”，而吕进则结合汉语语法的特点发现了“词类跳跃，词序反常，造句奇特”[①] 等带来的新的“弹性”现象。如汉语中形容词与动词的词类转换，以及类似“语病”现象的奇特造句。汉语语法的灵活特点使诗味油然而生，吕进正是基于此极大地拓展了诗歌语言的弹性技巧。

另外，在借鉴苏俄诗论中有关诗歌韵律观念的同时，吕进也进行了民族化创造。受马雅可夫斯基独具特色的俄民族“重音诗体”启发，吕进认为中国新诗的音乐美除了依靠节奏和韵式，还当考虑汉语的韵脚，而韵脚则较多地体现了汉语的特点。汉语的押韵讲求“相似的音质在一定位置的复现”[②]，汉语一字一音，通常处于诗行末尾的字韵母相同或者相似即可构成押韵。吕进提倡“十三辙”韵，从而规范诗的韵脚，反对用方言和虚字押韵。吕进关于韵脚的观点是真正基于汉语特点的考量。吕进基于汉语语法特点对俄苏诗论的再创造，实践了他对“西方艺术经验的本土化转换”[③] 的主张。他认为学习西方经验的最终目的在于为中国的新诗重建指路。

在关于诗应当具有思想内涵方面，吕进同样表现出对俄苏诗论

① 吕进：《吕进文存 · 第四卷》，重庆：西南师范大学出版社，2009 年，第 132 页。

② 同上，第 96 页。

③ 同上，第 25 页。

的深化。在论述诗歌思想时，吕进引用了马雅可夫斯基的诗："真正的/诗人/会从/朦胧的火星中/吹出/明亮的思想。"① 肯定了诗人以小见大，从日常生活琐事中发掘深刻思想的示范意义。他同时还结合鲁迅《热风》中的观点，"鲁迅曾提出美术作品应当'是表记中国民族知能最高点的标本，而不是水平线以下的思想的平均分数'"②，鲁迅这句话旨在说明美术家不仅仅是用熟练的技法创作作品，更重要的是在作品中表现其人格与思想。这是针对当时美术界学习了西洋画的技巧却表现粗俗的内容，缺乏思想的现状而提出的。联系中国诗坛的现状，吕进认为诗歌思想应当"超出时代'思想的平均分数'，高于时代'朦胧的火星'，对人生有更深的理解，对时代有更深的评价"③。这表现了吕进将马雅可夫斯基与鲁迅观点相融合，强调诗人责任感及对改变中国诗坛现状的期望。在具体阐释诗歌以形象表达思想这一理论时，吕进引用苏联"智力诗派"诗人马尔丁诺夫的诗作《水》，同时还引用了黑格尔关于"诗的创造活动却是真理和现实世界在现实现象本身中的和解"论述。从马尔丁诺夫的诗到黑格尔的理论，体现了吕进对苏俄文学现象由特殊性到普遍性的升华与整合。

吕进将苏俄诗论、诗歌创作与中国诗坛的发展现状相结合，有着多方面的考虑，主要归结为两点。其一，借鉴西方思辨性诗论以期中国诗论的转变。吕进在题为《中国新诗研究：历史与现状》一文中提及中国以往诗歌评论都是经验之谈，很少有思辨性的公式与概念。吕进所属的上园派既主张继承传统，又主张借鉴西方经验。

---

① 吕进：《吕进文存·第四卷》，重庆：西南师范大学出版社，2009 年，第 80 页。
② 吕进：《吕进文存·第一卷》，重庆：西南师范大学出版社，2009 年，第 80 页。
③ 同上。

在借鉴西方经验时，吕进十分欣赏思辨性的概念化诗论观点，而黑格尔的理论基础具有一种思辨性，在接受苏俄诗论的同时，兼采黑格尔的观点有助于中国诗论的“转化”。其二，吕进认为，诗在社会转型期中拥有疗救的功效，而现今社会重物质轻精神，出现一种精神与道德的“失范状态”，与鲁迅“救救孩子”的观点相似，吕进发出了要在精神上挽救道德失范的呼喊，表达了让诗歌艺术承担起了精神疗救责任的期盼。

（二）俄罗斯镜像中的反观与寻找

莫斯科大学访学经历使吕进切身感受到了俄罗斯文化的魅力与俄罗斯人民的质朴和热情，他用诗的目光审美俄罗斯，也在俄罗斯文化镜像中对自我进行了反观与寻找。比较同时期其他作家、学者、访问者如孟庆和、孙进舟、矛地、秦生贤、华江等对俄罗斯见闻的描述，他们虽然也有提及俄罗斯人对教育和艺术的重视，但更多关注的是俄罗斯的现实社会问题。如通货膨胀造成的卢布贬值；惊心动魄的“马匪”抢劫勒索事件；俄罗斯酒鬼问题等等。总之，在上述叙述者眼里，当时的俄罗斯处于经济发展相对落后，社会秩序相对混乱的状态中。这也符合我们根据俄罗斯政治历史变更和社会发展规律对其发展情况的推断。

而吕进文学世界中为我们呈现的俄罗斯则与以上诸位访问者描述的俄罗斯表现出显著的差异。在他笔下，俄罗斯人民虽然处于动荡不安的社会环境中，但仍然保持着高雅的生活趣味，拥有着高度的文明和自律。吕进尤其关注的是俄罗斯学术界，他们的大学拥有浓厚的学术氛围，他们的学者拥有雄厚的学术修养。可以说，吕进笔下的俄罗斯是一个充满诗意和文化的近乎乌托邦的世界，是他所崇尚和追求的理想世界。这种对俄罗斯的近乎乌托邦化的描述，在很大程度上超越了当时国人对俄罗斯的集体想象。而由此我们可以体会到吕进对中国文化的某种反观和审视。中国是一个具有几千年历史文明的古国，但尤其在当下，对文化的重视可以说远远不如俄罗斯，大学的学术氛围也与俄罗斯有着明显的差距。不光是学术界，吕进笔下俄罗斯普通民众的形象也是对中国民众自我的一种反观。中国是一个礼仪之邦，儒家文化所推崇的“仁、义、礼、智、信”一度被我们视为经典和信条，然而在现代社会中这些却渐渐被忽视和丢弃，越来越多地走向了物欲横流的泥潭，这不得不引起吕进的忧虑和反思。

由对中国文化和学术的反思，吕进进一步延伸到对中国“官本位”文化的批判。他多次在诗文作品中提到自己在访学俄罗斯期间体会到的中俄文化的一大差异即是对“身份”的衡量大相径庭。在俄罗斯，人们对作家、学者和教授等知识分子表现出极大的尊重和仰慕：“在俄罗斯，可以说全社会都敬重学者、教授，就好像我的一些同胞对着一掷千金的‘大款’和一曲千金的港台歌星‘发烧’一样。”① 而“在有几千年历史的中国，‘身份’更集中在‘官位’上，‘教授’、‘作家’之类算不得什么”②。以至于吕进的朋友用“这是吕所长”来向别人介绍他，而对这种称呼吕进表示难以接受。这种巨大的差异首先要追溯到中俄两国知识分子与国家权力机构的历史文化传统上，在俄罗斯，知识分子的首要特质是个体的自由与独立性，俄罗斯“知识界的形成需要大学知识与自由思维和自由的处世态度的结合”③。因而只有像普希金那样的“基本靠稿费生活，

---

① 吕进：《吕进诗文选·莫斯科之冬》，北京：中国文联出版社，2009年，第158页。

② 吕进：《吕进诗文选·趣说中西的文化差》，北京：中国文联出版社，2009年，第149页。

③ ［俄］德·李哈乔夫：《谈谈俄罗斯知识分子》，陆人豪译，《俄罗斯文艺》，2002年6月，第51页。

但在创作中不受稿费的左右的，走着自由之路，‘孤独地生活着’”[①] 的人才是当之无愧的知识分子。在俄国，无论何时，都有相当一部分知识分子保持着自己的精神独立性，坚持获知、深究、反抗。他们传递的是诸如人格、良心、人的尊严、诚实、高尚等概念。因而俄罗斯人对知识分子的尊重，在某种程度上可以说是对成千上万名知识分子的纪念。因此，即使是在今天“在俄罗斯，学术上取得成就比下海赚钱对年轻人更有吸引力”[②]。

而在国内，自古以来读书与做官就有着直接的联系，大多数人读书就是为了做官，文学和文化则被视为是为官之人的一种修养或者是业余爱好，甚至推崇一种“非职业化”的艺术工作观念，忽视纯艺术工作者的地位和价值。这也是在今天的中国知识分子依然不受尊重的根源之一。这种文化根源反过来使中国的大学及学术界陷入发展的歧途，“它不固守学本位文化，固守文化批判和社会关怀的使命，而是热衷于官本位文化。学校里没有自由思想、学术创造的清新风气，没有专家学者的发言余地，而是崇尚行政级别，崇尚官位。下级只看上级，而不是尊重学术，尊重学者，尊重教育发展的规律。官员用做官的思路、做官的套路来指挥学校建设和学术建设，把学校变成一个副部级或厅局级的官场”[③]。吕进进一步感慨：“今天的大学已经和经典意义的大学渐行渐远。”

吕进访学俄罗斯，接受俄国文化的熏陶，对俄罗斯人文、历史及自然风情进行诗意的描绘，在近乎乌托邦化的俄罗斯形象及中俄

---

① ［俄］德·李哈乔夫：《谈谈俄罗斯知识分子》，陆人豪译，《俄罗斯文艺》，2002年6月，第52页。

② 吕进：《吕进诗文选·俄罗斯大学风貌》，北京：中国文联出版社，2009年，第164页。

③ 引文见诗评家叶橹的博客，吕进于2014年9月13日在中国新诗研究所为他75岁生日举行的祝寿会上的讲话。

文化的差异中对本国文化及自我进行反观和审视，与此同时，异邦游历体验也唤醒他的家国情感。因为正是离开的时间和距离引发了诗人对祖国的深深思念，“当你成为销魂的梦境/离你越远，你就越近/离你越久，你就越亲”（《致祖国》），“从遥远的异邦眺望你/才看得清你真实的头像/你是涛声不息的长江/你是钟情东方的太阳/你是我无处不飘香的校园/你是校园里我的书房的灯光”“久久地离开你/才懂得你在我的人生中的位置/远远地离开你/才懂得乡愁的全部分量……”（《思念》）。但是即使行走万里，诗人也不忘对祖国远远祝福，“东方的祖国，狗年的故乡/请接受遥远的我对你狗年的祝愿”（《狗年》）。即使经历了异域的风情万种，诗人钟情的依然是祖国的文化和风景，“再美的雪花是别人的雪花/再美的姑娘是别国的风景/我在宇宙中有自己的星星”，是思念将时间拉长，“五个小时是如此巨大的时差/这里还在半夜/远方已是早晨”，是相思激起无限柔情，“相思是一种难治的痛/总会感到你美丽的眼睛/于是在异邦我有了温暖、憧憬与柔情”（《致祖国》）。祖国是养育诗人的那片最初的土壤，是诗人梦想开始的地方。诗人对祖国的情感在异国游历中得到确认和增强。可以说，正是在俄罗斯异邦游历中，吕进重新认识和寻找到了自我。

综上所述，从俄语到俄罗斯诗歌及俄罗斯诗论，吕进徜徉在俄罗斯文化的海洋中，他以诗歌与散文建构起自我心目中的诗意俄罗斯，同时在借鉴苏俄诗歌及诗论的基础上，形成自己独具魅力的诗论体系。俄罗斯成为吕进的精神故乡，他的诗美世界中闪耀着俄罗斯文化的智慧与光芒。

论北岛的诗歌翻译[①]

——兼及当下文化语境中诗歌可译性的重构

徐　臻

相较于作为诗人的北岛而言，作为诗歌译者的北岛较少被关注和研究。目前为止，国内专门探讨北岛诗歌翻译的成果较集中关注北岛的翻译观念和意象翻译手法，也有研究者着眼于探讨北岛创作与翻译文学的关系或北岛创作的诗歌被翻译成外文的情况。然而北岛的诗歌翻译有其独特的生产机制，在翻译对象的选择上可以明显看到北岛的译介意图，但他虽有文本细读的审慎态度却因语言能力原因难以直面原文，以至于这种特殊的“转译”的方式带来了批评界的争议，但在学院之外的阅读中又获得了一定认可，这一定程度上归功于北岛诗歌翻译所处的传播语境。本文试图探讨北岛这种诗歌翻译现象得以获得合法性的文化诱因，进而追问其如何重构了诗歌的可译性。

① 本文为中央高校基金基本科研业务费学生创新创业项目“‘五四’时期的西方文论翻译研究”（SWU1609310）的阶段成果。

一　北岛诗歌翻译的生产机制

北岛诗歌翻译作品主要集中在《北欧现代诗选》和《时间的玫瑰》两部著作中，前者是专门的诗歌翻译作品集，后者通过泛学术化的散文写作来谈论了九位外国诗人，其中部分涉及这些诗人的诗作汉译问题。从翻译对象的选择上看，北岛诗歌翻译涉及瑞典、芬兰、挪威、丹麦、冰岛、俄罗斯、西班牙、英国、奥匈帝国等多国诗人的作品，其语言和文化跨度之大，令人惊讶。但众所周知，北岛只能使用中文和英文，他如此大费周折翻译非英语诗作，甚至不惜触犯翻译界的“转译大忌”，应有其慎重的考量。

按照北岛自己的说法，他在《时间的玫瑰》中选择的九位诗人完全是因为“我挑选我所喜欢的大师的作品”①。个人喜好背后往往蕴藏着惯性似的理性思考，北岛的诗歌翻译也不例外。首先，北岛选择的这些诗人多具有苦难的背景。北岛之所以浓墨书写艾基，一方面固然因为二人有较深的友谊，另一方面也是北岛相当重视艾基艺术生涯的坎坷。早年，艾基因和帕斯捷尔纳克的忘年之交关系而被高尔基文学院开除，经历了前苏联集权统治的恐怖，艾基妻子直言“一点儿都不怀念那个时代”②，后期的艾基生活也比较拮据，“垫付两张机票的钱都没有”③。更为重要的是艾基的写作曾在一段时间内处于“地下”状态，与当时的主流意识形态格格不入，“世界性的视野和诗歌中的反叛精神，使他被官方视为异端”④。对比

① 北岛：《时间的玫瑰》，南京：江苏文艺出版社，2009年，第347页。
② 同上，第297页。
③ 同上，第296页。
④ 同上，第283页。

以北岛为代表的“今天”诗人，他们的经历相似之处太多，北岛对艾基诗歌翻译的关注必然不仅出于情谊，更是在翻译中对其长久以来的诗歌策略进行回溯和强化。此外，诗人洛尔迦被枪杀，特拉克尔吸毒过量致死因而与维特根斯坦永远错过，狄兰·托马斯饮酒过量而死等等，都可见《时间的玫瑰》所选择的诗人都难免具有悲剧性。

其次，北岛所译诗人都具有批判性或悲观性的现代主义艺术风格。《北欧现代诗选》所关注的北欧诗人大多具有现代主义的特征。曾获诺贝尔文学奖的瑞典诗人拉格尔克维斯特“是瑞典表现主义和象征主义潮流的代表”[①]，其诗作成为《北欧现代诗选》的开篇。然而与拉格尔克维斯特齐名的瑞典诗人海登斯坦和卡尔费尔特却只出现在该书的序中，并没有被北岛译介。海登斯坦和卡尔费尔特虽然也都曾荣获诺贝尔文学奖，但与拉格尔克维斯特不同，他们是具有唯美主义风格的抒情诗人，海登斯坦是19世纪90年代瑞典唯美主义文学的领军人物之一，他的作品具有“华美风格与异国情调”，“富有爱国热情”[②]，卡尔费尔特的诗歌“很少涉及现实社会问题，大多描绘乡村生活和自然风光，具有浓烈的地方乡土气息，充满宗教幻想和神秘复古色彩”[③]。这二人的写作风格显然迥异于“通过痛苦的反省探讨人生的意义”[④] 的拉格尔克维斯特。北岛在《北欧现代诗选》中也评论道，拉格尔克维斯特“注重探讨人生的意义，

① 聂珍钊主编：《外国文学史》（四），武汉：华中师范大学出版社，2013年，第325页。

② 同上，第324页。

③ 同上，第325页。

④ 同上。

多数作品都流露出悲观失望的情绪”①。唯美主义和对祖国的热情绝非北岛所倾心的艺术风格，他从怀疑与控诉的诗歌写作中走来，必然更看重所翻译诗歌的批判力度与反思力度，唯美的抒情性并不在被北岛考量的首要行列。

以苦难和批判为纲，北岛虽然在艺术气质上寻找到了知音，但接下来要面对的更大难题是语言和诗艺。《北欧现代诗选》采用的是全篇英文转译，“然后请北欧各国的汉学家根据原作校阅”②。《时间的玫瑰》更加极端，北岛的译文（除狄兰·托马斯的诗作原文是英语）是根据多个中文或英文译本综合比对，最后融合出自己的译文。即是说，北岛在源语文本缺失的情况下进行了绝大多数的翻译。显然北岛并不想因“转译”而被诟病，所以才极力为自己辩解。如果说《北欧现代诗选》在各国汉学家的帮助下能尽可能弥补源语文本缺失的问题，《时间的玫瑰》则不得不依靠多维性的文本细读。有论者认为北岛这种基于文本细读的翻译代表了一种“表现”的翻译观，“北岛提倡表现的翻译观和建立良性的诗歌翻译批评机制的努力，的确为我们指明了一个正确的方向，他的诗歌翻译理想业已在他的译诗中现出了曙光”③。

事实果真如此吗？北岛力图规避“转译”可能带来的批评，他声称“翻译与创作的区别在于，创作是单干户，自给自足，一旦成书就算盖棺定论了；而翻译是合作社，靠的是不同译本的参照互补，前赴后继，而永无终结之日”④。北岛所谓“前赴后继”所要

---

① 北岛译：《北欧现代诗选》，石家庄：河北教育出版社，2004 年，第 10 页。

② 同上，第 27 页。

③ 周忠浩：《细读与表现：北岛的诗歌翻译观评述》，《重庆交通大学学报》（社科版）2011 年第 4 期。

④ 北岛：《时间的玫瑰》，南京：江苏文艺出版社，2009 年，第 42 页。

追求的理想是什么呢？第一是对诗歌音乐性的重构。柏桦认为“翻译中最难翻译的是声音，即音乐性或节奏（那可是一个人独一无二的生命节奏呀！）。但声音也非神话，也非绝不可译”[①]。北岛在谈及洛尔迦的《吉他》时就看重对该诗的音乐性进行了细读和重构，在对其他诗人的诗歌翻译文本分析中，他不厌其烦地强调在汉语中重塑诗歌的节奏，强烈反对齐整的“豆腐块”形式。第二是追求翻译诗歌语言的准确和精炼。对狄兰·托马斯 *The Force that Through the Green Fuse Drives the Flower* 一诗的翻译中，北岛十分重视其中的语言双关，对原文中 I am dumb to tell 和 the mouthing streams 的双关意义给予了说明。值得一提的是，狄兰·托马斯这首诗在“树”与“人”之间存在着主体性的交融，纵观全诗，言语者既是具有人格的“我”也是“树”本身，所以北岛认为这首诗有一种“原始冲动的想象”[②] 是正确的，但他只把语言上的双关看作诗歌的技巧，忽略了深层的主体间性关系。比如对 I am dumb to mouth unto my veins 一句，北岛在分析双关时就没有提及 vein 一词既有静脉还有矿脉、叶脉的意思，那么该诗实际上是把自身置于大地之中，其“原始冲动”并非精神分析学意义上的潜意识暗流，而是催动整个自然万物的“大道”，可惜的是北岛的翻译明显阻隔了这种主体性的交融，变成了某个抒情主体的“原始冲动”爆发。虽然狄兰·托马斯诗歌原作是英文，北岛此处不至于转译，但他着实困顿在自己设定的“细读”牢笼中，看到了语言层面的双关，却丢失了双关背后的诗艺。

① 柏桦：《回忆：一个时代的翻译和写作》，载《时间的玫瑰》，北岛著，南京：江苏文艺出版社，2009 年，第 3–4 页。

② 北岛：《时间的玫瑰》，南京：江苏文艺出版社，2009 年，第 311 页。

由此可见，北岛的翻译虽然基于文本“细读”，并融合多种译文取长补短，但他的诗歌翻译并不见得体现了“表现”与“再现”的分野，也因“细读”（close reading）的局限性而陷入困境。从北岛的诗歌翻译生产机制可以窥见北岛诗歌翻译观念的矛盾性，“细读”与多重文本融合是为了避免转译的弊病，请通晓语言的汉学家把关也是这个目的，究其本质，为了更契合原文，为了精确。但从其翻译选材和方法来看，北岛诗歌翻译是其诗歌观念的自我抒发和实践，也即是说北岛的翻译终究是为了表达自己，这与其出发点相悖。那么他所严词批评国内翻译“乱象”的话语以及他的翻译实践如何获得有效的合法性呢?

二 北岛诗歌翻译的合法性

北岛的诗歌翻译具有独特的生产机制，应超越传统直接翻译和“转译”的话题来重新审视其合法性的获得。虽然学界已有批评甚至反对北岛诗歌翻译实践的声音[①]，但认同和赞许者也不少，特别是在当前的传播语境下，学院之外的阅读和批评话语大有淹没专业批评话语的势头，因此北岛诗歌翻译的合法性获得离不开媒介这一

---

① 如《北岛〈里尔克：我认出风暴而激动如大海〉辩证》一文就指出了《时间的玫瑰》中关于里尔克章节的各种错讹，认为“其实北岛是在试图完成一件他力所不能及的任务。这个任务的完成需要在几大文化体系和语言中熟练穿行。根据北岛自己交代的写作背景，专栏文章因限期交稿而难免匆忙，但在后期成书的过程中，可以有时间有机会处理得更为精细。北岛不仅没有对自己的文字尽职尽责，还高姿态地宣称：‘我为中国的诗歌翻译界感到担忧。……如今，眼见着一本本错误百出、佶屈聱牙的译诗集立在书架上，就无人为此汗颜吗?’如同他的早期诗歌《回答》、《宣告》一样，北岛的思维方式并没有改变，延续着二元对立的观念”。（胡少卿：《北岛〈里尔克：我认出风暴而激动如大海〉辩证》，《江汉大学学报》2016 年第 6 期。）

重要因素。

为北岛诗歌翻译合法性进行辩说者，首先是当事人北岛自己以及直接参与文本编辑出版的出版社相关人员。北岛以一个知音的身份获得了从事所选择的诗歌翻译的合法性。河北教育出版社2004年版的《北欧现代诗选》封底上写有这样一段话："译者北岛曾旅居北欧，对其诗歌精髓深有把握，对把北欧诗歌介绍到中国更有把握。北岛用充满激情的译笔展示了诗歌语言作为一种艺术的神奇张力。"当然，北岛在国外诗坛和学界拥有的资源很丰富，这一点毋庸置疑，但以旅居经历来阐释翻译的合法性在逻辑上总不够圆满，毕竟北岛自己说："我所面临的尴尬处境是，除了英文外我并不懂其他外文。"① 为了进一步塑造一个能够胜任诗歌翻译工作的北岛形象，就必须引入专业人士的话语，因此《时间的玫瑰》以诗人柏桦《回忆：一个时代的翻译和写作》为序，其中对北岛的翻译实践进行了毫不吝惜的褒扬，柏桦认为："北岛所译的特朗斯特罗默，我从一九八五年起就注意到他是译得最好的……为什么？因为他太了解这位与之交往的瑞典诗人了……如此完美的理解，必然译得得心应手。"② 北岛的译文确实有其独到和精妙，以诗人自身对语言的敏感来打磨译文，加之对前人成果的比照，北岛的诗歌语言能力无需怀疑，此处论述要强调的只是北岛知音译者形象的塑造对其诗歌翻译合法性的获得具有直接的推动力。郭沫若在翻译雪莱时就认为他和雪莱达到了合一的境界："译雪莱的诗，是要使我成为雪莱，是要使雪莱成为我自己。译诗不是鹦鹉学话，不是沐猴而冠。男女

---

① 北岛：《时间的玫瑰》，南京：江苏文艺出版社，2009年，第72页。

② 柏桦：《回忆：一个时代的翻译和写作》，载《时间的玫瑰》，北岛著，南京：江苏文艺出版社，2009年，第4页。

结婚是要先有恋爱，先有共鸣，先有心声的交感。我爱雪莱，我能感听得他的心声，我能和他共鸣，我和他结婚了。我和他合而为一了。他的诗便如像我自己的诗。我译他的诗，便如像我自己在创作的一样。”[①] 郭沫若认为，唯此才能达到翻译的最佳状态，这种翻译与创作的融合状态也让北岛从翻译选材到翻译方法上得到强烈体现。可见知音身份对于诗歌翻译合法性之重要，难怪译者、序者、出版商都不厌其烦地强调这一点。

当然，北岛不可能与他所翻译的所有诗人熟识，所以另一条塑造北岛知音形象的路线就是强调其国外经历，进而塑造一个文化沟通者、对话者的译者身份。前述《北欧现代诗选》封底的短评是一例，此外北岛在《时间的玫瑰》中也多次提及自己为了体会诗歌的精髓而漂泊至诗人故居。以文化对话者的身份进行翻译可以在一定程度上规避读者对语言能力的追问，因为当代的翻译思想早已突破寻找语言对等的观念，转而重视翻译所具有的交流和跨文化对话性质，本雅明指出：“一部文学作品‘说’什么呢？它传达什么呢？它几乎没有什么可以‘告诉’理解它的人。它的本质属性不是交流或传达什么信息。然而，任何旨在发挥传达功能的译文都不能传达什么，而只能交流——因此是非本质的。”[②] 所以长期旅居国外的北岛自然获得了翻译合法性优势。

文化学者托尼本尼特认为，存在着一种学院之外的“大众阅读”（untutored reading），“这种阅读产生于学院之外，与在学院之

① 郭沫若：《〈雪莱的诗〉小引》，《创造季刊》1923 年第 1 卷第 4 期。

② ［德］瓦尔特·本雅明：《译者的任务》，《翻译与后现代性》，陈永国主编，北京：中国人民大学出版社，2005 年，第 3 页。

中运行的文本批评话语没有多大关系，相对地没有收到多少影响”①。北岛诗歌翻译合法性的获得与这种“大众阅读”也有紧密关系。北岛自己坦言：“我接触的人很杂，学者型的知识分子接触不多，有时我怕太学术化的文人。我自己没什么知识，对学术不敢兴趣，读的很有限。”② 在同一篇访谈之中，北岛多次强调内地知识分子在严重的体制化之后缺失了独立性和批判性，“近十年，体制化、学院化让很多人变成专家，不再对社会和中国文化有独立的声音。党同伐异的现象很严重，不同派系中文人之间欲置对方于死地的立场化现象严重”，明显将自己放在了一个学术圈“他者”的位置上，那么学院之内的批评话语至于北岛的有效性就不得不打折扣，取而代之的是“大众阅读”的声音。北岛的文化占位很微妙，一方面他拒绝学院内部的批评话语和批评生态，一方面他目前又执教于香港中文大学，这就塑造了一个边缘化学者诗人的形象——按照布尔迪厄的看法，边缘化往往是先锋性的策略。这就可以使得北岛从出道至今所携带的先锋性特征保持较高水平，从而在批判体制、批判消费的同时又裹挟在他所批判的现象之中。此时大众会保持对北岛的青睐，毕竟边缘化的身份和对经济资本的排斥态度将带来丰厚的文化资本回报。进一步而言，数字时代的文学批评（包括翻译文学批评）与文学写作一样，其边界因媒介的开放而无限扩宽，一个普通的读者，不需要经过任何专业训练，也不需要任何学界头衔，都可以自由发表自己的文学批评意见。以“文青”汇聚的豆瓣网为例，截止笔者统计时，北岛《时间的玫瑰》一书的两个版本（中国文史出版社 2005 版和江苏文艺出版社 2009 版）条目下，

① ［英］托尼·本尼特：《文化与社会》，王杰、强东红等译，桂林：广西师范大学出版社，2007 年，第 69 页。

② 北岛：《我依然很愤怒，老愤青一个》，《南都周刊》，2010 年 7 月 13 日。

分别有评论2897条和2424条——这样的评论密集度远超过了专业的论文数量。再以江苏文艺出版社2009年版《时间的玫瑰》这一条目在豆瓣网的情形为例，2424条评论分为“短评”、“书评”、“读书笔记”、“论坛”等多种形式，相较于传统专业批评论文独语式的方式而言，数字媒介带来了评论的便捷性和对话性，对“学术权威”有强烈的解构能力。

一旦能获得多数“大众阅读”读者的支持，北岛诗歌翻译的合法性就可以在这一领域中被确认。比如，有网友提问：“北岛不懂德文和俄文，凭什么对人家根据德文、俄文翻译的诗歌评头论足？他自己从英译本再翻译还能有多少可靠性呢？”之后就有回复称：“翻译即是破坏和再创造，每个有兴趣的人都可以发表观点。”① 显然这个回答并没有太多翻译理论依据，但正是因为网络这个媒介使得批评的话语权旁落学院之外，自有读者会为北岛诗歌翻译的合法性进行辩解。这个时候重要的不是理论，不是权威，而是“大众阅读”的力量，或更通俗地说，是粉丝的抱团组合。赵毅衡先生认为，当下的文学经典选择是一种横向的群体选择，靠的是吸引更多受众，因此需借助媒介的包装和吹捧，“媒体与名人实为相互利用”②。因此，北岛诗歌翻译的合法性问题就不仅仅是一个翻译理论的辨析问题，而是一个大众文化问题。

总而言之，北岛诗歌翻译合法性的获得不是一个“直译”与“转译”之争可以定论的问题。“文化这个范畴（以及任何要成为正项的范畴）想要自我正常化，就必须存在于非标出性中，为此，

① 见豆瓣网. http://book.douban.com/subject/4156422/discussion/52266038/，2013年3月5日。

② 赵毅衡：《两种经典更新与符号双轴位移》，《文艺研究》2007年第12期。

就必须用标出性划出边界外的异项"[1]，从"转译"角度批评北岛其逻辑前提就是把"转译"当作翻译活动中带有标出性的"异项"，然而"文化的发展，就是标出性变化的历史"[2]，非标出性和标出性是可能反转的，而上述网络传媒对北岛诗歌翻译合法性获得的助推就使得鄙夷"转译"的传统学院批评话语失效，因此，在新的文化语境中，北岛的翻译不仅变得"合法"，还变得"优秀"。

三　诗歌可译性的重构

北岛诗歌翻译现象将一个问题重新推到了我们面前：译诗到底是译什么？或言，诗歌的可译性在何处？这个问题本身并非新兴话题，但结合到北岛自身的创作和经历，不妨在新的文化语境中来重新审视这个问题。

北岛的诗歌翻译呈现出与其创作互补的趋势。宇文所安认为，北岛的诗歌创作具有一种"世界诗歌"的特征，"当北岛的诗成功的时候——有时，它确实非常成功——其成功的关键不在于文字（文字总是被困在语言的国籍里），而在于只有用文字才能写出来的意想中的画面。McDougall 在译序里也指出这一点。这是世界诗歌的一种可能的前景，写一种根本上可译的诗的方法。（黑格尔认为所有的诗都能在翻译之后完好无损，因为诗的真正媒介不是文字，而是"诗意的思想"）"[3]。北岛前期的创作具有明显的抗争性，虽然被命名为"朦胧诗"，但今天反观那个时期的作品，实际上并不

① 赵毅衡：《符号学》，南京：南京大学出版社，2012 年，第 286 页。

② 同上。

③ 宇文所安：《什么是"世界诗歌"》，《新诗评论》，谢冕、孙玉石、洪子诚主编，2006 年第 1 辑。

那么“朦胧”，北岛自己也期望为“今天派”诗人正名，摆脱“朦胧”的称谓。毫无疑问，他前期的创作受到20世纪70年代那一批“灰皮书”、“黄皮书”的影响，诗人马佳毫不留情面地说：“我可以说，谁的诗是抄谁的？我都知道，因为我太接近了，所以我反而没法再说话了。”① 所谓“翻译文体”对北岛诗歌创作具有重要的启发作用，“1949年以后一批重要的诗人与作家被迫停笔，改行搞翻译，从而创造了一种游离于官方话语以外的独特文体，即‘翻译文体’，60年代末地下文学的诞生正是以这种文体为基础的。我们早期的作品有其深刻的痕迹，这又是我们后来竭力摆脱的”②。以“翻译文体”为创作的出发点，北岛的诗歌在一开始就具有易于翻译的特征，类似《回答》这样的作品，其宣言式的风格较容易被翻译所保留。而后期的北岛创作“脱离政治、向私人关怀的转变”，但表现出更明显的“世界诗歌”特征，如下列这首《无题》以及David Hinton的英文翻译：

千百个窗户闪烁
这些预言者
在昨天与大海之间
哦迷途的欢乐

桥成为现实
跨越公共的光线

① 廖亦武、陈勇：《马佳访谈录》，《沉沦的圣殿——中国20世纪70年代地下诗歌遗照》，廖亦武主编，乌鲁木齐：新疆青少年出版社，1999年，第227页。

② 唐晓渡、北岛：《我一直在写作中寻找方向——北岛访谈录》，《诗探索》2003年Z2期。

而涉及昨日玫瑰的
秘密旅行提供
一张纸一种困境

母亲的泪我的黎明

windows glimmer by the thousand
these prophets
between yesterday and the sea
o that joy of losing the way

a bridge becomes reality
spanning the public's gleam
and the clandestine journey involving
yesterday's rose offers
a sheet of paper a dilemma

mother's tears my daybreak①

这首诗无论构型还是词句几乎都可以和英文译文逐一对应，甚至“而涉及昨日玫瑰的/秘密旅行提供/一张纸一种困惑”这样的分行方式用中文略显得拗口，反而是“and the clandestine journey involving / yesterday's rose offers/ a sheet of paper a dilemma”比中文顺

① Bei Dao. *At the Sky's Edge. translated by David Hinton*. New York: A New Directions Book Publishing Corporation, 2001, PP172-173.

畅。因此，正如宇文所安等评论者所指出的那样，北岛的诗歌创作精髓不在语言内部的精雕细琢，而在于其反思、批判和抗争的姿态。更极端地说，“汉语对北岛而言，不是作为‘文化的根’存在的”①。

反过来看，北岛的诗歌翻译却出奇强调对于语言细节的把握和雕琢。他不厌其烦地批评和修正其他译者的译文，在用字上“锱铢必较”。在谈到策兰《死亡赋格》的翻译时，北岛批评道：“王芮译本显然远不如钱译本，把诗歌降到连散文都不如的地步，对中国读者了解像策兰这样的语言大师不能不说是一种遗憾。中文其实是特别适于翻译的语言。”从目的上看，北岛还是想要让译文更趋近原作，在字词的细节上都展示出原作的风貌，认为诗歌的精髓毕竟是在语言的运用上，这与其创作风格的“世界诗歌”化似乎是矛盾的。如何理解这种现象呢？笔者认为应从两个方面来看待：其一是北岛的诗歌翻译和创作合并起来考察，能见出一种对其自身先锋性的不停追求。其二是北岛的诗歌翻译现象重塑了诗歌的可译性，具有深层的解构性。

北岛早期诗作因其异质性以及与当时主流意识形态的冲突而被视为“标出”的异项，但到了“崛起派”的力挺和文化转变、开放以后，北岛诗作的先锋性便不再具有标出性。文学史家们常说朦胧诗过早被“经典化”即是说的这个意思——一旦先锋文学获得了广泛认可，它的先锋性便难以存在，继而被后起之秀取代。北岛显然并不愿意自己诗歌的先锋性被削弱，从访谈的言辞中也可见他不愿融入到所谓“主流”的学术圈中，那么必须一方面在创作上获得

---

① 翟朋：《在语言中漂流——北岛诗歌立场的一个侧面》，《名作欣赏》2014 年第 5 期。

更大的认可，另一方面可以通过翻译来阐释自己的“先锋”观念。“诺贝尔文学奖在塑造‘世界诗歌’方面，尤其在第三世界诗歌发展过程中，扮演着有趣的角色。诺贝尔奖的光环有时可以是巨大的：它标志着‘国际’（也就是西方）的认同，这种认同给获奖者的国家带来荣耀，并且让原本受到很少关注的地方文学暂时成为全球注意力的中心。奖项前面排起长队，人们设想各个国家应该轮流得奖，其逻辑是文学才能应该像联合国的席位一样平均分摊。不过，要说诺贝尔文学奖最有趣的地方，还在于它颁发的对象通常是翻译的作品。当一个诗人得到诺贝尔奖，他的诗的成功翻译无疑是一个重要的获奖因素，甚至是决定性因素。”北岛常年旅居国外，如果他的作品在国外得到广泛认可（特别是如若冲刺了诺奖，但莫言获奖后这一希望变得非常渺茫），将对其诗歌在国内的接受带来巨大影响，所以在他的后期创作中注重诗歌翻译潜质并不出乎意料。

然而诗人对于语言雕琢的需求从何体现呢？在北岛诗歌翻译中就得到了充分体现。但翻译毕竟不是字字对应的机械活动，斯皮瓦克认为“译者必须屈服于文本”①，对原文有一种“爱欲”的生成，才能避免在翻译中施加语言暴力。这一点在北岛的翻译实践中有明显的体现，前文所述知音身份即是集大成点。翻译行为也是一种阅读行为，更是一种阐释行为。霍姆斯（James S. Holmes）在《诗歌翻译形式与翻译诗歌形式》（*Forms of Verse Translation and Translation of Verse Form*）中建构的扇形结构将阐释（interpretation）和诗歌（Poetry）结合在一起，其交汇点在于诗歌翻译（Verse Trans-

① ［印］斯皮瓦克：《翻译的政治》，陈永国主编《翻译与后现代性》，北京：中国人民大学出版社，2005年，第219页。

lation，或称“元诗”Meta-poem）。反观北岛在《时间的玫瑰》一书中的翻译，它们具有明显的阐释性，不光有译文，还有对诗人生平、创作特色等各方面的综合介绍，以及对其他译者的批评。北岛在诗歌翻译中斟字酌句，但由于多数文本的源语文本缺失，他的翻译并不能被归入霍姆斯所谓的“模仿型”（Mimetic Form）或“相似型”（Analogical Form），北岛对“原文”的屈服使得他的翻译更不能归入“无关型”（Extraneous Form）。剩下最后一种“内容衍生型”（Content-derivative Form）部分符合北岛的诗歌翻译，霍姆斯认为“内容衍生型”的译者“坚信这种方法并不基于原文的形式，也不尽全力通过内容塑造‘模仿型’或‘相似型’的形式，而是从语义材料出发去，允许译文在翻译发展过程中有自己独特的诗学形态”①。北岛的诗歌翻译出发点类似“内容衍生型”，但落脚点并不同，他依然在努力追溯缺失的原文，因此霍姆斯的四种翻译类型也无法准确解释北岛的诗歌翻译现象，那么北岛诗歌翻译究竟翻译的什么？

有论者在分析新时期《红与黑》汉译产生的争论时洞见到“关于‘直译’和‘意译’的问题，自汉译佛经以来到本世纪，一直有人争论，但始终没有什么结果。到了20世纪90年代中期，居然又出现了这样一次大规模的争议，其中折射出的根本问题，是中国翻译研究的落后”②。所以，以原文不在场而简单否定北岛的诗歌翻译在当前站不住脚，但也并非是说北岛此举就有了多伟大的开

---

① James S. Holmes：*Forms of Verse Translation and Translation of Verse Form*. 廖七一编著，《当代西方翻译研究原典选读》，北京：外语教学与研究出版社，2010年，第143页。

② 赵稀方：《二十世纪中国翻译文学史》（新时期卷），天津：百花文艺出版社，2009年，第235页。

拓性，这不是北岛翻译意图和方法的问题，而是当前文化语境中如何看待诗歌翻译的问题。厘清这个问题，也就能回答北岛诗歌翻译究竟翻译的什么。斯皮瓦克强调“屈服原文”有强烈的解殖民意图，北岛的“屈服”并没有这个意义，他强调对原作意蕴的还原遵从的是较“正统”的翻译观，加之对中国翻译现状的激烈批评，其更容易获得广泛的读者认可。如果说斯皮瓦克是在西方世界为第三世界呐喊，那北岛则是在西方世界用第三世界国家的身份和话题来为自己翻译和创作的先锋性助威，进而为国内的认可打开通途。因此，问题的关键在于受众的评价和认可，而不在于北岛怎么译。很不幸的一点是，正是北岛所不屑的消费社会让北岛成为北岛，所以北岛诗歌翻译重塑的诗歌可译性并不在诗歌本身——过去的观点多纠缠在诗歌语言技艺和思想内容的跨语言移植——特别是《时间的玫瑰》自己翻译，自己阐释，译者明显在场的话语模式，打破了让译者“沉默”的法则，使霍姆斯扇形结构中的两端无限趋向“元诗”一端，扇形变为倒三角形。此时的诗歌翻译早已超出诗歌本身，具有强烈的解构性——它瓦解了原作，瓦解了译者，也瓦解了诗歌作为语言艺术的哲学基础，进而让诗扩散到了元语言的阐释延宕中。这不是北岛所希望的，他毕竟一直渴望更多的年轻人参与到诗歌阅读和创作中，因而牵头举办每两年一次的“香港国际诗歌节”。笔者也曾参与了 2015 年的“香港国际诗歌之夜”成都站活动，北岛在“白夜酒吧”几次感慨这么多人来参加诗歌朗诵会的盛况仿佛让他回到了 80 年代①。其实，据笔者观察，台下的年轻人更

① 北岛于 2015 年 11 月 30 日在成都白夜酒吧举办了“诗歌与冲突：2015 香港国际诗歌之夜成都站”主题诗歌朗诵会，在开幕致辞中，他多次感慨观众的热情让他感受到了 80 年代人们对诗歌的热诚。

多忙着拍照发朋友圈，争抢诗人亲笔签名，真是热爱诗歌吗？也许情况并不如表面那么光鲜，许多人在意的是“北岛”这个文化符号的效应，至于诗歌反而退居其次。

北岛怀念着回不去的80年代，听众或者读者建构着21世纪消费社会的符号法则，二者只是在表面上达成了“共识”，热闹之后诗歌却没有了立足之地。需要重视的是，北岛诗歌翻译现象之所以能获得合法性，并非他带来了翻译界的某种新风气，更无从达到他整肃国内翻译界的目的，相反，这昭示着诗歌翻译的潜在危机——诗歌的可译性有脱离诗歌原文的趋势，无论“学院派”如何挣扎，话语旁落和符号消费的浪潮都难以被逆转。

传统与西方的融合：卞之琳诗歌镜类意象分析

李晓静

在研究卞之琳诗歌的专著和文章中，不乏对“镜子”这个意象的关注，但是几乎没有人将“镜类意象”系统地做分析。镜类意象在本文中是指与镜子映照和虚实交错功能的寓意同构①，卞诗中常出现的窗户、水面、影子等。

镜子不仅是中国传统意象的凝结，也是诗人“非个人化”的媒介，他将自己隐藏于镜类意象构造的空间之内，拓展了诗作的空间维度，构成了卞诗复杂交错的意境。本文通过对卞之琳1930—1937年间镜类意象的考察，旨在阐明卞之琳诗歌的独特艺术和他吸收外来影响进而发展传统的特质。

---

① 秦建：《北岛诗歌镜类意象中的历史与自我》，西南大学新诗研究所，2015年，硕士论文。

一、书写的技艺：镜类意象作为表达策略

将镜类意象引入诗作中，是一种非常轻灵的技巧。它将单一的描述转换为自我观照，具有了主观和客观两个维度，拓展了可供解读的空间。为了便于论述，笔者总结了1930—1937年间，卞之琳诗歌中所出现的镜类意象：

年份	题目	镜类意象（水面、窗、影子）
1930年	《影子》	是个影子；有个影子陪着我发呆；我也想送个影子给你呢
1930年9月11日	《西长安街》	斜斜的淡淡的影子；老人撑着手杖的影子；跟着各人的影子；这些影子，这些长影子；（我身边仿佛有你的影子）
1932年10月8日	《一块破船片》	让夕阳把她的发影描上破船片
1932年10月15日	《几个人》	痴看着自己的长影子
1932年8月9日	《寄流水》	古屋中磨损的镜里
1933年7月2日	《还乡》	窗外的杨柳；窗口的天边
1933年10月26日	《秋窗》	对暮色苍茫的古镜
1933年11月12日	《入梦》	望着玻璃窗片上
1934年8月4日	《道旁》	（闲看流水里流云的）；水里的微笑
1935年2月4日	《旧元夜遐思》	窗玻璃是一面镜子；远窗是更深的镜子
1935年10月	《断章》	装饰了你的窗子；别人的梦
1936年	《鱼化石》	你真像镜子一样爱我呢

续表

年份	题目	镜类意象（水面、窗、影子）
1937 年 3 月	《无题一》	山中的一道小水，掠过你一丝笑影而去的
1937 年 4 月	《无题二》	窗子在等待嵌你的凭倚；穿衣镜也怅望
1937 年 4 月	《无题四》	付一枝镜花；收一轮水月
1937 年 5 月	《妆台》（古意新拟）	镜子，镜子，你真是可恼

一共 16 首诗，相对于卞之琳这一时期的诗歌总数，镜类意象应该引起足够重视。在上述意象中，30 年代初期，卞之琳更偏爱使用影子和窗户这两个意象，《几个人》里，“矮叫化子痴看着自己的长影子”，以及《入梦》里“望着玻璃窗片上/灰灰的天与疏疏的树影”，镜类意象使诗句产生一种朦胧而陌生化的感觉，体现了卞之琳这个时期“方向不明，小处敏感，大处茫然”的状态。如《影子》这首诗：

一秋天，唉，我常常觉得
身边像丢了件什么东西，
使我更加寂寞了：是个影子，
是的，丢在那江南的田野中，
虽然瘦长点，你知道，那就是
老跟着你在斜阳下徘徊的。

现在寒夜了，炉边的墙上
有个影子陪着我发呆：
也沉默，也低头，到底是知己呵！

虽是神情恍惚些，我以为，
这是你暗里打发来的，远迢迢，
远迢迢地到这古城里来的。

我也想送个影子给你呢，
奈早已不清楚了：你是在哪儿[①]

这首诗写于1930年，诗人20岁。或许是北京的秋天触动了诗人青春敏感的心灵。他独自一人领略着北方深秋的寂寥，往事涌上心头，令他魂牵梦绕的是江南的田野，那时候虽也寂寞，毕竟有个瘦长的影子陪着我，能够证实我是存在的。第二节，笔锋一转，原本聚焦于内在感受的主观视角让位于一种对关系的感知[②]。日暮黄昏已过，漫长寒夜到来，我的影子又回来了，他在炉边的墙上发呆、沉默，跟“我”保持着默契。显然诗人在仿似梦境的恍惚中，对影子的回来并不诧异，这是“你”暗地里打发来陪我的，我们“到底是知己”。最后出其不意的两句，“我也想送个影子给你呢”，加深了这种真实的梦幻感；“你是在哪儿”，更像是一句我的呓语了。

整首诗将自己与影子相互映照，初读时我们会质疑影子怎么会丢呢，又是谁千里迢迢将他打发来陪我呢？最后两句，谁是影子，影子又是谁呢？再读会发现第二第三节的“你”会不会是“我”自己呢？我在跟自己说话，影子给了我心灵上的慰藉。这些暧昧与

① 卞之琳：《卞之琳文集》上卷，合肥：安徽教育出版社，2002年，第12页。
② 汉乐逸：《发现卞之琳——一位西方学者的探索之旅》，北京：外语教学与研究出版社，2010年，第30页。

混乱，体现在影子这类镜类意象的使用上。作为一种朦胧的表达策略，卞诗中镜类意象的使用模糊了现实与虚幻的边界，拓展了可供解读的空间，同时在语义和感知两个层面上，传达了诗人这段时期对于生活的感受。

二、个人的志趣："非个人化"的媒介

卞之琳在《雕虫纪历》自序中写到"我写诗，而且一直是写的抒情诗，也总在不能自已的时候，却总倾向于克制，仿佛故意要做'冷血动物'"①。这与他翻译的艾略特的论文《传统与个人才干》中的观点不谋而合："诗不是放纵感情，而是逃避感情，不是表现个性，而是逃避个性。"② 卞之琳不愿意突出"我"而隐匿在幕后，镜类意象的映照和虚实同构的功能使自我意识客观化，成为卞诗中连接虚幻与现实的桥梁。以《秋窗》为例：

像一个中年人
回头看过去的足迹
一步一沙漠
从乱梦中醒来，
听半天晚鸦。

看夕阳在灰墙上，

① 卞之琳：《雕虫纪历·自序》，《卞之琳文集》中卷，合肥：安徽教育出版社，2002年，第444页。

② 托·斯·艾略特：《传统与个人才能》，上海：上海译文出版社，2012年，第11页。

想一个初期肺病者
对暮色苍茫的古镜
梦想少年的红晕。[1]

诗的开头使用一个介词“像”，就把我们带入了他的迷宫，是谁发出的声音呢？我们暂且用“我”来代替这个声音的来源。中年人回顾自己的过去，将其比作行走于沙漠的足迹，让人想起苏轼的一句诗：人生到处知何似？应似飞鸿踏雪泥。“从乱梦中醒来，听半天晚鸦”，刚才人生之秋的回望是个梦，“我”从梦的泥沼中出来，听暮色将至，群鸦翅膀划过空气的声音，陷入沉思。“看夕阳在灰墙上”，这首诗的名字是秋窗，可是全诗并未出现“窗”一字，这里我们可以补充诗人未写出的话，“我”躺在床上透过窗子向外看，秋天的夕阳斜射在灰墙上，灰墙映着夕阳的红晕。这一幕引发了“我”的联想：一个肺病患者由于病痛脸色发青，古镜带着暮色让照镜子的人想到了自己少年时期脸上的红晕。

意象的快速更替，镜子和窗的映射和隐喻，模糊了想象与真实的边界。古镜到底是窗子，还是暮色苍茫、霞光斜照下的灰墙？少年时的病人像灰墙上的晚霞，还是晚霞好比少年时病人呢？在以窗户、镜子和梦为桥梁后，“我”被弱化了，虚幻和现实的界限也被弱化了。巴赫金曾使用镜子的比喻来谈论作者的自我意识客观化问题。在他看来，一切离开主体而存在的均是他者，即使镜中的自我映像也是[2]。卞之琳通过镜类意象不仅成功隐藏了“我”，还幻化出多种人物关系。镜中人、少年、肺病者、中年人、“我”，这一组

① 卞之琳：《卞之琳文集》上卷，合肥：安徽教育出版社，2002 年，第 12 页。
② 江弱水：《卞之琳诗艺研究》，合肥：安徽教育出版社，2000 年，第 77 页。

复杂的关系图，体现了人生意蕴的复杂性，从而扣问生存的意义。

以镜类意象为“非个人化”的媒介，在这十几首诗里几乎都有体现。如《鱼化石》：

我要有你的怀抱的形状，
我往往融化于水的线条。
你真像镜子一样爱我呢。
你我都远了乃有了鱼化石。[①]

卞之琳在《鱼化石》后记中写到：我想起玛拉美的“镜子”……是《冬天的颤抖》里的“你那面威尼斯镜子”，那是“深得像一泓冷冷的清泉，围着翼兽拱抱、金漆剥落的边岸；里头映着什么呢？啊，我相信，一定不止一个女人在这一片止水里洗过她美的罪孽了；也许我还可以看见一个赤裸裸的幻象呢，如果多看一会儿”[②]。据此，诗人似乎在表达你作为镜子，看到的可能是我的幻象。镜子本为映射之物，可以投射你的爱，我就像你爱我那样爱你。而揣摩原文的语气“你真像镜子一样爱我呢”，更像是一种对镜子映照功能的肯定，表现爱的真诚。这首诗有很多人阐释，笔者就不再赘述了。

再比如卞之琳《妆台》中的两句诗：“镜子，镜子，你真是可恼/让我来先给你描两笔秀眉。”第二句的“你”加了着重号，即对镜自照，镜中的形象是自己最熟悉的“他者”——“我”自己。

① 卞之琳：《卞之琳文集》上卷，合肥：安徽教育出版社，2002年，第61页。
② 卞之琳：《鱼化石后记》，《卞之琳文集》上卷，合肥：安徽教育出版社，2002年，第123页。

《无题二》中，“窗子在等待嵌你的凭倚；穿衣镜也怅望”，诗人借助镜子、窗子倾诉自己的等待、怅惘和痴念。

镜类意象成为卞诗“非个人化”的媒介，你很难辨别出诗人自己的声音。诗歌中通过镜类意象幻化的人物和景象，削弱了作者的主观性，增强了作品真实而自足的存在。这种冷静而客观的书写方式，不仅是作者羞涩而矜持的抒情气质，更是他深刻理性思考下的结果。

三、文化的传统：镜子意象与道佛思想

乐黛云在《中西诗学中的镜子隐喻》一文中对镜子的隐喻功能做了系统的论述：镜子，在中国诗学中也是一个贯穿始终，经常被用来说明文学艺术本质的隐喻……《道德经》第十章：“涤除玄览，能无疵乎！”老子认为人心就像镜子一样，必须洗涤除尘，免去瑕疵。庄子进一步指出人心能和镜子一样公正完美地反映周围的事物，而镜子所以能起这种作用就因为它的不偏不倚。庄子又说：“圣人之心静乎！天地之鉴也，万物之镜也。”只有保持一颗圣人才有的明静的心，才能细致、正确地理解世界万物，所以说：“抱大圣之心，以镜万物之情。”自从佛教传入中国，镜子的比喻又多了一层含义，就是“空”和“虚”①。

镜子在卞之琳的诗歌中出现多次，在《无题》（四）这首诗中，卞之琳就化用了“镜花水月”这个典故，来表达爱情的虚幻和易逝。

---

① 乐黛云：《中西诗学中的镜子隐喻》，《比较文学与比较文化十讲》，上海：复旦大学出版社，第91页。

隔江泥衔到你梁上，
隔院泉挑到你怀里，
海外的奢饰品舶来你胸前：
我想要研究交通史。

昨夜付一片轻喟，
今朝收两朵微笑，
付一枝镜花，收一轮水月……
我为你记下流水账。①

第一节，隔江泥、隔院泉、海外的奢饰品衔到你家的房梁上、挑到你手中握的杯子里，舶来你的胸前，面对重重阻隔，我能找到接近你的方式就是研究交通史。卞之琳细腻深隐的心思可见一斑。第二节，我昨夜的一片轻叹、你今天的两朵微笑，心与心贴近了。我付一枝镜花，却收一轮水月，我们似乎又远了。镜花水月，运用两个佛家意象来表示人们执着的爱情是虚无缥缈、难以捉摸的。诗最后一行用“流水账”结尾，遥遥呼应第一节贸易意象爱情诗一本收支账簿，所有的“收入”和“支出”终究水过无痕。

而《旧元夜遐思》这首诗，颇具古典诗歌“怀远”的情调。

灯前的窗玻璃是一面镜子，
莫掀帏望远吧，如不想自鉴。
可是远窗是更深的镜子：

① 卞之琳：《卞之琳文集》上卷，合肥：安徽教育出版社，2002 年，第 73 页。

一星灯火里看是谁的愁眼？

“我不能陪你听我的鼾声”
是利刃，可是劈不开水涡：
人在你梦里，你在人梦里。
独醒者放下屠刀来为你们祝福。①

这首诗写离愁别绪。元夜即正月十五，又称灯节、上元节。当热闹已过，待到夜深人静，孤身一人的“我”拉开了帷帐，却看见了自己的愁容，屋内一片光亮，屋外灯火阑珊，远方的玻璃还是像镜子般将自己的模样反射于眼中，望远也没能避免自鉴愁容，而“一星灯火里看是谁的愁眼”一句既是即景实写，是“我”此刻望远窗的愁眼，又是想象中的人也望远的愁眼。还有另一种解读，“我”拉开窗帷望远，一片黑暗的远处有一个和“我”一样的不眠人。“我”开始设想灯火远处的他（她）是否也在思念着谁，那远处模糊灯光处的不眠人不正是像自己一样吗。“我”在想象中看到了不眠人思念的愁眼，缓过神来，在忧思中又见到了“我”灯前的窗玻璃。

诗的下节“我不能陪你听我的鼾声”一方面突出了“你我”的亲密关系，另一方面，又显示出有情人的距离。你愁吧，我要睡了，暗示了即便是有情人也不免留存隔阂，而这隔阂便是斩断情丝的“利刃”。“人在你梦里，你在人梦里”，梦里梦外，彼此早已情根深种，抽刀断水水更流，利刃又怎么能斩断情丝呢。诗人意识到自己是两个做梦人中的一个，而且意识到他们的命运取决于别

① 卞之琳：《卞之琳文集》上卷，合肥：安徽教育出版社，2002 年，第 60 页。

人——独醒者的支持。独醒者终是不能用“利刃”斩断天下有情人的感情，唯有“放下屠刀，立地成佛”。

这首诗通过镜子、窗玻璃的双重透视，构成了一种复杂交错的空间结构，对时空之间与人际关系的相对性即不确定性作了淋漓尽致的发挥[①]。卞之琳在《成长》中也直接谈到庄子的一些观念，认为庄子把“绝对”打个粉碎后“聪明的糊涂”了，从而肯定孔子自有其现实的合理性：“何妨平均一下，取一个中庸之道？何妨来一个立场，定一个标准？何妨来一个相对的绝对？”[②] 不论是从情感还是理智方面，还是作者多元视角的运用和其抽离的角度，卞之琳对镜类意象的使用至少部分来自道佛思想的启发。

四、时代的回应：卞之琳镜类诗歌意象的域外特点

卞之琳 1929 年考入北京大学，获得了在当时中国深入了解西方当代诗歌和中国传统诗学的最佳机缘。卞之琳早慧，少年时期，于中国古典诗词有所熏习，也接触了新诗，产生了爱好。在北大学习法文一年，即从法文直接阅读波德莱尔、魏尔伦、马拉美、瓦雷里等人的诗与诗论，在此期间，他翻译了尼柯孙著作《魏尔伦》之一章——《魏尔伦与象征主义》和艾略特的著名论文《传统与个人才能》。这两篇译文，对卞之琳当时的诗学观念产生较大影响，完全可以与他的创作印证。艾略特论文的中心观点是每一位具有个性的成功诗人都以自己的个性重新阐释、创造传统的精神和格局，

① 江弱水：《卞之琳诗艺研究》，合肥：安徽教育出版社，2000 年，第 100 页。

② 卞之琳：《成长》，《卞之琳文集》中卷，合肥：安徽教育出版社，2002 年，第 20 页。

同时也把自己汇入到传统之中。这一点成为了卞之琳自觉地继承、创新中国古典、现代诗歌传统的指针①。

而镜类意象的凝练和使用将古意新拟，形成与它承接但又不同于传统的特点。比如《妆台》这首诗：

世界丰富了我的妆台，
宛然水果店用水果包围我，
纵不废气力而俯拾即是，
可奈我睡起的胃口太弱？

游丝该系上左边的檐角。
柳絮别掉下我的盆水。
镜子，镜子，你真是可恼，
让我先给你描两笔秀眉。

可是从每一片鸳瓦的欢喜
我了解了屋顶，我也明了
一张张绿叶一大棵碧梧——
看枝头一只弄喙的小鸟！
给那件新袍子一个风姿吧。
“装饰的意义在失却自己，”
谁写给我的话呢？别想了——

① 王攸欣：《卞之琳诗作的文化——诗学阐释》，《中国现代文学研究丛刊》2015年第3期。

讨厌！“我完成我以完成你。”①

这首诗初看几乎无人能懂，“装饰的意义在失却自己”，“我完成我以完成你”给人一种玄妙、新奇的感受。诗人从“世界丰富了我的妆台”起笔，由主角的一系列动作和情绪的转换：慵懒、佯怒、欢喜，到“失却自己”、“完成你”，整个构思，打破了古来类似题材的“闺怨”传统，由日常生活体悟出人生哲理与深情，而且颇具多义性。前一句是一切装饰总是使人失去自我的本真，但这一句在诗中可能是女主角情人的信中寄语，“谁写给我的话呢？别想了——”，在爱情中，“我”总想装饰得再好点配得上你，然而却失去了自己。这也意味着寄信给她的情人以自我贬义、自我抹杀来成就他所倾慕的人。“我完成我以完成你”则是女主角揽镜自照，装饰完了自己，也就装饰成了镜子中的我——即“你”，从自我构造走向更为丰富的文化意蕴，即成就自己就是成就了其他人，成就其他人也就成就了自己。失去自己完成你，镜子在这里有了更丰富的内涵和作用，它不仅是传统意象的凝结，也是非个人化的媒介。

在镜子的隐喻功能上，西方诗学所强调的是如何逼真、完全、灵动地反映这一认识和超越的过程。中国诗学强调的不是如何去视、听、观察、反映世界，而是“收思反听，耽思旁讯”，也就是说，“不视不听，静思以求”②。虽然中西方诗学关于镜子的隐喻功能侧重点不同，但对于卞之琳来说，镜类意象连接道佛思想与艾略特“非个性化”的观念在于，两者都肯定自我的丧失，认为这是正面的。因此，通过此类意象，不断地拓展可供想象的空间，进行

① 卞之琳：《卞之琳文集》上卷，合肥：安徽教育出版社，2002年，第75页。

② 乐黛云：《中西诗学中的镜子隐喻》，《比较文学与比较文化十讲》，上海：复旦大学出版社，第100页。

“我”“你”“他”的伪装与换位，留下了卞之琳充满自我质疑而极富个性的声音。

卞之琳身处20世纪这样一个剧变的时代，异质性较大的中西文化和诗学发生着激烈的冲撞。本文通过对卞之琳成于1930—1937年的作品中镜类意象的分析，揭示了卞之琳诗歌吸收外来影响又发展传统的特点，构成一个特殊的东西文学交流的例子。卞之琳在描述里尔克与瓦雷里在“沉默”与“忍耐”的精神现象上的神似时说：我们多读些书也许更会发现他们在思想和艺术的血统上有一个共同的祖先，更多共通的祖先，而他们都是亲戚，因此我们更不会大惊小怪[①]。卞之琳找到了这种共通性，他选择性地吸收了从法国象征派到英美现代主义诗歌的影响，又将中国传统哲学和艺术思想创造性地融会于一身，独辟蹊径，凝成了自己独特的诗的结晶[②]。

卞之琳的诗真正稳固地建立了中国新诗的审美基质。用江弱水的说法是卞之琳的诗，无不即景、即事、即人、即物，其主体的情感总是落实到客观而具体的形象上，同时他又善于由实入虚，从现实层面作种种飞跃而进入广阔的时空，此情此景总藏有万象，一时一地都伸向无穷[③]。他独特的诗歌艺术，现代又不走极端，并不以年代差距或时尚差异而失去它们持久的价值，一定能经得起时间的淘洗，作为中国新文学特质在文化之流中沉积下来。

---

① 卞之琳：《福尔的〈亨利第三〉和里尔克的〈旗手〉》，《沧桑集〈杂类散文〉》，南京：江苏人民出版社，1982年，第138页。

② 唐祈：《卞之琳与现代主义诗歌》，石家庄：河北教育出版社，1990年，第19页。

③ 江弱水：《卞之琳诗艺研究》，合肥：安徽教育出版社，2000年，第301页。

研究生论坛

主持人语（梁笑梅）：

这是怎样的一年又一年，诗意环绕的论坛空间里闪烁的星星点点，创造出青春和学理的憧憬，让时间冲破禁锢，连接今天和未来的通道。

诗学界关于传统与现代关系的讨论从未休止。辛笛是20世纪三四十年代的重要诗人，其作品在借鉴西方艺术经验的同时，对我国优秀的诗歌传统有着良好的继承与弘扬，对港台及海外华文诗歌的创作产生过重要影响，梁圣涛的论文以辛笛诗歌中的传统元素及其现代转换为话题，以传统诗学的经典术语“意境”为核心，抓住情景交融、境生象外和含蓄蕴藉三个典型意境要素，从诗学渊源、意象营构、诗体建设和语言特征等多个维度分析了辛笛早期诗歌的意境表征及其建构机制，讨论了辛笛的探索对当代诗学、诗歌发展的艺术启示，论文立足现代，关怀传统，尤其是在古今融合的理念上体现了作者独到的艺术敏锐与创新能力。台港文学是中国现当代文学的一个重要组成部分，对其的深入研究是深化中国现当代文学研究的关键环节。

小海是新时期以来具有重要影响的诗人之一，作为“他们”诗群的主要成员，小海的诗歌一方面受到当时文学氛围的影响，讲究形式与创新；另一方面也有着属于他自己的独特诗风，特别是那些描写故乡村庄与河流的诗篇，对当代诗坛有着特殊的意义与价值，李超然的论文从“故乡抒情”这一角度切入，对小海早期的诗歌进行解读，对诗人为何在早期诗歌生涯中致力于“故乡”倾诉进行了探讨，对他早期诗歌中那些与故乡相关的作品进行了阐释，并借此分析、归纳出小海的诗歌对当代诗歌、诗学发展的启示。

文学现象研究也是一种比较恰当有效的策略，《诗与时的张力：汶川地震诗歌的诗学启示》选题具有较为明显的现实意义和理论价值，诗歌作为一种短小精悍的文学文体，是最能应时而动、适时而生的艺术，其面对重大灾情的文学表达是诗歌较为引人注目的一大表征，汶川地震诗潮的出现正是这一表征的突出体现，陈烨从诗歌与创作主体的关系、诗歌自身的道德承载和美学属性间的矛盾性、诗歌与大众传播的关系等几个层面，系统剖析了汶川地震诗歌的特征以及可能存在的偏误，既有现实针对性，又具有史学意义和诗学价值，论文既注重对地震诗歌产生的历史现场的追忆，又注重在史料梳理和诗学辨识之中来归纳地震诗歌的特征与本质，还考虑到汶川地震诗潮兴起时为之推波助澜的网络语境，这些都显示了作者具有较强的学术表达能力和学术敏锐性。

《论洛夫禅魔互证的诗性智慧》一文以台湾诗人洛夫为研究对象，对其诗歌中的超现实主义特征及与禅道融合后而生成的在语言和意义上的独特表现，进行了较为系统而深入的阐发，同时论文在现实层面上，对洛夫诗歌在观照自然、审视自我、叩问生命等向度上所呈现的美学风貌做了较为深刻的剖析，在研究方法上，论文能始终立足文本，以文本为依据来提炼诗学理论，概括诗歌的美学征象，而不是用某种理论来硬性宰割或强制阐释洛夫。

任绪军是一个颇有才气也特立独行的任性大男孩，他的论文《在“死亡”与“爱”中飞翔：李立扬诗歌的记忆之艺》的特别价值就是向我们译介了当代美国最为著名的诗人之一李立扬，这位重要的华裔诗人对于我们来说还是比较陌生的，原因首先在于国内没有好的译本，论文所引李立扬文本皆由任绪军自译，所以论文写作的前期准备工作具有相当大的难度，费时耗力，也使得作者没有更多时间和精力去思考如何把“记忆”这个统领全文的话题进行一番透彻的阐释，他也给自己预留下了一个很大的研究发展空间。

又要道一声毕业季的珍重了，心里不由泛起母亲般的柔情，蓦然想起前些日参加儿子的毕业典礼，听到他们诵读英语诗 *If*，最后一句被反复吟诵：“Please tell me if I can have another second more.（能不能请再给我多一秒的时间?）”那声浪，在六月的雨花里荡漾……

情景交融与辛笛诗歌的意象建构[①]

梁圣涛

① 改选自硕士学位论文《辛笛三四十年代诗歌的意境及其建构》第一章。全文摘要：作为“九叶”诗派中的长者，辛笛（1912—2004）的新诗创作虽然不多但精品不少，特别是《手掌集》对海内外汉语诗歌写作尤其中国港台及南洋华人产生过相当的影响，在当下新诗发展日益向传统寻找解困策略的趋势下，辛笛诗歌对传统的良好继承特别是其对新诗意境的自觉追求与成功实践就显得难能可贵。正是基于此，本文以传统诗学的经典术语“意境”为核心词汇，纵向以情景交融、境生象外和含蓄蕴藉三个主要意境特征为纲，横向以其典型特征、诗学渊源和建构机制以及其他重要方面为轴，结合辛笛研究的众多成果，对辛笛三四十年代新诗意境进行相对全面的研究。绪论部分对辛笛诗歌的研究现状进行梳理辨析，并阐释选题的缘由、目的及其意义，认为对于辛笛三四十年代诗歌的意境及其建构进行研究有着重要的意义。第一部分主要探讨辛笛诗歌情景交融的意境特征及其生成。首先，通过对情景交融的经典论述和辛笛诗论的梳理弄清辛笛诗歌自觉追求意境的诗学渊源；接着，结合具体诗歌文本，重点分析辛笛三四十年代诗歌产生情景交融的意境特征的主要原因即其独特的意象营构方式。第二部分着重考察辛笛诗歌在情景交融基础上产生的象外之象即其古典韵味或东方情韵。首先，由古今相关论述得出，境生象外也是诗歌意境的一个重要美学特征，而辛笛三四十年代的诗歌就具备这一特征；然后主要从气氛、气韵、注重光色和虚实结合以及传统士大夫情怀等多个维度来分析辛笛诗歌的古典韵味或东方情致生成的内在机制。第三部分重点解析辛笛诗歌含蓄蕴藉、隽永深远的意境美感。首先，从文体特征、选题取材、表达方式和意象组合以及比兴手法等方面入手探究辛笛三四十年代诗歌含蓄隽永意境特征的来源，进而紧扣典型诗歌文本重点分析辛笛诗歌对旧诗结构和文言语法的成功借鉴，最后考查其既具有古典诗词的凝练典雅又保持现代口语的亲切自然的语言特征。结语部分进一步肯定辛笛三四十年代诗歌的意境成就，认为辛笛对传统的良好继承特别是其对诗歌意境的自觉追求与成功实践，对当代诗学与诗歌发展具有重要的参照价值和启迪意义。

意境在明清以来尤其是近代成为批评中国古典文化特别是诗画的一个关键性术语，无论是研究者、鉴赏家还是普通读者，对其使用都极为频繁，但具体到其内涵或确切定义，历来论者众多，至今尚无定论。为了研究的方便起见，不妨从众多论述中寻找他们的“共同话语”，而“情景交融”便是其中最显眼的一个。

（一）情景交融的诗学渊源

作为意境的一个重要侧面，情景交融论主要起于宋代，到明清时期在诗论、词论、画论以及戏曲论中触目可见，特别是谢榛、王夫之和李渔等对此做出了深入而成熟的探讨与论断，近人李长之、朱光潜和袁行霈都坚持这样的观点①。宋代范晞文《对床夜语》有云：“化景物为情思”，“情景兼容”，“情景相触而莫分也”，较早论及情景交融；明代谢榛《四溟诗话》：“景乃诗之媒，情乃诗之胚，合而为诗”，清代王夫之《唐诗评选》中“景中生情，情中含景，故曰：‘景者，情之景；情者，景之情也’”，很好地探讨了诗歌创作中情与景的互动关系。对此，近代意境术语的主要确立者王国维也有精彩论述：“文学中有二原质焉：曰景，曰情”，“一切景语，皆情语也”，“故能写真景物真感情者，谓之有境界”②；朱光潜在《诗论》进一步阐释道：“情景相生而且契合无间，情恰能称景，景恰能传情，这便是诗的境界”③；宗白华说得更为明白：“在一个艺术表现里，情和景交融互渗，因而发掘出最深的情，一层比一层更深的情，同时也透入了最深的景，一层比一层更晶莹的景；景中全是情，情具象而为景，因而涌现出一个独特的宇宙，崭新的

① 徐克瑜：《现代学术视野中四种意境说的评价和整合——兼谈意境的四个特殊内涵和规定性》，《兰州大学学报（社会科学版）》2009 年第 2 期。

② 王国维：《人间词话》，上海：上海古籍出版社，2009 年，第 8 页。

③ 朱光潜：《诗论》，北京：生活·读书·新知三联书店，1998 年，第 55 页。

意象，为人类增加了丰富的想象，替世界开辟了新境……这就是我的所谓‘意境’。”[①] 可以看出三人在论述情景关系的同时更突出了情的位置，“真感情”，“最深的情”，这其实与我国古代文学偏重抒情的传统有关，李泽厚、普适克等名家早有发现；而在辛笛为数不多的诗论中也有相似的论述和主张：“诗，要从真情实感出发才写得好。我认为，作为一个诗人，应该有‘七情六欲’”[②]；“诗歌既是属于形象思维的产物，首先就必须从意境（现代化的说法就是指印象、意象等）出发”，“好诗总要做到八个字：情真、景溶、意新、味醇”[③]，并且这些诗歌观念也切实体现在他的创作中，辛笛三四十年代的诗歌绝大多数都是抒情写意之作，即使少数掺入议论说理的诗歌也多为不平之鸣，“情动于中而形于言”，这些作品也最受海内外读者偏爱，常被传抄和吟诵，情景交融，最具意境。比如有名的《再见，蓝马店》其诗开头如下：

走了
蓝马店的主人和我说

——送你送你
待我来举起灯火
看门上你的影子我的影子
看板桥一夜之多霜

---

① 宗白华：《中国艺术意境之诞生》，《艺境》，北京：北京大学出版社，1987 年，第 150–165 页。

② 辛笛：《辛笛集 · 第 5 卷 · 长长短短集》（缪克构编），上海：上海人民出版社，2012 年，第 19 页。

③ 辛笛：《辛笛诗稿 · 自序》，北京：人民文学出版社，1983 年。

飘落吧
这夜风　这星光的来路
马仰首而啮垂条
是白露的秋天
他不知不是透明的葡萄[①]

此诗写于1937年4月，是辛笛结束巴黎旅行返回爱丁堡，途经小客栈蓝马店后有感而作。"由于蓝马店主人的殷勤招待，这难得的和平、亲切的气氛在战争的阴影中显得格外值得珍惜"[②]，身在异乡，心系祖国，不禁感慨万端，便将旅途中的印象、感觉和联想融为一体，借蓝马店主人之口曲折地道出诗人心中的郁闷，整首诗意象流转，情景交融，颇具意境。很明显，这首诗的开头化用了唐人温庭筠《商山早行》中诗句"鸡声茅店月，人迹板桥霜"，却切合此情此景，与整首诗的氛围融合无间，在表情达意的同时与原诗造成互文性效果，悄然把读者诱入古典遐想之中，从横向上拓宽了整首诗的情景容量。并且稍加留心便会发现，这种对传统诗意或词句的点化在辛笛三四十年代诗歌成为一种常态，这与诗人本身扎实而深厚的古典学养密切相关。

辛笛虽出生在天津，祖籍却是文学名家辈出的江苏淮安，古有枚乘、赵嘏，近有吴承恩、潘德舆，其父王其康（1882–1928，号慕庄）是清末最后一批拔贡，可谓书香门第。辛笛13岁以前都在

① 本文所引辛笛诗歌均以缪克构主编《辛笛集》（5卷本），上海人民出版社2012年版为准。

② 辛笛：《辛笛集·第5卷·长长短短集》（缪克构编），上海：上海人民出版社，2012年，第71页。

私塾读书，最喜欢唐诗，“常把唐诗放在四书五经下偷读，戒尺也镇不住他”①，“在南开高中我学了宋词、元曲，喜欢与几个同学一起填词”，十二三岁已写下一首相当不错的旧体诗《移家》：“为卜乡村静地居，野水桥边风浪紧。声声传语缓行车，主人只解爱琴书。”30年代在清华外文系读书时仍“酷爱中国古典诗词，醉心于它们的严谨、蕴藉、多姿多彩的风格”，“我对西方诗歌的选择源自中国古典诗歌的审美趣味。中国古典诗歌素以抒情诗、短诗见长”。辛笛的古典文学功底不仅滋养着他的新诗创作，也导引着他对西方诗歌的选取借鉴，“我尤为欣赏艾略特的是，无论他的诗，还是批评文字，都是既尊重传统又充满英国社会的时代气息”，与己趣味相投，且辛笛在爱丁堡时亲自听过艾略特的课并与其追随者史本德、刘易士、缪尔时相过从②，而艾略特的“客观对应物”与中国传统的“立象尽意”、借景抒情颇有某种契合；而辛笛在广泛研读庞德、波德莱尔以及法国象征派和英美现代诗时惊奇地发现类似的官能通感以及象征派风格和手法在自己偏爱的古代诗人李义山、李长吉及周清真、姜白石、龚定庵等人的诗词里已十分丰富，甚至认为他们在某些方面早得西方现代派风气之先，这不仅大大提高了辛笛的欣赏水平，更无形中强化了辛笛对古典诗词的喜爱和浸润。

可以说情景交融的意境追求在辛笛这里已经达到一种不必刻意为之而下笔自来的自然自由状态，既能充分恰切地表达情思，又自然蕴藉而富有旧诗意境，令人心驰神往，回味无穷，有些甚至可以达到旧诗百读不厌、常读常新的效果。既然弄清楚了辛笛诗歌意境

---

① 王圣思：《智慧是用水写成的——辛笛传》，上海：华东师范大学出版社，2003年，第5页。

② 辛笛：《辛笛集·第5卷·长长短短集》（缪克构编），上海：上海人民出版社，2012年，第42-49页。

的主要诗学来源，那么情景交融在辛笛诗歌中到底是怎样运作或者建构起如此富有美感的意境呢？

近人杨咏祁《谈意境》一文中曾指出“意境作为艺术作品所具备的一种高标准的美，它是建立在艺术形象的情景交融的基础上的，或者说是对社会环境和自然环境典型化与作家深情、深意的统一基础的意象，这个意象是赋有美感，包含着思想的艺术境界”①，这里指出分析意境的一个可行性标志，即情景交融下的意象；2002年蒋寅在《语象·物象·意象·意境》文中具体比较和辨析了文题中这几个概念后认为：“意境的本质就是具有呼唤性的意象结构，情景交融的结构方式形成了中国诗意境的象征性、暗示性、含蓄性等一系列美学特征”②，直接把意境和意象结构挂钩来论述，这与古人所讲的“圣人立象以尽意”、“神用象通，情变所孕”具有某种共通性。由此可见，可以把情景交融下的意象或者意象结构分析作为阐释辛笛诗歌意境生成机制的一个重要途径。

（二）追求意境的意象营构方式

这一节主要解决的问题是辛笛怎样用意象建构出情景交融的意境，因此必须首先知道他在诗歌使用了哪些主要意象或意象群。辛笛在1999年写的自述性文章《我与诗》中将自己的新诗创作分为两大时期五个阶段：

第一时期（1930–1949年）

第一阶段作《珠贝篇》，1930–1936；

第二阶段作《异域篇》，1936–1939；

第三阶段作《手掌篇》，1946–1949。

---

① 杨咏祁：《谈意境》，《南京大学学报》1982年第1期。

② 蒋寅：《语象·物象·意象·意境》，《文学评论》2002年第3期。

第二时期（1949–1999年）

第一阶段作《泉水篇》，1957–1962；

第二阶段作《春韭篇》，1979–1999[①]。

这样按照创作时间和风格差异做出的历史分期，确为研究提供了便利，并且已为多数研究者所采用。本文所研究的辛笛三四十年代诗歌主要指第一个时期的三个阶段，所以相关意象统计也主要针对这一时期的59首诗歌[②]，统计结果按出现频率分布如下：

夜意象群：夜（28）[③]、月/月亮/月光（11）、星/星光（9）、灯/炉火（18+5=23）、黎明/薄明（5）、黄昏（2），共78次；

水意象群：水（9）、流水（4）、海（12）、河（5）、江（2）、泉水（1）、湖沼（1）、瀑布（1）、井（2）、水手（3）、船（3）、桥（4），共47次；

风意象：风/暮风/夜风/秋风/海风/春风/寒风，共25次；

花意象群：花/白花/春花（19）、丁香（1）、榴花（1）、梅花（1）、野百合（1）、野棠花（1），共24次；

草意象群：草/春草/干草/草地/草野（10）、原野（3）、芦苇（3），共16次；

影意象：影子/素影/树影/叶影/人影，共16次；

窗意象：窗/窗扉，共12次；

雨意象：共11次；

梦意象：共9次；

---

① 辛笛：《辛笛集·第5卷·长长短短集》（缪克构编），上海：上海人民出版社，2012年，第76–78页。

② 辛笛：《辛笛集·第1卷·手掌集》（缪克构编），上海：上海人民出版社，2012年。

③ 主要统计“夜”作为一个完整意象出现的次数，其余同此。

季候性意象：秋/秋天/初秋（8）、夏日/初夏/夏天/仲夏（6）、落日（3）、落叶/烂叶（3），共20次；

树意象：共6次；

泪意象：共5次；

动物意象：鸟（4）、杜鹃（2）、草萤（1）、布谷（1）、猫（5）、鸽（2）、蝴蝶（1），共16次；

圆圈意象：共3次；

手掌意象：手掌/白手，共2次。

通过以上统计可以发现辛笛三四十年代使用频率最高的意象或意象群主要有夜、月、星、灯/炉火、水、海、风、花、草、影、窗、雨、梦、秋、树、泪等。显然，这些意象或意象群在古典诗词中几乎俯拾皆是，别的例子暂且不说，单看《辛笛诗稿》每部诗篇篇首的引诗便可一斑：

莺啼如有泪，为湿最高花。

——李商隐《天涯》，《珠贝篇》引诗

林莺巢燕总无声，但月夜常啼杜宇。

——陆游《鹊桥仙》，《异域篇》引诗

香兰自判前因误，生不当门也被锄。

——龚自珍《己亥杂诗》，《手掌篇》引诗①

当然这些意象在日常生活中也极其常见，且看辛笛如何入诗：

听远来的歌吧
敲击炉边的火箸

① 辛笛：《辛笛诗稿·自序》，北京：人民文学出版社，1983年，第1、21、53页。

今夜的心　夜夜的期待
岁与日同暮
林中有烂叶的泥土
冬天在路上
窗外是湿了草地的光
十月的雨如箭

——一九三六年十月在爱丁堡郊外《异域篇·十月小唱》

纵观辛笛三四十年代的诗歌，便会发现正如上述统计所示：这些意象或意象群多偏重自然风物和日常生活中的常见事物，且多是现实物象的真实描写和自然呈现，虽有情感色彩却少有较大离质变形，虽然不等同事物的原样（任何艺术都不等同事物本身），但具有事物的原样性，正是王夫之“现量说”中的“显现真实”，“身之所历，目之所见，是铁门限”，也是王国维“境界”说中的“真景物”。这些都是诗歌意境生成所应有的典型特征，且辛笛使用的这些意象在古典诗歌中已有相当丰富或大致确定意蕴积淀，甚至有些意象本身就带有了某种意境或者对应意境的提示性，如月、影、窗、梦、泪、桥等。当然并不等于说只要有了这些意象，诗歌就具有了意境或者美妙的诗意，关键要看辛笛在继承这些丰富却又有些固化的传统意象进入新诗时，是怎样转化甚至融化的，是为求意境进行的简单意象镶嵌还是应景合情、意象无间而意境自现，只是单纯的继承嫁接还是又有突破创新。在详细分析辛笛三四十年代的具体作品后，大致归纳出以下他处理意象的若干方式。

意随象出、感物寄兴。这是传统诗歌最常见的感受和表现方式，其根源便是天人合一、万物有情的一元论文化哲学思想，比较典型的是《诗经》以来的“比兴”传统和“应物斯感”说，“人禀七情，应物斯感；感物吟志，莫非自然”①，王国维曾指出“何以谓之有意境？曰：写情则沁人心脾，写景则在人耳目，述事则如其口出是也”②。这也是古典诗歌偏重抒情的一个重要原因。辛笛自幼接受传统文化的熏陶，又是从写旧体诗文入手的，兴寄传统更是深彻骨髓，触景生情、感物寄兴已成为辛笛三四十年代诗歌一种自觉的诗思方式，这正是辛笛诗歌不论用古典意象，还是现代题材都能韵味无穷，颇具意境的根本原因所在。且看《秋思》（一名《怀思》）一诗：

一生能有多少
落日的光景？
远天鸽的哨音
带来思念的话语；
瑟瑟的芦花白了头，
又一年的将去。
城下路是寂寞的，
猩红满树，
零落只合自知呢；
行人在秋风中远了。

——一九三四年七月《珠贝篇》

这首诗多是对传统意象的点染，颇有旧词意味，见落日而感慨

① 刘勰：《文心雕龙》（王运熙、周锋译注），上海：上海古籍出版社，2010年，第23页。

② 王国维：《宋元戏曲史》，长沙：岳麓书社，2009年，第98页。

人生忽短，听鸽的哨音想到信笺想到思念，瑟瑟芦花白头意味着一年将尽，寂寞的路上只有满树红叶，自顾自地飘零，仿佛秋风中渐少的行人。视觉、听觉、触觉、感觉等各类意象与诗人的情思融为一体，烘托出一种淡淡的愁思和忧伤，典雅而唯美。

引用、点化、改造传统意象，这是辛笛诗歌追求意境的一个常用方式，正如前文统计所示这些意象十分常见，内涵多能在过去的诗作中找到渊源，“不过辛笛的优点之一就是它们的发展并不是重复的在一个意象上回环往复的吟咏，而是用较相似或相同的意象放在一起，产生冲突，产生意义”①，或共同烘托某一种情绪，或在戏剧性的张力中丰富诗歌意境，如《夜别》一诗中：“支离的耳语、遥遥的夜、憔悴的杯卮、葡萄、鞭、马蹄、铃辔的玎珰、帷灯、无声的露、苍茫的海”，使用了一系列旧诗中送别的意象，在不间断地更迭流转之中将难以名状的离别之情发挥到了极致。这种不拘于一两个意象的过多纠缠，而采用流顺的推展手法，在意象的流动、转换之间，逐层丰厚蕴含，逐步加强抒情的氛围，也是辛笛惯用的意象组合手法，很有点传统“赋”的手法和现代意识流的味道。《印象》一诗就是典型代表，落款是“一九三四年四月一个自燕京回清华多星的夜晚”，起首写流水声，然后转到溪边的蒲藻，看见水中星星的倒影，随即抬头看天，思绪流转回到童年，由星星想到草萤、仲夏的蒲扇、鬼的故事、红纱的灯笼、灯笼后的人影，想到之后成长的岁月，结尾巧妙地拉回到现实流水声：“灯笼后的影子/随着无尽的日月/也是那么/一晃一晃地/独自成长了/成长了/又来听流水的嗟嗟”，一语双关，颇有点“兴”的意思。其实辛笛很多诗作都采取了这种写法，其他比较典型的如《弦梦》、《生

① 姚启荣：《〈手掌集〉论》，《香港素叶文学》1982 年第 7 期。

涯》、《款步口占》、《挽歌》、《门外》、《狂想曲》、《识字以来》等等。

意象的并置交叠是辛笛诗歌产生意境的一种方式，是指几个独立甚至不相干的意象前后出现却不做关系说明甚至缺少必要的语法连接，要靠诗题的提示或者整首诗的语境去体悟，这是意境的主要来源，最典型的例子莫过于马致远《天净沙·秋思》中的“枯藤老树昏鸦，小桥流水人家”。辛笛的《冬夜》是这种意象组合方法在新诗中的成功运用。

安坐在红火的炉前，
木器的光泽诳我说一个娇羞的脸；
抚摩着褪了色的花缎，
黑猫低微地呼唤。

百叶窗放进夜气的清新，
长廊柱下星近；
想念温暖外的风尘，
今夜的更声打着了多少行人。

几乎每一行都有一个相对独立的意象，上一行和下一行之间没有明确的语法说明，看似简单的意象罗列。其实不然，联系诗题便会发现，全诗实则结构严谨，诗意盎然，前后两节不光结构对应，内容也相互对照，上节描写室内的意象多温暖慵懒，衬托着下节室外夜气的清新和行人的风尘仆仆，内外、远近、动静、冷暖交错对照，无需多言，韵味自出。《呼唤》、《潭柘》、《告别》、《挽歌》、《秋天的下午》、《十月小唱》、《月夜之内外》、《巴黎旅意》等诗或整首或局部也使用了这种组合方法。

辛笛是一个相对内敛而感受力敏锐的诗人，前面举例的诗歌便可见一斑，通感是另一个他组织意象的重要手段。辛笛一再提及李商隐对他的影响，“‘莺啼如有泪，为湿最高花。’莺在啼。啼是声，因啼而有泪，泪是水；水而能湿，泪湿什么呢？泪湿衣襟吗？泪湿最高花。湿是触觉吗？在诗中我们可以感觉得到。虽然泪是通过视觉的，啼是通过听觉的等，但我们感觉到，即所谓五官通感……使我心中自有一种落实的切实感受。这境界多好，我们写诗也要追求这种境界”①；“通过五官甚至包括第六感的官能交感（或称通感），亦即运用音乐（声调、音色、旋律）、绘画（色彩、光影、线条）和文字（辞藻、节奏，包括格律）的合流来表达、促进并丰富思想情感的交流”②，这都表明辛笛对通感手法有自觉追求。通感是钱锺书先生20世纪60年代在《七缀集·通感》一文中提出的，并举例分析了众多中国古典诗歌，其中就有辛笛推崇的李贺的诗句如“杨花扑帐春云热，龟甲屏风醉眼缬”（《蝴蝶飞》）、“天河夜转漂回星，银浦流云学水声”（《天上谣》）等③。这在辛笛诗中也多有运用。“听黎明的笳吹/吹起西山的颜色”（《告别》），从听觉到视觉，挪移自然；“远灯微火/有喑哑犬吠/夜，你湿一湿它的声音吧”（《短意·集J章句·三》），触觉与听觉交错，韵味悠长，不落俗套；“阳光如一幅幅裂帛”（《秋天的下午》），视觉、听觉、触觉，在阳光与裂帛之间游走回荡，精巧而唯美。

---

① 叶维廉：《婉转深曲——与辛笛谈诗和语言的艺术》，《中外诗歌研究》1994年第1-2期。

② 辛笛：《辛笛诗稿·自序》，北京：人民文学出版社，1983年。

③ 钱锺书：《七缀集·通感》，北京：生活·读书·新知三联书店，2002年，第69页。

当然辛笛在追求意境时不单是继承传统，同时还有选择地吸取西方现代诗歌的某些技法和意象化入新诗，“事实上，我是要从传统和西方同时摄取一些意境然后化入新诗中而又想保有一种古典的味道”[①]，这种创造性继承正是他最为人称道的地方。曾有学者评价道：“他的新诗既表现出浓厚的中国古典诗歌的抒情意趣又展示出西方现代主义诗歌浓缩、清朗、硬实的格调，在感性的意象中透出理性的哲思，将东方的审美情致融入从西方现代诗借鉴来的表现手法，给人们带来新鲜而独特的审美感受”[②]，并非过誉。象征手法便是其中使用较多的一例，辛笛中学时期曾试译过的波德莱尔就主张“运用有声有色的物象来暗示内心微妙世界”，这正与辛笛“立象以尽意”，表达内心复杂感受和微妙情思的需要相契合；但辛笛以真情实感为基础，追求诗歌的整体意境，就冲淡了象征自带的玄学味道，因而并没有陷入西方现代诗的虚无和晦涩之中，反而在保持辛笛一贯的东方情致同时，又满蓄着现代人的情思，含蓄而朦胧[③]。如“圆圈”这一意象，明显是具有象征意味的现代意象，现代文学的奠基人鲁迅先生在其小说《药》、《阿 Q 正传》和《在酒楼上》等作品中就曾多次使用，辛笛三四十年代的新诗中共出现三次，每次意味各有差异。《生涯》中“夜夜做不完的梦/只落得永远画不就的圆圈”，用“画不就的圆圈”象征青春的迷茫和愁思，新颖而又传神；成名作《航》中“从日到夜/从夜到日/我们航不

---

① 叶维廉：《婉转深曲——与辛笛谈诗和语言的艺术》，《中外诗歌研究》1994 年第 1–2 期。

② 屠岸、章燕：《读辛笛诗歌给我们的启示——在 2003 年 11 月 1 日辛笛诗歌创作七十年座谈会上的发言》，《诗网络》2004 年第 2 期。

③ 王圣贻：《意境与情绪　抒情与议论——读辛笛诗歌札记》，《安徽师范大学学报（哲学社会科学版）》1992 年第 1 期。

出这圆圈/后一个圆/前一个圆/一个永恒/而无涯的圆圈”，反复出现的“圆圈”意象既是船桨所击起圆形水波的实写，也是生命局限的生动象征，情感在诗句复沓之中蓄满，“那航不出的‘圆圈’，是‘意’与‘象’互相渗透得很富有表现力的‘意象’。也是一个时代相当一部分青年走不出旧的怪圈的，相当深刻的心理写照”①。《识字以来》中“我知水性而不善游/勉励自持/只作成人生圆圈里的一点/可还捉不住那时远时近/崇高的中心”，用“圆圈”象征动荡年代的人生选择，诗人（个体）只是时代裹胁中的一个小点，无奈与坚守尽显其中。类似的象征手法还在《布谷》、《风景》、《再见，蓝马店》和《寂寞所来自》等诗中出现。总体象征在辛笛诗中也有使用，如《山中所见——一棵树》：

你锥形的影子遮满了圆圆的井口
你独立，承受各方的风向
你在宇宙的安置中生长
因了月光的点染，你最美也不孤单

风霜锻炼你，雨露润泽你，
季节交替着，你一年就那么添了一轮
不管有意无情，你默默无言
听夏蝉噪，秋虫鸣

整首诗采用了衬托式意象组合方式，所有意象始终围绕“树”

① 周良沛：《辛笛其人其诗——〈中国新诗库·辛笛卷〉序言》，《香港文学》1994 年第 117 期。

这个中心意象，看似处处写树，明显另有深意却并不明言，只是意象流转，一点即走；“像是在赞美民族的精神，称颂一切美好事物，还像是表现知识者的一种精神追求”①，也像自我人生和艺术品格的理想写照，这样看来颇有点古代咏物诗的味道，整首诗意象自然，蕴含丰富，意境优美。诗作《姿》和名篇《手掌》的前半部分同样是这种写法，以“手掌”为总体象征虽加入了更多抽象玄思的成分，但同样不乏意境。

抓住瞬间感觉印象，迅速用明丽的意象勾勒画面是辛笛学习西方印象派艺术的成果，“善于捕捉印象是诗必不可少的要素”②，“我一向是凭感觉写诗的……大凡能感觉到的东西最真实，因为感觉存在的一瞬间最为亲切，诗把一瞬间的感觉写出最真实，最新鲜”③。如《航》中的名句：“风帆吻着暗色的水/有如黑蝶与白蝶//明月照在当头/青色的蛇/弄着银色的明珠”，光色交错相映，比喻新奇恰切，描写体物入微，清新明朗的水天景色如在眼前，强烈印象直感的速写使读者身临其境，深得印象画派的风致；这种“细心观察后的素描，丰富了诗的形象，也扩大了诗的传统意境”④。上文提到的《印象》一诗正如诗题暗示也具有此种特色。辛笛曾自述他的《秋天的下午》一诗采用印象派的手法⑤，“阳光如一幅幅裂帛/玻璃上映着寒白远江/那纤纤的/昆虫的手　昆虫的

① 王圣贻：《意境与情绪　抒情与议论——读辛笛诗歌札记》，《安徽师范大学学报（哲学社会科学版）》1992年第1期。

② 辛笛：《辛笛诗稿·自序》，北京：人民文学出版社，1983年。

③ 辛笛：《辛笛集·第5卷·长长短短集》（缪克构编），上海：上海人民出版社，2012年，第54页。

④ 唐湜：《辛笛：人与诗》，《诗探索》1995年第3期。

⑤ 刘士杰：《辛笛的诗：兼美中西　臻为化境——访九叶诗人辛笛先生》，《香港文学》2001年第199期。

脚/又该黏起了多少寒冷/——年光之渐去”，叶维廉认为这首诗“视觉的透明性，可以直追甚至超过小谢的‘余霞散成绮，澄江静如练’和灵运的‘空水共澄鲜’”①，辛笛诗歌意境的魅力可见一斑。其他的还有“漫天的星光下/草垂垂地白了”（《款步口占》），“马仰首而啮垂条/是白露的秋天/他不知不是透明的葡萄”（《再见，蓝马店》），“窗外是湿了草地的光/十月的雨如箭”（《十月小唱》）等。

另外，辛笛三四十年代诗歌中有些意象明显来自西方但却融化的十分自然，甚至别有新意，如“猫”意象，主要出现在《呼唤》、《冬夜》、《门外》和《月光》等诗中，“夜来了/使着猫的步子”，“我如虔诚献祭的猫弓下身”，无不自然传神，融合无间，和其他意象一样共同丰富着全诗的意境，类似意象还有“水手”、“钟声”、“陀螺”等。

总之，辛笛三四十年代的诗歌不管抒情写意还是兴寄象征，无论继承传统抑或借鉴西方，都自觉地在意象组织和印象捕捉等方面努力做到意随象出，情景交融，大部分诗作都真正做到了“情真、景溶、意新、味醇”的八字要求，在中国新诗史上创作出了能与古典诗歌相媲美的现代意境诗。

（指导教师：蒋登科　教授）

① 叶维廉：《我和三四十年代的血缘关系》，《看一支芦苇：辛笛诗歌研究文集》（吴思敬，王芳编），北京：学苑出版社，2012年，第78-82页。

逃离与回归：从“自我”到故乡[①]

李超然

① 改选自硕士学位论文《故乡抒情与小海早期诗歌的生成》第一章。全文摘要：20世纪80年代以来，小海的诗歌在当代诗坛中可谓独树一帜。作为“他们”诗人群的重要一员，一方面，小海受到当时文学氛围的影响，讲究诗人的自我抒情以及“口语化”写作；另一方面，他在“他们”诗人群共同的诗歌创作基调上又有着属于他自己的个人诗风。论文拟从诗人的“故乡”、“村庄”等创作主题以及他诗歌的抒情特征入手，结合其诗歌作品，深入考察其诗歌的创作脉络以及主要抒情空间，以期能够对诗人早期诗歌创作的重点进行一个具有理论意义的研究与梳理。绪论部分对小海诗歌与诗歌理论的研究现状进行深入分析与辨章，对小海早期的诗歌创作进行了梳理与分析，并企图找出他的诗歌中值得我们继续去探寻的重要主题。在小海早期诗歌中，他的“思乡”主题以及他诗歌中的抒情特点有着鲜明的特色，我们认为对这一主题进行研究有着重要的理论与实际意义，并可以由此延伸开来，以这一主题为中心探寻诗人诗歌中与此主题相关的几个不容忽视的抒情对象，从而从不同的方面深入阐述了选题的缘由与目的。第一部分着重考察诗人身处乡村和城市生存环境中造成的内在生命困顿，进而分析其诗歌中因生存环境改变而引起的主题转变，并指出诗人的“思乡”情节以及诗人书写故乡的诗歌作品与一般乡土诗歌有着不同的内涵，旨在解决诗人因个人人生经历的发展以及所处的外在环境的不同而影响其诗歌创作的过程等问题。第二部分意在通过对诗人的诗歌特色与主题的具体分析来探求诗人早期诗歌创作的主要表现对象以及诗人的内在精神世界。一方面，对诗人几十年来的诗歌创作的主要风格特征以及诗人诗歌创作中所受到的外在影响因素进行分析；另一方面，对诗人诗歌中的“村庄”、“田园”、“北凌河”等几个主要的抒情主题进行详细的考察，从而试图通过深入诗人诗歌创作的内部来探寻诗人早期诗歌中的主要书写对象以及精神内涵。第三部分试图说明在小海诗歌中除了他为人们所了解的“代表作”之外仍具有其他几个重要的抒情主题。也就是说，通过对他的与“思乡”内核相关的其他几个方面包括“亲人”、“童年”、“城市”等方面的诗歌作品的研究，试图找出诗人诗歌创作中内在的一致性与多样性，从而使我们对其诗歌作品的考察具有一个较为广阔的理论研究向度。

法国文艺理论家丹纳（H. A. Taine）在他的那本著名的《艺术哲学》一书中曾说：“艺术家本身，连同他所产生的全部作品，都不是孤立的”，“艺术家不是孤立的人”[①]。作为当代诗人与作家，小海所创作出的大部分诗歌以及其他作品，自然不会是凭空捏造出来的，必定是在诗人自身所曾受到的诸多影响下，通过自身创作灵感的启发，进行文本的创作与加工，从而最终呈现在读者与大众的面前。在诗人小海早期的诗歌创作中，如果说有什么地方对他的影响最为深刻、最为长远的话，那一定非他的故乡海安莫属。

作为诗人小海故乡的海安县，地处江苏省东部，自古便是吴越文化区的一部分[②]。据载周朝时，海安一带隶属于吴国地域，后来秦统一中国后，将海安划入东海郡广陵县。到了三国时期，吴国的吕岱重新设海陵县，之后西晋武帝太康元年（280）时仍设有海陵县，并将其划入徐州广陵郡。此后，经过各朝各代的不断发展与延续，“海安”这一名称终而确立[③]。1965 年 5 月，小海出生在海安县曹园老古河百岁桥庄[④]——作为家中的长子，自诗人出生之时起，父母长辈就对他寄予了厚望。在整个童年和少年时代，小海都生活在海安这一方富饶而贫穷的土地上。读小学前，诗人跟着他的母亲在曹园生活，上了小学之后因“太贪玩成绩下降”，被他的父亲带到了他父亲教书的学校去上学，其间又跟随着他的父亲换了好几所

---

① ［法］丹纳：《艺术哲学：图文本》，傅雷译，天津：天津社会科学出版社，2004 年，第 24、26 页。

② 胡兆量等编著：《中国文化地理概述》，北京：北京大学出版社，2009 年，第 234 页。

③ 《海安县建置沿革考略》，http://www.haian.gov.cn/zgha/infodetail/?infoid=37fe10ad-ccb7-40fe-ab12-fd9277f0c11a.

④ 小海：《影子之歌》，重庆：重庆大学出版社，2013 年，第 355 页。

学校[①]。诗人的父亲是他的第一个文学引路人，诗人在童年时代便偷偷读到了他的父亲的很多“私藏”。他的父亲“喜欢读书和游历”，并且经常带着童年时代的小海到处“转悠”，以至于很多年以后，诗人回忆起当时的情境，仍然颇为感慨：“他带我到角斜、老坝港看渔民出海、小孩摸蛤子和牙医们拔牙（我的一颗蛀牙就在那儿被哄骗着拔掉了）……到如皋文化馆会他的老同学……到北凌河边看驳船队和放鸭船经过……我至今还记得，最早被我理解并产生了美妙感觉的一首唐诗，就是坐在我父亲自行车前杠上他教我的……”[②]于是在之后的成长中，童年与少年的小海对文学乃至诗歌的兴趣逐渐增长：自 1979 年起，诗人开始了他的写诗生涯（当时的诗人还仅仅“只是一个偏僻乡村的初中生”[②]，并且随后不久，诗人便受到了“九叶诗人”之一的陈敬容先生的支持与鼓励。在他诗歌创作的起步阶段，陈敬容对他的诗歌写作给予了细心的指导与帮助，甚至联系上了优秀的诗歌老师为年轻的小海进行诗歌写作方面的指导[③]。自那个时期起，小海在各类报刊上发表了数量众多的诗歌作品，他在诗歌的道路上不断前进，探索着属于他的诗意世界：到了高中临近毕业的时候，小海已然成为了一位小有名气的“校园诗人”。

一、“他们”与“自我”：逃离乡村的诗人

然而对诗人小海来说，童年时期的生活是贫穷而单调的。在那

① 汪政、小海：《诗的小学地理》（汪政、小海关于诗的通信），《芳草》2008 年第 1 期。

② 小海：《旧梦录》，广州：暨南大学出版社，2015 年，第 53 页。

③ 同上，第 53-58 页。

样的年代里，人们生活贫苦，思想贫瘠，在那个特定环境下成长起来的孩子有着他们那一代人所独有的特殊体验，正如诗人自己所说，他们这一代人的成长，都伴随着当时那个时代所特有的那种“闭塞、贫瘠的文化氛围”，被打上了简单化的时代印记①。虽然诗人在之后也接着写道，“所幸的是，早年故乡村庄生活的简单、粗糙与艰辛，对消解今后人生中的得失、平衡生命中的那些落寞的时光大有裨益”②，然而不可否认的是，乡村生存状况的艰难，终年劳苦的生活情境，给予了身处农村而向往着外界的年轻人们极大的痛苦与迷茫。少年时期的写作经验对诗人未来的诗歌生涯有着某种“昭示意义”，因为这些关系到诗人人生价值观的初步形成以及诗人人生经验的累积，但是在那样的社会环境下，年轻人们又怎么可能会得到他们精神上所需要的呢？那个时代特殊的文化环境对诗人身心造成了极大的影响③，正如有的论者所说，这是对那一代人心理与身体上的双重“伤害”：“所谓‘伤害’，这不仅指的是村庄的贫穷与愚昧，对一个村庄之子而言，当他对‘村庄’之外的世界茫然无知时，当他对‘北凌河’究竟能够带自己走多远仍存有疑问时，‘村庄’对他而言是一种‘囚禁’。”④

诗人是带着“创伤”离开他故乡的村庄的。诗人在诗中说道：“没有人解雇，我自动离开了海安的土地/古老、失神的村庄/水面上轻烟摇动/和平的生活，没有悲伤”（《预言般的土地》）⑤。对于

---

① 何平、小海：《使自己真正成为这个国家的诗人》、《当代作家评论》2011 年第 5 期，第 117–127 页。

② 曾大兴：《文学地理学研究》，北京：商务印书馆，2012 年，第 55–57 页。

③ 同上。

④ 王尧：《小海的诗学》，《当代作家评论》2002 年第 6 期，第 134–136 页。

⑤ 小海：《必须弯腰拔草到午后》，石家庄：河北教育出版社，2003 年，第 183 页。

一个从未离开过乡村的人而言，他对乡村生活的感觉或许仅仅只是“损害”、“凌辱”、“腐败”和“怜悯”：“那被损害和凌辱的美/腐败和怜悯的美/惊慌一生缄默的美/永远朝着低处流通河流的美/困难的芬芳抵达自性圆满的全体人类的美”（《恒久之约》）①。只有当诗人走出他的“村庄”之后，他才能重新审视这些美的事物，从而发现这些“困难的芬芳抵达自性圆满的全体人类的美”。这也是一种“置换”。“损害”、“凌辱”、“腐败”和“怜悯”都曾不止一次地“电击”过诗人痛苦的心灵，“因为有了这样的‘创伤’，才有了诗人的‘背井离乡’”②。

1985年，诗人小海被南京大学中文系以“诗人”的身份免试录取，自此离开了他生活了20年的故乡。来到了城市中的小海感到似乎换了一个世界，大学轻松的生活与学习环境给予了他充足的阅读时间以及诗歌创作条件，他那“早熟”的天分似乎一夜之间被激发了出来：那个时候的诗人，习惯于在凌晨写诗，“当同学们尚在拥挤的寝室里酣睡着，做着春梦之时，小海却已经从寒冷中惊醒了。他从被子里伸出双手，抓过纸与笔，借着窗口的微弱光芒，匆匆涂下那些潦草的、旁人几乎无法辨认的笔迹”③。小海当时的一位大学室友曾这样来描述小海当时诗歌创作的境况：

那是常常浮现在眼前的一幕：小海伏在床头闭着眼睛写诗。

……

风一样的潦草，种子般的密集，模糊之中贯通永恒。

---

① 小海：《必须弯腰拔草到午后》，石家庄：河北教育出版社，2003年，第162页。

② 王尧：《小海的诗学》，《当代作家评论》2002年第6期。

③ 李冯：《花开两朵》，《作家》2000年第2期。

等到小海睁开眼睛，已是天光大亮。他从高低床上下到地面，摇醒我们听他大声朗读刚刚写好的诗。

一首，两首，三首……像频繁更换针头的注射。

一天，两天，三天……没有人知道小海失去控制的狂热状态何时是终点。①

在大学这几年中，在这样的一种如同走火入魔般的写作状态下，小海创作出了包括《必须弯腰拔草到午后》、《岁月的花朵》、《黄昏》、《日落时分》、《声音》、《外乡人》、《角落》等大量的诗歌作品。诗人以其年轻人所特有的激情与勤奋，凭借他的才华，在那个“激情燃烧，青年们高声呐喊，奋笔疾书，用诗歌来倾覆黑夜，取代睡眠”② 的年代，以自己的诗歌作品，发出了属于自己的声音。

另一方面，来到了南京之后的小海，在保持着他诗歌创作的高产的同时，广为交游并积极参与文学活动与组织。在这一时期，小海参与组织创建了民刊《他们》，组织成立了南京大学“南园文学社”，并且还与同学共同创办了诗歌交流刊物《大路朝天》等等。在这一时期的交游活动中，我们不得不提的是小海与“他们”诗人群之间的紧密关系。作为“他们”的发起人和主要成员之一，小海是除了“他们”的中心人物韩东以外，唯一的一个自始至终都在《他们》上发表作品的诗人。作为20世纪80年代最重要的诗歌团体之一，“他们”所代表的，不仅仅只是先锋与激情。在“他们”诗人群里，诗人们都是朋友，可一旦他们开始了对诗歌的讨论，就

① 贺奕：《集体回到十年前》，《作家》2000年第2期。

② 朱红梅：《简论小海的诗歌创作》，《诗潮》2015年第2期。

会开始进行激烈的论争。对于这群诗人而言，“‘他们’的特殊意义或许正在于，不是从整体上来提供一个可供讨论的诗歌现象，也不是高高举起某个诗歌理论的大旗，而是每个成员都致力于去实践以及完善一种诗歌创作的可能。”① 身处这一群体内的诗人们不仅可以提出个人的诗歌主张，还可以从诗歌文本的角度来进行多方面的实验与论证。“‘他们’是一个注重诗歌作品自身的诗歌群体，因此很少顾及诗歌的理论性的发言”② ——从这一点上来看的话，“他们”似乎就正如小海所说的，“《他们》只是提供了一个阵地”，“是一个民主的刊物，并没有哪个人主宰和控制一切”，“在《他们》中有的只是一种自由创造的氛围”③。于是身处在这样一个诗歌氛围中，诗人小海仿若如鱼得水一般自在，在民刊《他们》上发表了包括《美丽的村庄》、《雪的房顶》、《春天的故事》、《鲜花》、《河堤》、《大月亮》、《黄昏之后》、《男孩和女孩》等极为优秀的诗歌作品。纵观这一时期的诗歌创作，我们不难发现，诗人小海侧重于对自我的反复书写与吟唱，这位“天生的诗人”似乎从一开始，就懂得抒发“自我”、书写他心中的哲思：

夕光里
山是一头动物，假寐
任凭秋天的气息
侵袭

① 朱红梅：《简论小海的诗歌创作》，《诗潮》2015 年第 2 期，第 22-23 页。

② 孙基林：《崛起与喧嚣：从朦胧诗到“第三代”》，北京：国际文化出版公司，2004 年，第 225 页。

③ 小海、木朵：《我不赞同技术至上——访诗人小海》，《诗潮》2005 年第 9-10 期。

星星们从来没有正经过
这阵子也偷跑来
它们的计谋虽然一猜就破
但也足够让你大吃一惊
那也是月亮止步不前的原因

——我的爱情往往不幸
在每个夜晚来临之前
我这颗心最不能安宁

——《夕光里》①

在这首《夕光里》中，诗人从“夕光里”看到山川、星星与月亮，进而联想到自己爱情的坎坷，从而诗人的“心”最终“不得安宁”。在诗歌中，诗人侧重于书写自我的内心情绪，致力于“自我表现”，表达了诗人在青年时代“对个人、时代和社会的特别感受，具有浓厚的‘主观主义’特征”②。类似的情感还出现在《李堡小镇》、《村子》、《晨》、《拖鞋》等大量的早期诗歌作品里，在这些诗歌中，诗人强调“自我”的介入，将“自我”的抽象之思深入到日常生活之中，以“自我”的抒情性话语将对哲学与人生的思考、对生活的感受结合进诗歌中并向读者娓娓倾诉——从这一意义上来说，当时仍是青少年时期的小海，似乎已然具有了老年人般的深沉哲思。然而正如诗人自己所言：“少年时代的诗歌写作，更多的是自发的吟唱，稚拙、纯真、敏感、加上所谓的天分混淆在

① 小海：《北凌河》，济南：山东画报出版社，2010年。
② 曾一果：《贫困时代的抒情诗人》，《作家》2007年第1期。

一起，我也许比同龄人更早地就能学会用诗歌这样的方式来表达这个年龄段的不安、怅惘、渴望和挫折等等，也不乏少年的浮躁、激愤和矫情。”在诗人小海的内心里，离开了故乡的他在精神上无所依傍，而客居城市的“外来者”身份又时时困扰着诗人，诗人不得不诉诸诗句，在迷茫中表现着自己在“社会生活中的主观感受与独特体验”，在对西方外来诗歌的模仿中踟蹰不前。

二、永恒的“返乡者”：对故乡的深情回望

命运似乎是注定了的。经过了自1989年到1991年将近两年的沉默期，小海在自我的反省中重新付诸名为“诗人”的笔端，将目光再次投向了被他曾经决然逃离与背叛的“故乡”。

（一）名为“海安”的故乡

20世纪90年代初，在经历了一个短暂的中断期之后，重拾诗笔的小海将目光移诸别处，开始了他诗风的转变：诗人抛弃了在80年代曾为自己赢得诗名的、那些书写自我与内心的“浅吟低唱”，“代之以一种深沉而厚重的情绪，来书写故乡海安千百年以来无言的田园与村庄，沉默的土地与河流，岁月的沧桑与人事的流变”①。不同于80年代的“自我表现”，20世纪90年代以后，诗人从书写“自我”中跳了出来，不再通过“喋喋不休地抒发‘自我’”来表现诗人内心对城市生活的独特心理体验与感受，转而开始强调“隐藏自我”，以此来展现诗人所要描绘的客观世界面貌②。具体地说，小海开始以他的故乡“海安”作为其诗歌抒情的主体和主要描写对

① 张生：《海安和大地的心脏》，《作家》2000年第2期。

② 曾一果：《贫困时代的抒情诗人》，《作家》2007年第1期。

象，正如他在诗中所描写的那样，“一条路穿过村庄/返回。黎明前/熟睡的阴影/把大地焐热//醉酒的村长趴在地上/寻找回家的道路”（《边缘》），诗人开始了他的重返故乡之旅。小海摆脱了一般意义上的“流浪与回归”、“母与子”等感情模式，他的笔下没有那些所谓的感恩或者赞美，没有在诗歌中对故乡进行所谓的“直接抒情”，正如评论家王尧所说，“他没有对‘村庄’进行任何多余的‘修辞’，他只试图回到‘村庄’本身，希望借此获得‘心灵的圆满和宁静’”①：

在海安的门槛上
坐着一个南方佬
在北方的门槛上
坐着一个海安人

一个海安人坐在自己的尾巴上

我是平原上熟睡的孩子
贪心的孩子
时光就像海里的鱼
长着雪白的牙齿
一个女人　一个男子
威胁每一个日子的豺狼
并肩坐在北方的门槛上

——《门槛》②

---

① 王尧：《小海的诗学》，《当代作家评论》2002 年第 6 期。
② 小海：《必须弯腰拔草到午后》，石家庄：河北教育出版社，2003 年。

在这首诗中，诗人并没有明言直指他心中思念着故乡，只是说“在海安的门槛上”“坐着一个南方佬”来暗指其渴望迈过“门槛”回到“故乡”，紧接着诗人又自喻为孩子，“贪心的孩子”渴望捕捉狡猾如“鱼”一般的“时光”，借以怀念曾经所生活过的故乡。诗人将自己浓浓的思乡感情埋藏在诗句之中，并在诗歌中营造了一种淡然而怅惘的意味。同样的，诗人创作于这一时期的《天光》、《北凌河》、《颂词》、《预言般的土地》、《坚硬的、粗砺的》、《金嗓子》等众多诗篇，这些作品与他20世纪80年代的那些具有强烈的自我抒情风格的作品形成了鲜明对比，诗人在这些诗歌中对自我的表达逐渐隐没，代之以具有强烈地域色彩的故乡“海安”这一主题指向，在小海的笔下，“他的家乡不仅是他出生的地方，也是他心中世界的起点与归宿，村庄与河流成为了他的存在背景以及寓言指归”①，这一时期的小海就如同弗罗斯特一般，从故乡的土地中走向尘世、探索世界，并进而抵达心灵的彼岸②：“我们就是这样，我们即刻奉献自己/……/献给这已开始向西扩展的土地/但这块土地曾朴实、落后，不见经传，/这便是她的过去，这便是她的历史”③（弗罗斯特《即刻献礼》）。诗人在对家乡的书写中抒发着自己对生命的独特感受：在孤独、失落、疼痛、悲伤之外仍有着期盼、热爱、兴奋与向往，“村庄，最孤独的是我/你和我，我们彼此热爱//天空和河流，泥沙的金嗓子/在海安的门楣上歌唱/野鸽子在草堆的‘咕咕’声/多么疼痛。我向往的耳环/最孤独的是我，那个

① 彭一田、小海：《北凌河的漂泊与村庄的宿命》，《中外诗歌研究》2003年第1期。

② 育邦：《从北凌河到苏州：小海诗歌印象》，《诗选刊》（下半月）2009年第3期。

③ ［美］弗罗斯特：《弗罗斯特诗选》，曹明伦译，成都：四川文艺出版社，1986年，第76-77页。

心中的秘密”（《金嗓子》）[1]。诗人心中的秘密是什么，又是什么让他产生孤独？在诗人的笔下，复杂的情感缓慢流淌，诗人通过对故乡的反复吟咏来抒发他的思乡情怀。

对于这次诗歌主题的转向，诗人自己亦曾明言：“九十年代，为求解决困扰我继续诗歌写作的问题，我开始沉浸到早年的乡村生活经验中，尝试着写作‘村庄’、‘田园’、‘北凌河’这一个系列”[2]，“海安不仅是我诗歌写作最初的起点，还一直是作为支撑我诗歌写作的原型与源头”[3]。那个时期的诗人大学刚刚毕业，被分配到苏州的某一个行政机关进行工作。相对刻板的工作环境、枯燥而不间断的工作内容让诗人的精神世界受到了煎熬，诚如他自己所说，“八小时以外还经常加班、值班。‘常恨此生非我有’的心境慢慢地取代了早年漫游或者优游的那种精神状态，心难以平静下来”。工作的持续压力以及诗歌创作上的裹足不前，让那个时期的诗人心中充满了焦虑、浮躁和挣扎，诗人甚至一度有过辞职专事写作的念头。然而诗人自己却也知道，单纯地作为一个诗人“并不足以养活自己”，他还要考虑到他的家庭与生活。在这样的情况下，诗人重拾“故乡与村庄”这一主题，是希望能重新鼓起他诗歌写作的勇气和信心，让他可以“很容易找到彼此能够辨识的亲人与故园，更重要的是借此能够和更开阔的世界有一个更广泛的关联，使一些写作的想法伸手可及，能够落到实处，不再变得太过于缥缈或

---

① 小海：《必须弯腰拔草到午后》，石家庄：河北教育出版社，2003 年。

② 何平、小海：《使自己真正成为这个国家的诗人》，《当代作家评论》2011 年第 5 期。

③ 汪政、小海：《诗的小学地理》（汪政、小海关于诗的通信），《芳草》2008 年第 1 期。

者虚妄”。“一个人对自己内心的服从，往往超过其他一切”[①]，作为曾经生活过二十年的地方，这必然会让诗人在描写外部的客观环境时，首先选择了他所熟知的故乡海安，将海安作为他整个诗歌世界的“基石”——因为对诗人而言，那里的情况他是如此的熟悉：自小便生长在海安的诗人，他的灵魂深处早已打上了故乡的烙印，写故乡、写童年、写村庄对诗人而言几乎毫不费力。而另一方面，自从当诗人离开他的故乡之后，他和他的故乡海安之间便有了某种距离，“这种距离使他能够摈除个人性的恩怨，以期更加冷静、客观地返身审视和描述对象”[②]。诗人所渴求的精神家园是“以这片土地为根基的”[③]，他在这些诗歌作品中所流露出的这种归宿意识，纯净、透明、质朴而简单，这些高贵而令人缅怀的成分在他的诗中流淌，它们所包蕴的，是诗人沉默的面孔下对生命的深刻体悟：“寒冷的夜/轻率的人受了伤/满身尘土的鸽子/飞往天堂//万里无云的天空/我多么想念那水声/早晨的水声/——是暴行，也是召唤”（《夜与昼》）。然而诗人真的仅仅只是在描写他的村庄，只是在描写他那名为海安的故乡么？

（二）“村庄只是我的一个借口”[④]

我们不能把毕生致力于书写爱尔兰乡村民间生活的西默斯·希尼（Seamus Heaney）当作一个简单的乡村诗人来看待，我们亦不能把小海的这类描写“村庄与田园”的“思乡”诗歌当成普通的

---

① 费振钟：《江南士风与江苏文学》，长沙：湖南教育出版社，1995 年，第 48 页。
② 曾一果：《贫困时代的抒情诗人》，《作家》2007 年第 1 期。
③ 林间：《莫言和他的故乡》，厦门：厦门大学出版社，2013 年，第 226 页。
④ 小海：《必须弯腰拔草到午后》，石家庄：河北教育出版社，2003 年。

“乡土诗歌”来理解：“小海的诗、尤其是他的村庄与田园系列，在短小的诗歌语言中，往往承载着丰富的诗歌讯息，而在事实上它们却又是极为单纯和质朴的……可是，你不能就因此把这个沉默的诗人看作一名通常意义上的乡土诗人……小海比当代诗人中任何一位乡土诗人都要走得更为遥远。”① 不同于一般的以“围绕‘两栖人’和‘精神家园’而写作的”②、强调“进入都市的当代知识分子在乡村文化与城市文化的冲突中所体验到的怀乡与漂泊意识”③的乡土诗歌，在小海的诗歌中，他并没有回避同样有着剧烈而动荡的内部冲突的乡村生活现状，在他诗歌笔端所描绘的，是当代乡村被现代城市化进程所步步紧逼的不断“沦陷”、“被蹂躏”和“被贬损”的现实，是“对时代悲剧性的一种指认”。小海的诗歌让乡土写作变得具有一种现代性的美感，让当今新诗写作中以村庄、故乡以及田园等为主要对象的乡土诗歌“第一次挣脱了土气”，他与一般的乡土诗人的不同就在这里：即虽然他们所描写的对象是一样的，“但诗人小海让我们通过乡村与田园，看见了一个真实的人间，并引导着我们去重温那些与乡村和田园密切相关的、与人类幸福息息相关的价值”④。在小海的诗中，我们所能体会到的，是诗人试图维系（或者说建立）一种立足于乡土大地之上的诗歌经验的努力：

---

① 刘歌：《论小海的诗歌创作》，《中外诗歌研究》2004 年第 2 期。

② 燎原：《黄昏乡土上的放逐》，江堤、彭国梁、陈惠芳主编，《新乡土诗派作品选》，长沙：湖南文艺出版社，1998 年。

③ 张懿红：《缅想与徜徉：跨世纪乡土小说研究》，北京：中国社会科学院出版社，2010 年，第 5 页。

④ 刘歌：《论小海的诗歌创作》，《中外诗歌研究》2004 年第 2 期。

就像突然间涌现出无数的村庄：河流、大地、日落日出
我再也见不到的人、牲畜，无止境地显形
那些平等而徒劳的岁月
每一片村庄，都有一个神住世，犹如它们的太阳
那是男人国，平等、吉祥、欢爱，绝不错失灵魂
黄金为地，一切依据愿望得以实现
没有夜晚的叹息，也有鸟儿好姑娘般站立枝头
但是，人依然是虚幻的集合
大地山河，犹如沦陷爱欲的男男女女
仅仅靠了一线朦胧的晨光而暂存
大千世界，仍旧是又聋又哑的白痴

——节选自《作为村庄的表象》①

小海说：“我的想法是希望诗歌可以与自己的国家以及自己所处的时代建立一种对应关系，使自己能够真正地成为这个国家的诗人。”② 在他的诗歌中，故乡的村庄虽然犹如“有一个神住世”，然而却仍然免不了“大地山河”的“沦陷”，人们仿佛是“虚幻的集合”一般“沦陷爱欲”、精神空虚并彷若“白痴”，诗人着意于人类共同的幸福价值指向，将自己的诗歌立足于当下“所处的时代”并通过对过往乡村生活的“回望”来寻找更为诗人所钟爱的一种未来——也就是诗人在诗中所说的那“一线朦胧的晨光”。从这个意

① 小海：《必须弯腰拔草到午后》，石家庄：河北教育出版社，2003 年。

② 小海、沈方：《回答沈方关于诗歌的 27 个问题》小海：《必须弯腰拔草到午后》，石家庄：河北教育出版社，2003 年，第 285 页。

义上来说，他的诗歌更近似于那种“传统诗人灵魂对时代污染的消极抵抗和在后现代语境下的自然延伸”①。

“村庄只是我的一个借口”，诗人如是说。对于亲身经历过文化裂变、身处新时期文化氛围中的小海，他明确地认识到“通往一切乌托邦之路都已断绝，将故乡的村庄田园作为灵魂的栖息地和精神归宿，只能意味着精神掘进之中的废弛”②。诗人在诗歌中把故乡村庄作为他的一个“精神隐喻”，是看似小实则“宏大叙事”的“心理准备”——或者说是诗人心灵的一个“入口”，通过这个入口，他“打开了独自的小宇宙”③，让读者们感受到了深藏在诗人内心的深沉情感：“倾倒了它无数的化身　大地啊/如果我的前身就修苦行//我的眼睛不再像一把生锈的锁/我将见到母亲所讲述的一切//村庄的上叔伯兄弟　太阳旋转自在的力量/没有任何高山　丘陵　荆棘可以阻挡”（《倾倒》）——这是对未来的期盼与赞美；“炽热的风/好色的大王/穿过茂密的玉米地/今夜畅通无阻//怀疑和贪婪构筑最后的村庄/在亲人找到亲人之前//统治村庄的是史前的鬼魂”（《村庄组诗》）、“两个相互吞噬的身体/都把黑夜当作各自的替身//寂静是饥饿的谎言”（《边缘》）——这是对“好色”、“贪婪”、“谎言”等人类“恶”的揭示；“留下那片土地/黑暗中显得惨白/那是贫瘠造成的后果/它要照耀我的生命/最终让我什么也看不见/陌生成为它/饥饿的果实”（《田园》）、“远离了故乡冰凉的

① 林舟：《突围与重建：对小海诗歌的一种简单描述》，《诗探索》1998年第2期，第156-160页

② 同上。

③ 小海、木朵：《我不赞同技术至上——访诗人小海》，《诗潮》，2005年第9-10期，第90-93页。

水井/就像口对口的方言/准备熄灭//哦，这温柔而苦难的心……”（《萤火虫》）——这是对苦难的生活的悲悯……其实诗人自己早就已经知道，“我们已经不可能还乡”①，诗人所吟咏的故乡是埋藏在他心灵深处的一个隐喻或者说象征，是诗人在更广阔的“宏大叙事”之前所作的一个心理准备，是他在自我写作道路中的一个小小考验：“也许从另一层意义上说，你说的故乡：这个叫做‘海安’的地方，算得上是能够终身指引我的一位老师。”②

（指导教师：蒋登科　教授）

① 王尧：《小海的诗学》，《当代作家评论》2002 年第 6 期。

② 何平、小海：《使自己真正成为这个国家的诗人》，《当代作家评论》2011 年第 5 期。

传播视域下的地震诗潮[①]

陈　烨

地震诗歌形成热潮的原因，除了当时社会情绪的激发之外，媒介是重要的载体和推动力量。地震诗潮的优长与不足和媒介传播也有着密切的关系。特殊的时代语境之下，诗歌传播呈现出多样化的

① 改选自硕士学位论文《诗与时的张力：汶川地震诗歌的诗学启示》第三章。全文摘要：汶川地震诗潮重现了诗歌的社会功能，但同时这场诗潮艺术方面的不足也让我们反思诗歌的伦理价值和艺术价值之间的关系。地震诗歌的创作者身份多样复杂，既有已成名的诗人，也有普通诗歌爱好者。诗歌是诗人的心灵与现实共振的产物，创作者对诗歌的艺术认知和对现实的体验，是影响诗歌文学价值的直接因素。所以探究创作者的身份、创作心理，可以让我们从诗歌创作源头上来找到地震诗潮良莠不齐的原因。这样的探讨对于诗人以后该如何面对重大突发性事件有着很好的启示意义。汶川地震诗歌数量以井喷之势增长，但从诗歌文本整体来看，我们会发现其伦理价值和艺术价值之间明显失衡。地震诗潮“沙多金少”的现状，启发我们从诗歌的艺术本质与审美属性来审视这场热潮，从而思考如何获得诗歌的社会担当与艺术审美之间的平衡。地震诗歌形成热潮的原因，除了当时社会情绪的激发，媒介是主要的承载和推动力量。地震诗潮的优长与不足和媒介传播也有着直接的关系。特殊的时代语境之下，诗歌传播呈现出多样化的形式，诗歌与传播媒介、媒介事件三者之间的关系也不能被简单定论。读者反映表现出不同的特点，尤其是网络读者与作者之间的双向交流对这场诗潮的凸现特点有着重要影响。地震诗歌传播的这些新现象既暴露了诗歌的缺憾，同时也指明了诗歌良性发展的必要因素。

形式，诗歌与传播媒介、媒介事件三者之间的关系也不能被简单定论。读者反映表现出不同的特点，尤其是网络读者与作者之间的双向交流对这场诗潮的凸显特点有着重要影响。地震诗歌传播的这些新现象既暴露了诗歌的缺憾，同时也指明了诗歌良性发展的必要因素。

一　地震诗歌的“图像化”

无论是具有超文本特点的网络媒介，还是诗图结合的电子媒介，或者是以文字为主的纸媒，以它们为载体的地震诗歌表现出一个共同的特点，即诗歌的出现多伴随着插图或视频画面，形成诗图互动、诗图互释的事实。究其根本，与“世界图像时代”① 有着直接联系。

（一）图像时代与阅读习惯

所谓的图像时代，并不是单一地指向图像的即时呈现，而是一种历时的、在潜移默化中产生的时代惯性。摄影机的产生将我们带入了图像时代，电视机、网络等媒介的快速发展和日常化，使得图像以特定时空的媒介内容成为个人生命中重要的审美经验。媒介时空内化为人们的自我时空，时空中的事件以图像的形式成为个体成长过程的重要元素和自我认同的重要参照物②。汶川地震经过不同媒介团体连番性、重复性的传播，已成为我们民族的集体记忆，地震所带来的伤痛也成为集体性的伤痛。所以，即使诗歌文本没有与图像在同一页面上同时出现，我们仍能在脑海中产生相应的画面。

① 邓晓成：《媒介融合背景下的新诗传播》，《中国文学研究》2012 年第 1 期。

② 冉然：《试论媒介时空的构建及其影响》，《新闻世界》2008 第 9 期。

如黑马的《我多想给汶川按一下后退键》，首先题目中的“后退键”是现代电子科技产品的功能之一，能将画面逆时播放；其次诗人用特写镜头的方式将现实与过去联系在一起，鲜明的对比将一副不可能实现的美好画面折射在我们每一个读者的脑海之中，激发起我们强烈的共鸣。

但媒介所展示的世界并不是世界本身的样子，而是一种“拟态环境”。“拟态环境”概念是由20世纪美国著名的报刊专栏作家、政论家李普曼在其经典著作《舆论学》中提出，他认为，“被媒介构造出来的‘拟态环境’，它将我们与真实环境隔离开来。”“‘拟态环境’与真实世界不一致的原因主要是：检查制度的控制，人们接触社会的局限，媒介对事实的选择、简化、压缩和曲解等。”①“媒介对事实的选择”这一项工作往往是通过传播者或传播机构完成的，在传统的传播模式中，“传播者天然地处于信息‘把关人’的角色，成为信息的过滤器，左右着信息的去留详略”②。因此，“拟态环境”所传递的信息实际上是传播者对世界的认知，具有一定的主观性。

地震诗歌是对汶川大地震这一事件的反应，属于传播过程的信息反馈环节，诗人是信息传播的受众。多数地震诗歌的创作者并没有亲临灾区现场，他们对于灾区的认识基本上来自于媒体报道。这些报道是由专业化的媒介组织向社会大众进行的大规模的信息传递，是典型的单向性的大众传播形式。在这一传播过程中，传播者发挥着筛选信息的作用。我们不能忘记，汶川地震期间各个媒介对

① 黄晓钟、杨效宏：《传播学关键术语释读》，成都：四川大学出版社，2005年，第260页。

② 戴元光、金冠军：《传播学通论》，上海：上海交通大学出版社，2000年，第167页。

于灾区的报道空前一致：无论是主流新闻媒体，还是以特立独行为标志的民间性质的媒体，他们所展示的都是感人的事迹、人物和惨烈的受灾现场。媒体为诗歌创作者们提供了大同小异的创作材料和灵感。

现代科技、经济和文化的发展，创造了一个大众化的社会，在这样一个社会中，人们看似自由，“实际上比任何时候更加依附于社会，或者说被社会整合”①。文化不再是少数人的特权，随着人群的集中和流动，大众的文化体现出趋同性，这就是“大众文化”。文化的世俗化“对于提高社会整体文明水准，增强较低阶层的公共生活意识具有时代意义”②，但它同时也产生了信息庸俗化的负面效应。现代传播媒介技术的发展使得大众文化可以批量生产、机械复制，面对这样的文化，普通大众往往以猎奇的心态来接收。于是，大众的趣味、爱好在潜移默化中趋向一致，渐渐失去个性而不自知。电视、网络等集画面、声音与一体的现代传媒技术产品在人们日常生活中的扩张，进一步影响了大众的思维。

作为一种“感受型”媒介，电视培养并拓展了人们的“图像性思维”能力。人们钟情于直白浅显、一目了然的信息，耐心被消磨，慢慢地人们满足于浅层的表象思维，耽于耳目之娱，而疏于深入思考，只接受而不判断。久而久之，由于个人满足于大众传媒传播的讯息，最终以知代行，成为丧失自我辨别力和行动能力的现代瘫痪者③。

现代媒介重构了人类的时空生存景象，延伸了人类的感知能

---

① 彭兰：《网络传播概论》，北京：人民大学出版社，2001 年，第 371 页。

② 戴元光、金冠军：《传播学通论》，上海：上海交通大学出版社，2000 年，第 58 页。

③ 同上，第 61 页。

力。网络媒介进一步打破了时空限制：时空可以任意错位，时间可以压缩空间，空间可以延展时间①。这种新的时空景象产生了悖谬性的结果：它丰富了人类的审美经验，但丰富中却有着高度的相似性。

（二）诗歌“图像化”的得与失

地震诗歌的材料多来自于新闻媒体的报道，媒体对灾区的现场直播触动屏幕前大众的心灵，基于情感发泄的需要，一首首真情流露的诗歌出现在人们的笔下或指尖。地震诗歌的传播也与鲜活的图像一同展示在读者的眼前。由重庆市委宣传部组编的《时间之殇——5·12汶川大地震图文报告》是一本典型的诗歌与图像相结合的印刷作品，其中，诗人西库的诗作《守望》是一首较为出色的地震诗歌。诗歌的抒情对象是“母亲”，所配图片是一位坐在废墟上哭泣的母亲，从这位母亲双手所戴的手套，我们猜测她是诗人傅天琳笔下那位不放弃“刨”的母亲。

图片给我们奠定了悲伤的基调，诗人西库突破图片所展示的现实场景，从母亲悲伤的表情中想象她曾享受过却再也不会有的天伦

① 王文参：《当前文学的民间传播与文学观念的更新》，北京：中国社会科学出版社，2014年，第27页。

之乐。诗歌与图像的结合将一位母亲的悲痛以最直接但又具有情感能量的方式传递给读者，此时诗与图像之间的关系已不是简单的后者对前者的图解或前者对后者的文字阐释，而是“在互相攀援中作美学提升，诗的超越性通过图像的视觉性、直观性获得了新的阐释，而图像的逼真性和在场性，又使诗歌文字的多义性得以落实”①。

诗歌借助语言文字来抒情达意，图像是通过视觉艺术来传递信息。有论者曾说：“无论是静态还是动态的影像，它们在传递信息的方面都存在一个共同点，即它们都不是代表简单的现实真实，而是以一种隐喻形式存在的。”② 同样，“隐喻”是诗歌常用的表现方式之一。诗歌是诗人对世界的艺术把握，是一种强烈的个人化感性认知，诗人使用文字符号间接地传达出他的精神活动。因此，读者或观众都必须对符号进行“解码”才能获得诗歌的意义或图像信息。诗歌与图像之间的这一共性决定了它们之间“最终不是吞噬和替代的关系，而是共生和互补的关系”③。

但图像与诗歌互增互补关系并不能遮蔽图像对诗歌可能产生的负面效应。直观浅白的图像将大众从对语言的“艰难解码”中“解脱”出来，使大众日益沉迷于这种轻松、愉悦的平面享受之中，感觉和认知能力遭遇了前所未有的危机，思维能力逐渐弱化，表现在地震诗歌中体现为诗语的寡淡、诗思的浅薄，甚至有些创作完全没有诗的特色，只是对几个完整句子的简单分行。如一首网友创作的地震诗，在诗的结尾作者用饱含深情的语句鼓舞灾区民众：“一

① 梁笑梅：《读图时代的新诗嬗变》，《人民日报》2010 年 7 月 20 日。

② 同上。

③ 王澜：《电子媒介时代语境下新诗发展的前景》，《西南大学学报（社会科学版）》2007 年第 5 期。

方有难八方支援/有党和国家的关怀/有全国人民的支援/一定能度过最艰难的日子/让我们用宝贵的生命/手牵手心连心/战胜一切恶魔/在废墟中重建我们的家园”，情真意切却掩盖不了其非诗的不足，但这首诗依旧获得众多网友的好评，究其原因与读者当时的阅读心境有关，而此类阅读心境的形成与各种媒介现场感十足的图像画面传播有关。

因此，我们在应对图像带给诗歌发展的机遇和挑战，既要在诗图结合的道路上拓展诗歌发展的新方向，也要注重诗歌该有的严肃性、艺术性，抵抗住图像对诗歌艺术创作和阅读理念的侵蚀，坚持诗歌伦理担当和艺术审美并举。

二　诗歌传播中的“互动性”

我们在上文中已探讨了作为受传者的诗人和作为信息反馈的地震诗歌，这是将两者置于地震信息事件之中而言。而地震诗潮作为一个文学现象，又有它自己的一个完整的传播过程，在这个过程中，诗人成为传播者，诗歌成为传播内容，受传者即为读者。相较于以往的诗歌传播，此次地震诗歌传播最大的特点是网络媒介成为首选和主要的载体。所以，在此，我们主要探讨地震诗歌的网络传播特点及其影响。

（一）诗人与读者的双重互动

我们已经知道，网络传播成为地震诗歌传播形式中的中坚力量，与网络媒介自身的特点有很大的关系。尤其是网络传播的“多元互动交流”特点，自网络文学风靡以来一直备受瞩目，基于此所形成的“在线批评”进一步激发了读者的阅读兴趣，同时也吸引读者积极参与到文学创作中来。

网络的“无门槛”设置，使得人人都可以参与到作品评价的活动中来。这种参与行为突破了时间和空间的限制，体现出超时空的特点。我们以汶川地震一周年时影响力最大的网络平台“天涯社区”上的诗歌传播为例：

“楼主”“沉香果”在2009年5月4日 08：34：00时发表了自己的原创诗歌，“五月汶川黑祭悲，风华木折命先摧。一堂好韵情难到，半阕笙歌影已睽。痛哭黄钱烧旧梦，思量白菊插新晖。飞鸣哳哳天青里，落向伤城画角吹。”（时间：2009-05-04 08：54：46）

网友“一袭青衫影”贴上自己所创作的地震诗歌。

“沉果香”回复“一袭青衫影”：“欣赏~谢青衫兄贴诗支持~握手:)。”（时间：2009-05-04 15：10：41）

“文殊法雨”：“气氛到位，惟末句‘落向伤城画角吹’之‘画角’值得推敲。”（时间：2009-05-04 20：16：57）

“沉果香”：“谢文殊兄不吝指教~现在看来，金戈铁马的‘画角’确与凄恻悲怆的气氛不谐~多谢指瑕:)。”①

此帖从2009年5月4日一直持续更新到2009年5月13日，网友或上传和诗，或评价“楼主”的诗歌，或表达自己的读后感，“楼主”“沉果香”一一做了回复。从摘取的交流片段中，我们能看到评论和回复之间的时间间隔很短，围绕“楼主”的诗作展开的

① 《七律：汶川大地震周年祭》，天涯社区，http://bbs. tianya. cn/post－no02－173202－1. shtml，引文中出现的一些非常规符号多表示作者语气和表情。

交流却持续了一周多。直至今日，我们仍能够在网上找到该帖，然后写下自己的观点，而且我们无需担心“沉香果”看不到我们的回复，因为后台系统会通知他（她）有新的回复产生，至于“沉果香”要不要回复我们，那就是他（她）的个人自由。

这种超越时空的交流打破了传统文学传播的作者生产和读者消费互相独立的状态，同时过去固定的作者和读者角色也发生了变化。从上述“天涯社区”的诗歌交流过程就可以发现：作者与读者过去严格的身份界限被打破了。任何人都可以以作者的身份自由地将自己的创作贴在网上，也可以作为读者去品读他人的作品。此外，网络媒介一变传统的基于作品的作者与读者之间滞后的交流。共时性的交流特点使得读者能够参与到作者的创作之中，如上述例子中网友“文殊法雨”对“沉香果”原诗中“画角”用法提出质疑，虽然他（她）只是提出问题没有给出解决办法，但已经对原作作者的创作产生了影响。

网络上围绕作品展开的交流也不再局限于作者和读者之间，这种交流同时发生在读者和读者之间。何真宗的《抗震救灾：向一个爱说粗话的军人致敬》诗中出现了两次粗话，这在读者群中产生了争议。有网友认为“这篇文章恶毒之处，就在于借赞颂解放军之名，行污蔑解放军之实”，并列举了自己的理由。三天之后，另一位网友反驳他（她）的观点，他（她）说：“这是人之常情，是他在着急的情况下才爆发的。”①

“在线评价”改变了过去精英式的评价，使得人人都可以成为评论者。20世纪60年代后期到70年代，读者接受过程逐渐成为文

---

① 《汶川地震周年祭：一首感动中国的诗歌》，何真宗博客，http://blog.sina.com.cn/s/blog_4b52a3510100cn4c.html。

学研究的重心，以伽达默尔为代表的西方现代阐释学认为："一部作品的意义并不是作者给定的，而是阐释者给定的，因为只有在阐释者与作品的交流中，作品才显示出意义。"① 但这种"意义"的"给定"应具有一定的学理性，评论者要对评论对象有着客观、理性的认识，能够较为准确地把握文本的含义。尤其重要的是，批评必须时刻围绕作品本身来展开。

而在上述两个案例中，我们能发现，网友的评论是一种点评式的。围绕"沉果香"的诗作所展开的评论在地震诗歌评论中已较为专业化，读者能从诗歌语言层面进行简要评价。但更多的读者评价带有明显的随意化特点，比如围绕何真宗的《抗震救灾：向一个爱说粗话的军人致敬》的两位网友的评论，他们的关注点已脱离了诗歌文本自身，而转向了非文本、非文学式的争论。

在网络的虚拟世界里，"创作者可以完全自由地受着本真自我的驱使，随意且毫无顾忌地抒发和宣泄着自己内心的情感"②，读者也在"符号化"身份的掩盖下没有面对面交流可能出现的尴尬、羞涩，大胆地发表自己的看法。作者和读者共同营造了一个"狂欢"式的世界，"破坏和解构"了现实生活中"凝固僵化和教条的世界观"③。在这个狂欢化的文学场域中，读者的评论表明了网络阅读多是一种情感化的阅读。

---

① 马新国：《西方文论史》，北京：高等教育出版社，2008 年，第 603 页。

② 蒋登科：《中国新诗的精神历程》，成都：巴蜀书社，2010 年，第 461 页。

③ 同上，第 452 页。

（二）读者阅读的情感目的

接受美学认为，“没有读者的参与，文学作品就不能算是最后完成”①。文学作品的意义和价值并不是固定不变的，它随着时代环境、社会认知、接受主体的变化，可能生成更为丰富的意义，并产生更多的附加价值。这一点很多评论家都已经论证了。但在网络媒介时代，文学意义和价值的生成出现了新的变化：继续生成更为丰富的意义和价值；相反的，意义和价值的生成不再发生。前者是因为阅读大众背景复杂，所以对文本的阅读视角不同；后者是源于网络传播的弊病之一——瞬时覆盖，产生了很难克服的遮蔽障碍，如果没有收藏或转存，阅读只能是一次性的，这样读者只流于文本表面，没有机会进入其内涵深处，最终导致阅读只是为了获得一种轻浮的情感慰藉。

其实，从审美本质来看，诗歌本就是一种主情的语言艺术，“夫缀文者情动而辞发，观文者批文以入情”②，读者在阅读文本时产生的共鸣主要是情感性的。但并非所有的“情感共鸣”都来自于文本自身。

王一川在其著作《文学理论》中谈及文学阅读时提出了“文学消受”的概念。“文学消受”指“物的时代”下，文学既有文化消费的属性也有审美接受属性。文化消费性，是指文学作品被明码标价，在商品市场上销售流通。“一部文学作品能否受到消费者青睐……往往受制于文化市场行情”，同时，“文学阅读的文化消费性的生成，与文学作品在读者生活中扮演的具体角色相关”。读者生

① 鲁枢元等主编：《文学理论》，上海：华东师范大学出版社，2006 年，第 232 页。

② 刘勰：《文心雕龙》，北京：中国书店，1988 年，第 170 页。

活在现实的日常情境中，“时尚趣味、媒体宣传、偶然事件引发的公众注意等”，都会影响到文学阅读的文化消费性的产生①。

汶川地震发生在举国迎奥运的狂欢时刻，没有任何征兆，突然爆发，给原本欢乐的社会情绪涂上了抑郁的黑色。悲痛情绪压抑着国人的感情，人们需要寻找一个除了哭之外的最佳发泄方式。诗歌进入了人们的视线，仓促间担当起大任。全民写诗的盛况使数十年冷清的诗歌再次广受关注，读诗成为一件既被动又主动的阅读选择。被动，是因为当时不论是网络还是报刊、电视等，铺天盖地的地震诗歌让人们根本无法忽视它；主动，是人们出于自己情感发泄的需要所做的选择。也就是说，在大众接触到地震诗歌文本之前，已经有一种预设的情绪存在，诗歌恰好“迎合”了这种情绪。

消费的实质是一种带有强烈功利色彩的活动。地震诗歌的阅读多是为了弥补人们因灾难带来情感上的缺憾。对地震诗歌评价最多的字眼是“感动”，可是这些被冠上“感动”的诗歌，我们今天读来只觉得寡淡无味，如果没有对于地震的灾难记忆，这些诗几乎不能对我们产生触动。为什么当时这些诗歌却能产生很好的情感效应呢？这与读者阅读心境有很大的关系，是一种“心境性反应”。所谓“心境性反应”是指“当主体由于情绪的弥散性而只能在对象中体会他自己觉得相仿的情绪过程时，也就往往以同样的情绪投入其中。这就使他自身的反应只能停留在艺术的表面之上”②。对于地震诗，大众读者的“情感阅读目的”要“大于审美阅读目的”③。

（指导教师：梁笑梅　教授）

---

① 王一川：《文学理论》，成都：四川人民出版社，2003 年，第 325-326 页。

② 童庆炳、程正民主编：《文艺心理学教程》，北京：高等教育出版社，2001 年，第 271 页。

③ 王珂：《新时期三十年新诗得失论》，上海：三联书店，2012 年，第 152 页。

观照现实，习禅修心

——人与自然的和谐统一①

钱桂平

① 改选自硕士学位论文《论洛夫禅魔互证的诗性智慧》第二章第一节。全文摘要：洛夫是台湾著名的现代诗人，不仅诗作数量高产，而且诗作质量更是少有旁人企及。半个多世纪以来，海内外诗评家对洛夫诗作的研究成果层出不穷。既有对其艺术风格、主题内涵、文学价值等的探讨，也有对其单篇作品作细读鉴赏。洛夫及其作品已成为中国诗歌界所不能不重视的话题。尤其是诗人早期较早接触西方的超现实主义艺术创作技巧，创作了大量超现实主义风格的代表作品，加上诗人独特的人生经历，使诗人对生命有了新的领悟。洛夫在后期诗歌的创作过程中，回眸中国古典诗歌创作美学，逐渐发现了禅宗思想与中国古典诗歌的暗合相通点，遂诗人逐渐以禅入诗，将禅的思维智慧与日常生活中的活泼禅趣引入诗的创作，创作了大量的现代禅诗作品，为现代诗的内容与风格突破开辟了一条新的路径。在诗人洛夫看来，超现实主义的诗进一步发展势必会发展为纯诗，纯诗发展到最后便会达到不落言诠、不着纤尘的禅的境界。他认为超现实主义文学与禅道有融合的可能是因为：一是禅宗的“悟”而达到“言在此而意在彼”的效果与超现实主义所讲求“联想的切断”而达于感通，二者相似；二是超现实主义作品力图通过梦与潜意识的探索，重视人的本性，从而把握人内在的真实，中国禅家重视见性明心、觉性圆融，方成妙理，这本身也是得之于潜意识的真实；三是语言上，超现实主义反理性，故主张“自动语言”，这与禅道主张“不说”而悟的表现方式极为相似。禅道一经理性的逻辑推理辨析，便容易受到歪曲而落入虚幻。作为一个具有高度社会责任感和创作精神的诗人来说，其高明与伟大之处不仅在于他发现了超现实主义与禅道二者的同一性关系，而且诗人还力求寻求二者的互补性关系，因此他用一种约制的超现实主义与禅道融合，创造出一种介于意识与潜意识，理性与非理性，现实与超现实之间的一种革命性的东方智慧。他用超现实主义的艺术手法，创造陌生化、反逻辑的禅悟语言，并置式、通感式的意象组合或诗质缜密的智性意象。阅读诗人洛夫的诗歌，他带领我们观照现实，关注自然，关注环境，更关注我们的内心，我们在领略诗人诗歌的优美时，就是一种习禅，修心的过程。在这一过程中，诗人以超现实主义入诗的高超诗歌创作技巧及其佛陀禅宗般对人生感悟的大智慧，对现代诗歌美学艺术的探索和诗歌思想内涵的追求作出了不可磨灭的贡献，更重要的是为读者在现代社会里迷茫的心灵，打开了一扇窗。

诗人洛夫曾在文章里谈到过“今天我们的社会环境和文化生态都在急剧地变化中，政治在慢慢地开放，市场经济笼罩了一切，我们生活在一个全面物质化、数字化、科技化的世界，人的物质欲望无止境地高涨，精神生活却日趋萎缩。而最令人忧心的是，我们的道德意识日渐式微，价值观越来越薄弱，这就是我们今天无从选择、不可逃避的现实，也就是为什么文学，尤其是诗歌这类属于精神层次的东西，大大地贬值而日渐边缘化的社会因素”①。随着中国改革开放，如今的社会经济水平越来越发达，生活条件一年好过一年，但实际上生活大环境却一年不如一年。自然环境上，气候反常，温室气体、雾霾等问题越来越严重，随着人类毫无节制地污染空气，砍伐森林，对大自然的过度利用，导致自然灾难频发，而且严重程度一年甚于一年，人们不禁发出“地球母亲真的病了”的感慨；社会环境上，如今的社会就像是一个大染缸，到处充斥着名利、欲望，人从来都是在这个名利场中追逐，当我们踏入这个社会的时候，所看到听到的无不是自私自利、贪嗔痴妄。为了金钱为了权利为了欲望，人们褪掉了羞耻的外衣。道德意识越来越削弱，价值观也越来越畸形，所以人们的心灵也生病了。今天这个社会，越来越多的人，由于生活环境的污染，所以生理上遭受污染，更为严重的是人的心理、思想、精神也不可避免地受到社会不良风气的污染，所以现代人多身心生病。诗人洛夫因其具有高度的社会责任感和使命感，所以在很早的时候诗人便发现了社会中所存在的诸多问题。自从20世纪80年代以来，受市场经济转型的影响，人们的生活内容和生活方式，人们传统的人文精神和价值观受到严重的颠覆。因此在很多年前的诗人的《石室之死亡》诗集出版时，诗人在

① 洛夫：《感受诗歌之美》，《创作与评论》2013年第3期。

自序的开头便提到："揽镜自照，我们所见到的不是现代人的影像，而是现代人残酷的命运，写诗即是对付这残酷命运的一种报复手段。"[1] 所以诗人以笔为武器，用文字做药，唤醒人们麻木的心灵，引起人们对当下社会种种问题的关注，唤起人们对自我作批判的反思，看淡生死、名利。获得一种超脱的人生观。有人说这是一个物质的时代，诗歌必定会受到冷落，但诗人认为今天的社会是一个需要诗的时代。"我们的文化中闪烁着无比辉煌的诗歌传统，我们背后矗立着许许多多伟大的前辈诗人，诗歌才是中华文化中最有价值的精神资产。诗歌在现实生活中看来是没有什么用处，不过诗歌能为我们提供一些想象与创造的空间，为我们留下一些人性的温暖与激情，为我们的生活增添一些浪漫与美感、神秘与梦幻。"[2] 于是诗人洛夫一直在诗歌的园地里笔耕不辍，创作了大量的现代诗。唐代诗人柳宗元在《邕州马退山茅亭记》一文中曾提出"夫美人不自美，因人而彰"[3]，这一说法后来成为中国的传统美学观念，它的意思是说，我们平时所看到的事情景物，它本身是无所谓美丑的。如果想成为具有审美的事物，必须通过人的审美意识活动，通过诗人一系列的创作技巧的运用，将这个平常所见的实在之物，变成一个具有丰富内蕴的意象。于是由这个丰富内蕴的意象构成的世界即是所谓的诗的境界。诗人洛夫一直坚持并实践这一美学观念，让平常无意义的事物在他的神笔之下，在诗歌的天地里绽放出美。他从来不以市场的价格来衡量诗的意义价值，他虽然也承认诗歌没有太多的实用性也很少能引起轰动的经济效应，但是他还是一如既

---

① 洛夫：《洛夫诗全集》（序），南京：江苏文艺出版社，2014 年，第 6 页。

② 洛夫：《感受诗歌之美》，《创作与评论》2013 年第 3 期。

③ 潘勤孟选注：《韩柳散文》，上海：春明出版社，1955 年，第 112 页。

往地进行着现代诗歌的创作。究其原因是因为诗人觉得写诗不仅仅是一种写作行为更重要的是一种价值的创造，“第一，生命内涵的创造，如莎士比亚、杜甫的诗；第二，艺术境界的创造，如李商隐、马拉美的诗”[①]。因为诗人洛夫深谙“美人不美，因人而彰”这一美学观念，所以他一直在积极进行着现代新诗的探索实验活动，诗人前期运用超现实主义手法写诗，但是洛夫对西方超现实主义的运用是持批评态度的是一种修正的超现实主义。他立足于本民族深厚的传统文化根基，努力寻求民族精神与西方超现实主义的结合，终于洛夫在多年的探索后发现了中国的禅与西方的超现实主义有暗合相通处，并运用超现实主义手法结合中国传统的古典文学，创作了大量的禅诗，给我们这个喧嚣浮躁的社会带来一泓清泉，我们需要诗歌，在诗歌的世界里我们需要禅宗的智慧来开悟我们被蒙蔽的心智。读诗人洛夫禅诗的过程就是修心的过程，在这个物质盛行的时代，通过阅读禅诗汲取有利营养，净化自己浮躁的心灵，滋补现代人日益萎缩的精神。读洛夫的诗，习禅修心，做一个诗意地活着的人。

人与自然的和谐统一是人类发展的追求之一。中西文化的基本差别之一就是在人与自然的关系问题上，中国自古代时期就比较重视人与自然的和谐统一，近年来更是把科学发展观、建立生态文明社会作为一项重要的概念提出来，而很多年前的西方文化则强调，人要征服、改造自然才能求得人类社会自身的生存和发展。中国古代哲人就提倡“天人合一”思想，“天人合一”在中国哲学史上是一个非常重要的命题，“天人合一”问题理论实质就是关于人与自然的统一问题，或者说是自然界和精神的统一问题。将“天人合

① 洛夫：《感受诗歌之美》，《创作与评论》2013 年第 3 期。

一”理解为人与自然的关系，像古代著名的道家、杂家、儒家和墨家等都有类似的思想观点。老子说：“人法地，地法天，天法道，道法自然。”① 庄子在《庄子·齐物论》中说：“天地与我并生，而万物与我为一。”②“天人合一”思想是东方思想的一个重要的哲学概念。人类的衣、食、住、行等一切生活必需品莫不取自于大自然，所以中国古人深知自然的重要性，深知人与自然关系的紧密性，因此他们主张人与自然成为朋友。在古代文人的作品中处处可以体会到人与自然的和谐相处，例如唐代诗人王维的《辛夷坞》：“木末芙蓉花，山中发红萼。涧户寂无人，纷纷开且落。”虽然诗中透露出一种落寞孤独的氛围，但是细品起来，读者可以深刻地感受到诗人那时所处的自然环境之美好、幽极。当春天来临时，辛夷花在生命本能的催发下，绽放红红的花朵，一朵朵，一片片，可以想见那如火似的热烈场面，在这样一个幽寂的深山里，它开时即热烈开放，落时则纷纷洒落花瓣，自开自败，无人打扰，虽然感觉落寞了些，但也随性、自足。还有陶渊明著名诗句：采菊东篱下，悠然见南山。诗人陶渊明弃官归隐乡间，在东篱下安然采撷野菊花，抬头便悠然看见了南山。诗人洛夫认为这句诗能够使读者在自然亲和力的感染下，发现自我。“发现自我的存在是现代诗、现代文学里面很重要的一个观念，不过现代诗虽然反映了现代人的苦闷和虚无感，却找不到化解之道。如果现代诗人能从古典诗中找回那些已经失落的东西，就是重建人与自然的和谐关系，我想现代诗会更具有哲学的深度。”③ 然而随着高科技的发展，人们生活物质的丰富，

---

① 饶尚宽译注：《老子》：北京：中华书局，2007 年，第 63 页。

② 王厚琛、宝昌疏解：《庄子三篇疏解》，北京：华文出版社，1991 年，第 577 页。

③ 洛夫：《诗歌美学传统与创新》，《唯实》2003 年第 4 期。

文明并没有自低向高发展，人们的价值观念受到物欲的强大冲击，随着科技取得惊人的成就，对自然破坏而衍生出来的“罪恶”也越来越多：森林遭受破坏，泥石流、地震等自然灾害频发，臭氧层遭破坏，原子弹、武器等造成局部地区战争不断；人类将贪吃的嘴伸向稀有的动物，导致动物种类减少，动植物多样性遭到破坏，而且由于动物身上携带病菌，所以导致各种疾病肆意蔓延；随着人口密度的增加，人际关系的复杂，导致人与人之间、人与自然之间的关系越来越冷淡，越来越疏远。尤其是在大城市里，人与自然之间的疏离，导致人类很多压力得不到及时有效的释放从而抑郁、自杀、犯罪等事故发生率居高不下……科技愈发达而人文科学却逐渐黯然失色，人与自然的和谐面临极大的挑战。在人与自然的关系上越来越多的诗人开始关注这一点，郑敏曾有非常精辟的论述：“……人要存在下去，要了解自然、保护自然。盲目破坏自然环境，最终是要受到自然的惩罚。在工业初期，人类兴奋于一些科技的发明而以为人类万能，自我膨胀……使人类在愚蠢的谋财过程中大量伤害了自然，今天我们已经看到人和自然间的文本关系，人的存在因自然受伤也面临危机。”① 郑敏一针见血地指出现代社会人类和自然同进退、共存亡的事实。在西方雪莱提出用“想象力、诗和爱”来拯救这个满目疮痍的世界，我们东方人提出“天人合一”这一哲学思想。诗人洛夫便用自己的实际行动契合了两种伟大的思想，他在自己的诗中渗进了“天人合一”这一观点。正如前面所提到的洛夫先生一再强调中国传统中值得现代人去继承和发扬的“第一就是人与

---

① 郑敏：《诗歌与科学：世纪末重读雪莱〈诗辩〉的震动与困惑》，《外国文学评论》1993 年第 1 期。

自然的和谐关系”①。他认为古典诗中多半具有道家自然主义色彩，像田园诗就占有一个很大的比例。而且洛夫认为古代诗人被罢官或者贬官以后他们大多选择归隐自然，所以在他们的诗中都能体现出一种出世的淡泊的境界，呈现出的是一派人与自然相谐相融的画面。他认为这种人与自然和谐就是中国古人强调的“天人合一”。“不论是诗人还是读者，你感受到这种和谐，心里面就有一种暗动了，有一种皈依感，进而对人生有一种很深刻的反思和感悟。”②诗人洛夫的禅诗作品里很多体现了人和自然之间的关系，或是对自然的关注或是科技对自然的影响，目的就是为了让读者甚至更多的人来关注自我重新寻回人和自然之间和谐往来。

一、对自然的关注

自然是人类得以生存生活的基础。如今的物质化社会使得人们在追逐一己之利的道路上，已经渐渐忽略了甚至敌视了我们的朋友——自然。随着科学发展观和生态社会理念的提出，“自然”这个客观存在的客观实体又渐渐回到我们公众的视野，并一再引起人们的思考与重视。自然生态危机根源于人类的心灵生态危机，对自然的关注与爱护就是对人类心灵的关注与爱护。诗人洛夫拥有一颗高尚的、超拔的未被私欲污染的心灵，所以在对自然的关注上，他用一颗佛陀般的心，带我们走进诗中自然的王国。诗人心灵是美的善的，所以即使是一个小小的果园也能引起诗人对它强烈的关注：

① 洛夫：《诗歌传统与创新》，《唯实》2003 年第 4 期。
② 同上。

这里实在绿得太深，哦，园子正成长
成长着金色的诱惑
一些美丽的坠落……

穿过这片深深的荫覆，四月很浓了
我听见满园的果子摇响如风铃
——一群星子
喊着另一群星子的名字

不要攀摘，哦，青柯正成长
它伸向我
如你温婉的臂①

“这里实在绿得太深”，说明果园里的植物得到人类很好的呵护，所以生命力顽强，呈现一片生机勃勃状。“成长着金色的诱惑”是作者暗指果树在结果，一切都是随着生命的本然状态，没有人类随意地破坏也没有刻意地去催熟果实，让植物的果子随时节成熟或是坠落。当四月中下旬诗人再一次来到果园，此时，满园的果子更加成熟，风一吹，果子发出风铃般悦耳的声音。以心观物，听见果子被风吹的声音像是风铃般悦耳的，说明此时诗人的心灵也是欢愉的。“一群星子，喊着另一群星子的名字”，在这里诗人将星星拟人化，在这个和谐宁谧的环境下，一群星星喊着另一群星星的名字，多么和谐的画面。接着诗人又劝告我们“不要攀摘，哦，青柯正成长”，其他的果树果子或许渐渐成熟，可是此时的青柯还在成长之

① 洛夫：《洛夫诗全集》（上），南京：江苏文艺出版社，2014 年，第 6 页。

中，诗人是在暗示我们要注意生态的可持续性，注重自然的生长规律。诗人善意的劝告，最终赢得青柯感激的回应“它伸向我，如你温婉的臂”，青柯伸向诗人，给诗人的感觉像是伸过来的温婉的手臂，说明人善待自然，同样地自然也会对人类以温柔相待。看似这么一个小小的果园之景却暗藏无限的禅机思趣。在《摩诃僧衹律》卷三十三中，佛陀禅宗肯定种植花草树木的功德，更提到修剪植物要顺其天性，而且要在植物生长茂盛时作适当修剪，不要随意破坏新长出的嫩芽不破坏山林等，对于瓜果蔬菜的采摘要待瓜熟蒂落之后方可进行，切不可抢先摘落以免破坏植物的生长生机。在《增一阿含经》中，佛陀禅宗也开悟众人种植花果树木，人的功德也会日益增长。在《大正藏》、《毗尼母经》卷五里说：“若比丘为三宝种三种树：一者果树，二者花树，三者叶树，此但有福无过。”体现出对草木环境的保护，以期达到人与自然的和谐相处。典型的对自然对大地母亲的赞美之歌是《狼尾草的夏天》：

遍山的
毛茸茸的尾巴
轻抚着夏日晴朗的天宇
山坡地
起伏如动情的小腹……
狼尾草追逐着风骚的蒲公英
蒲公英追逐着
正在低头吃草的羊齿植物
含羞草看到一只毛毛虫爬过来
猛然缩起了颈子
晴朗的天宇下

生命与梦都是绿的

这是我们的大地
富饶而多欲，不断地
怀着孩子
任绵绵后嗣遍了草地，沼泽，悬崖
承受自然的恩赐和劫难
有的巍为高耸的孤松
有的萎为风雨中的败叶
不论大化如何运转
不论生命将化为青烟，或蝴蝶
这是我们永远依附的大地
唯一的真实
仅有的美丽①

这是一首对祖国肥沃多产的大地的赞歌，从诗中我们可以体会到，诗人对大地的礼赞目的就是为了引起人们对大地的珍爱与保护，因为保护大地就是保护我们赖以生存的家园。在诗中诗人给我们描绘了一幅动人的绿意盎然图，所有的生命都是绿的、可爱的、充满希望的。“狼尾草追逐着风骚的蒲公英/蒲公英追逐着/正在低头吃草的羊齿植物/含羞草看到一只毛毛虫爬过来/猛然缩起了颈子”，作者运用拟人的手法赋予动植物以人的生命，生机活泼。“羊齿植物低头吃草”，作者运用这种看似不合逻辑的语言，增强诗歌

① 洛夫：《洛夫诗全集》（下），南京：江苏文艺出版社，2014 年，第 146－147 页。

的暗示性。动植物为什么这么悠然自在呢？诗人下一节就给出了答案，“这是我们的大地/富饶而多欲，不断地/怀着孩子”，因为我们的大地富饶，土地还未遭受化学等污染，还未被住房等建筑物侵占，所以生产能力高。“这是我们永远依附的大地/唯一的真实/仅有的美丽”，诗人在诗的末尾告诫我们，我们永远是和大地自然依附在一起的，兴则共兴，亡则同亡，所以爱护自然便是爱护我们自己。作者用自己独到的视角将关注点放到普普通通的狼尾草身上，小视角反映大问题，达到了古典传统文学中所谓的“以有限暗示无限”的效果，引起我们对人与自然关系的强烈关注。长期以来佛陀禅宗对人和自然的和谐关系比较注重，在敦煌莫高窟第249和285号窟的顶部，就刻画着天地人神、群生和谐相处的画面，用壁画的形式宣传了人和自然和谐相处的思想。洛夫对自然关注的诗还有很多，例如《松鼠家族》（一）：“……在桃花闹了一阵子又沉默的园子里/它，从这一棵，跳到/另一棵/又/另一棵/双脚捧着/一枚青涩的桃子吃/把啃不动的核/冷不防砸在我的头上”①，诗人在前文交待说，他们家的园子里有十株白杨、三株松树，还有一窝五口之家的松鼠，看到这里读者便会禁不住在大脑浮现一幅动人的人与动物和谐欢悦的画面，等读罢后文，一只松鼠在诗人的园子里自由自在地跳来跳去，甚至把啃不动的核，冷不防砸在诗人的头上，诗人也不觉恼怒，别有一番滋味在心头。在这诙谐幽默的背后，更让我们也感受到人类爱护动物、爱护自然、相互促进、共创和谐的重要性。

① 洛夫：《洛夫诗全集》（下），南京：江苏文艺出版社，2014年，第438页。

二、人类活动对自然的影响与反省

人和自然是具有不可分割的亲密关系。早在19世纪中期，恩格斯就人与自然的关系告诫我们："不要过分陶醉于我们对自然界的胜利。对于每一次这样的胜利，自然界都报复了我们。"[①] 人类和自然到底是主人与奴隶，主人与客人还是朋友与敌人的关系？人们就是和自然界在这种相互斗争中不断地调整二者的关系，可持续发展观就是根源于人与自然以及由此而产生的人与人之间矛盾关系而提出的。世界的步伐，生产力的提高都在日新月异的科技发展中不断加速再加速，然而人类赖以生存的自然环境却并没有因此而变得更好，人自身的焦虑、压力、痛苦、烦恼以及人与人之间的关系由此反而变得更加疏远、冷淡，社会渐渐不再是温情的社会，人人金钱至上。这些烦恼与日俱增，这是为什么？我们应该怎样积极面对寻求解决之道？人类活动对自然的影响破坏，洛夫对此深有体会，他曾经在一次诗人访谈中说到不会在深圳定居的原因是"好像我太太很担心空气污染和地沟油什么的"[②]。于是诗人关注当下现实，禅诗的写作探索正积极面对和试图给读者开出一剂良方，洛夫的禅诗写作就像一把钥匙，试图开启人与自然和谐相处的大门。像《蛇店》：

隔着铁丝笼

① 《马克思恩格斯选集》第三卷，北京：人民出版社，1972年，第517页。

② 张天男：《向秋天最甜的那颗石榴致敬——华语诗坛泰斗洛夫先生访问记》《草原》，2013年第1期，第36页。

冷眼
瞅着那把雪亮的刀
蠕动着
千年前就已潜伏的绝望
有毒一刀
无毒也一刀
枭首而后剥皮
嘶的一声
好一身又白又嫩的赤裸
而后腰斩
而后熬成一锅比泪还浓的汤
至于肝胆
听说吃了可以使眼睛发亮
比刀子更亮①

蛇本身是自然界的生灵之一，它生活的环境应该是自然界。但是在这里蛇被人类人为地关进了铁丝笼里，而迎接它们的就是人类肆意的宰杀。题目中“蛇店”这个词就说明被抓的蛇不是一条两条而是比较成规模的多条蛇。而后诗人写道：“隔着铁丝网/冷眼……而后腰斩/而后熬成一锅比泪还浓的汤”，在这里诗人刻画了一个戏剧性场面，通过将蛇的动作以及人杀蛇、剥蛇、煮蛇汤这一系列戏剧化动作置于特定的戏剧性场面中，揭示出人类的贪婪以及对动物的残忍，最后结尾“至于肝胆/听说吃了可以使眼睛发亮/比刀子更亮”，作者这是用反讽的语气，用来讽刺人比刀子还要无情。同时

① 洛夫：《洛夫诗全集》（上），南京：江苏文艺出版社，2014年，第419页。

作者也意在提醒人们不要为了贪图自己的一己之私而伤害其他的生灵，如若不及时停止这种错误的行为，最后屠杀的刀子，将很可能指向人类自己。佛陀禅宗教义中就含有环保思想，认为终生平等。《梵网经》下卷“第四不辄放火焚烧戒”禁止“放大火烧山林旷野”，特别强调要人们不要在四月至九月烧山，因为这时正是众多生灵繁殖时期，此时烧山只会将生灵后代杀死，从而不利于生物的繁衍。“华严宗哲学认为世界万有之间互为因果、彼此缘起，一切事物都是‘法界缘起’而彼此互不妨害，相摄相融。”① 诗人洛夫关注人与自然，身处复杂的社会环境中，积极进行深刻的反省在他的作品中透露着“众生平等”的思想，但是由于人类对其他的众生存在着奴役和残杀，使得人与自然的关系紧张而对立，他便借着禅诗的写作，希望将他对人与自然的深刻反思传递下去，让更多的人关注自然，爱护自然，更多的人滋生出慈悲之心，相信这个世界就会一点一点变得更加和谐。

人类活动对自然的影响以及反省的作品，诗人还有很多题材涉及多个方面，不一而足，在《睡莲》中，诗人写道：“长崎原子弹纪念碑旁的一池睡莲数十年来未曾合眼……”② 为什么数十年来，睡莲都未曾合眼呢？作者诗歌第一节写道：“水之上/是扬尘/是音爆，千个分贝的杀伤力/是万里以外/两颗核子飞弹的怒目而视/水中央，风叠层浪/睡莲拥着一池月光的心事/又翻了一次身”③。第二次世界大战的时候，美国为了促使日本快速投降，先后在日本广岛和长崎上空投下两颗原子弹，这两颗原子弹给广岛和长崎造成巨

① 学愚：《出世与入世·佛教的现代关怀》，北京：中国社会科学出版社，2010年，第191页。

② 洛夫：《洛夫诗全集》（上），南京：江苏文艺出版社，2014年，第520页。

③ 同上。

大的破坏，同时也使日本人民亲身体验了原子弹带给他们无穷遗患，死亡者无数，幸存者饱受癌症、白血病等辐射造成的后遗症。如今水面上扬尘、噪音的污染依然不亚于原子弹带给人类的伤害，科技在日新月异的发展，可是科技的发展给自然环境带来伤害，似乎还没有引起社会上的足够重视。因此胸怀天下的诗人就像是池中的睡莲，每当想起科技引起人与自然的紧张关系，怎能安然睡去？在《夜登普门寺》中诗人写道："山鸟/隐隐从峰顶掠起/如着火的意象/从一册唐诗中飞出/它的韵味/决不可能在/城市的灯火里寻到"①，诗人夜登普门寺，看到一只山鸟从峰顶飞起，将其比喻成从唐诗中飞出的着火的意象，让人如临其境般的感受到那画面的美好。接着诗人不禁感慨，这种自然的本来韵味，决不可能在车水马龙、霓虹灯闪烁的城市中寻到，因为人类为了自己的欲望的需要，不断加速着城市的现代化建设，破坏了最初的自然环境，鸟儿在城市中找不到自己的栖身之处，人与自然的和谐统一的画面，在城市很难体会得到。诗人洛夫就是这样用禅心观照万物，他的禅诗就像舟船，不仅渡己而且渡人。

（指导教师：梁笑梅　教授）

① 洛夫：《洛夫诗全集》（上），南京：江苏文艺出版社，2014 年，第 267 页。

李立扬诗歌中的死亡形象[①]

任绪军

“死亡”是李立扬诗歌的两大主题之一。在其作品中，死亡的形象并非只是普通意义上生命耗损的象征，它更蕴含着李立扬对时间和生命的深刻体悟。本部分以“玫瑰”、“苹果”和“水”这三

① 节选自硕士学位论文《在“死亡”与“爱”中飞翔：李立扬诗歌的记忆之艺》第一章。全文摘要：李立扬（Li-Young Lee，1957—），当代美国最为著名的诗人之一。他生于印度尼西亚，后随家人一起流亡，1964 年移居美国。迄今，李立扬已出版诗集《玫瑰》（1986）、《在我爱你的城市》（1990）、《夜之书》（2001）和《在我眼睛后面》（2008），散文诗体回忆录《长翅膀的种子》（1995），访谈录《打破玉瓶》（2006），获得了包括美国图书奖、威廉·卡洛斯·威廉斯奖在内的诸多重要文学奖项。李立扬曾说，他的写作只有两个主题：死亡与爱。这也是许多读者读过他的作品后所留下的印象。一般看来，这是创作上的局限。然而，在李立扬的作品中，我们发现，这完全不构成限制，相反，借由这两大主题，诗人的探索呈现出“无限-内在的绽放”的状态。如此悖反性的效果是如何形成的？首先，一个显在的原因：这是两个涵括能力极强的主题。除此之外，这与诗人的诗歌技艺——记忆之艺——也有着莫大的关系。这记忆之艺之所以能够实现其诗歌主题的“无限-内在的绽放”，很大程度上，是因为它成功地调遣和安顿了那些诗歌形象。“玫瑰”、“苹果”、“水”、“夜晚”、“鸟”、“声音”和“父亲”是李立扬诗歌中常见的七种形象，对它们加以分析，有助于我们对这些形象之变化历程的理解，而进一步，也有助于我们对这记忆之艺的理解，从而更为深刻地把握其诗歌的两大主题。

个形象为中心，对此展开分析。

玫　瑰

玫瑰是李立扬非常喜欢的一个形象。在一次访谈中，他谈道："我还很小时，父亲便常常告诉我，生活就像一朵巨大的花，它恒久地开放、开放又开放。他是一个很棒的玫瑰园艺师，他爱玫瑰。当然，事实上，有道中国菜就是以玫瑰为食材烹饪的。中国人出于药用的目的烹饪玫瑰。我母亲是位烹饪玫瑰的好手，她常常油炸它们，使它们尝起来像葡萄。……自从父亲给了我那个不断开放的花的形象，我便对玫瑰变得相当着迷。"（B：22）①

玫瑰的形象在他每一部诗集中都有出现，但它并非一成不变，相反，在不同的诗中，甚或在同一首诗中，玫瑰的形象也都不同，它富于变化，因而是一个非常丰富的形象。

他的第一部诗集称得上是一部玫瑰式的诗集，它不仅以"玫瑰"命名，而且，其编排结构就像是一朵玫瑰：它由三部分组成，第一部分共 14 首短诗（最后一首是《独自用餐》），第三部分共 11 首短诗（第一首则是《一起用餐》），中间部分是一首长诗，也就是那首著名的《总有一朵玫瑰》，诗集的这种编排形式显然是独具匠心的，它富于对称性：一朵绽放的玫瑰。

在这部诗集中，玫瑰的形象集中出现在这首长诗里。此诗开篇，玫瑰以一个"黑色的轮廓"的形象"浮现"：嘴，尖叫，倒刺/边缘，它平衡/于一条长而尖的/曲茎。（R：37）这个开篇满是哥特风格，而紧接着，一幅混乱的死亡的图景展现在我们面前：

---

① 文中的 B、R、C、Bo 均为李立杨诗歌作品集的头写母，以此表示诗集。

枯死的雏菊，干瘪的百合，干菊花
萎缩的尸体。在它们，和棕榈、蕨类
黄色褐色的枯萎复叶之间，
我到来，发现
一朵垂死的
玫瑰，被遗弃在一堆无望的死者里面，
它的花瓣仍然柔软。

（R：37）

在这幅图景中，玫瑰便是死亡形象本身。这一形象继续在第二诗章和第三诗章中延展。它先是与家族中的死者联系在一起，“棺材里/燃烧的玫瑰在父亲僵直的双手间”，“我兄弟遗传了可怕的玫瑰，/他脑袋里/虫蛀的玫瑰，他穷困/生活里毁灭性的玫瑰。/破坏了《殉道书》书背的是玫瑰，/母亲将触摸并治愈的玫瑰，但玫瑰/依旧在死去”（R：38）。玫瑰的形象既是死亡的征象，也是死亡的原因，同时，这玫瑰本身就是死亡。因而诗人咏叹道：

总有一朵玫瑰，
祷告时，发烧时，
太阳里，兽穴里。
总有那么一朵花，命定，世俗，那垂直的火焰
使我的到来黯然失色，又宣告我的离去，
让我的死亡变得甜蜜。
总有一朵，变黑，瘀伤，香气迟来，
开得饱满，开向死亡。
总有一朵玫瑰准备
散落它的花瓣，以致我必须摘下

每一朵，或者
整个攥在拳头里挤压。
抑或我必须
以双手托起它，仰慕它，
以沉默的方式，
或者，更为经常地，
用文字。

（R：38）

借由玫瑰这个形象，诗人试图把握住死亡，并认知它、领会它，进而书写它，而书写是为了更好地倾听它。“小小的，玫瑰红，你的死亡是大的。”（R：39）死亡构成一种不由分说的笼罩。如何深入这笼罩？诗人选择“吃”[①] 掉这个形象，尽管不总是主动的选择（“被迫整株地吃你，吞咽你的药味”［R：39］）。吃是为了融入，为了整全地体会（比如“不幸”、“父亲”），同时也是为了将吃的对象变成自己的一部分并对自己做出体认（“为了沉入/我自己的身体”［R：40］）。因而，在吃掉这个死亡的玫瑰形象后，诗人体会到“一种美好、肃穆、强烈的/苦味”（R：40），只有这样，诗人才能把自己的“信念寄托于悲伤”（R：40），就像他在另一首诗中所写到的：

［……］我知道

① “吃”（eat）是李立扬诗歌乃至其诗学的一个重要概念，这尤其体现于长诗《解裂》（C：77-87，中译见附录）。类似的词还有“cancel”（C：37-38，在不同的诗句里，我将其译为“注销”、“抵消”、“略去”或“删除”）。

残酷审判和兴高采烈的日子
已经到临。我甚至
想到了前院被风
触及的玫瑰，在对花瓣
初次凋零——
死亡降临的
预告——的预感中它颤抖着，
它将要取消
花开，索取荣耀。
因此玫瑰和我
怀着恐惧，站在一个崭新的
受崇奉的纪元的开端。

（C：21）

诗人也曾在一次访谈中谈及玫瑰之死的问题：“它们是最为壮丽的东西，哪怕在死亡之际。它们只是变得愈发美丽。……我想它们可能是唯一的在死亡之际依旧美丽的花。”（B：155）事实上，李立扬非常擅长于借助植物的形象来书写死亡的问题，除了玫瑰，他写过的与死亡有关的植物还有木蓝、鸢尾花、菊花、茉莉、百合花、风信子①。然而，唯独在玫瑰的形象中，他把死亡写得最为深刻。

玫瑰是李立扬诗歌中最富于变化的诗歌形象，除了此处论及的死亡意涵外，还包含着爱等意涵。关于这些意涵，本文第二章在论

① 分别参见《我的木蓝》（R：31）、《鸢尾花》（R：32）、《季节之间》（R：67）、《枕头》（Bo：1）、《井》（Bo：18）、《埋葬的心》（Bo：63）。

及爱的形象时将进行详细阐释。

苹 果

在文学作品中，果实的形象往往是一个双重的形象：既是甜蜜、圆满与收获，也是坠落、腐烂与死亡。果实是李立扬比较喜欢使用的形象，在诗集《玫瑰》中，就出现了好几种，特别是对柿子、桃子和苹果这三种果实，诗人施以了浓重的笔墨。在《柿子》一诗的末尾，失明的父亲触摸着画布上的果实，以格言的形式和口吻还原了果实的要义：

> 一些东西绝不离开一个人：
> 你所爱之人的发香，
> 你掌中，柿子的
> 肌理，成熟时的重量。
>
> （R：19）

重量是果实的负荷，同时也是果实辩证法的切分点：重量意味着成熟，也意味着坠落。生之顶点便是死。在《甜蜜之重》一诗中，重量的双重性得到了贴切的表达：

> [……] 一棵桃树
> 弯曲枝条拉紧枝干直至
> 绷断。
> 拿起桃子，掂掂重量，在你
> 掌中甜蜜和死亡

如此圆滑温润。
于是，便有了
记忆的重量［……］

（R：20）

在这份重量中，“甜蜜”（爱）和“死亡”共在，随即，则滑向了“记忆”。就像我们在之前的分析中所呈示的，这是李立扬作品中的三个核心主题：爱、死亡和记忆，几乎构成一个三位一体的完美表达。关于“甜蜜”，诗人认为，它的重量是“不易承受”的，因为“歌唱，智慧，悲伤，喜悦：甜蜜/等于这些重力中任意三者之和”（R：20），这便是爱的力学。享有这样一份爱，不仅是吃它多汁的果肉，同时，还需要吃它“染尘的皮及其全部”：

噢，为了获取我们心中所爱的，
为了在我们内里孕育一片果园，为了吃
不仅是皮，还有阴影，
不仅是糖，还有日子，为了把果实
持留在我们手里，渴慕它，然后咬一口
桃子的圆满喜气。

（R：21）

承受爱成为爱的整个过程，包括它经受的“悲伤”，也包括它经受的“喜悦”，这才是享有爱的方式。只有这样，爱才可能“持留在我们手里”，持留在我们心里，并“孕育一片果园”。

死亡的主题则主要体现在苹果的形象中。与这一形象紧密相关的一个动词是“坠落”。在《坠落：密码》一诗中，诗人写自己夜里“躺在窗下聆听/苹果坠落院子的//声音”（R：29），事实上，这乃是对死亡的聆听，因而诗人说这声音是他“渴望破解的一个缩略密码”（R：29）。在那些倾听的时刻里，关于死亡，诗人听出了怎样的信息？他说：

［……］每一声闷响
来自看不见的苹果

之尸，落到
地上的泥土

曾经到永远，一遍
又一遍。

（R：29）

这其实就是耶和华对亚当的训诫：“你本是尘土，仍要归于尘土。”（《创世记》3：19）因而死亡是一件亘古不歇的事情，甚至，我们可以说，死亡作为一件事情本身就是永恒的。

对于这个坠落的苹果的形象，诗人一直念念不忘，他在之后的好几首诗中又一再地重写着这个形象。在《晚安》一诗中，在倾听苹果坠落草地的时间里，爱的重量由苹果转移到身边所爱之人身上。然而：

［……］现在
我不再听到苹果坠落。但它们

如何离去！持续不断，尽管
它们不声不响

不发出关于其重力的坦率宣言。

（C：67-68）

死亡如何发生？死者不言，但这却是生者心中一个经久的困惑。经由对死亡的思考，生者得以确认爱的重量和记忆的重量，并在这样的确认里保有自己的生：

持续的告别必然赎回我们
人类的时日所赋予的
明确无误的香气。

（Bo：15）

借由死去的弟弟之口，诗人说：一个苹果最秘密的负载/是一个人童年那经久的气息（Bo：16）。

在《失眠者》一诗中，死亡已变得豁然开朗：

像任何准备好了的果实，我醒来
坠落向最初的，且

受欢迎的，整个夜里
那唯一的安全之所。

（Bo：32）

因为“我发现我与生俱来的时日/已被裁定，我的死亡被安排好了/我的死亡正在安排”（Bo：32），死亡变成了一件去焦虑的事情。因为“我知道/近旁有一只手将会在我听到/自己名字的每个地方遇见我”（Bo：32），死亡是一种接纳。“而围绕着它，是正在成熟的/寂静”（Bo：32），在死亡的过程中，再不是生的成熟，而是一种内心的安宁的成熟，换句话说，就是那片孕育在内里的果园的成熟。因而：

［……］歌唱
采集着我休息

周围的土，
以我心铺砌
回家的路。

（Bo：32）

死亡得以成就这归家的返抵之旅。当然，这里的“家”已经不是狭义的家宅，而是灵魂的寄托和归属。

在第四部诗集《在我眼睛后面》之中，有三首连续排布的诗特别引人注目，它们被分别命名为“母亲的苹果”、“父亲的苹果”和“潜逃的苹果”。在这三首诗中，苹果已成熟为自我的形象。

在母亲那里，“我是母亲的苹果，如此而已。/我变甜引出较近的死亡，没办法”（Be：50），“如此而已”和“没办法”是对命数的一种肯定，但这并不妨碍一个自我的苹果对自身起源的好奇和想象：

虽然我听说
苹果源于苹果，但我相信
某个地方定有颗星星是我祖先中的一员，
还有一只蜜蜂，一幅地图，一架钢琴，以及一场船难。

（Be：50）

诗人并不将自己的溯源局限于家族本身，同时，他将这张思索之网抛投向整个人类，甚或整个宇宙。如果说这是对过往的一种探查，那么，对于未来，诗人说：

［……］有一天所有的铁钥匙
都将从风的口袋里滑出来，
每把钥匙都将打开一扇对应的宅邸之门。
一扇叫心思，
一扇叫深渊，
一扇叫生活，
一扇叫工作，
一扇叫爱。
到那时，我将坐在这馥郁的门楣之下，
飘坠的花瓣雷鸣一般。

（Be：50）

也就是说，在对尘世间的事务有了一个本质的理解之后，安宁便降临了，死亡在这时候是静静地坐看风的解释和花瓣飘坠。

在父亲那里，“我不会一直是个苹果”（Be：51），父亲希望

“我”“成为一部书的后裔”（Be：51）。这部书，可以是《圣经》，也可以是宇宙本身。因而，父亲“保证”：“一个声音睡在我体内”，“而一位读者将携着黎明到来”（Be：51）。阅读变成了一种自我体认，因而，太阳“响亮”，月亮“震耳欲聋”，整个宇宙都在高声诵读着它的苹果。或者，换句话说，这个自我的苹果的形象在宇宙之中高声读解着自己。

因而，这个自我的苹果的形象，在经受了爱之记忆的孕育之后，最终体认了自己：

> 我，一具健忘的肉身
> 通过重复，记住心灵的表格，
>
> 我，一具记忆的肉身，哭着：
> 回不去了！
>
> 一具醉酒的肉身，笑着：回不去了！
>
> （Be：52-53）

最终认识到“回不去了”，才可以安然坠落，安然地返归。

一个苹果纾解了生与死。

水

在中国的命数观念里，尤其是在五行之中，物质由木、火、土、金、水五种元素构成。在古希腊，恩培多克勒综合前人的观点，认为世界由水、气、火、土四种元素组成。这几种元素也是文学艺术作品中最为常见的构件。在李立扬的诗歌中，水更是一个丰富的形象，水的声音乃是“最古老的声音，我们/所忘却的最初的声音”（R：26）。对水的探讨，其实也就是对生命本身的追问。

在李立扬的作品里，首要地，水以一个生命元素的形象出现，这体现于父亲之死。他在《水》这首诗中这样写道：

水是父亲的生命符号。
水的儿子将死在水边，
支配他生命的元素也将携它而去。
在山东被一位智者如此告知以后，
在两次几乎溺毙之后，
他规避了水。但水的符号
是一个流动的符号，流向它孩子所去之地。
（R：26）

这成就生命的水同时也是剥夺生命的水，水变成一个贯穿始终的符号，一个无法摆脱的命数，具体的体现便是父亲生命后期的水肿，“水涌入了父亲的/心脏，肿胀，沉重，/大了两倍。浮肿的/肝脏。浮肿的腿。/脚变成了气球。/呼吸罩使他看上去/像个潜水员”（R：26），而在“我”把自己的脸“贴靠上他的脸”时，“我”听到的依然是水的声音：还复的水/之音（R：26）。

在水的声音里，诗人听到了生命本身。让我们把注意力转向窗外的雨声——另一种水的声音：

雨声
比我们长久，我倾听，

有人正低语。
今夜，它是
帘幕般的水，敲打
地窖铁门的水，我们
渡来美国的水，
我们将返渡回去的水，
将要害死父亲的水。
我们生活在水囊里。

（R：27）

雨的声音比人更古远、长久。在雨声中，诗人听出的是记忆——水声中的水：是流亡途中的海洋，也是父亲的生命符号。而生活便是在这水的形象中运转的：生活在水囊里。

在《雨天日记》一诗中，诗人完成了对这雨的巡礼。在早晨醒来后，诗人追问：

雨去哪儿了？穿过田野？去到大海？
径直落到
舟中持一盏灯火的
父亲身上。昨晚
我找寻到这世界遗失掉的一册红簿子，
上面载有雨的地址，
所有亡故亲友的名字，还记载着
与他们沟通的方式和地点。
但阴影
投落至那些册页

一阵风将它们吹散。
雨去哪儿？亡故者在哪儿？

（R：59）

雨化身为亡故者的形象，变成家族记忆的一部分。对雨的行踪的追问，便是对死亡本身的追问，在这样的追问里，一个人得以确认自身的所在。而死亡想象与生的记忆混在一起：

我试着挨靠他的坟墓
躺下来，父亲
在草地下
用水桶和罐子收集无数场
雨，就像 1964 年我们
在匹兹堡所干的那样。我记得
他的贫乏，冬天
和雨带来的考验。
我记得天花板上的洞，
他的脸
靠在手里。
我记得雨一般的父亲。

（R：60）

父亲接房顶漏下来的雨水的事情，诗人在《生命》一诗中也写到过，在那首诗里，这雨水"愚弄贫弱的父亲"（R：54）。不管怎样，经历过那些苦难之后，雨成就了父亲，"雨一般的父亲"。经由记忆和想象的转化，父亲本身就跟雨水等同了起来。在父亲去世后，诗人先是四处搜寻他的所在，然而找见的只有雨，“但紧随上帝诸名之后，/在阿门之后，雨后，/什么也没有”（R：61），在场的唯有雨本身：“雨来敲我的门/我为它打开。无人/在那儿，只有雨在原地踏步。”（R：62）为了理解这场雨，诗人要做的，便是融入这场雨，成为雨本身：

我想要起身，
雨之门开启，
我将进入，雨活跃
在我指间，在我舌头上刺绣，在我眼睛里闪亮，
我想要把它携带在衬衫口袋里，
一生致力于揭示它的秘密，
它轻声的祝福语。

（R：61）

而理解是一生的诗歌的劳作，因为这场雨，这“雨一般的父亲”，这雨一般的记忆，“终我一生，它都在朝着我移动”（R：62），“在我双眼间，总是/雨，飘忽不定的雨”（R：69）。

海是另一种水的形象，它常常与诗人的流亡经历关联在一起。“昏暗的白杨摇荡，暗示大海。”（C：17）这海，是“穿靴子的人把我们/围逼至大海”（C：18）的海，在这片海上，“波涛翻卷，舟船/和身体漂流，越漂越远”（C：18）。海变成一个记忆通道：

想起大海
便听到树林的声音中
大海做工的声音，

波浪改变岸滨的
劳作，并非因为岸滨，并非因为波浪，
当然也不是我的缘故，
距离大海好几百米，
除非你清点
我的记忆，我横渡
大海一路来到这儿。
我就像我那些内陆的白杨：远
离水域，我充满了水的声音。

（C：25）

“但海声区别于树林的声音：/它拥有一种节律，近乎/一种意义，并/非人的故事，/因此像是/树林的声音”（C：25-26）。因而海成为了时间的恢弘形象：

当我注目海洋，我看见
毁灭和开初各阶段中一所房子。

（Bo：46）

这时间之海响起的是另一种不同的声音：

［……］它
趁势把我们人类的讲述
牢系于
它自己的进程，而我们的
不过是它

不息之流——
人类和其他
同时被讲述的——
一部分。过去
并不消逝，过去
融入并成为
更大的讲述。

（C：26）

这是“更为辽阔的、无人性之讲述的流”（C：27），而“我将讲述我的/人的故事”（C：27），并且是逆着这股时间的洪荒之流讲述。诗歌因而变成对时间之流的违抗：

因为这世界
在细节上是如此丰富，整体却如此虚弱；
因为我所爱的一切都不完美；
因为我的记忆缺陷
不在于记忆力，而在于系统性；
因为无人过问。

（C：27）

我认为这恰恰就是李立扬所有创作的动因，因为一切都不够系统性，也都不够完美，而且这一切不被追问，所以诗人需要去追问，用诗歌去违抗时间的泥沙俱下。这违抗的对象真是一种“无以言表的/诱惑”（Be：33），“环绕我们无端之过往的事物。/也许。也许是我们的河流，它大声做梦，/包裹起往事和遗忘”（Be：

34）。

还有一个水的形象，那便是《湖泊效应》一诗中的湖。这首诗异常美妙，它由两种声音无尽交织而成："她说"—"我说"。在这首诗里，湖是一个变换无定的形象，它可以是"一本翻开的书"，也可以是书中的"一个句子"，或者是一首"歌"，或者是"心思"，或者是心思的主体，……"湖泊，白昼的首页和末页，/覆盖写在那儿的每一个字。"（Be：40）最终，湖的形象乃是记忆的形象，它覆盖住的乃是时间本身。因之，那个"我说"的声音进一步追问：

那么，曾是谁在雨中沿着
博物馆前的台阶奔跑？
谁醒来坐在一列行驶的火车车窗内？

（Be：40）

这便是"还复的水/之音"，记忆的声响。

（指导教师：熊辉　教授）

音乐文学研究

主持人语（童龙超）：

乔羽谈及“五四”以来中国新诗的发展，提出了“两条道路”的观点。一是不受音乐制约、寻求语言自身规律的自由体诗的道路；一是与音乐相结合的歌词的道路。其实除此之外，还有亦诗亦词——或以词为诗、以诗为词，或出乐为诗、入乐为词的现代歌诗的第三条道路。在中国新诗史上，目前有关第一条道路的叙述几乎占据了全部篇幅，而对于第二、第三条道路的内容还没有引起足够重视，并作出恰当的评价。像光未然这样的诗人，目前的新诗史上并非没有提及，但或许只有将其置于第二、第三条道路的新诗史上，其价值和地位才能得到真正凸显。本期登载的张蕊的论文《光未然歌诗创作的抗战文化语境》，即由第一条道路的叙述转换到第二、第三条道路的叙述，从“以诗为歌”的视角对光未然的歌诗创作进行重新解读，富有新意，读者不妨留意这一点。

毛翰先生和陆正兰女士都是在国内具有重要影响的歌词研究专家。而他们都是从中国新诗研究所走出去的。一直以来他们笔耕不辍，不断有精品力作面世，为中国新诗研究所开辟新的学术领域和扩大在全国的影响做出了自己的贡献。本期也推出两篇评介性的文章：喻光明的《词人学者的歌词论——毛翰〈歌词创作学〉评介》和彭萍的《〈歌曲与性别：中国当代流行音乐研究〉简评》，分别介绍了毛先生、陆女士各自最近的研究成果，希望能引起读者对阅读他们原著的兴趣。

光未然歌诗创作的抗战文化语境[①]

张　蕊

一

“为抗战而艺术”[②] 是20世纪40年代文学发展中最响亮的口号。这一口号既点明了文艺创作的历史背景与时代语境，同时反映了作家们独特的创作心态。而抗战歌诗，作为战时文艺中最独特的文艺形式，更是扎根抗战的时代土壤，游走在诗歌与音乐之间。

每个时代的艺术形式必然与这个时代的政治文化和社会形式密切相关，文学作为社会思想情感与意识形态的表达，更是不能例外。1937年，全面抗战爆发，纷飞的战火动荡了中国社会的政治与经济，使得整个社会结构发生巨变，也带来了中国文坛的变革。

---

① 节选自硕士学位论文《光未然抗战歌诗创作论》第一章。

② 冯乃超：《为抗战而艺术》，《大公报·战线》，1937年9月19日第2号。“七七事变”爆发后的第二天，冯乃超就在武汉大声疾呼：“为抗战而艺术。如果有人以为这冒渎了艺术，他们把‘艺术的尊严’抬到‘堪察加’去供奉吧。在炮火连天的环境中，还沉湎于‘无所为而为’的酣眠的绅士们，也请把纯文艺的花草移到‘堪察加’的温室里去吧。然而，我们却要为抗战而艺术！”

战火焚毁了作家们原有的生活方式与写作状态，作家们的创作也在这变革的时代里发生了翻天覆地的变化。“战争使他们从书房亭子间解放出来，走向了农村、部队和小城镇；使他们接近了现实，突入了新的战斗生活。到处都有作家的足迹，无论在前线或后方；而且参加了各种方式的实际工作，发生了很大的影响。这种接近人民的战斗生活对作家自己也同样起了教育作用，使他们向现实跨进了一步。”① 中国的文艺从此由“五四”时代的“民主与自由”转向了抗战时期的“为抗战而艺术”。在“为祖国而歌”② 的旗帜下，许多作家纷纷投身抗战的洪流中，变身为“人民大众”的一分子，为抗战摇旗呐喊。

在抗战的时代背景下，文艺创作要求契合时代，以更易于大众接受的方式进行宣传推广。报告文学、街头剧等新兴的文艺形式开始勃兴，“抗战初期报告文学几乎抢占了整个文坛”③，“1937 到 1940 年，报告文学成为许多作家首选的文体，特别是 1938 年前后，一切的文艺刊物都以最大的地位（十分之七八）发表报告文学，读者以最大的热忱期待着每一篇新的报告文学底刊布；既成的作家（不论小说家或诗人或散文家或评论家），十分之八九都写过几篇报告。”④ 戏剧创作也开始向街头广场倾斜：“以戏剧为例来说，因为它是以形象直接与观众见面的艺术，因此成绩最为显著。像《放下你的鞭子》、《上前线》等戏，都是在街头广场上随时可以演出的，

① 王瑶：《中国新文学史稿》（下），上海：上海文艺出版社，1982 年，第 355 页。

② 同上，第 392 页。

③ 钱理群、温儒敏、吴福辉：《现代文学三十年（修订版）》，北京：北京大学出版社，1998 年，第 602 页。

④ 以群：《抗战以来的报告文学》，《以群文艺论文集》，上海：上海文艺出版社，1983 年，第 9 页。

而且走到了全国的各个角落。”“并且由剧作者发动，改造了汉剧、湘剧、桂剧等地方戏和各种杂技曲艺，组织成各种形式的演剧队，在前后方经常地演出。”① 这些文艺创作都为宣传抗战立下了不朽功勋。

诗歌创作自然也不甘落后。“诗，如一般所说，是文学的峰顶，是文学的最高样式。它能比其他的文学样式更高地，更深地或者更自由地表现人类的全般生活和存在于生活里的全般的意欲，它对人类生活所能发生的作用也更强烈——甚至难于违抗。”② 而诗人作为祖国忠诚的儿子，更是敏感于时代的巨变，自觉担负起时代的使命。艾青在《诗与时代》中说道：“如果一个诗人还有着像平常人相同的感官的话（更不必说他的感官是应该比平常人更灵敏的），他生活在中国，是应该知道中国正在进行着怎样伟大的事件的。如果他有眼睛，他会看见发生在他的国家里的和平的刽子手的一切暴行；他有耳朵，他会听见没有一刻不在震响的蒙难者的哀号与反抗者的呼啸；他有鼻子，他会闻到牺牲者的尸体的腐臭与浓重的硝烟气息……”③

这种转变不仅表现在个性激进的青年诗人身上，还反映在长于书写自己哀愁的诗人身上。徐迟在《抒情的放逐》里这样写道：“也许在逃亡道上，前所未见的山水风景使你叫绝，可是这次战争的范围与程度之广大而猛烈，再三再四地逼死了我们的抒情的兴致。你总是觉得山水虽如此富于抒情意味，然而这一切是毫没有道

① 王瑶：《中国新文学史稿》（下），上海：上海文艺出版社，1982 年，第 364 页。

② 艾青：《诗与宣传》，《艾青全集》（第三卷），石家庄：花山文艺出版社，1991 年，第 74 页。

③ 艾青：《诗与时代》，《艾青全集》（第三卷），石家庄：花山文艺出版社，1991 年，第 67 页。

理的；所以轰炸区炸死了许多人，又炸死了抒情，而炸不死的诗，她负的责任是要描写我们的炸不死的精神的。”① 战火“炸死了”以往缠绵缱绻的抒情方式，引起诗人关于诗的使命与艺术表现的新思索，他们反思以往的诗歌创作的抒情模式，并最终转向民族的深处，从人民大众中汲取力量。他们深情地凝视哺育他们的祖国大地，歌颂祖国，歌唱人民，完成了从“小我”到“大我”的写作蜕变。

在“风沙扑面，虎狼成群”的战时背景下，诗人们将创作目光从狭小的个人世界中解放出来，开始关注时代。写作环境的变迁，也促使诗歌创作的潜在目的和预期受众发生根本性的改变。此时的诗歌不再是书斋里三五好友对坐品茗时个人情感的消遣，而是需要书写大众的情感，走向大众的视野，“担负起教育并提高民众意识的任务”，“寻找为现实斗争服务的方式”②，并成为抗战宣传、摇旗呐喊的武器。而这些肩负宣传功用的诗歌，自然不满诗歌案头阅读的文本形态和传播方式，诗歌的创作形式亟待革新。

与此同时，抗战音乐的宣传作用也逐渐凸显并受到重视。早在抗战前夕，救亡歌咏活动便蓬勃兴起，音乐传播机构层出不穷，抗战音乐的影响逐步扩大到全国范围。上海一时成为歌咏运动的中心。“左翼”音乐家聂耳、吕骥等组织的“业余合唱团”，和成立于上海的“民众歌咏会”在救亡歌咏运动中发挥了很大作用。光未然在《冼星海同志回忆录》里详细记述了上海歌咏运动发展的盛况：“星海、张曙等同志领导的上海救亡歌咏运动，大力传播这首歌曲（即光未然的歌诗《五月的鲜花》）。那时我在上海组织的一

① 徐迟：《抒情的放逐》，《顶点》1939年第1期。

② 王瑶：《中国新文学诗稿》（下），上海：上海文艺出版社，1982年，第392页。

个人数不多的青年读书会，得到通知，邀请我们参加在远郊大场举行的歌咏大会和歌咏旅行。……山海工学团宽敞的操场上，仍然秩序井然地挤满了从上海一带远道赶来的成千工人、店员和学生群众，场面是很壮观的。星海、张曙轮流登上方桌，十分严肃热情地指挥大家练唱《五月的鲜花》。大家越唱越起劲，唱得群情激愤，斗志昂扬。"① 除了上海歌咏运动的蓬勃发展，歌咏组织也开始在全国范围迅速蔓延："1936 年冬'西安事变'之后，几乎全国各大、中学校，甚至在国民党的某些政府机关、军队，以及国外的爱国侨胞当中，各种类型的歌咏组织像雨后春笋般地广泛建立了起来，革命歌声迅速传遍全国各地。"②

诗歌形式的亟待革新与抗战音乐的蓬勃发展为抗战歌诗的产生与发展提供了可能。抗战歌诗发轫于诗歌，却不满足于一般诗歌案头阅读的传播接受方式，它积极同音乐结合，变为"可歌"的诗，逐步成为抗战文艺的先锋形式。作为抗战文艺的先锋形式，歌诗创作既契合抗战语境中为抗战宣传服务的政治目的，同时与音乐的结合又使得歌诗这一文体形式极易深入群众，为大众所接受。这种全新的诗歌创作和传播模式，使得"歌诗"这一独特的文艺形式成为战时语境中表达战争情绪的最恰当所在。

二

光未然最早的歌诗作品创作于抗战前夕。1936 年 5 月，光未然

---

① 光未然：《冼星海同志回忆录》，《光未然研究资料》，西安：陕西人民教育出版社，1993 年，第 101 页。原载 1982 年 5 月上海文艺出版社《风雨文谈》。

② 汪毓和：《中国近现代音乐史》，北京：人民音乐出版社，2002 年，第 230 页。

在“国防戏剧”的号召下成立了“拓荒剧团”，任剧团团长。随后他组织剧团出演了自己创作的剧本《诗人的受骗》、《胜利的微笑》、《阿银姑娘》等。其中《胜利的微笑》、《阿银姑娘》及田汉的《水银灯下》，作为“拓荒剧团”的“国防三部曲”在汉口公演，引起了文化界注目。在演出中，他为戏剧《阿银姑娘》所创作的序曲《五月的鲜花》获得了强烈的反响。戏剧《阿银姑娘》讲述了东北爱国青年参加义勇军，抗击汉奸的故事，而光未然创作的歌诗《五月的鲜花》，因内容十分契合剧作精神而随着戏剧的公演传唱开来。歌诗《五月的鲜花》作为光未然诗歌与音乐结合的第一次实验，获得了巨大成功。但是，彼时的歌诗创作并不是光未然文学活动的中心，他更多将精力投入到戏剧创作中去，歌诗创作不过是他戏剧创作之余的附属。

1937 年 4 月，光未然在上海《新学识》半月刊发表了歌曲《五月的鲜花》，并配有闫述诗的作曲①。5 月间，在一次群众集会上，光未然结识了群众中热心教唱《五月的鲜花》的冼星海与张曙。这次会面中，光未然与他们一见如故，互相引为知己。随后，志同道合的三个年轻人开启了他们人生中的第一次合作——光未然同冼星海合作了《高尔基纪念歌》，与张曙合作了世界语学会会歌《在绿星旗下》。这两首歌曲拉开了三人歌曲合作的序幕，见证了上海抗日歌咏运动的繁荣与发展。从此时起，光未然打开了歌诗创作的闸门，真正走向抗战歌诗的创作道路。

“七七事变”爆发后，光未然加入了上海文艺界组织的“中国

---

① 歌诗《五月的鲜花》最初由马丝白作曲，武汉公演时即是马版作曲。后因该版曲子在流传中散轶，闫述诗便为《五月的鲜花》另作了一版曲子，抗战歌咏运动中广为流传的即是闫版作曲。

文艺者战地工作团”，志愿奔赴华北抗日前线。因“八·一三事变”爆发，工作团未能成行。同年 10 月，光未然回到武汉，积极投身抗日宣传活动，发表了题为《战时文艺总动员》的文章。在文章里，他呼吁战时的文艺应该到街头上去，到群众中去，成为民族解放斗争中的“轻骑兵”，同时强调文艺工作者团结起来，创作富有战时服务特点的作品，推动实现总动员①。此时，受抗战歌咏运动的启发，光未然开始有意识地将诗歌与音乐结合起来。而朗诵诗运动的蓬勃发展更激发了光未然抗战歌诗创作的灵感与方向。作为 30 年代兴起的诗体，朗诵诗的出现，使诗歌摆脱了象牙塔“自娱”的束缚，从案头书写走向街头吟咏，弥补了诗“自足”的缺陷。和抗战歌诗一样，朗诵诗的应运而生改变了诗歌作为书斋文学的传播方式，使抗战歌诗紧紧抓住了大众化的方向，挤进泥腿草鞋的人群中，充分发挥着宣传动员的战斗作用。在抗战的烽火年代里，光未然从武汉到延安，从延安到重庆，再到昆明，一路走来，他不仅全程参与和推动了抗战期间的朗诵诗运动，还借音乐的表现与传播形式扩大了朗诵诗的影响。在最初参与朗诵诗运动时，光未然便表达了“诗人与作曲家要保持密切的联系”的观点，他强调诗歌与音乐、诗人与作曲家的紧密合作，以推进朗诵诗与大众的结合，他说：“大众的诗歌一定是朗诵诗，但朗诵诗则未必都是大众的诗。朗诵诗更进一步的活用，就是诗与歌的交流。”② 1937 年 9 月 20 日，光未然在《大公报·战线》第 3 号上发表了朗诵诗《抗日合唱》，并于诗歌的篇末公开“征求作曲家制谱”。他大胆抓住朗诵诗便于吟诵的音乐特色，直接将朗诵诗入谱演唱，使得朗诵诗摇身

① 光未然：《战时文艺总动员》，《战斗》，1937 年 11 月 18 日，战时总动员专号。
② 陈纪滢：《新诗漫谈简纪》，《大公报·战线》，1940 年 1 月 29 日，第 469 号。

一变，脱“诗”入“词”[1]，并借音乐的翅膀，使朗诵诗“可歌”，达到推广朗诵诗的目的。在此期间，光未然和许多优秀的音乐家合作，将朗诵诗谱曲并加以演唱，创作了《女青年战歌》、《抗日合唱》、《游击队进行曲》、《新时代的歌手》等一批优秀的作品，这些作品随着抗敌宣传队的宣传，唱响中华大地，鼓舞着中国人民奋勇前进。

1938年春天，在周恩来的直接筹划和领导下，国民政府军委会政治部第三厅（下称“第三厅”）宣告成立，负责开展抗战宣传工作。此时的第三厅“集中了很多的进步文化工作者”。在开展革命工作的过程中，第三厅的负责人选取了“战地工作较久的戏剧艺术人才编成十个抗敌演剧队和五个抗敌宣传队”，并将这些经受过“严格军事训练”的艺术人才“分发到各战区”[2]，以此推进抗战宣传工作的开展。在第三厅的工作中，光未然不仅全程参与了抗敌演剧队的筹办，还兼任抗剧队培训班的教务主任，以实际行动推动了抗战歌诗的传播。在担任抗敌演剧队第三队的队长时，他带领队员深入大后方进行抗战救国的宣传动员，使得演剧队“走向军队，走入乡村兵营，战壕，广场、原野”并“成为武装同志与人民大众的日常生活的一部分”[3]，从而促进了抗战歌诗的宣传推广，扩大了抗战歌诗的影响力。

在第三厅的抗战岁月中，光未然有幸同自己的亲密伙伴、事业的知音冼星海、张曙两位音乐家同居一室。在同冼星海的合作中，

① 事实上，学界有些学者认为“不能配乐演唱，但具有一定的韵律，便于朗诵的朗诵诗”也应当纳入“抗战歌诗”的概念中去。刘东方：《老舍〈丈夫去当兵〉与抗战歌诗》，《中国现代文学研究丛刊》2012年第7期。

② 王瑶：《中国新文学史稿》（下），上海：上海文艺出版社，1982年，第364页。

③ 郭沫若：《三年来的文化战》，《郭沫若全集》（第十八卷），北京：人民文学出版社，1992年，第357页。

光未然迸发了极大的写作热情，创作了大量歌诗，如《赞美新中国》、《拓荒歌》、《纪念五一节》等，歌诗经谱曲之后也都在救亡活动中演唱，为鼓舞人民、宣传抗日发挥了积极作用。后来在延安，光未然与冼星海再度合作，完成了伟大民族精神的颂歌《黄河大合唱》。在《黄河大合唱》中，光未然以激昂的诗情刻画了气势磅礴的黄河，书写了中华民族自强不息的伟大气魄。从此光未然的名字便与《黄河大合唱》一起，镌刻在中国现代诗歌史上，成为耀眼夺目的存在。该歌诗经冼星海谱曲后，迅速传遍中国大地，成为抗战救亡音乐的最高峰，光未然和冼星海，也成为中国音乐史上最耀眼的双子星。作为诗歌与音乐交互融合的典范，《黄河大合唱》几乎每一章节的开始部分都由朗诵词领衔，以配乐诗朗诵的形式贯穿整部作品。首章《黄河船夫曲》的朗诵更是以极强的导入感统领整部乐章："朋友！/你到过黄河吗？/你渡过黄河吗？/你还记得河上的船夫/拼着性命，/和惊涛骇浪搏战的情景吗？/如果你已经忘掉的话，/那么你听吧！"[①] 这些对话意味十足的朗诵词具有极强的氛围感染力，情绪渲染也十分到位，瞬间将听众带入黄河船工与惊涛骇浪搏斗的情景之中。而第三章《黄河之水天上来》更是以男生配乐诗朗诵的形式结构整个章节，成为歌诗史上特别的创新所在。不仅如此，光未然还将《黄河大合唱》中的第二支歌《黄河颂》和第三支歌《黄河之水天上来》作为朗诵诗发表在重庆《大公报·战线》上，并于文协组织的诗歌座谈会中朗诵了《黄河大合唱》中的部分篇章。这种诗歌与音乐的交互表现，使得《黄河大合唱》等歌诗作品传播得更为广泛，影响也更为深远。

---

① 光未然：《黄河大合唱·黄河船夫曲》，《张光年文集》（第一卷），北京：人民文学出版社，2002 年，第 24 页。

三

抗战前夕，光未然陆续创作了《五月的鲜花》（闫述诗作曲）、《高尔基纪念歌》（冼星海作曲）、《在绿星旗下》（张曙作曲）等几首歌诗。抗战爆发后，光未然进入歌诗创作的喷发期，陆续同音乐家合作，创作了诸如《女青年战歌》（夏之秋作曲）、《抗日合唱》（江定仙作曲）、《游击队进行曲》（一石作曲）、《新时代的歌手》（冼星海作曲）等四十几首歌诗作品，仅与冼星海合作的歌曲就多达十几首，其中不乏《黄河大合唱》这样的歌诗佳作，可谓成绩斐然。

事实上，在对光未然抗战歌诗创作的成果进行总结整理时，除了应该看到歌诗创作的文本成就之外，还应当从光未然抗战歌诗创作的潜在动机、预期目的以及歌诗在当时的影响来看待其歌诗创作的成果。

作为“以诗为歌”的独特诗歌文体，光未然抗战歌诗的价值不在于“诗”的文本留存，而更多依靠“歌”的流传。“诗”与“歌”这两个部分相辅相成，相互依存，统一在“歌诗”文体中。从文学生产和接受的模式来看，一般诗歌的完成过程只包括诗人创作、作品发表和读者阅读，但歌诗创作则不尽相同。歌诗作为一种特殊的诗歌文体，其特殊性在于它与众不同的创作目的与接受方式。与一般诗歌的内在“自足性”不同，歌诗更像是一个未完成的艺术品。歌诗的写作目的在于入曲传唱，即一首没有经过传唱的歌诗，不能算是真正意义上的歌诗。在这个过程中，歌诗的文词创作只是完成歌诗意义的第一步，它只完成了“诗”的意义，尚未完成“歌”的意义。歌诗的成功与否，并不完全取决于歌诗的出现，更多的在于它的流传。抗战歌诗尤其如此。抗战歌诗是有别于一般诗歌的特殊文体，作为“以诗为歌”的全新诗歌“生产”和“消费”模式，抗战歌诗充分体现了“群众性”与“政治性”的创作特征。这些创作特征源于战争年代发动和组织大众的需要，更与抗战宣传动员的“政治教育”目的密不可分。

事实上，在走向街头、走进大众的过程中，抗战歌诗是真正实现了“文章下乡”与“文章入伍”的革命要求，实现了抗战宣传动员的政治目的。抗战歌诗作为大众政治时代集体力量的觉醒，它的传播往往能在大众集会场合产生巨大的情感升华和宣传鼓动的作用，引发群情激昂的抗日能量。这种从文学渲染到大众心理再到政治动员的传播过程，体现着政治和艺术的双重革命特性，远非一般的文学艺术形式所能比拟。这种双重革命的特性潜在地要求文艺工作者要不断地提高自己的政治水准和艺术水准，将革命的战斗性与文学的艺术性有机结合，创造出更能契合抗战语境的歌诗作品，以满足诗歌大众化的要求，从而推动革命的宣传与动员。作为抗战宣传的工具，抗战歌诗创作必须满足宣传抗战的政治目的，这是它从产生之初就被明确赋予的历史重任，因为不能流传的歌诗是不被需要的。诗人光未然，在最艰苦的战争环境里，依托时代语境，创作了大量抗战歌诗，取得了丰硕的创作实绩。在宣传机构的推动下，其谱曲的歌诗很快流传开来。

纵观光未然的抗战歌诗作品，绝大部分是经过作曲家谱曲而广为流传，成为时代的战斗号角的。创作于 1936 年的歌诗《五月的鲜花》，作为戏剧《阿银姑娘》的序曲，它借助戏剧公演的传播形式，迅速传遍了大江南北，而戏剧《阿银姑娘》也一度因为这首歌更名为《五月的鲜花》。这首歌曲当时流传到“东北和太原”，“感动了无数热情的青年”，并且“在辗转传颂中铺展出一段凄厉悲壮的故事来”[1]。孙慎先生在《〈五月的鲜花〉说明》中记录了这段故事：“关于这首歌有这么一个故事：那是去年了，在东北，有十二个青年为了反抗×帝国主义以及它的走狗们，终于很壮烈地牺牲了，他们的朋友为了纪念他们，就作了这首《五月的鲜花》歌。此后每当他们唱起这首歌的时候，他们会立刻想起十二个烈士和无数受难的同胞，而流起泪来。”[2] 光未然在《〈五月的鲜花〉后记》中也专门提到了这个有趣的故事：“关于这个歌的来源，一时却有许多误传，有的且把它神话化了。一个最有趣的传说，是说这歌是纪念东北殉难的十二个青年，作歌者至今尚在狱中云云。”[3] 为此，他还特意将金肇野先生在1937年6月5日《北平新报》上刊载的一段声明摘要转录在文章里。

而《黄河大合唱》更是因“黄河”形象的塑造引发了整个中华民族的情感共鸣，在中华大地上广为流传。其中，《保卫黄河》作为《黄河大合唱》里流传最广的一首歌曲特别受到抗日军民的喜爱。1940—1941年两年之间，《保卫黄河》简直成了工农兵群众大会上的必唱之歌。更值得一提的是，《黄河大合唱》的诞生还在当时创造了一年之内三次公演的佳绩：1939年4月13日，《黄河大合唱》在延安陕北公学大礼堂首次公演，在这次公演中，邬析零担任指挥，李焕之、李凌等担任演奏，光未然朗诵了《黄河之水天上来》，不少抗敌演剧队与“鲁艺”的成员也都参与了演出。5月11

---

① 光未然：《关于〈五月的鲜花〉》，《光未然研究资料》，西安：陕西人民教育出版社，1993年，第64页。

② 孙慎：《〈五月的鲜花〉说明》，《光未然研究资料》，西安：陕西人民教育出版社，1993年，第265页。原载1937年4月20日上海《新学识》，第一卷第六期。

③ 光未然：《〈五月的鲜花〉后记》，《张光年文集》（第二卷），北京：人民文学出版社，2002年，第69页。

日在庆祝“鲁艺”成立一周年的晚会上，《黄河大合唱》在延安北门外中央组织部大礼堂再次公演，这次公演由冼星海担任指挥，以“鲁艺”音乐系学员为主，约五百人参加了演出①。同年7月，为欢迎周恩来回到延安，《黄河大合唱》再一次公演。公演结束后，周恩来题词“为抗战发出怒吼，为大众谱出呼声！”来赞扬《黄河大合唱》所取得的伟大成就。

在民族解放战争的洪流中，光未然选择“以诗为歌”的歌诗文体进行创作，是基于诗人的自觉，更是遵从时代的召唤。在歌诗创作中，光未然自觉地把握时代的脉搏，以真挚的情感书写时代的声音，推动了抗战文艺的发展与繁荣。

① 此次公演前，光未然已离开延安往成都继续治病，因此第二次及第三次公演，光未然均未出席。

词人学者的歌词论

——毛翰《歌词创作学》评介

喻光明

2015年底，毛翰教授的新书《歌词创作学》终于出版了，该书各篇本是作者十余年来应邀连载于《词刊》杂志关于歌词创作的44篇讲座文章。十年心血，一朝成书，的确是一件非常令人欣慰的事。之前的歌词理论著作或着重从本体论、构成论，或着重从接受论和发生发展论的角度来探讨歌词，较少从创作论的角度论述。而毛翰这本书则从创作论的角度展开去探讨现代歌词，弥补了歌词理论的一大空缺。毛翰教授作为学者兼词人，并没有花很大篇幅去赘述那些繁琐高深的理论，而是着重于从歌词创作的实践中总结经验与教训，尽量采用最简单的语言来讲解歌词的本质和规律以及词人应该如何进行歌词创作，整本书非常接地气，学理性不强，却具有亲民性和可操作性，对于歌词创作实践具有很大的指导作用。该书并不迷恋对西方理论的借鉴，而是借鉴了中国古典文学的印象式点评，善于从中国古典诗词中总结优劣得失，注重理解和顿悟。该书并不以培养歌词鉴赏者为目的，而是要培养词人作家，针对现今词人对高深理论的恐惧和排斥的现状，使用一种简单明了的语言反而会收到很好的效果。现代歌词是一种抒情性极强的文体，这和传统中国诗词注重抒情言志是比较契合的，应该说现代歌词和中国传统诗词有着内在的一脉相承的联系，向传统文学学习和借鉴也是该书的一大特色。

毛翰教授的《歌词创作学》正式出版还是去年年底的事，在歌词学这门理论并不怎么丰厚的新兴学科领域，这本书的出版无疑给歌词学学术界注入了新鲜的血液。如这本书的题目所示，其核心就在于“创作”二字，之前歌词学理论研究成果如陆正兰的《歌词学》更侧重于从本质论、构成论的角度解读现代歌词；苗菁的《现代歌词文体学》则主要从发生发展论的视角对现代歌词展开探讨；而许自强的《歌词创作美学》虽冠有“创作”之名，却重在挖掘歌词的群体意识和显性意识，侧重于从接受论的角度来探讨歌词。至于歌词创作论，这几本著作虽略有提及，却不曾深入，更不曾做系统的阐释和论述。毛翰作为资深词人，有着非常丰富的歌词创作实践经验，同时毛翰又作为歌词学理论界的重量级学者，有着非常深厚的理论修养，歌词创作论方面的著作也只有毛翰才有资格写。毫无疑问，《歌词创作学》的出版弥补了歌词学在理论方面的一大空缺，有着非凡的学术价值。

现代歌词作为一种新兴文体由来已久，但是作为一门新的学科在学术界得到肯定和发展却并不算久。歌词和文学有着千丝万缕的联系，但是又不完全从属于文学，它有着自己的本质特征和规律，所以每每论及歌词，势必要从本体论的角度对歌词这种文体做一番定位和确认，《歌词创作学》也不例外，前五章都围绕着歌词的文体特征展开，涉及歌词的形式、内容，意象营造，体裁，曲式，修辞等方面。这看起来和其他歌词理论著作在论述歌词文体方面很相似，但实质上，每一章每一节都是从创作论的视角去探讨的。比如在论述歌词这种文体的意象方面，几本重量级歌词理论著作都有涉及，而且往往是通过和诗歌的意象进行对比来说明的。苗菁的《现代歌词文体学》认为，诗歌的意象“更多强调的是和社会整个审美方式和创作方式的‘异’”，“而歌词是以整个社会的‘同’为前提的”[①]。许自强在《歌词创作美学》中用了一章的篇幅来论述歌词这种文体的意象美，在论述歌词意象的特点时，许认为因为“歌词的群体性、显意识性，自造意象时必须谨慎，既要出乎意料，又要合乎情理，让人稍思即解”[②]。陆正兰在《歌词学》中则用“熟而不俗”、“新而不奇崛”、“中距比喻”[③] 等词来概括歌词意象的特征，准确精炼而贴切，却是学者之言居多。而《歌词创作学》中对于歌词意象的见解则更多地从一个创作者的角度展开，毛翰通过和诗歌意象的对比，分别用“远取譬”和“近取譬”来概括诗歌和歌词意象的特征，简洁明了，而且完全是从意象创造方法上进行区别的，也就是说作者完全是在指导读者怎样去写歌词，而不是教读者如何赏析歌词。这是从创作的角度来区分现代汉诗和现代歌词的。

当然，一个词人兼学者来探讨歌词，由于其独特的视角和眼光，往往能够见人所未见发人所未发，形成非常深刻而独到的见解。例如歌词的曲式方面，之前的一些理论著作根本就没有关注这个问题，即便偶有著作关注到了，也就是简单笼统地以主歌和副歌对歌词的曲式加以概括，只有经历长期歌词写作实践的并且又兼具

① 苗菁：《歌词文体学》，北京：中国文联出版社，2002 年，第 152 页。
② 许自强：《歌词创作美学》，北京：首都师范大学出版社，2000 年，第 140 页。
③ 陆正兰：《歌词学》，北京：中国社会科学出版社，2007 年，第 70—76 页。

学者的眼光人，才会发现并且很好地概括出歌词曲式的细微差别。书中分别以 A 曲式、AB 曲式、ABC 曲式和其他曲式对歌词的曲式进行了分类研究，并且还在各个大类下进行了小类的划分，如 A 曲式下有分为 A、AA、AAA 等曲式；AB 曲式下又分为 AB、ABA、AAB、ABAB、AABA 等曲式。这无疑是对歌词学理论的一种完善，同时又对歌词创作实践具有非常大的指导意义。在对歌词的各种题材进行细讲时，作者有些见解也非常独到。例如在谈情歌题材的时候，作者利用中国古代借美人比喻贤能人才的说法来说明现代歌词也常用情歌来影射一些生活内容，而并不是所谓的情歌泛滥，独到而又不失其准确性。

在作品、世界、作者、读者四位一体结构中，毛翰是从作者的角度切入去探讨歌词的，所以这本书除了供学者们阅读参考之外，也是词人们学习歌词写作的指导书籍。毛翰秉承他“有话好好说，绝不绕弯子”的写作风格，在《歌词创作学》一书中，“力图深处浅出地介绍如何写歌词”[①]。所以这本书不同于一般学术著作的地方还在于它亲民的个性，用最朴实最生活化的语言来讲解深奥的学术理论，即便是没有文学理论修养的门外汉也能读懂该书的九成。现代歌词创作的队伍可谓异常庞大，说是全民歌词也无可厚非，“歌的接受，一开始是模仿，不久就变成了自我表达，自我创造，而自我表达中不可能完全遵循制作精英所规定的模式，而是就自身条件，感情需要，精神追求，以予改造。一首歌是否成功流行，最后取决于这种‘创造式解码’”。[②] 实际上，每一个唱歌的人都自觉或不自觉地参与到了歌词创作中，这里当然是指广义的歌词创作，

① 毛翰：《歌词创作学》，北京：社会科学文献出版社，2015 年，封底。

② 陆正兰：《歌词学》，北京：中国社会科学出版社，2007 年，第 254—255 页。

它涵盖了歌词的传唱。既然歌词是一种全民参与的文体，那么了解一下歌词这种文体的本质和规律以及创作技巧就很有必要了。

现代诗人兼学者马永波在论述诗歌和诗学研究的关系时，认为“诗学研究和诗歌写作应该是相互促进的关系，我不赞同文学研究作为知识系统的自我封闭，那就如同轮子空转、触不到地面一样。我同样不能苟同诗歌写作不需要理论指导的偏激看法，这种看法广泛流行于‘业余写作’的诗人群体之中，对此我深感遗憾和忧虑”①。歌词也一样，歌词学研究和歌词写作也是不能分开的两个部分，忽略歌词创作实践的研究会脱离实际不接地气，而忽视歌词学理论指导的创作就会盲目，很久都难窥其奥妙而写出佳作。当今词坛，在歌词学理论方面的著作并不多见，像《歌词创作学》这样接地气的创作论更是凤毛麟角，词坛也长期处在一个没有理论指导的状态之下，整个歌词创作还处在一个靠经验“吃饭”的原始阶段。即便偶有这样的著作面世，也因其高深的学理性让词人们望而却步了。这也许也是当今词坛为什么低俗之风盛行，为诗坛所不屑的原因之一。当今社会，从事歌词创作的，专业的业余的加起来数不胜数，可以说是诗歌创作人数的十几倍甚至几十倍，而业余词人的数量有远远超过了专业词人的数量，因此这个集体也因人员的庞杂而显得良莠不齐，许多从事歌词写作的人对文学的一些基本理论都一无所知，更不要说一些高深的理论了。《歌词创作学》的出现无疑解决了这种困境，并为那些文学基础理论修养不够的歌词写作者深入学习和掌握歌词的本质和规律，从而为其创作水平的提高提供了可能，并且有望提高词坛的整体水平。由此可见《歌词创作

① 刘晓萍：《知性与思辨结合的诗学探索——马永波诗歌理论专著〈九叶诗派与西方现代主义〉研讨会发言纪要》，《五台山》2011 年第 21 期。

学》具有非常重大的实践意义。

现代歌词作为一种抒情性极强的文体，在学术界已成不争的事实，在现代新诗转向一种偏执于“极端超逻辑、反理性、暴力化、反古典”① 的表达，并逐渐失去读者的时候，现代歌词作为一种抒情性较强的文体无疑满足了现代人抒情言志方面需求的不足。在中古文学史上，虽然有过“诗缘情”和“诗言志”之争，但是在今天看来，缘情和言志却是一而二，二而一的存在。不过在当今中国诗坛，诗歌似乎渐渐失去了抒情言志的功能，这时候歌词就显得尤其重要了，对于绘画、纯音乐、电影、文学，由于缺乏专业修养，人们除了欣赏之外很难参与其中，而歌曲这种艺术形式几乎没有设置什么门槛，人人都可以参加歌曲的传唱并赋予歌曲新的意义，它已经成了现代中国人日常生活中表情达意抒发意志的主要艺术形式。中国古典诗词从诞生的那一刻起就具备了抒情达意的功能，虽然对于中国抒情传统的提法在学术界备受争议，也许拿中国抒情传统与西方传统文学相比，的确没什么可比性，但是纵观整个中国文学史，抒情文学确是中国传统文学样式中最为发达的文学样式。这样的文学传统也为中国现代歌词的创作和研究提供了一个非常丰富的源泉和借鉴。毛翰无疑是非常敏锐地捕捉到了这一点，所以在《歌词创作学》这本书中，毛教授没有像其他歌词学研究的学者那样借鉴西方高深的理论来对歌词做一番系统的阐释，而是从中国古典诗词创作实践中汲取一些宝贵的经验，从而形成自己接地气的独到见解。

无论是题材、情感还是韵律、修辞方面，作者都比较注重从传

① 沈健：《现代汉诗解读与格式塔意象再造——兼谈读者拒绝当代诗歌的原因》，《南京社会科学》20016 年第 8 期。

统题材中吸取营养。毛翰自己也是很了得的词人，自己创作了不少歌词，在《歌词创作学》附录中选编了作者不少歌词作品，其中《凉州有词》、《归字谣》、《伊人》、《关关雎鸠》、《有女同车》、《庄周梦蝶》等歌词都是直接取材于中国古典文学中的名篇佳作。毛翰在论述歌词创作时也常常借鉴古典诗词的创作方法，例如在探讨歌词创作源的发现时，作者借鉴了陆游的“文章本天成，妙手偶得之”的说法；在论述歌词的意境时又借鉴了王国维的“意境”说。

中国文字是一种象形文字，其所指层面对于事物情景的再现功能十分强大，并且主要是通过字形同能指层面取得联系的，和语音能指层面的联系相对比较断裂。歌词是一种非常注重声音层面的文体，通过对韵律和节奏的安排和布局可以和汉语所指层面建立新的联系，从而弥补语音层面和意义层面联系相对断裂的不足，从而把汉语的语音和语义形象较为和谐地结合在一起。由此可见，歌词这种文体是比较符合汉语语言特征的一种文体，这或许也是歌词受到广泛欢迎的原因之一。现代汉语虽然和古代汉语有很大的区别，但是二者在内在联系上仍然有着很大的继承性，在语音和语义联系的断裂性以及语义层面的形象性两方面的特征并没有在古代汉语像现代汉语嬗变的过程中发生消失，古代汉语和现代汉语在语音和语义的联系方面和语义的形象性方面是比较一致的。在语音和语义方面相互结合的尝试上，中国古典诗词已经做出了成功的典范，从永明体到唐代绝句和律诗，再到宋词和元明戏曲，都是一些非常成功的范例。古典诗词讲究的韵律和节奏，讲究词句的工整，并且格外注重意境和意象的营造，注重情景合一，注重画面的构建和场景的渲染。优秀的中国古典诗词，其语言的使用也比较简单通俗，相比起古典散文和骈文，诗词的语言大多数都是一些非常生活化的语言，句子要表达的意思人们一听即懂，诗人们往往着意于诗句的言外之意、弦外之音，对于锤炼玄奥的诗句并不怎么感兴趣。只有少数诗人如韩愈、李商隐等人的诗歌语言比较奇崛、古奥、幽深，让人费解。在古典诗词风靡的时代，诗词并不是被束之高阁的东西，反而是一种文化潮流，不仅文人骚客、达官显贵喜欢诗词，就是市井乡下、青楼酒馆也乐此不疲，诗词完全成为了人们日常生活中表情达意抒情言志的工具，这同现代歌词风靡全民的状况别无二致。再来看看现代汉诗，却反而走向了极端超逻辑、反理性、暴力化、反古典的死角，以一种神秘的反形象化的方式进行写作，并逐渐失去了读者。由于歌词这种文体走的是潮流化的路线，许多学者都将其斥为“低俗文学”、“二流诗歌”，但事实上，现代歌词这种文体是一种独立于诗歌之外的文体，比现代诗歌更好地继承了中国传统。毛翰从古典诗词中吸收营养来指导歌词写作，这无疑是非常具有科学性的。中国古典诗词的成就辉煌而且灿烂，是一座非常丰富的艺术宝库，然而如今的词人们又大都以流行文化的创作者自居，毫不理会歌词自身的规律和现代歌词与古典诗词的内在联系，人为地把歌词作为流行文化强行同中国的古典文学划开界限，这种做法是非常令人担忧的。

现代歌词和中国传统诗词有着非常密切的内在联系，可惜的是学术界关注到这一点的学者并不多。现代歌词目前还存在着诸多缺陷，古典诗词作为成功的典范，其精华应该被现代歌词吸收，在这一点上，毛翰无疑做了一个非常好的开始。

《歌曲与性别:中国当代流行音乐研究》简评

彭 萍

继2007年出版歌词研究力作《歌词学》一书后，陆正兰教授的接力作——《歌曲与性别——中国当代流行音乐研究》一书于2013年9月出版发行。陆正兰教授在歌词艺术研究领域内取得的成绩斐然，这本书作为其歌词艺术作品之一，在歌曲性别研究的理论和实践方面都做了深入的探索，为读者展开了一片新的研究视野。

在中国当代文化版图上，流行歌曲是一个特殊的性别文化场域。这个场域不仅活跃繁丰，而且渗透到了人们社会生活的各个层面。它所建构的性别文化表现出强烈的属于自身的特性，在社会文化表意场中占据独特的地位，我们无法也不能忽视其存在的意义，歌曲性别文化研究的重要性日渐突出。陆正兰教授在本书中把流行音乐作为其研究的对象，从流行歌曲性别意义特殊的生成和传播机制出发，归纳出其独有的性别文化理论，其旨意也就在于此。

近三十年来，对流行音乐的研究在各个文化领域诸如语言学、传媒学、社会学、音乐学等领域相继展开，呈深入多元之势。性别问题作为人类社会一个重大的课题，在中西方也取得丰硕的研究成果，涉及的领域包括社会学、文学批评、传播学、音乐学等。流行音乐研究和性别研究在各自的领域均大放异彩，但是二者的交融却相对较晚，所取得的成果也较少。这是一个全新的又具有重要意义的视域，陆正兰教授从这一点切入并进行了翔实的分析，实乃创举。

“性别”这一议题的研究历时已久。“传统词义把‘性别’定义为：是一种人类的分类方法，它或指男性或指女性，不包含内质判断，不掺杂情感色彩”①。但是在20世纪后期，西方一些女性主义理论家对性别的传统词义提出质疑，并开始用“性别”一词来表示两性关系里社会结构和意识中存在的性别差异。我们现在使用的“性别角色”称谓在社会学中被定义为“根据性别而规定的一种行为及思维模式，随着社会的发展，性别角色的行为模式则随社会文化和雌雄两性社会分工的变化而演变”。在《歌曲与性别》一书中，作者使用的“性别角色”也是立意于此，并不是使用传统的人类性别二分法为歌曲性别身份归类，而是认为歌曲文本的性别身份与创作者的关系应该分离开来。

当今社会处在后现代文化的多元化视域下，性别研究更趋于多元和开放，涉及的领域和人群更广。“性别”一词在学术研究中的彰显，往往是作为“女性”的替代词出现。随着性别研究的深入发展，女性主义也日益发展，女性对自身、对两性有了更多的认识，这对人类社会文化的前进起到了非常重要的作用。且多个学术领域均结合性别研究进行探讨延伸，性别理念也因此渗入到社会的多个层面。陆正兰教授在这本书里体现出的“女性意识”非常显著，

① 乔以钢：《中国女性与文学：乔以钢自选集》，天津：南开大学出版社，2004年，第1页。

“性别平权”是作者借歌曲研究要表达的题中之意，全书的阐释基调也是基于这一性别话语。特别是随着社会进入信息时代，作为大众文化的流行歌曲更深广地介入人们的生活，成为社会文化建构的一个重要方面。通过性别研究的视角可以发现，很多的流行歌曲其实标记着十分明显且深刻的传统性别文化心理。这是一个重要的发现：一个是渗透到人类社会生活的文化方式，一个是关系到人类社会发展的文化因素，二者的结合必然会生发出巨大的社会意义，这也是进行文化研究的一个重要领地。陆正兰教授的这本《歌曲与性别》不仅抓住了这一要点，而且进行了细致严密的分析，为我们阐释了当代歌曲中特殊的性别性，以及二者结合之后所能产生的系列效应和所蕴涵的复杂社会意义。作者在进行阐释的时候选取了大量切合题义的文本案列，并且灵活运用中西方理论进行相关阐释，如此，文章的系统性和确实性十分明显，得出的研究成果也十分中肯。

《歌曲与性别》一书共十二个章节，分为内外篇各六节。内篇研究的是歌曲的文本性别，外篇的研究对象则是歌曲的文化性别。作者紧握歌曲和性别这两条主线并贯穿全文，分析了歌曲的文本性别身份和由文本身份所阐发的文化身份。作者的这种内外结构研究参照的是布拉格学派与新批评派的大师雷内·韦勒克的研究立场：把文学研究分为“内部研究”和“外部研究”两大部分。这种研究立场强调的是，对文学作品的研究不仅要进行外部批评，看到作品的外部文化意义，与社会的联系；而且要集中进行文本内部结构分析，探寻文本语言的精微之处。《歌曲与性别》就是从流行歌曲的内部和外部两个部分分别进行解析，但是二者又有内在的联系。

本书的内部研究主要聚焦流行歌曲文本的性别特点研究：作者在第一章以“歌是动物传达情感的最本能方式”入手，讲到歌曲本是一种呼应交流方式，内含一种呼应结构。从古典音乐伊始到当代流行音乐，其中占据大部分的是情歌。情歌，顾名思义，有男女双方的参与以及情感交流才能称之为情歌，既然有两性的互动，那么歌曲就必然具备“你呼我应”的结构。从中国古典传统文学经典《诗经》中涉及婚姻性爱主题的歌，到今天大众流行的诸如《爱上一个不回家的人》这样的情歌，都具有一种“我对你说”的基本表意结构。这种基本的呼应模式也就构成了歌曲性别结构生成和性别理论建构的基础，然后延伸出更多层次多方位的性别表意模式。

作者以歌词文本为基础，列出歌词除了有自身内部的性别呼应之外，还有歌词与音乐的性别呼应，歌词与文化语境的性别呼应。歌词内部的性别呼应存在于词与词、行与行、段与段之间，其中还不自觉地投射出“自然成对”的二元性别的隐喻。作者特别注意到：由于传统的性别文化规约和性别角色的社会定位，在文学和歌词中形成了基本的“概念隐喻”。“概念隐喻”中像是约定俗成的内涵，吸引着歌词创作者将其运用到创作中去。一方面，歌词看起来具有了深厚的文化内涵，形象刻画更生动；一方面，歌词中的性别二元对立结构其实折射出女性地位的偏下：歌词中把女人比作“葛藤”，要攀附男人“这棵大树”，这类现象比比皆是，女性作为男性的依附存在于历史印记中。

歌词与音乐的性别呼应则指的是：由于男女社会分工的不同，性别的社会色彩影响着曲风的性别分配。军旅歌等豪迈大气的曲调适合男子传唱，温婉柔和的曲调则适合由女子传唱。但这只是作者指出的特殊音乐体裁，一般来说，流行音乐在音乐曲调性别意图性上是很难凸显的。值得注意的还有歌曲中的性别文化呼唤，情歌的呼唤需要得到被召唤对象的响应，歌曲有一个完整的表达循环，这首歌的表意交流才能成功。

内篇重点和目的是划分歌曲文本的不同性别身份。作者在之前的著作《歌词学》中已经指出一首歌曲的生产与传播需要五个基本环节：歌词——音乐——表演——媒介——传唱。歌词作为第一环节似乎已经预示着它的性别身份至关重要，但由于五个环节是合力一起产生作用，每一个环节背后都有各自的主体，这些主体都会对歌曲性别身份的建构产生影响，所以判定一首歌的性别身份就显得比较复杂。作者采取的判别方式与我们日常的人类性别男女两分法不同，作者以流行歌曲的文本性别身份为依据将流行歌曲分为五种：男歌、女歌、男女间歌、跨性别歌和无性别歌。以男歌的定义为例来看作者的归类标准：男歌指的是歌词文本性别身份为男性的歌，这些歌曲适合男性演唱，并且通常设计由男性歌手演唱，在传播环节也大多由男性歌众传唱的歌曲。其余四种歌曲同理。

作者认为“意义的生成与表达都离不开符号文本”，我们作为文本的接受者不一定要追究文本发出者的个人身份。事实上，大多时候我们也不知道文本是谁作的，是谁发送的。歌曲文本的创建者和发出者与歌曲文本有必然的联系，但是各自的性别身份却是有联系又有区别。简单地来说，即男性词作家所做的歌词不一定就是为男性量身定做，演唱者和传唱着可以是男性也可以是女性，词作者只是代言人的身份，词作者在不同的歌中有很多种不同的“我”。所以说，词作者的性别身份并不是歌曲创作的性别意图，歌词才是一首歌曲性别意图最直接的表现，我们在确定歌词文本性别身份的时候应当抛却词作者的性别身份，单独针对文本所体现的性别身份进行区分。而且事实证明，中国流行音乐里男性词作家比女性词作家多得多，很多女歌也是由男性词作家所作。比如擅长写情歌的李宗盛，他就创造了很多女性歌手演唱女性歌众耳熟能详的女歌。由此还可延伸到其他四类歌曲的分类。

歌词作为五个环节的第一步虽已经确定了文本性别身份，但是歌曲的文化性别身份却是一直处于不断变化的状态，主要体现在歌曲的传播机制中——尤其是在性别意识和意图中。前面说到音乐的曲调性别意图并不能确定歌曲的性别身份，但是歌手赋形和歌众的传唱却是两个非常重要且最能表现歌曲性别表意机制的环节。男唱女歌、女唱男歌、男女歌手对无性别歌的演唱均会赋上歌手自己性别身份的色彩。一方面，歌众的传唱会固定该歌曲从歌手演唱以来所赋给歌曲的性别文化身份，另一方面，歌众所具备的能动性会再创作歌曲文本，颠覆歌曲原有的性别身份。

可见，不管是文本身份还是文化身份，歌曲的性别身份都丰富且复杂，歌曲的社会性别表意模式也就繁复多样，明确歌曲的文本和文化性别身份为我们建构不同社会性别机制、透析当代社会文化中性别关系提供了窗口。

除了关注歌曲的文本文化身份，作者在这本书里面还着重关注了歌曲中性别意识的凸显和演变。作者多次在书中为女性发声，提到歌词的文本性别身份很容易固定于“自然规定”与社会认同之中。由于受传统性别文化规约的限定，在题材范围、意象选择和“迷人之点”的选择上，女性性别角色的定位在歌曲中总是被无形地置于男性之下，女性的形象也总是以柔弱被动为主。这是作者贯穿内篇外篇中的女性意识，也是作者于此本书中的一个意识基调。但是作者并不止于剖析女性深受传统文化规约所遭受的不公正待遇，还注意到了女性意识在历史过程中的不断演变以及历来鲜为人关注的男性性别意识，这些音乐文化现象背后都预示着新的性别伦理诉求。

从父系社会就已开始的“男主外，女主内”的社会分工渐渐地决定了男女的社会角色定位，并且潜移默化为一个民族的原型思维模式。体现在歌词中则表现为：这种性别秩序制约着歌曲中男女形象和地位的设定，对歌曲的性别建构影响重大。作者在论述歌词中的“概念隐喻”时引用法国女性主义哲学家埃莱娜西苏的观点，认为歌词中与男性相关联的意象是主动、太阳、文化、光明等正面的事物；与女性相联系的意象则是被动的、自然的、黑暗的、低等的负面事物。这种男女的二元对立结合我国的文化传统还可以总结为“阴阳”的对立，而女性则处于“弱”的一方。这是千百年来形成的“定势”，不管是文学还是音乐都不自觉地受这种文化规约影响。随着女权运动的兴起和女性意识的觉醒，文学作品、音乐作品中的女性意识也渐渐凸显，女性开始意识到种种不公正的女性待遇，并且开始为自己呐喊。

根据作者在书中的分析，可将这种性别意识的演变归为以下几类：男歌中对男女性别的定位和期待；女歌中女性的自我矮化；无性别歌曲中隐藏的性别偏向；摇滚乐中男性的阴柔化倾向；中国风歌曲中女性古典气质的回溯和男性气质缺失的补偿。

男性在成长过程中会不自觉地遵循性别文化传统对男性的定义：“坚强、理性、傲气、胆量、热血、如山、主动”等这类正面的、充满能量的气质都是社会对男性的定位标准；“温柔、善良、包容、贤惠、体贴、如花、被动”等则是社会对女性的定位标准。在歌曲中，男性对女性的诉求主要是围绕这些性别气质定义来展开。无性别歌曲中明显的男性性别偏向也正是掩藏在这些性别气质定义中。

女歌中的自我矮化是女性受性别秩序影响对自身的不恰当定位。女性由于缺乏话语权，只有接受男性对女性的期许标准。虽然当代流行音乐中女性意识已经觉醒并渐渐兴盛，但是女性歌曲服从社会主流性别秩序的现象仍然存在——自我矮化。具体表现为：自我物化，把自己比喻为“花”、“烟”这类具有男性消费品性质的物品；主体自限，女性通过他人的注视进而构建自我认同；自我鄙弃：女性的独立人格和个性特征被消解。女性自我矮化的现象历史已久，而流行音乐的话语空间十分巨大，女性的自我主体认同之路虽漫长但不遥远。

作者在书中特别提到了两个流行歌曲体裁：摇滚乐和中国风歌曲。华语摇滚乐中的男歌从最初体现着强烈的男性性别意识到后来歌词曲调性别阴柔化转向，女歌则从一开始就标记着明显的女性独立意识，二者均体现出男性和女性想要从既定的传统性别文化规约中解放自己的趋势。这是性别意识发展到当代一个值得重视和欢欣的现象。而对于中国风歌曲，作者认为它的兴盛包含了一种社会象征意义：女性古典气质的回溯和男性气质缺失的补偿。前者是当代男性对性别的诉求，后者则是当代男性面对现实情感的失落和无奈。它提示我们：不只是女性意识值得关注，男性意识也应给予关怀。

流行音乐作为大众文化中渗入我们生活最深广的一个文化形式，具有极强的实践性和延续性，不断推动着文化的进步和社会的发展。其中所蕴含的性别身份繁复多样，对于我们认识现代社会的性别意识和性别关系意义重大，而陆正兰教授所做的探索实践正是为我们铺了一条窥其斑驳的大道。

诗评家专访

主持人语（吕进）：

从上辑开始，本刊开设“诗评家专访”，准备陆续向读者介绍二十来位主要是从中国新诗研究所走出来的诗评家。上辑我们介绍了王珂、蒋登科和张德明。本辑，我们向大家推出熊辉。

熊辉是新诗研究所2000级的硕士生，而后在四川大学取得博士学位，现为新诗研究所所长、教授、博士生导师。熊辉的本科是外语专业，这其实是从事新诗研究队伍的一个特色。诗人方敬当年在担任西南师范学院副院长的时候就多次说：“学外语的研究新诗，不是什么转行，而是在搞本行。”是的，新诗研究所初期的“三大导师”都毕业于外语系，方敬出身北京大学外语系、邹绛就读于武汉大学外语系、吕进则是西南师范学院外语系的毕业生。换一个角度，新诗研究所的三代所长：吕进、蒋登科、熊辉，本科也都是外语专业。新诗研究队伍的这个特色不是一种偶然，可能和中国新诗的发生有着密切联系。在这篇专访里，熊辉对译诗的误读给中国新诗的文体建设带来的负面影响的判断、对冯唐的泰戈尔《新月集》译本的评价、对新诗初期的东方诗歌翻译仍然是西方诗歌影响使然的论说，处处显现出新诗研究者的外语修养的重要性。

读了本篇专访，相信读者一定会产生这样的感慨：新诗研究所的年轻一代的确是才华横溢的一代，新诗研究所的太阳每天都是新的。

异域笙歌与本土瑶曲

——熊辉教授访谈

马小凤　蒋一晨

熊辉（1976.10—　），男，四川邻水人，文学博士，中国社会科学院文学研究所博士后，教授，博士生导师，主要从事中国现代诗学与翻译文学研究，兼事诗歌评论。系西南大学中国新诗研究所所长、中国现代文学馆客座研究员、中国闻一多研究会副会长、中国作家协会会员。先后入选教育部“新世纪优秀人才”、中美富布莱特研究学者、重庆市委宣传部“首批青年文化人才”、重庆市教委“重庆市高等学校青年骨干教师”、共青团重庆市委“青年文化新人”。曾任韩国韩东大学访问教授，美国康奈尔大学访问学者。

已在《文学评论》、《中国现代文学研究丛刊》、《文艺理论研究》等刊物上发表学术论文 100 余篇；发表文学评论 55 篇，其中 CSSCI 期刊论文 45 篇；独立出版学术专著 4 部，出版传记文学 2 部；成果多次被《中国文学年鉴》、《中国社会科学文摘》、《高等学校文科学术文摘》以及人大报刊复印资料等转载，并获得 3 项省级社科研究成果奖。主持了两项国家社科基金后期资助项目、2 项教育部课题及中国博士后科学基金等；多次参加国际国内学术会议。给全日制研究生、本科生开设了《中外文学关系研究》、《译介学》、《徐志摩讲稿》、《中国现代诗人及作品选讲》等课程。

1. 熊老师，您好！承蒙《诗学》杂志委托，很荣幸能对您进行专访。首先，请允许我对您能百忙之中接受这次专访表达我最衷心的谢意。

熊辉：谢谢你们。吕进先生主持的诗评家访谈栏目有一定的影响，也有一定的规格，能接受该栏目的访谈，是我的荣幸。

2. 熊老师近年来发表了大量高质量的论文，主持了两项国家社科基金项目，出版了多本专著，是年轻学者中的佼佼者。但据了解，您本科阶段攻读的是英语专业，请您回想一下，是什么契机使您转向了对新诗的研究？

熊辉：五年前，我 34 岁破格晋升正高，是当时西南大学人文社科领域最年轻的教授，但这是个人才辈出的年代，学术更新很快，比我更年轻的学者取得了比我更好的成绩，所以我在学术道路上还需保持勤奋的态度。

其实 1996 年考大学的时候，我第一志愿报的是中文，第二志愿才是英语，估计外语专业很缺男生，所以把我给录取了。但我始终保持着对文学的爱好，所以在英语专业就业形势大好的情况下，依然选择了到中国新诗研究所读研，这算是对自我爱好和理想的回归吧。

关于翻译诗歌与中国新诗关系

3. 我注意到您主要的研究方向是翻译文学，尤其是翻译诗歌；我国对于翻译文学的研究起步较晚，但这并不能否认翻译文学的重要性，您对翻译文学的学科归属是怎么看的？

熊辉：学界对翻译文学的国别归属讨论较多，观点不外乎三种：翻译文学属于外国文学、民族文学或第三种特殊形态的文学。实际上翻译文学就是兼具外国文学和民族文学特质的第三种特殊文学。不过以谢天振先生为代表的老一辈学人的观点比较具有代表性，他们从语言的角度出发，认为翻译文学应该属于民族文学，用中文翻译的外国文学就应该属于中国文学的范畴，毕竟翻译过程也包含了较多的创作元素。

对于翻译文学的学科归属问题，学界讨论得比较明白。从比较文学学科的角度来讲，翻译文学属于媒介学或变异学研究的对象；而比较文学视野下的翻译文学研究则是译介学的学理来源。所以，总体上讲，人们还是将翻译文学研究归入比较文学这个二级学科。当然，外语学院的部分学者也在从事翻译文学研究，准确地讲，应该是文学翻译研究，他们则认为翻译文学/文学翻译属于应用语言学或翻译学学科。

4. 熊老师您在《翻译诗歌在中国的接受》一书中从新诗现代性、新诗文体创新、新诗语言欧化等层面来谈翻译诗歌的影响。有观点认为，这种外来影响是促进现代汉语诗歌发展成熟的关键。现代汉语诗歌能否在语言形式和思想内容上形成自身独立的品质与风格呢，老师您怎么看？

熊辉：我一直坚持认为现代汉语诗歌具有自身独特的语言形式和思想内容。我们承认翻译诗歌或曰外国诗歌对中国新诗产生了很大的影响，但这并不是说中国新诗丧失了主体性。新诗创作有三个主要来源：外国诗歌或翻译诗歌、中国古代诗歌、中国新诗自身的积淀。我虽然一直致力于研究翻译诗歌对中国新诗的影响，但我从来都没有忽视中国新诗的主体性和主导性，我在《五四译诗与早期中国新诗》一书的结语中有这样一段话：“应该警醒的是，新诗中尽管出现了大量的译诗痕迹，但借鉴译诗却并非新诗唯一的艺术生长点，尤其是在新诗形成了自身的艺术传统以后。而且更为重要的是，新诗创作中出现的西化语言、西化句法、西化形式乃至西化思想既不同于传统诗歌，也不同于外国诗歌或者翻译诗歌，它们业已成为中国新诗自身的艺术特质，彰显出中国诗歌的现代性特征和现代性存在方式，无论我们承认与否，赞同与否，译诗影响下的新诗已经架构起了自身独特的艺术传统和审美范式。”我现在依然坚持这样的看法。

5. 在《两支笔的恋语：中国现代诗人的译与作》一书中，熊老师您分析梁宗岱、孙大雨、郭沫若等人创作与翻译的单向影响、交互影响等不同类型，而其他的诗人如卞之琳、冰心，以及徐志摩、郑振铎等人的译与作是否也能作此归类。而且，是否存在翻译与创作二者相互独立的可能呢？

熊辉：这本书是为了申报学校的出版基金而完成的，其中的部分章节是我指导的研究生或学友完成的，所以内容和质量也许并不统一，是我所有专著中最不满意的一本。但这本书专门来谈中国现代诗人的创作与翻译之间的关系，却触及了中国新诗史上比较重要的话题，所以还是有一定的学术价值。

要谈诗人的创作与翻译的关系，其实不外乎单向度的影响与交互影响两大类，如果还有其他类型的话，那就是直接阅读外国诗歌的影响，比如徐志摩等；或者阅读翻译诗歌的影响，比如现代时期的冰心等。但倘若一个诗人既从事翻译又从事创作的话，那一定不存在翻译与创作不发生联系而彼此独立的现象。

6. 您在《两支笔的恋语：中国现代诗人的译与作》中将译诗与中国新诗创作在建构民族诗歌的过程中所做贡献的层面上提到同

样的高度，这一提法无疑具有极高的理论与研究价值。“五四”时期很多诗人都在不同程度上涉及了诗歌翻译，用您的话说就是两支笔，一支笔搞创作，一支笔搞翻译，但是这些诗人在选取诗歌翻译文本上会不会遵循自己的情感机制，对于这一现象您怎么看？

熊辉：在建构中国新诗的问题上，我将诗歌翻译与诗歌创作放在同等重要的地位上，这是基于当时诗坛实况得出的结论。而你后面的问题，涉及翻译选材的问题。一般而言，翻译过程要受到勒菲弗尔所谓“赞助人”系统的影响，翻译原材也不例外。因此，诗人的翻译很多时候会受到自己审美和情感表达的影响，这也正好印证了翻译包含创作机制的说法；但诗人的情感机制并不是影响选材的唯一原因，有时候还会受到时代需要、出版社和读者等诸多因素的影响。

7.《外国诗歌的翻译与中国现代新诗的文体建构》阐明翻译诗歌对新诗文体影响的合法性，特别强调译诗对于新诗文体建构的正面意义。外国诗歌形式的误译，某种层面也成为积极的诗歌文体资源。那么带着审视的眼光重新来看，译诗在新诗文体建构的过程中是否存在一定的隔膜，甚至部分的阻碍呢？

熊辉：你是要问我译诗在新诗文体建构过程中是否存在负面影响吧？我在这本书中强调译诗对新诗文体建构的积极意义，并不是要抹杀其带来的消极意义。我们甚至可以毫不夸张地说，中国新诗形式建构一直无法完成的重要原因就是译诗的消极影响。一直以来，现代译诗几乎都是采用自由体，大大败坏了中国读者的胃口，以至于造成了中国人对外国诗歌形式艺术的误读甚至忽视，也导致很多中国人“肆无忌惮”地写作完全没有形式感的自由诗。偶有格律体译诗，也是不能穷尽原作的意义，也不能与原作形式完全对应，导致读者群体的流失。所以，译诗对中国新诗文体带来的负面影响也不容小觑。

8. 熊老师您在《中国文学的外译与国际认同》中强调“翻译只是中介，根本原因还在于作品的质量”，纠正部分学者过度偏执于翻译一端的观点。老师您在《光明日报》的发声对于今天的语境有着突出的意义，我们太习惯于思维的定势和固有的审美，翻译与他文化认同的矛盾始终存在，老师您认为中国文学面对翻译的两难处境能否得到有效的化解？（您写道：“中国文学面对翻译的两难处境由此而生，一方面中国人自身的翻译可以减少外国人对作品和中国文化的误读，但却难以在审美和文化层面让译作得到认同；另一方面，外国人的翻译可以让中国文学赢得更多的他文化认同，但却会增加外国人对中国文学和文化的误读。”《光明日报》2015 年 3 月 30 日）

熊辉：中国文学外译的这种两难处境实质上反映出落后文化和强势文化之间不可调和的矛盾，只要中国社会文化还处于落后状态，只要西方人的“东方主义”情结没有改变，中国文学在对外翻译中的两难处境就不会得到化解。

9. 联系一些诗歌翻译活动，韦白对佩索阿《我的心略大于整个宇宙》的翻译被质疑“抄袭”，冯唐对泰戈尔《新月集》的翻译引发争议，熊老师您对这类现状，以及诗歌翻译的“难度”是怎样看待的，诗歌翻译是否拥有自身的原则性和规律性？

熊辉：“译诗难”是中外译者的共识，美国诗人弗罗斯特说诗就是在翻译中丢失的东西，中国的胡适、徐志摩等都阐发过译诗不易的观点。诗歌翻译没有统一的标准，但却有统一的原则和审美，那就是诗性原则和雅致审美，倘若把原本优美的诗篇翻译成低俗的诉求，那肯定不是好的翻译。

泰戈尔翻译在中国新文学史上有良好的开端，郑振铎、郭沫若等人是在喜爱泰戈尔的基础上翻译他的作品，进而主动在创作中接受翻译的影响，这是“五四”前后那辈学人固守的审美精神。联想到2015年8月浙江文艺出版社出版的《飞鸟集》，虽然译者宣称诗歌翻译没有“金标准”，但其译作被人指责“充斥荷尔蒙味道”也并非言过其实，相较于流行的郑振铎译本，其翻译语言的流俗倾向十分明显。我在此无意于对这些译作进行价值评判，单就翻译的选材和译本的审美呈现等层面而言，读者普遍还是会接受雅致隽永的诗篇，译作也不例外。

10. 您主持或主研的各级项目很多，我想就其中您主持的一个项目请您谈谈心得体会，这个项目是您在博士论文的基础上修改而成的2007年教育部人文社会科学研究青年基金项目“‘五四’译诗对早期中国新诗的影响研究”结题成果，您在这本书中创造了一个新的概念“潜翻译”，这一概念极大地扩展了翻译研究的领域，您在书中讲到“潜翻译”既是一种客观存在的翻译样式，也是一种诗歌创作手段，您对于这两者之间的关系怎么看？

熊辉：创造一个新概念不容易，要阐述清楚并被学界认可更不容易。“潜翻译”这个概念提出后，受到了赵毅衡先生、万龙生先生的肯定，表明它还是具有很大的合理性。要论述清楚“潜翻译”作为一种翻译样式和创作手段的关系，这涉及很多翻译学上的知识，而我发表在2013年《文学评论》第4期上的文章《论中国现代文学中的潜翻译》一文，想必对此有比较明确的论述，感兴趣的读者，不妨看看此文。

11. “五四”时期，很多外国诗歌被翻译到中国，既有西方的，也有东方的，您对当时诗坛上出现的大批的东方诗歌译作这一现象怎么看？换句话说，您认为这一现象出现的原因是什么？

熊辉：我曾专门写过一篇文章，来谈在西潮涌动的“五四”时期为什么会翻译大量的东方诗歌，以《西潮涌动下的东方诗风：五四诗歌翻译的逆向审美》为题发表在《文学评论》2010年第4期上。其实翻译东方诗歌只是表象，这些东方诗歌如印度的泰戈尔、古波斯的鲁拜诗等，当时在西方非常流行，中国对之加以翻译是受到了西方人的影响，而不是从自我需要的角度去直接翻译东方作品。换句话说，此时翻译的东方诗歌是在西方文化过滤之后才转译到中国的，实质上仍然是西方文学的范畴。

12. 您在《“十七年”翻译文学的解殖民化》一文当中对于中华人民共和国成立后翻译文学的转向做了精辟的分析与论述，与五四时期翻译文学倾向于欧美文学而言，“十七年”文学翻译转向了弱小民族与社会主义国家，以及美国左翼文学，并且呈现出浓厚的政治价值取向，您认为这是否是一种去殖民化的策略呢？您如何看待这一转向给翻译文学以及当代文学的发展所产生的影响？

熊辉：中华人民共和国成立后，文学艺术是为政治中心服务的，翻译文学也不例外。翻译文学的选材从欧美转向亚非拉，这当然是去殖民甚至是反抗殖民的一种策略，有助于在国际政治的舞台上赢得更多的朋友。这种转向有积极的一面，那就是丰富了中国翻译文学的体裁和国别，让国人读到更多民族和文化的精神产品；但也有负面效应，即将文学成就较高的欧美文学排除在翻译范围内，降低了翻译文学的质量。

就对中国当代文学发展的影响而论，这种转向进一步强化了中国文学的政治属性，同时也降低了它的文学性和艺术性。很多读者在中华人民共和国相当长一段时期内，无法读到欧美经典的文学作品。苏联文论指导地位的确立进一步密切了文学与政治现实的关系，从而使那些有文学审美价值的作品被排除在大众阅读视野之外。

13、在翻译诗歌的研究方法上，此前主要借用国外翻译的语言学理论，对此您指出“翻译诗歌文本的选择、传播、接受和影响等重要问题则被无情地遮掩起来，造成了翻译研究的缺憾”，这一观点的提出可以说是为翻译研究打开了一个新的视域。那么我们在研究翻译诗歌过程中，对于以上所说的诗歌文本的选择、传播、接受和影响方面，分别应注意哪些问题呢？

熊辉：这个新视域的打开，并非我的高见，我只是借用了国外翻译研究的最新理论，即勒菲弗尔等人提出的翻译研究的文化转向，从而将翻译过程和文本之外的很多环节凸显出来，成为重要的研究内容。

任何研究都要注意它的特殊性，因此对翻译选择、传播、接受和影响的研究，也应当结合时代、个人以及特殊语境加以考量，如果遵循一定的原则和规律去做研究，就会抹杀研究对象的特殊性，也不会产生研究的创见。

关于中国当代新诗批评

14. 老师您曾对诗歌批评生出隐忧，“批评弱化，使诗歌沦为娱乐笑料”。熊老师您会注意到余秀华的诗歌吗，诗人、诗评家、普通读者对“余秀华现象”的认识有着丰富甚至两极化的评价，结合您自身诗歌批评的研究，老师您是怎样评价一首诗歌的？

熊辉：身处当代诗歌创作和批评现场，我的感受很复杂：一方面，我无法用自己的学识去观照当代诗歌，总觉得其过于丰富或杂乱；另一方面，我有意识地与当代诗坛保持一定距离，总觉得在那些热闹的场景背后，总掩饰不住当代诗歌批评的荒芜惨状。在此我不必对其中的很多乱象做解释和说明，只想表达我对当代新诗批评的由衷祝愿，愿它早日摆脱现实利益的纠缠，具备批评的自觉意识，回归文学性立场。

余秀华现象是由多媒体时代诗歌传播方式的变化引发的，人们对她诗歌褒贬不一的阅读反映，正好印证了多元化审美时代的到来。余诗有几首写得还可以，但把她誉为中国的艾米莉·狄金森却言过其实。不过话说回来，余秀华从来都没有被当做经典的诗人来加以热炒，至多只是网络时代演绎的一出闹剧而已，就像当年的芙蓉姐姐爆红网络一样，余秀华爆红诗歌界本身就预示着“无言的结局”。我认为好诗必须经过实践和时间的涤荡，那些一夜成名的作品，尤其借助媒体炒作而迅速传播的作品，最后都会被掩埋在时间的河床下。

15. 熊老师您在自己的诗歌《嘉陵江上的秋夜》中曾说“返身即是灯火阑珊”，那么回顾你对诗歌的兴趣、对诗歌研究的坚持，在老师此时您看来是怎样的一种心情与感受?

熊辉：我很少写诗，几乎不会写诗。这首“诗”算是对自我现实感受的抒发，与学术研究没有直接关系，那时主要是想表达一种逃逸现实的情感，因为我时时感到人们深陷现实名利的泥沼中，很难静下心来思考自己究竟需要什么，很少去经营和打量内心世界。

关于研究方法与学术品格

16. 开始访谈前，曾经想要通过把老师您的学术成果作为线索，来梳理学术研究的历程，但实际上可能简化老师您的研究路向。熊老师您的专著和论文成果甚至要用几张纸来罗列，“做学术”在老师您看来会有枯燥的时候吗？老师您怎么看待学术。

熊辉：在大部分时间里，我觉得做学术是枯燥的；但当通过努力写出的文章被编辑接受以后，内心的喜悦就会冲淡之前奋斗的艰辛。我就像一个行走在沙漠中的旅人，太阳的炙烤和漫漫黄沙横亘在眼前，前途渺渺；在焦渴和步履蹒跚之时，偶有编辑的认同就如绿洲闪现，支撑着我一路前行。

在学术的道路上，我要感谢很多帮助过我的人，他们给我的建议和鼓励，使我受益终身。但与此同时，我也要感谢那些奋斗和无助的旅程，没有磨炼和痛苦的煎熬，我今天就不会如此坦然地面对学术道路上的成功和失败。记得上博士的那几年，面对发文章才能毕业的压力，我曾求助过一些熟识的编辑，也许是因为我学术能力有限，均被对方婉言拒绝。于是，在四川大学读博的头两年，我拼命地写文章，不断地投稿，终于达到了毕业的要求。回想起来，读博的经历锻造了我的写作能力和自信心，我至今发表的文章，绝大部分都是自由投稿，即便是评上教授之后也如此。为此，我内心常常感谢那些在我职称学历低下之时录用我稿件的编辑，他们的认可赋予我在学术道路上继续前行的动力。

学术是神圣的事业。做学术得有严肃的认真态度，持久的耐劳精神，做学术是我的生活方式，也是我自我完善的方式，我不赞成完全从功利的角度去对待学术。对待学术，既要有入世的奋斗，也要有出世的淡然。人生天地间，本是渺小之物，不必苛求“文章千古事”。做学术的人，需要保重身体，需要关爱亲人，需要同情弱者的疾苦，不能将学术得失看得过重，患得患失，变成冰冷的学术机器。

17. 想请问熊老师，您学术路径的形成，是得益于学院的训练，还是说更多得自于个人的生活经验与思考？老师您又是如何逐步确立自己的学术研究方向的。

熊辉：做学术和创作不同，前者当然更需要学院化的训练，后者则更需要个人的生活经验与思考。当然，我们对作品的解读有时候也需要个人的生活经验及思考。这也是作家和学者的差异吧。

我学术研究方向的确立是个艰难的过程，这得益于我的学术成长经历：首先我本科学英语，研究生期间在中国新诗研究所跟随吕进、蒋登科等老师研习诗歌，博士阶段的导师是赵毅衡和毛迅，他们都对诗歌有一定的研究，尤其赵老师《远游的诗神》一书影响了我的博士论文选题。赵老师这本书主要谈中国诗如何影响了美国诗，我就想思考一下外国诗如何影响了中国诗，因此最后觉得从翻译的角度来谈早期新诗接受的外来影响。后来到中国社会科学院文学所从事博士后研究工作，合作导师张中良先生对翻译文学颇有研究，曾出版《五四时期的翻译文学》，他对我的研究也产生了较好的启示和引导。当我进入到翻译诗歌研究的领域，才发现这是一座奇异的花园，至今对此流连忘返。

18. 在阅读老师您著述的过程中有一个特别的印象，那就是谨严踏实的文风，这是否与您的性格和经历有关呢。如何培养自身的学术个性，熊老师您能不能让我们分享一下。

熊辉：我是个年轻的学术从业者，何谈文风和学术个性？不过我在写作的过程中逐渐养成了注重语言表达的自觉意识，那就是要浅显易懂，用简单的语言传达自己的想法，拒绝杂糅句式和“的的”不休的表达。在中国新诗研究所学习，给我影响最大的有两位老师：吕进先生的文章语言清晰灵动，语句短小生动，没有欧化和杂糅的长句，用纯粹的中文表达去言明抽象的诗学问题；陈本益先生的语言质朴，能用简洁的语言去阐明外国文论或哲学的深奥之理。读他们两位老师的文章，我受益颇深，对我的影响也很大。

19. 熊老师您曾在韩国韩东大学、东亚大学，以及美国的康奈尔大学作访问学者，和国内的学术研究氛围相比，老师您能否简要谈谈韩国或美国的学术风气、学人品格。

熊辉：我在韩国是教学，接触过几位研究中国文学或历史的学者，他们对中国文学的理解有不同于我们的地方，但总体感觉他们的学术氛围较我们纯洁，学者的主要精力不全放在科研上，教学是他们重要的工作之一。韩国是一个勤奋的国度，国民有一种忍辱负重的崛起意识，青年学生有很强的爱国情感和民族情怀，这也给我留下了深刻的印象。

我在美国以富布莱特研究学者的身份，在康奈尔大学访学期间，跟随合作导师上了两门课，一门是面向全校各层次学生的课，名叫“中国文学中的流亡/流放主题”；一门是针对博士研究生的“中国现代文学概论”。最直接的印象是康奈尔大学文学专业的学生阅读面很广，每次课都要讨论一至三本书，而学生很踏实，都会认真读完老师布置的书目。

就学术风格而论，美国学者很少从宏大的视野出发去宽泛地论述问题，一般都是从非常微观的细处着手，在充分占有和把握材料的基础上，有理有据地推进自己的观点，最后倒也能给人深刻的感觉。因此，他们的学术风格是一种落到实处的“实证”研究，从材料推延出问题和观点；而不是先有主观的立论，然后再“海淘”证据。

美国学术界保持着严谨认真的作风，导致美国学人比较务实和淳朴。美国的人文社会科学研究不讲“情面”和“关系”，出版社和刊物审稿严格，这是中国学术界努力发展的方向。

20. 熊老师您在博士论文后记中，回忆在四川大学丰盈充实的读书生活，感觉您特别能沉得下心，看书能坐得住。想问问老师您自己是如何锻炼并培养自己读书学习的毅力的？

熊辉：能静下心来读书做学问，不外乎两种原因，一是兴趣使然，二是现实使然。对文学我有一定的兴趣，但在中国目前的学术大环境下，生存与学术联系在一起，博士毕业需要发文章，求职需要发文章，晋升职称需要发文章，因此凡有遵循现有考核指标之意，就必须不断地写文章，而要写出文章并被刊物接受，只有坐下来平心静气地读书。因此，对我而言，与其说是我有坐得住的毅力，毋宁说是我为了应对考核而求得生存的无奈之举。真希望有一天能没有压力地读书，全凭兴趣为文。

21. 在《五四译诗与早期中国新诗》一书的绪论中，我们注意到有两个表格，一个是“五四时期的译诗研究”，一个是“新时期以来的五四译诗研究”，两个表格里包含了大量的史实内容。这种用表格进行梳理的研究方法直观明了，那么在收集大量史实材料的过程中您曾遇到过哪些困难，又是如何克服的呢?

熊辉：收集材料是学术研究的基础，要充分把握研究对象，必须首先充分占有相关材料。吕进先生曾告诉我们，文科收集材料，就相当于理工科做实验收集数据，因此材料收集是否齐备，直接关系到论文写作的客观性和科学性。现在是网络时代，收集资料方便很多，但有些稀缺资料，还得通过特殊的方式查找并获取。

关于对个人和新诗所的愿景

22. 下一步，老师您对新诗所的发展以及自己新的研究思路，有着怎样的期待和展望呢?

熊辉：对新诗所的发展，我思考过很多，最基本的就是要形成和保持自己的特色。因此，我们要坚持吕进先生等老一辈学人的学术思路，本着传统诗学的现代转换、外国诗学的本土化转换的路子，形成新诗所的研究特色。需要特别说明的是，坚持吕进先生的

“上园”道路，并不是对研究内容的限定，而是一种研究思路和态度，形成新诗所自身独立的学术品格。

在形成特色的基础上，新诗所的发展要顺应时代的需求。现在是一个重科研和学科发展的时代，需要更多的科研人员从诗歌出发，找到适合自己兴趣和特长的研究点，汇聚成一股强大的诗歌研究力量。

就我自己而言，我还是会继续坚持做翻译诗歌与中国新诗关系的研究，借鉴异域的笙歌来谱就民族的瑶曲，这是我一辈子努力的方向和耕耘的领域。当然，我也会关注当下诗坛，关注与诗歌有关的文化和文本现象。

23. 2016年是中国新诗研究所建所三十周年，老师您在这里求学钻研，在这里耕织梦想，还将继续带领新诗所人往前走。老师对新诗所的感情，是不是已经融入到您日常点滴的生活里了呢？

熊辉：就目前我的能力而言，还不能说“带领新诗所人往前走”，我一直认为我是在为大家服务，做好新诗所的日常工作，让研究所沿着吕进老师等人的学术思路向前发展，在中国现代诗学的版图上彰显出自己的特色。

我在新诗所呆了16年，主持新诗所工作也已经有7个年头了。从做学问到做人，吕进先生都无愧为新诗所的灵魂人物，“上园派”的诗学主张在当下也具有历史的合理性和指导意义，他本人对新诗文体的研究至今无人超越；而他严格的教学态度也使我受益匪浅，黑格尔、莱辛、朱光潜、艾青、何其芳等人的诗学论著就是在他的“逼迫”下仔细阅读的。当年蒋登科老师把我引荐到新诗所的场景还历历在目，我有幸成为他的学生，在他的指导下逐渐走上了学术研究道路；蒋老师热情和善良的性格也给我留下了很好的印象。陈本益老师对学术的执着和认真，向天渊老师对学术史和思想史的精透，还有当时毛翰老师和王毅老师的授课，都让我对新诗所产生了学术崇拜，我对新诗所的感情也是以此为根基建立起来的。

新诗所如今是我工作和“寄居”的地方，我对它的感情已经不能用深浅来衡量，新诗所早已融入到我的日常生活、工作和学习中，很难想象没有新诗所的存在，我/我们的生活会发生什么变化。所以，我曾在新诗所三十周年寄语中表达了我对它的美好祝愿：“愿我们的研究所花期无限。”

诗学序跋

主持人语（张立新）：

本辑选录的是诗学大家吕进先生新近为海内外华语诗坛新老朋友的新作所作的序文。

黄亚洲是目前活跃在诗坛上创作生命相当旺盛的诗人，几乎每年都能看到他的新诗集，因此每年也能看到黄亚洲的“读心者”吕进为之深度解析的精彩序文。《心事浩茫——序黄亚洲诗集〈舍她不得〉》就是吕进为黄亚洲的新作《舍她不得》所作的序。对黄亚洲这样成熟的诗人，吕进指出，“心事浩茫”就是有着“赤子情怀”和“忧患意识”的黄亚洲诗歌风格的第一元素。同样富有时代使命感的是本土诗人梁平，吕进更是知人论世，用“三面手”与“双城记”高度概括了梁平其人其诗，作为“新来者”，身兼编辑、诗评家、诗人三种身份的梁平是“思想者，担当者”，尤其推崇其长诗“博大，厚重，视野开阔，文化韵味浓郁”。

“诗的天空理所当然地应该更多地属于女性”，吕进今年新发现了两位优秀的海外汉语女诗人，并欣然为之作序，一个是新加坡有着画家身份的“追风的女子”舒然，一个是“以心观物”的澳大利亚女诗人西贝。无论是舒然的《以诗为铭》，还是西贝的《静守百年》，“女性诗歌显示给读者的是女性的视角、女性的感应和女性丰盈的生命力”。相对于通常女性诗歌的柔美轻灵，抗战诗歌则是铁血怒吼，在为韦晓东的《以笔为枪——重读抗战诗篇》所作的序言中，吕进指出，和其他历史时期的诗相比，“抗战诗歌是最接地气的诗，是最大众化的诗”。作为有着深厚的俄罗斯情结的中国学者，在《多少话留在心上——序〈一捧黑土，两国情怀〉》中，吕进从中俄文化交流的使者沙依诺夫的传奇和寻找沙依诺夫的传奇中，指出中俄两国人民在历史的长河中那无可阻挡的“文化的相遇与文化的相融”。

心事浩茫

——序黄亚洲诗集《舍她不得》

吕 进

成熟的诗人都会有自己的风格。或者，反过来说，风格是一位诗人成熟的证明。

朱光潜这样说到风格：“风格就像花草的香味和色泽，自然而然地就放射出来。”在当代诗坛上，我的朋友黄亚洲就是已经具有自己风格的成熟诗人。翻开他的诗集，黄氏风格就自然而然地呈现出来，绝对不会与其他诗人混同。

读《舍她不得》，首先会被诗人的悲天悯人、感时伤事的诗行所震动。我不由想起鲁迅在八十一年前写的那首《无题》：“万家墨面没蒿莱，敢有歌吟动地哀。心事浩茫连广宇，于无声处听惊雷。”

是的，“心事浩茫”就是黄亚洲风格的第一元素。读亚洲的诗，最强烈的印象就是诗人从来和祖国心心相连：反思她的昨天，焦虑她的今天，期盼她的明天。这是一位忧患意识很强的诗人，他是祖国的儿子，闲花野草不属于他。这本以《舍她不得》用作书名的新的诗集，同样标明了诗人贯穿诗集的自始至终的赤子情怀。

英国作家狄更斯的《双城记》是这样起笔的："那是好得不能再好的时代，那是糟得不能再糟的时代；那是一个明智的岁月，那是一个愚昧的岁月；那是一个信心百倍的时期，那是一个疑虑重重的时期；那是一个光明的季节，那是一个黑暗的季节；那是充满希望的春天，那是令人绝望的冬天。我们拥有一切，我们一无所有。大家都在升天堂，大家都在下地狱。"狄更斯的描绘，和当下的祖国多么相似啊：我们所处的时代，是一个伟大的时代，又是一个正在转型中的复杂时代。在这个时代里，改革与混乱共生，崇高与卑鄙并存，廉洁与腐败同在。因此，对于诗人来说，焦虑与期待就构成了无尽的灵感。

面对"越来越瘦"的祖国，诗人感叹：

在重症监护室，我日夜陪伴祖国
我没有刷牙，衣衫不整，满身锈斑
真的想放弃
可是，舍她不得，我团团转啊
我的——娘啊

诗人"敢有歌吟"，言众人之不能言，诗歌的"亲切性"（黑格尔语）就增加了，诗歌的分量就更重了。

其实，黄亚洲的这种风格就是我国诗歌传统的现代版，它从远古走来，带着深厚的承传与时代的创造。诗歌会永远地求新变，然而"变"中总是包含着"常"，这就是民族传统。循此，可以更深刻地把握传统诗歌——发现古代作品对现代艺术的启示；可以更准确地把握现代诗歌——领会现代诗篇的艺术渊源；可以更智慧地预测未来——在变化与恒定的互动中诗的大体走向。

看看中国古代的优秀诗人，哪一位不是“心事浩茫连广宇”呢？“心催泪如雨”的李白，“穷年忧黎元”的杜甫，“文章合为时而著，歌诗合为事而作”的白居易，都“心事浩茫”啊。以身许国，准备马革裹尸的辛弃疾，“家祭无忘告乃翁”的陆游，不是在用墨，而是在用血和泪铸造词章。黄亚洲继承的就是这样的优秀文脉。但是，黄亚洲是现代诗人，他有更多的现代中国人的焦虑和沉思，这是他高出把“爱国”和“忠君”连在一起的古人的地方。黄亚洲的“爱国”就是“爱民”，这是他的深情大爱的两个侧面。

他到山东，想起管仲：

一个国家不再实事求是之后
历史就饿细了腰，分成
上下两册
上册往往是喜剧，下册往往是悲剧
好像没有一个朝代，不是这样

“好像没有一个朝代”能跳出历史的宿命，话外话，弦外音，余音绵绵。

他到黄河的壶口瀑布，瀑布使诗人感受到的居然是民族的形象，真是惊人之笔：

一个憋屈得这么厉害的民族
不允许他选择一个地儿，来一番痉挛、叫喊、疯狂
不可想象，也不人道

他到英国的大英图书馆，站在装着中国线装书的玻璃柜前：

都不知道是什么年代从中国拿走的
左手拿走的时候，右手是不是举着枪
抑或是刀，刀刃滴血
抑或是一些碎银子
中国人比较爱钱他们一向明白

刀枪是一般之笔，但是，“碎银子”的诗句就闪光了。从侵略者，诗人突然回过身来，注视我们的同胞。他什么也没说，他却说了很多很多。忧患意识转到了国民性。再读他的《死法》一诗，诗人讨论了各种死法，笔锋一转，对于有些人，“死其实跟生也差不多”：

对酌之中，才发现事情简单
上班、唱歌、做官、听雨，全是死法

对那种“混在人间”的人，亚洲的诗行不就是严厉的棒喝吗？

作为现代中国诗人，黄亚洲的“心事”是深刻的。诗人寻求的是——具有相对于固有体制的独立性；相对于庙堂意识的自由性；相对于流行风气的批判性；相对于功利心态的超脱性。

尽管当下一些时尚诗评家和时尚诗歌编辑不以为然，我坚持认为：既然是诗人，就应该是时代的发言者，民族的沉思者，历史的评判者。我认为，亚洲和我是同道。近年喧嚣尘上的那些专注于抒写一己悲欢、杯水风波的浅薄、庸俗的诗，在《舍她不得》面前应该羞愧吧。

英国诗人弥尔顿说过一句很有意思的话："谁想做一个诗人，他必须首先做到让自己成为一首真正的诗。"如果写诗的人自己并不是诗，背对家国和父老，冷漠时代和历史，读者的远离和厌弃，就是必然的了。

黄亚洲是快手，这是人所共知的。世界被他的双眼摄入，沿着身体的通道，待到从笔尖流出时，已经是诗句了，不过半天一天，半个小时一个小时而已。

湘江摄入，湘人流出——

面临湘江，我总会联想到骨头与骨头的对决
那一次是在隔壁的江西省，在庐山
湘人毛泽东与湘人彭德怀。其实
那一次，双方皆有骨折

诗会摄入，枫叶流出——

《十月》的诗会在十二月召开，那么
两个月的时差，就由长沙爱晚亭的枫叶
负责连接

一条砧板上的鱼摄入，妙趣横生的世界流出：

一条鱼游上砧板，用尾巴抖尽
最后一滴河流
它以后还需为伍的水，就不叫水
叫汤

世界就是这样各得其所的
水变成汤
汤又变成水

汤勺醉了，倒进河里，又是
唱歌的卵石

砧板上的一条鱼经过诗人身体后，简直奇妙呀：循环的世界，错位的世界，丰富的世界。

亚洲的诗，和一般的诗不一样，有点“不修边幅”：眼前景，口头语，随意舒展。他的诗也常常有不规整的脚韵，而且往往不换韵，喜欢一韵到底。但是，他的诗行长长短短，他的跨行自自由由，他的言说总是带有叙述成分——这种叙述不像散文那样，讲求人物和情节，而是场地、情景、细节。按照一般的诗法，他的诗得修剪。但是，如果修剪了，就没有黄亚洲了。

“不修边幅”正是黄亚洲诗歌的迷人边幅，正是黄亚洲区别于其他诗人的地方之一，这也是黄亚洲风格的要素。

亚洲的诗从诗体上给读者带来别样的审美。好比我们看惯了盛装美女，而穿破洞牛仔裤的女郎也会有一番异样风采。破洞牛仔裤是尖端时尚，也是一种对于艳丽盛装的小小叛逆。更重要的，破洞牛仔裤是对审美世界的丰富。

诗集《舍她不得》一共有13辑，是诗人黄亚洲最近的足迹，最新的诗思。我最近事繁，但是打开这本诗集后就放不下来了：舍它不得啊！一口气读完，十分愉悦。感谢亚洲带给我的享受！

当然，成熟的诗人除了有自己的风格之外，还得有一个特征：

有自己的代表作。记得当年我主编《新中国50年诗选》时，杨牧打电话问："选的我的什么?"我说："《我是青年》呀。"杨牧叹气："又是《我是青年》。"我说："杨牧老弟，这可是你的幸福与成功。代表作是诗人在诗歌史里的立足之地呀，没有代表作的诗人，他的面目是模糊的。"的确这样，说到闻一多，就会想起《死水》；说到艾青，就会想起《我爱这土地》；说到臧克家，就会想起《老马》；说到卞之琳，就会想起《断章》；说到曾卓，就会想起《悬崖边的树》；说到舒婷，就会想起《鸢尾花》；说到叶延滨，就会想起《干妈》。希望有一天，说到黄亚洲，大家就不约而同地从他数量不少的优秀诗作中想起他的一首或几首诗，这样的话，亚洲就会在诗歌史上更加凸显出来，这也许应该是对血管里"全是各个时代的青春"的亚洲的祝福吧！

梁平：三面手与双城记

——序《梁平诗歌研究》

吕 进

梁平人生的地理坐标和我恰好相反，他从重庆去到成都，而我这个成都人却在重庆生活。当年梁平离开重庆，并不情愿，有几分愤懑，几分失落。这有他的《陋室铭》为证：“四十五年，背井离乡。一二三步，单走独唱。有诗文在，无安生床。原燕鲁宫所，现老子作坊。怕不速之客，好几口黄汤。夜来摘星星、揽月亮，无官场堵清心，无红袖添乱忙。是重庆崽儿，就敢作敢当。却原来，天要我爽。”

但是梁平终究是梁平，这个“重庆崽儿”很快就挥去烦恼，进入角色，在锦城活出精彩，“爽”起来了。他到成都是去接诗人杨牧的棒，担任《星星》诗刊主编。《星星》是中华人民共和国创刊最早的诗刊，在诗坛享有威望，地不分南北，粉丝很多。我担任过多年《星星》的编委，虽是挂名，也引以为荣。

1979 年，《星星》的复刊号上有这样的编者告白：“天上有三颗星星，一颗是青春，一颗是爱情，一颗就是诗歌。”梁平到成都的时候，社会已经变化了，诗歌在社会上的位置也已经变化了，第三颗星星已经黯然失色。在一个没有诗意的时代，如何提高一家诗刊的覆盖面和影响力，梁平的压力可想而知。

梁平拒绝以“低保”为目标，他使出浑身解数，要闯出新路。他成功了。《星星》继续带给人们诗意，发出那特有的明亮光芒。现在的《星星》变为了旬刊，一个月出刊三次：原创、理论、散文诗各占一旬，获得广泛的点赞。

梁平也是一位诗评家，这是一种必然。一家大刊的主编，如果没有理论思考的能力，他的刊物肯定就是没有方向的，也是没有深度的。随风飘的刊物没有魅力。读读梁平的诗歌评论集《阅读的姿势》吧，一位睿智的评论家就站在你的面前了。他接触各色写诗的人，参加各样诗歌活动，观察各种诗歌现象，这种和诗人、诗坛的“零距离”就形成梁平评论的基本特色：接地气，在场感。

这可不是天上飞的“空军”，这是百米冲刺的地上部队。梁平对诗的脂粉气、铜臭气和娱乐化的批评，对名头很大、种类繁多的诗奖的剖析，对纸上的诗和网上的诗的关注，都十分准确。梁平对诗人自爱自重、保持内心纯净的呼吁，对诗人在“回暖”的热闹里保持冷静与清醒的提醒，说明他的眼光实在犀利。他认为，诗歌不应该成为噱头，炒作诗歌是对诗的伤害，不是社会生了病，就是诗歌自己生了病。同时他坚信：只要血是热的，诗就不会死去。这些言论多么珍贵啊！

诗论一般有两种：学者的和诗人的，前者如朱光潜的《诗论》，后者如艾青的《诗论》，两部《诗论》是中国现代诗学的基石。梁平是诗人论诗。他的诗论不屑意在概念上绕圈子，摆出一些洋人的语录来吓唬读者。他不是在诗外谈理论，而是钻进诗内去谈诗。他用的是诗的语言，抽象里有具象，理论里有美感，令人喜欢阅读，令人亲近。

然而，在诗人梁平面前，诗刊编辑的智慧，诗评家的光彩，统统被遮蔽了。因为，谈起梁平，他的诗的气场更大。梁平从高中开始写诗，但是走上诗坛还是在20世纪80年代。那是中国诗歌辉煌的年代，名叫新时期诗歌。构成新时期诗歌的诗人，在已成名者中有艾青、穆旦那样的“归来者”群和臧克家、冯至那样的资深诗人群；在年轻人中则有北岛、舒婷那样的朦胧诗人群和雷抒雁、叶延滨那样的“新来者”诗人群。梁平属于“新来者”。

梁平出的诗集很多，从20世纪80年代开始拨动诗的琴弦，梁平已经出版了多部诗集，有《山风流，人风流》，有我写序的《拒绝温柔》，有《梁平诗选》和《巴与蜀：两个二重奏》，有作为第一个外国诗人写波兰的诗集《琥珀色的波兰》，这个集子在波兰被翻译成《近远近》出版。细细数来，还有《诗意什邡》、《巴蜀新童谣100首》、《家谱》等等。他的诗是都市生活的韵律，是一个现代人的生存体验，是一个中国人的深层反思。见到梁平，第一眼印象是仪表堂堂，男人气概。接触久了，又会感觉到他的细腻秀气的内涵。他的诗也正是这样：大气，然而又内蕴着一股秀美。诗人叶延滨评价说：“他的诗歌有一种精神上的高贵感，带有很深的文化含量和历史智慧。”这是中肯之论。

梁平诗歌的最大特点是诗人关注时代、表达历史的能力。他是思想者、担当者。我觉得在这一点上，他和我的另一个朋友黄亚洲很相像。他的诗歌世界里没有个人秘史、风花雪月，有的是对于大生活的爱恋，对于大时代的倾心。他总是快捷地对现实事件做出诗的反应，在汶川大地震第二天，他的长诗《默哀：为汶川大地震罹难的生命》就已经现身于报刊上了。

梁平一再告白：诗一定要与社会有瓜葛。他说：“我是希望我的诗歌与社会息息相关，与生命息息相关，与我们身边的人息息相关，成为现代社会的真实版本。”这正是当年的“新来者”们的审美取向。从大地吸取力量，自然就会强壮健康。在中国诗坛上，许多“新来者”获得了更为长久的艺术生命，这正是他们为什么能够“长寿”的秘密。

30多年的创作道路见证了梁平是多面手。他写抒情诗，又写巴蜀童谣；他写短章，又写长诗。在中国诗坛，梁平以善于驾驭长诗著称。他的长诗博大，厚重，视野开阔，文化韵味浓郁。长诗《重庆书》是一部有影响之作。在1300多个诗行中，诗人穿行了几千年的重庆：历史的重庆，人文的重庆。诗人迈进了重庆背后的世界——生命，价值，希望，现实。《重庆书》的丰厚与深刻，令人击节赞赏。可以说，《重庆书》非梁平莫属。他生于这座浸润着巴文化的古城。当他远去成都，从锦官之城回望家乡，有那么多咀嚼，有那么多回味，有那么多漫步，有那么多反思。写作的空间，写作的契机，就自然出现了。长诗《三星堆之门》也是一种必然。从巴到蜀，以巴观蜀，神秘的三星堆就跳入了梁平的笔端。中国诗歌对于三星堆的长篇书写，梁平是当之无愧的第一人。诗人高洪波说起《汶川故事》，给予了这样的评判：“悲痛与温情交替，宏大与微末纵横，以文化纵深视野，展现大地震灾后重建的现实和历史。”

我以为，献给中华人民共和国成立六十周年的3500行的《三十年河东》是尤其值得注意的作品，它已经再版。这首长诗由序诗《东方大国：五千年与三十年》起笔，到跋歌《中国阳光》结尾，七个乐章，气势恢宏，从诗的精神高度全方位地展现了改革开放三十年里中国的巨变。而诗人梁平似小泽征尔，挥动指挥棒，举重若轻，潇洒自如，调动诗句，完成了这个宏大的主题。

中国诗歌不乏长诗，像《木兰诗》、《长恨歌》这样的篇章一直流传不衰。新诗也继承了这一传统。长诗往往增加一位诗人的影响力和在诗歌史上的位置。如果没有《火把》，没有《他死在第二次》，没有《吹号者》，艾青的分量就会有所改变吧，至少就不能称为“太阳与火把的歌手”了。但是，长诗要求于诗人的更多：丰厚的文化积淀，博大的知识结构，以及多样的人生历练。当过知青、公社党委书记、国家公务员、刊物总编的大学中文系出身的梁平正够资格。

一首长诗的成败密码是它的构架：诗的前与后、重与轻、密与疏、张与弛的布局。梁平的长诗在这一点上是突出的。在时间的长河里，他自由自在地游泳，以各种姿态前行，探寻时间中的人和事，惬意极了。

有一个现象很有趣：一些人，当他在诗歌界担任什么报什么刊的负责人的时候，就有许多赞誉。发表一点东西，就被吹得不行。甚至没有东西，也被捧得上天。金钱、女人也主动投怀送抱。然而，一旦退下，就什么也没有，什么也不是了。真是中国式的悲剧！梁平却不是这种人。他有实力，他是中国诗人的实力派。现在只主编《青年作家》，不再兼任《星星》诗刊主编了，梁平还是梁平——当代有魅力的诗人梁平。

梁平到成都以后，自己也说有了两个故乡，他在演双城记。我不由想起狄更斯的小说《双城记》：“这是好得不能再好的时代，这是糟得不能再糟的时代；这是一个明智的岁月，这是一个愚昧的岁月；这是一个信心百倍的时期，这是一个疑虑重重的时期；这是一个光明的季节，这是一个黑暗的季节；这是充满希望的春天，这是令人绝望的冬天。我们拥有一切，我们一无所有。大家都在升天堂，大家都在下地狱。”《双城记》的这段开头和中国当下的时代有些相像。我们所处的时代，是一个伟大的时代，又是一个正在转型中的复杂时代。在这个时代里，改革与混乱共生，崇高与卑鄙并存，廉洁与腐败同在。在这个最好的、也是最坏的时代，我们多么需要诗歌啊！

梁平在重庆期间，我们是朋友。当他在宦途中顺利发展时，当他在生活里失利时，我们都是哥们儿，是全天候的朋友。我很珍惜这份情谊。在他去成都以后，我们的交往很少了，不过彼此是心灵相通的。对于诗歌，对于诗坛的是是非非，我们几乎总是持有一致的看法。“人情似纸番番薄，世事如弈局局新。”在当下的功利社会风气里，友情是贵如金的。

在梁平的诸多头衔里，有一个是“一级作家”，这和我有点关系。作为重庆市文联主席，我任重庆市文学艺术系列高级职称评委会的副主任。那年开会时，任文化局长的主任出差，评委会由我主持。正是在那次评审中，担任《红岩》杂志主编的梁平被评为一级作家。他的条件是足够的，我也是铁面评委。记得他通过以后，我连电话也没有给他打一个，他也似乎没有给我什么电话。友谊归友谊，公事归公事。这是那些年来重庆市第一次评一级作家。我很为他高兴，也很为拥有这样的朋友自豪。

但是，对于梁平，我也一直有一个遗憾藏之于心。我担任过多届鲁迅文学奖以及鲁奖的前身全国文学奖的评委，梁平却至今和这个权威的、不是什么老板或地区出钱消遣的大奖失之交臂。虽然梁平本人并不在乎，我却一直内疚。凭实力，凭影响，似乎不应该这样吧！

《梁平诗歌研究》选入的评论，从不同视角打量了诗人梁平。这对于欣赏梁平，研究梁平，都是有价值的。过去曾经出版过一本《梁平诗歌评论集》，也是我写的序。《梁平研究》比前一本更丰富。我想说的是，对梁平的研究显然还不够，作为当代优秀的诗人、评论家、编辑家，他是一个具有学术价值的研究对象。梁平还在发展，评论应当跟上他的步伐。

是为序。

追风的女子

——序新加坡女舒然《以诗为铭》

吕　进

我和舒然其实至今只见过一面。2015 年春节，我去新加坡休息。有一天，应新加坡诗人陈剑兄的邀请，我到武吉巴梳路的草根书室搞诗学讲座。讲座结束后，舒然趋前问候，并且一起合影。我才知道她是一位画家，新加坡鼎艺轩艺术中心的轩主。陈剑对我介绍说："她也写诗呢！"

回国以后，活跃的舒然加入了我的微信朋友圈，这样，相互了解就多一些了。前些日子，她给我来信，要出诗集，提出要请我写序。说实话，我有些忐忑：这位画家的诗究竟如何，实在心里没谱啊。

诗稿放了一段时间，为其他急事让路，这几天稍有空闲，赶紧把《以诗为铭》下载，一探究竟。没有想到，68 首诗，五辑，一口气就读完了。我的心里升起一股兴奋，而且，这兴奋越来越强烈。好样的，舒然！我遇到了一位优秀的女诗人，我真愿意为新加坡诗坛祝福。

诗与画，这是世界范围内自古而今的话题。德国诗学家莱辛有一本经典名著《拉奥孔》，着重说的是诗与画在构思和表达上的差别，主要的意思是，画是空间艺术，而诗是时间艺术，这本著作往往都会进入我给研究生指定的“必读书目”里。其实，诗与画也有相通。据说，莱辛当年因为忙于写《汉堡剧评》去了，本来《拉奥孔》预定还有论述诗画一致之处的下部的。古罗马的西塞罗在他的《修辞学》里就说：“诗是说话的画，画是静默的诗。”古希腊的艾德门茨在他的《希腊抒情诗》里也有类似的见解：“画为不语诗，诗是能言画。”在中国美学里，似乎更强调诗与画的相通。苏轼关于王维“诗中有画，画中有诗”的说法是很有名的美学论断，宋人郭熙也在《林泉高致》一书里写道：“诗是无形画，画是有形诗。”

中国的画家，无论从事山水、花鸟，还是人物创作的，一般除能画外，都能书、能诗，清代的郑板桥就被称为“诗书画三绝”。在现代画家中，齐白石的诗颇有艺术趣味和深度，诗界对《白石诗草》的评价很高。新诗人中，画家黄永玉写新诗，他的新诗诗集《曾经有过那种时候》写得机智幽默，趣味横生，曾获第一届全国优秀新诗（诗集）一等奖。黄永玉是和艾青、张志民、李瑛、公刘、邵燕祥、流沙河这些诗坛大咖一起获奖的。那一届获得二等奖的一共三位：胡昭、傅天琳、舒婷，都是一时之选。

我们读能画的诗人，比如闻一多、艾青，都会轻易地捕捉到他们诗章的色彩感和线条感。舒然同样如此。她的诗颇富画面感。《蓝色的树林》里，梦境、忧郁、爱情、蔷薇、足迹都是蓝色的。《油菜花开》里油菜花“复制太阳”，北京春短，“转身便是红红的叶子”，而狮城呢，“蓝蓝的海水如此深情”——

在乌节的水泥地表
长不出倔强的玫瑰
金黄色是宿命的蛊惑

那人，带我去你的故乡
带我淹没在阡陌之间
带我去看油菜花开

诗人在以丰沛的才情，挥动彩笔，着色世界。这经过诗的太阳重新照耀过的世界，五彩缤纷，充满美感、神奇和诗意。

在中国诗歌史里，女诗人从来都占有一席之地。《诗经》305首中，有19首确认是女性创作。有唐290年间，出现了207位女诗人，其中李冶、薛涛、鱼玄机、刘采春并称“唐代四大女诗人”。王建的《寄蜀中薛涛校书》流传至今：“万里桥边女校书，枇杷花里闭门居。扫眉才子知多少，管领春风总不如。”

品读舒然，的确会感受到她展现的女性的体验方式、审美态度和语言理想。她抒写了女性奇妙的心理世界：瘦削的音符、细腻的琴弦、凄婉的甜柔、美丽的疼痛、喧闹处的静静沉思、子夜时的热情开放。

乡愁，似乎是新移民诗人舒然的一个常见主题。“从海风里苏醒过来/故乡已在遥远的北方”。在黄昏的克拉码头，诗人也许又想起了“隔着一片海/隔断了后半生”的故乡——

夕照是心扉，疼痛的背景
铺满不忍落幕的乡愁

这种乡愁是刻骨铭心的。在乡愁面前，女性的“怕被问及”，这种细致入微的人生体验，多么打动读者啊！

舒然的诗，带给我们的不仅仅是乡愁，更是淡淡惆怅里对人生执着的爱，以及对未来年轮的向往。她有一首《周年》，诗尾是这样的——

在别处的生活里低声吟唱
奔跑，并策动着新的图腾
于是，每一个日子
都有年轮生长的声音

她是“种春风的人”，她“祝福每一个灵魂获得自由/无论来自哪块土地”：

种一缕春风吧
种一些祝福与希望
种一些宁静与安详
像当初种桃种李一样

黑格尔说：“爱情在女性身上表现得最美。”爱情，几乎是全球女诗人的永恒主题，舒然也是弹奏情歌的高手。我在北京《诗刊》发表过一篇论文《中国情诗》，这是我2004年随中国作家代表团参加第24届法国图书沙龙时在巴黎的讲演稿。我说：“几千年的中国情诗形成了自己的传统：含蓄、委婉与‘性欲’拉开距离，筑造情感的境地。”舒然的爱情诗继承了这个传统，她拒绝描写性行为的情色诗，让自己的笔下流出的是柔柔的温馨、温婉、温情。

第3辑《金色时光》里有好几首余味久长的诗——

你是松下宁静的琴
我是指间跃动的音
忘尘的旋律
演绎缠绵缱绻的风情

在这首诗里，不仅“琴”和“音”的意象，诗人还打造了许多新鲜意象，来低吟那“金色时光”。

在诗的技法上，舒然懂得节制，这是对诗的大彻大悟。翻读《以诗为铭》，没有随意的走笔，没有多余的技巧，她写得内向，写得收敛，她的诗是微风掠过心灵的竖琴发出的一串柔美乐音，短暂，而又在读者心上留得久长。这样，舒然的诗自然就会吸引读者，就有味外之味，笔外之趣。

诗总是体现着两种对立倾向的和谐：一与万，少与多，“尽精微”与“致广大”。诗人总是兼有两种品格：内心倾吐的慷慨和语言表达的吝啬。优秀诗人是“寓万于一”，而后又“以一驭万”的能手。他的诗如果是冰块，那就只露八分之一在水面上，那藏在水面下的八分之七正是读者作为半个诗人的读者联想、想象与创造的空间。

随意举出《清理内存》吧：

清理玫瑰书签的余香
清理漏夜的雨滴

清理红叶飘零的呓语

清理潺潺的山溪

清理石头上的往事
清理月光里的诗章

清理内存
清理有关那人的记忆

天啦，在清理内存里也找到了诗，而且，是如此凄美的诗。“有关那人”，她什么也没说；“有关那人”，她说了很多很多。她不把话说尽，她充当的是读者的心灵向导：给你一朵花，让你闻到春的芬芳；给你一片叶，让你看到林的翠绿。这正是舒然的诗艺手腕呀！

“追风的女子”舒然相当有才华。她的诗已散见于新加坡和其他国家的一些报刊，《狮城组诗》入选新加坡《2013 文艺协会年度文选》。我希望她时时“都有年轮生长的声音”。

是为序。

洁白的完美与遗忘

——澳大利亚女诗人西贝《静守百年》序

吕　进

诗的天空理所当然地应该更多地属于女性。诗是仰仗想象力的艺术，一个没有想象力的人是很难想象能够成为诗人的，而女性最善于张开想象的翅膀。诗是情感的领域，诗与冰冷的个性无缘，而女性从来就是情感的富有者和守护者。诗是内视的文学，诗不善于讲述外视世界的复杂故事，而女性常在内在世界流连。诗的自传性、私人性、身世感、无名性等等文体特征都与女性的天性相通。

当然，女诗人作为社会的成员，她不会选择把女性当做双性社会唯一的支柱。所以，几乎所有和我有交往的知名汉语女诗人，无论是大陆的舒婷、傅天琳，还是台湾的席慕蓉、蓉子，在写诗的时候，都对单一的性别立场保持警觉。她们宣称，自己首先是诗人，而不只是女性，诗是属于整个社会的。

女性诗歌不必是一个题材概念，但一定是一个性别概念。也就是说，对于女性诗歌，“女性”是创作主体的限定词。如果我们判定闻一多的《忘掉她》、臧克家的《当炉女》、余光中的《女高音》

是女性诗歌，显然就不妥帖了。男性诗人的女性题材诗作不属女性诗歌范畴。相反，女性诗人的“他者”题材作品的归属无疑仍是女性诗歌。因为，女性诗歌显示给读者的是女性的视角、女性的感应和女性丰盈的生命力。

我们读读澳大利亚女诗人西贝的《小白鼠》吧：

小白鼠长大了
就要被剪破肚子
因为小的时候
人把某种抗体
注入它们的体内

宁静的试验室
小白鼠用血
养殖那些抗体
它们的肚子在膨胀
行动迟缓，艰难

小白鼠被剪开了
血流进玻璃的量杯
白色的尸体，
象用过的包装袋
堆在垃圾箱里

观测鲜红的血沉淀
透明的抗体浮出

我蓦然想到
从痛苦中分离出禅的过程

玻璃的量杯里
百分之一是抗体
百分之九十九
是小白鼠浓稠的血

复杂与微妙的情感体验。这种对于痛苦的小白鼠的悲悯情怀，来自女性的敏感和细腻：一条活生生的生命，受够折磨、流尽鲜血以后，就这样变成了垃圾箱里的白色尸体。但是，西贝是诗人，她不可能就在悲悯面前止步，由小白鼠的死亡过程，她想到了禅与痛苦的人生。于是现实世界的小白鼠变成了诗歌意象的小白鼠，蕴含了诗人深一步的诗思。

欣赏西贝的诗集《静守百年》，就是在和一位富有教养的女诗人对话。在喧哗的世界里，她宁静地守护着自己的内心。她不拒绝对日常生活的表达，而是从表达里显示出，她从寻常的事物里寻找诗美的能力，寻找心灵的栖居地的能力。

以心观物，是西贝写诗的基本方式。无论写内心状态，写身世，写风景，还是写草木，她的运笔方式多是现实的心灵化。用唐代诗人王昌龄的话，她是在“以心击物”，然后使“物皆着我之色彩”（王国维语）。“击物”，就是以“心”去分解“物”和重组“物”：物因心变，变得似而不似，不似而似，她笔下的世界就这样变成了她的心灵太阳重新照亮的崭新世界。

下面是西贝的《雪》——

雪落在冬天的路上
多么喧哗的街道
行人和他们的孩子走来
雪凝作硬结的冰

雪落在隆起的屋顶
多么温暖的房子
雪融化了成为晶莹的泪
顺着屋檐滴落

雪落在荒凉的山野
太阳照不到的地方
她静静地绽放
一片洁白的完美和遗忘

这的确是雪，它落在路上，落在屋顶，落在荒野。但是，这更是诗歌世界的“雪”，它是泪滴，它能绽放。在“雪”的背后是诗人，一位女诗人对洁白的向往：“太阳照不到的”人生和世界的洁白。

观察西贝的另一个角度，是她不仅是女诗人，而且是来自中国的女诗人。在她的诗篇里，随处可以读到乡愁：碧绿的、蔚蓝的，或者其他颜色的。一床旧被子也可以触发诗思：“无法割舍的，是旧被子/那温暖熟悉的气息/那贴在皮肤上的/温柔细薄的惬意”。诗人这样吟唱盐水湖里盐与水终究要面对的分离，盐水湖啊，是“莹白苦涩的结晶”。而诗人对滴滴答答的水龙头的感应，是它在寂静的夜里哭泣。“失眠的人彻夜/在黑暗里聆听”。在汉语诗歌里，月亮从来是相思的符号。“海上生明月，天涯共此时”（张九龄），“露从今夜白，月是故乡明”（杜甫），“春风又绿江南岸，明月何时照我还”（王安石），都是千古名句。在静寂的月夜，诗人问道：“今夜月光的叹息/是否会使你醒来?”

诗集里有一首《悬浮液》，很精彩：

细小的油珠
漂浮在水中

它们，永远
不会溶于水
任凭你怎样搅动

它们悬浮着，漠然
带着游离的孤独

诗总是这样：诗笔落墨的地方不一定是诗人想告诉你的，诗在笔外，情在墨外。诗人写的是悬浮液，实际上是在倾诉一种惆怅，倾诉一种游离的孤独。我猜想，这可能是移民澳洲初期的作品吧，浓浓的乡愁带来的孤独不离不弃，“任凭你怎样搅动”，总是游离在他乡，悬浮在异国。西贝还有一首《无根的植物》：“美人鱼在海底不停地弹着琴/歌里歌外漂泊的游魂/唱着叶落归根。”这首诗不由使我想起菲律宾诗人云鹤的名作《野生植物》——

有叶
却没有茎

有茎
却没有根
有根
却没有泥土
那是一种野生植物
名字叫
游子

是呀，无论在亚洲，还是在澳洲，游子的思绪其实是相同的，不同的只是诗人的表达。比起云鹤，西贝的表达更内在，更婉转，更具女性气质。

西贝是华裔，汉语是她的母语。汉语是目下世界上1/3以上人口运用的语言，也是联合国的工作语言之一。如果从仰韶文化算起，汉语的历史可以追溯到四五千年以前。这是人类的骄傲：我们的星球竟然拥有生命力、延续力、更新力如此强大的语言。从诗的角度，汉语简直就是天赋的诗的语言。汉语的文字不是表音文字，而是表意文字，这就具有很强的营造意象的功能，有的文字本身就是意象。汉语的文字不是音素语言，而是音节语言，一般而言，一个汉字就是一个音节，丰富的单音词，再加上汉语语法不像其他语言那样繁杂和严密，比较松散，这就使汉语具有十分灵活的组合功能：虚实相融、语序自由，词类变换犹如万花筒。西贝的母语为她开拓了诗的天地。

当下有一个流行很广的伪命题——“文化全球化”。在有些人那里，文化全球化就是文化的西方化、美国化。其实，全球化特定的是指的科学和技术标准的一体化，和狭义的文化、文学无关。一种语言的存在就是对这种所谓“文化全球化”的抵御，各个民族的语言文化绝对不会被所谓“全球化浪潮”所吞没。文化交流的灵魂恰恰就是彼此吸收营养，以推动多样化文化的发展，而不是相反。《易经》说：“物相杂，故曰文。”多样文化的世界才是可爱的世界。

在澳大利亚，华裔人口虽然只有100万人左右，但是汉语是英语之后占据第二位置的语言，这也许给诗人西贝创造了合适的语境。打开《静守百年》，可以看到西贝驾驭汉语的能力。她的诗大多属于“有篇无句”的类型。这种类型的诗，按照中国古人的话，是“气象混沌，难以句摘”的。一首诗就是一个场景，一个画面，一个或几个意象，诗人用整首诗来柔柔地感染、打动读者的心。西贝不追求“立片言以居要”，不着意打造警句，而是让诗整篇地从自己的内心流出来，写这样的诗是要求诗人的语言功力的。比如我们刚才谈论的《小白鼠》、《雪》和《悬浮液》，都是以诗意内蕴饱满的意象表达诗人对生活的感悟，根本无法割裂地抽出几个诗行去阅读去评论。

观察西贝的第三个角度是她的专业出身。她是天津人，当年在南开读书，在天大教书，都是数学。移民澳洲以后，取得信息网络技术硕士，在澳大利亚从事系统分析程序设计等项目。一句话，理科女。可是，她却是非典型的理科女，自幼就喜欢读诗，在理科之外，也许是滋润心灵的需要，也许是对美的渴望，她一直写诗。她的诗之路，从1984年走来，从中国走到澳洲，而且，越走越自如。这让我想起上个世纪80年代中国兴起的文艺批评新方法热。开拓者之一的林兴宅教授在《文学评论》上发表过一篇当时颇具影响的论文，题目很有趣：《文明的极地——诗与数学的统一》。

在《静守百年》里，我们可以轻而易举地从诗人的运思方式和表达方式里发见数学家的影子，比如上述的《小白鼠》的“百分之一”和“百分之九十九”；又比如《秋千》的“把优美的弧线/

抛向开花的树顶”，“欣喜并不顾一切/在四维的春天/横冲直撞”；在《荧屏》中的“按某种程序自成宇宙/用星星刻画黑暗”，“无穷个0和1/永远也走不出的循环”，等等。

和许多人的印象相左，诗与数学其实是近邻，将二者的手拉起来的是它们共有的抽象性。在各种艺术品类里，诗与空间艺术的绘画疏远而与时间艺术的音乐接近。音乐是纯粹的内心活动，它否定了视觉艺术的空间性，属于流动的艺术，随后它又对自己的声音进行否定，双重否定给予音乐高度的抽象。诗也是这样，它以形式为基础，纯度很高。诗美体验是内心体验，只可意会，不可言传。诗总是强化意味，弱化意义，将具象的可述性降低到最大限度，将抽象的可感性提升到最大限度。在文学的诸品种中，如果从散文的角度看，诗是“没有内容”的文学，是说废话的文学。抽象专业出身的西贝爱上抽象文学的诗，这就不足为怪了。也许可以评判，西贝的诗的脱俗、优雅来自她本人的气质，西贝的诗的简洁、纯粹来自数学的影响。

当然，诗是文学。如果说，数学是从抽象出发，到达抽象，那么，诗就不能止步于抽象，它一定要将抽象的诗思化为意象，这样，诗才能是诗，直接的诗思宣泄是不能构成诗的。诗思是“说不出”的抽象，只有意象才能说尽诗思，诗人打造意象，将诗思裹在意象里，以“不说出”来代替“说不出”，以意象来“尽意”。就像刘熙载在《艺概》里所说：“山之精神写不出，以烟霞写之；春之精神写不出，以草木写之。”这个道理，数学出身的西贝是了然于心的。西贝在意象上着力。《静守百年》带给读者许多难忘的意象，以及蕴含于意象里的无尽情思。西贝常常以两个意象，交叉地倾诉自己的情怀。2014年写的《路面》，以“依色彩定论”的“初雪”和“依表象定论”的“暴雨”，由一个稍纵即逝的诗意瞬间，圆满地发现了由路面引起的诗思。2008 年写的《伤》，以颜料的“受伤”和乐曲的“受伤”，写出了“油彩和音符满地/纯洁的痛苦依旧/而泪水重现温柔——”。意象能力是判断一位诗人高低文野的重要标尺，应该说，西贝的诗艺手腕是高强的。

澳大利亚是一个美丽的地方，我和这个国家情丝相连。我有好些学生和朋友目前在这个“骑在羊背上的国家”工作或生活。有的在中国驻悉尼总领馆，有的在悉尼的澳大利亚博物馆，以及其他地方。我们在重庆举办的两年一届的华文诗学名家国际论坛，澳大利亚作家何与怀先生不远万里前来与会。2007 年 6 月，我曾随重庆市专家休假团到过这块“南方大陆”。

今年我在外国发现了两位优秀的汉语女诗人：新加坡的舒然和澳大利亚的西贝，今年真是幸运的一年啊！我的朋友澳门大学的朱寿桐教授近年提出了“汉语新文学”的理念，我很赞同。这个理念从空间上打通了全世界的汉语新文学。汉语，而不是国家，不是民族，不是意识形态，不是政治制度，被认定为汉语新文学唯一的划分依据。这个理念从事实性存在出发，赋予汉语新文学以最辽远的疆界：汉语新文学，由中国、东南亚、欧美澳等三个板块组成。汉语新诗也是这样，这是很大的“言语社团”。澳大利亚的汉语女诗人有一群，她们在异质文化圈里很有作为，她们的诗歌也属于汉语新诗，我这里推荐的西贝就是其中相当富有才华的一位。“相当”这个词的分量很重，我在这里是很郑重地用出这个词的。

《静守百年》分为五辑，《静寂》、《身世》、《风景》、《草木》共收入 103 首新诗。第五辑《古词新韵》有填写的 68 首古词，基本是 2015 年的试笔。《静守百年》出版，值得祝贺。这是汉语新诗在澳大利亚传出的美妙乐音。

是为序。

最后的吼声

——序韦晓东《以笔为枪——重读抗战诗篇》

吕　进

诗是双重关怀和双重干预的艺术：生命关怀与生存关怀；生命干预与生存干预。这两种关怀与干预并不会平行，在不同的语境下，诗会有不同的基本审美倾向。在和平安定的时代，诗的天秤会更偏向“生命关怀”，诗叙说着人性、人道、人情的生命体验；在革命、动乱、战争的历史时期，诗会更倾心于“生存关怀”，呼唤着社会雷电和时代风云。当然，优秀的“生命关怀”的诗，写到极致，也有“生存关怀”的厚度；而优秀的“生存关怀”的诗，写到极致，也会有“生命关怀”的内蕴。

抗战时期的诗，绝大多数是“生存关怀”的铁血歌唱。当日本侵略者的铁蹄践踏神州大地，大江南北都点燃了抗日烽火，“中华民族到了最危险的时候/每个人被迫着发出最后的吼声”。“五四”时期、抗战时期和新时期是中国新诗的三大高潮。抗战诗歌这个高潮的特殊价值在于，它不仅仅属于新诗发展史，而且属于中国现代史——它是中华民族八年抗战的诗的足音，它是炎黄子孙爱国情怀的诗的记录。

“一腔热血沸腾时，万里汪洋起波澜。”（张自忠）在外敌入侵的烽烟里，诗人们几乎都提笔上阵，国破山河碎，时代的诗风也为之一变。“生存关怀”站到了前台，曾经把写诗作为“灵魂的苏息”的诗人戴望舒就是典型的一例。卞之琳在为《戴望舒诗集》写的《序》里说道：戴望舒有“一种绝望的自我陶醉和莫名的惆怅。直到全面抗日战争爆发以后，他才转而参与了为民族解放和社会进步而斗争的有责任感的诗人的行列”。在香港的监狱里，被日本人抓捕而受尽毒刑拷打的戴望舒，写下了《狱中题壁》（1942 年 4 月）和《我用残损的手掌》（1942 年 7 月）这些传之久远的名篇，卞之琳认为，《我用残损的手掌》是“他生平也许是最有意义的一首诗”。戴望舒的沉雄悲壮的抗战诗就永远留在诗歌史上了。

《后汉书 · 班超传》说的“投笔从戎”，在抗战诗人这里是“以笔从戎”。他们并不“投笔”，而是捏紧笔杆，以笔为枪，冲向战场。我刚刚出版的《大后方抗战诗歌研究》一书（重庆出版社）的第八章《著名诗人在大后方的诗歌创作》就分节研究了“以笔从戎”的臧克家、冯至和艾青：臧克家不属于任何流派，冯至是后来的九叶诗派的老师，艾青是七月派诗人。当我们今天读到韦晓明这个选本，重温抗战诗篇的时候，的确深深感觉到，如同晓明所讲：“每一位抗战诗人都是抗战老兵。”

由于战争和政治的因素，抗战诗歌从地域上划分为四个板块：大后方、解放区、沦陷区以及海外。《以笔为枪——重读抗战诗篇》对这四个区域都有所注意，并且还发掘出了几位过去被忽略的诗人。英国诗人威斯坦 · 奥登的入选，说明一些外国诗进入了编者的视野：英国、美国、苏联，甚至日本诗人，也有在中国写抗战诗的。

我记得我曾经为《人民日报》写过一篇《对再生的呼唤——重读郭沫若〈凤凰涅槃〉》。“温故而知新”，那么重读抗战诗篇有些什么新的感受呢？择其大要而言之——

其一，和其他历史时期的诗相比，抗战诗歌是最接地气的诗，是最大众化的诗，真正成为国民的心声，民族的呐喊。而且，抗战时期诗人们通过朗诵诗、方言诗、街头诗、枪杆诗等等诗体的创造，努力丰富诗与大众的联接渠道，从入选的一些诗篇可见端倪。这些，都是抗战诗给我们留下的宝贵的艺术经验。诗必须坚持大众化，诗的生命只能由读者赋予。时下流行的“凡大众喜爱的诗就不是诗”的言论不值一驳。诗一经公开发表，就成了社会产品，也就具有了社会性。所以公共性是诗在社会的生存理由，也是诗的生命底线。无论写“生命关怀”，还是写“生存关怀”，诗背对受众，受众肯定就背对诗。

其二，抗战诗歌对民族形式十分看重，不仅在创作里多有坚持，而且在大后方展开了讨论。大众化和民族化其实是一个问题的两面。诗绝对不能以“创新”的名义去超出诗的美学边界。既然是诗，就得拥有诗的基本审美规范；既然是中国诗，就得遗传中国诗的审美密码。近年诗坛上有的“理论家”频频宣传“新诗，新就新在自由”，宣传忽略甚至放弃诗之为诗的文体要素，将新诗推向困惑和无序的境地。回望抗战诗篇，这类腔调实在应该休息了。

其三，抗战时期还有一个值得注意的诗歌现象，就是传统的诗词曲在新文学里沉寂近乎 20 年之后，奇迹般复苏，发出了响亮的声音。初期的中国新诗致力于爆破，现在回顾，这种爆破带有历史的必然性与合理性，没有爆破就难以拓出新路。然而这种爆破又是简单与粗放的，连同我们民族的传统诗学精华也成了爆破对象。这就给新诗留下了“先天不足”、“漂移不定”、“名不正言不顺”的祸根。在很多新诗人纷纷投入民族解放洪流的同时，传统诗词的创作也迎来了崭新的春天，并在抗战救国的主旋律下发挥了不可替代的重要作用。很多新诗人都是从传统文化和旧诗词的浸染中成长起来的，在民族危难的关头，他们也创作了很多优秀的诗词，产生了良好的社会效果，形成了中国现代文学史上传统诗词复兴的美丽华章。《以笔为枪——重读抗战诗篇》编选的旧体诗词占了相当分量。它展现出，除了新诗人，抗战诗人的队伍还有许多写旧体诗的生力军，包括众多抗战将领、政治家等等。

本书从抗战全面爆发的1937年到日寇投降的1945年，分年编选，成为抗战诗的编年史：屠杀与苦战——侵入与反攻——投降与胜利，构成全书的结构脉络，这种体例颇富新意，方便读者动态地了解诗歌中的抗战和抗战中的诗歌。我们生活在“互联网+”的时代，编者运用微信APP的形式，在移动互联网上推广本书，也是一个新鲜做法。

南京的诗人里，我的朋友和学生应该不算太少。很多年前，我还曾为南京诗人叶庆瑞的诗集写序，但是我和晓东却缘铿一面。上个月我在国外接到他发来的e-mail，这本诗选，他邀请了贺敬之和丁芒题词，冯亦同和我写序，他希望我能够同意。今年是抗战胜利70周年，诗歌界也策划了一些项目，艾青研究会主编的《我爱这土地——艾青抗战诗选》就已经出版。晓东这个选本是相当有意义的。接到晓东的信，我还突然想起吴奔星生前对我的嘱咐：“你要为我们南京做事啊！”于是决心参加到这件工作中来。

晓东先后在两大传媒集团服务20多年，策划能力颇强，多有建树；我读了他为本书入选诗篇写的赏析，体会到我这位没有见过面的朋友的文学才华。我祝贺《以笔为枪——重读抗战诗篇》的问世。

是为序。

多少话留在心上

——序《一捧黑土，两国情怀》

吕 进

中国和俄罗斯都是文化厚重的文明古国。中国文化发端于农耕，俄罗斯文化发端于游牧，由此带来各自的一系列特征。但是，中国文化曾经是世界文化的高峰，具有融入他文化的强大的消化功能；俄罗斯文化是兼有欧亚双重特征的双头鹰文化，在东西方文化中带有“中间性”和“包容性”；中俄两国在地理上又是近邻。“远亲不如近邻”，这样的两种文化的交流就是一种必然。中俄文化交流算来已经有了近800年的历史，从成吉思汗西征至今。这种交流的高峰是俄罗斯的“十月革命”、中国的“五四运动”前后和中华人民共和国建国初期，中俄文化两次在狂欢中拥抱，这种拥抱的基本品质是“以俄为师”，主要是俄罗斯文化给中国大地带来新视野、新思维和新梦想。

当下有一个流行很广的伪命题——“文化全球化”。在有些人笔下，文化全球化就是文化的西方化、美国化。其实，全球化特定的是指科学和技术标准的一体化，和狭义的文化、文学无关。一种语言的存在就是对文化全球化的抵御，各个民族的语言文化绝对不会被所谓“全球化浪潮”所吞没。文化交流的灵魂恰恰就是彼此吸收营养，以推动多样化文化的发展，而不是相反。多样化的世界才是可爱的世界。

20 世纪 70 年代开始，中俄文化的交流发生了重大的流向性变化。60 年代中苏两国的执政党交恶带来中俄文化交流的停滞，而改革开放中的中国文化在迅猛发展的物质文明的基础上给徘徊中的俄罗斯造成冲击，带去思考。逐步恢复的中俄文化交流现在调了个头，它的基本品质是“以华为师”，中国文化深刻地影响着今日的俄罗斯。

我正是在这种语境下到达莫斯科大学的。从 1993 年秋到 1994 年春，我在莫斯科大学担任了半年的高级访问学者。中国教育部同意的我的课题是：“中国新诗在俄罗斯的翻译、出版与研究考察”，莫斯科大学指定的我的合作教授是谢曼诺夫，这是一位著名汉学家，也是中国北京大学的客座教授。莫斯科大学号称是欧洲智库之一，它的办学方式和治学方式带给我许多启发。莫斯科大学也给了我暖暖的情谊，我和汉学系系主任卡拉别扬茨教授签署了西南师范大学中国新诗研究所与莫斯科大学汉学系结成友谊单位的协定书。在送别我的仪式上，汉学系送了我一件特殊礼物：折叠式的圣诞树。有一次我在系办公室，秘书玛尔伽丽达告诉我，办公室的圣诞树可以折叠起来，装进一个纸盒。我听后大感兴趣。说者无意，听者有心，在我离别莫斯科大学的时候，汉学系居然割爱，让我把这棵圣诞树带回中国。回国后我向中国诗歌界介绍情况，有些诗人此前对于自己的作品被译成俄语一无所知。《星星》诗刊还对我做了专访。

我在麻雀山（当时叫列宁山）的莫大主楼居住了半年，俄罗斯人的善良、他们的文化修养和艺术气质，尤其是老一辈对中国的友情，给我留下了很深的印象。我曾在北京《诗刊》上发表了一个组诗《风雪俄罗斯》，一共10首，老诗人臧克家读到后专门来信夸奖。

由四川大学出版社推出的《一捧黑土，两国情怀》是一本很有意思的读物，吸引读者眼球的当然是沙依诺夫的传奇，而寻找沙依诺夫又是另一个传奇。两个传奇叠加，传达的是中国与俄罗斯，中国人与俄罗斯人，文化的相遇与文化的相融。

沙依诺夫是我的老师，推动寻找沙依诺夫的是刘勇等我当年在西南师范大学外语系俄语专业的学生，两个因素叠加，使我对这本书的兴趣倍增。我一直想帮助学生们做点什么，但是，事情太多，虽然早已是“70后”，仍然忙个不停：校内校外，国内国外。唯一能做的，就是抽出时间写出这篇序言吧！一篇序言难以尽诉衷肠，就像俄罗斯歌曲《莫斯科郊外的晚上》唱的那样：“多少话留在心上。”

我在1952年从川西实验小学毕业，考入成都七中，念初中。我们是春季毕业，教育部规定那一年全国的初中春季班一律休学一学期，转入秋季班。我在家休息一个学期后，1955年秋季考入成都七中，念高中。我们高58级有9个班，我在1班。我们班的高中俄语课一直由温国华老师执教，但一年级上学期的俄语课是沙依诺夫老师上的。

和川西实小一样，成都七中也是四川省的重点学校，师资很强。我记得沙依诺夫老师长得很帅，鼻子下有两边翘起的小胡子，白皮肤，蓝眼睛，一双长筒皮靴。他的俄语似乎有些地方音，比如“O”这个字母在轻读时他并没有弱化，仍然发“O”的音。据学生们的追踪，沙依诺夫在成都生活了60多年，直到离世。我不知道他后来汉语讲得怎样，他给我们上课的时候，汉语不太好，而我们的俄语又不好，虽然成都七中初中就上俄语课了，师生之间交流仍然很少。那个时代学生班的“头目”是团支部书记，我一直是58高1班的团支部书记，但也和沙依诺夫老师没有什么交道。我记得，每位学生都有学号，沙依诺夫老师可能不认识我们的中文姓名，抽问时就叫学号，且有规律。他抽“1号”，下面必是“11号”，再后是“21号”。而如果开始是“2号”，下面必是“12号”、“22号”、“32号”、“42号”，等等。

沙依诺夫那一代已经过去了，但是中俄的友谊却永远不会过去。这从成都电视台的刘勇以及他的大学校友宋立新、胡继铭，从白美鉴、钟雪茹，都可以见证，也从柳芭、奥丽雅身上可以见证。我们这一代中国老人就更是普遍地都有俄罗斯情结：喜欢俄语，爱唱俄罗斯歌曲，钟情于俄罗斯的文学和艺术。我是俄语出身，曾是俄语专业高年级的主讲教师，后来和诗歌翻译家邹绛等一起发起成立外语系汉语教研室，在此基础上建立中国第一家中国新诗研究所，我所接触的俄罗斯汉学界的朋友几乎人人都有浓得化不开的中国情结。俄罗斯诗人普希金说过：“不论是多情的诗句，漂亮的文章，还是闲暇的欢乐，什么都不能代替无比亲密的友谊。”中国和俄罗斯的这种文化交流随处可见，随时可感，并不止于“中国年”或者“俄罗斯年”。我想起上个世纪50年代在中国广为流行的一首俄语歌曲《莫斯科——北京》：“英雄的人民永远站起来/淳朴的人民携手向前进。”

图书在版编目（CIP）数据

诗学. 第八辑 / 吕进，熊辉主编.—成都：巴蜀书社，2016.9
ISBN 978-7-5531-0730-1

Ⅰ.①诗… Ⅱ.①吕…②熊… Ⅲ.①诗歌研究—中国—当代
Ⅳ.①I207.22

中国版本图书馆 CIP 数据核字（2016）第 226990 号

诗学（第八辑） 吕 进 熊 辉 主编

责任编辑 陈亚玲
出　　版 巴蜀书社
　　　　 成都市槐树街 2 号 邮编 610031
　　　　 总编室电话：(028)86259397
网　　址 www.bsbook.com
发　　行 巴蜀书社
　　　　 发行科电话：(028)86259422 86259423
经　　销 新华书店
照　　排 成都完美科技有限责任公司
印　　刷 成都翔川印务有限责任公司
版　　次 2016 年 11 月第 1 版
印　　次 2016 年 11 月第 1 次印刷
成品尺寸 210mm×148mm
印　　张 14.5
字　　数 400 千字
书　　号 ISBN 978-7-5531-0730-1
定　　价 36.00 元